家藏文库

豪放词

谢永芳　注评

中州古籍出版社
·郑州·

图书在版编目(CIP)数据

豪放词／谢永芳注评. — 郑州：中州古籍出版社，2020.8
(家藏文库)
ISBN 978-7-5348-9272-1

Ⅰ.①豪… Ⅱ.①谢… Ⅲ.①豪放派-词(文学)-作品集-中国-古代 Ⅳ.①I222.82

中国版本图书馆CIP数据核字(2020)第127644号

家藏文库：豪放词

选题策划　卢欣欣　赵发杰
约稿统筹　卢欣欣
责任编辑　石　丹
责任校对　周　靖
封面设计　王　歌
版式设计　曾晶晶

出　版	中州古籍出版社
	地址：郑州市郑东新区祥盛街27号6层
	邮编：450016
	电话：0371-65788693
经　销	新华书店
印　刷	河南新华印刷集团有限公司
版　次	2020年8月第1版
印　次	2020年8月第1次印刷
开　本	640毫米×960毫米　1/16
印　张	26.5印张
字　数	352千字
定　价	58.00元

前　言

在中国古代词学批评史上，苏轼首次将"豪放"引入词评，其《与陈季常书》云："又惠新词，句句警拔，此诗人之雄，非小词也。但豪放太过，恐造物者不容人如此快活。"这基本上还是以论诗的眼光来衡量词，不过，其核心价值的一个方面，在于认为词的风格不必一味偏重婉约，词也可以像诗一样刚柔相济，只需好好把握分寸不使太过。形成词体风格的诸因素，大体包括音乐、内容、语言、时代和个性等，其中，题材内容往往可以决定风格。仅就题材内容上的新变而言，以苏轼、辛弃疾为代表的豪放词，大致包括这么三个要点：抒发志向襟抱，表现人生感触和兴亡之慨；感情的内涵从爱情向性情推扩，向友情转移，兼而向更广阔的生活及大自然抒情提升；表现对祖国半壁江山沦陷的痛苦，对中原人民的同情，对统治者奉行妥协政策的愤懑。（参邓乔彬《论豪放词》）这些，除了第三条需要在不同的时代作出相应的调整以外，自然也可以被视为判断是否为豪放词的重要标准之一。值得注意的是，王兆鹏《论"东坡范式"——兼论唐宋词的演变》曾提出，"东坡范式"有四个方面的特点：主体意识的强化、感事性的加强、力度美的高扬、音乐性的突破。与此处所言颇有交叉，唯豪放与守律并非不能两全。如以持律严苛著称的《词律》，其卷一六中就选入了像苏轼《念奴娇》（大江东去）、辛弃疾《水龙吟》(楚天千里清秋)这样的豪放之作,可为明证。

一部中国词史,同时也可以看成是一部豪放词创作发展史。敦煌词取材广泛,境域宽宏。王重民先生对其内容和艺术作过精辟的概括:"有边客游子之呻吟,忠臣义士之壮语,隐君子之怡情悦志,少年学子之热望与失望,以及佛子之赞颂,医生之歌诀,莫不入调。其言闺情与花柳者,尚不及半,然其善者足以抗衡飞卿,比肩端己。至于'生死大唐好','只恨隔蕃邦,情恳难申吐;早晚灭狼蕃,一齐拜圣颜'等句,则真已唱出外族统治下敦煌人民的爱国壮烈歌声,绝非温飞卿、韦端己辈文人学士所能领会,所能道出者矣!"(《敦煌曲子词集叙录》)其中,如写"忠臣义士之壮语"的一首《生查子》:

三尺龙泉剑。匣里无人见。落雁一张弓,百只金花箭。　为国竭忠贞,苦处曾征战。未忘立功勋,后见君王面。

颂扬守边将士,写得质朴无华,豪迈大气,浅显易懂。任二北先生所解旁及唐代军制,略如郑准《代寄边人》所云"圣泽如垂饵,沙场会息兵",亦可参:"曾经苦战,已竭忠贞,依然匣里龙泉,韬而不显,此作者之所不平。可贵者,他们并不气馁,继续争取前程,望大勋,蒙召见。辞明明曰'先望',与'后见'是尚在劳而无功之中。问题乃唐室军制对士卒罚严恩薄,甘言以募新,不赏使兵老耳。仅就诗人篇咏中验之,已可概见。"(《敦煌歌辞总编》卷二)敦煌边塞词约有四十余首,除此首外,尚有《浣溪沙》(忽见山头水道埋)、《望远行》(年少将军佐圣朝)、《酒泉子》(三尺青蛇)(红耳薄寒)、《捣练子》(堂前立)等。这些作品所表现出的风貌与格调,跟唐代边塞诗总体上是一致的。

词史发展到苏轼,在当时人们还不太认同其革新词体之际,"苏门四学士"中的黄庭坚和晁补之给予了他全力的支持,壮大了苏词的声势。再经叶梦得下延一线,又有向子諲、陈与义等为之张帜,于是蔚然成风,

广被于南北各方。苏轼豪放词中的代表作,有如《念奴娇·赤壁怀古》:

> 大江东去,浪淘尽、千古风流人物。故垒西边,人道是、三国周郎赤壁。乱石穿空,惊涛拍岸,卷起千堆雪。江山如画,一时多少豪杰。　遥想公瑾当年,小乔初嫁了,雄姿英发。羽扇纶巾,谈笑间、樯橹灰飞烟灭。故国神游,多情应笑我,早生华发。人生如梦,一尊还酹江月。

起笔即高屋建瓴,同时推出空间与时间、自然与人事,以浩荡而又深沉的悲慨,为全词奠定基调。接着以"人道是"指点形胜,定格于"周郎赤壁",转入题面。"乱石"三句,描绘赤壁登眺的壮观,"穿"、"拍"、"卷"的飞扬跋扈,形象鲜明,历历如见,令人神惊魄动而又惬目快心。结拍二句,"江山如画"收束,"一时多少豪杰"回应"千古风流人物"。人杰地灵,风流千古,让人遐想联翩,自然引起下片的怀古。下片"遥想公瑾当年",在"周郎赤壁"中已埋下伏笔。"小乔"作为陪衬之笔,是为了凸显周瑜的功名早立、少年得意,为下文的自伤老大铺垫。"羽扇纶巾"同样是在衷心赞美周瑜的潇洒风流。〔按:目前学界有两说,一指周瑜,一指诸葛亮。钟振振《唐宋词举要》以宋词证宋词,倾向于前说:吕胜己《瑞鹤仙·鄂州》:"纶巾羽扇,讲笑周郎事业。"汪莘《满庭芳·寿金黄州》:"纶巾羽扇,不独数周郎。"可从。〕轰轰烈烈的赤壁大战,词中不见金戈铁马,仅用"谈笑间"三字便立见分晓,从而将"周郎"的"雄姿英发"推到极致。词人重笔濡染周瑜,为的是彰显"江山"(空间)、"千古"(时间)中的人生价值。以下以"故国神游"收束外向的遐想,转入到对自身的检阅。是年作者四十七岁,待罪黄州,非特壮志未酬,抑且沉冤莫伸,敏感的心灵却仍有不甘地随"大江"、"豪杰"而跃动,只能以自笑多情解嘲。一个"笑"字故作旷达,其实蕴含了何等的悲凉!自己的"早生华发"、落魄失意同周郎的"雄姿英发"、年少气盛是一重对比,周瑜的赤壁勋业同

"浪淘尽、千古风流人物"的历史走向又是一重对比,这就逼出了结尾的"人生如梦",最终以顶礼万古永恒的"江月"收笔。鲸吞鳌掷,大开大阖,雄放的笔势与悲壮的内核浑然一体,带给读者艺术美感与人生哲理的巨大震撼。

据俞文豹《吹剑续录》记载:"东坡有幕士善歌,因问:'我词何如柳七?'对曰:'柳郎中词,只好十七八女孩儿,按红牙拍,唱'杨柳岸、晓风残月'。学士词,须关西大汉,执铁绰板弹铜琵琶,唱'大江东去'。公为之绝倒。"这是准确地抓住了苏轼、柳永两人词风的主要特色,并且把这首词当成了苏轼此类风格的代表作来看。在再后来的词学批评中,"大江东去"更是几乎成为整个豪放词派的代名词。值得注意的是,作有《东坡乐府笺》的朱祖谋,在其著名选本《宋词三百首》初编本中虽然选录了苏轼的这首《念奴娇》,但重编本中却将之删去。主要原因在于,这首《念奴娇》既不能符合"重、拙、大"的理论宗旨,也不合音律(丁绍仪《听秋声馆词话》卷一三)。朱祖谋晚年适度倡导东坡词,也就是他自己所说的"稍扬东坡"(龙榆生《论常州词派》)的目的,是为了解救一味推崇梦窗词带来的流弊,也与受到文廷式等人的影响,即历史和师承原因有一定的关系。(参张晖《选家手眼与创作风会——从〈宋词三百首〉看朱祖谋的词学思想》)

又《江神子·猎词》:

老夫聊发少年狂。左牵黄。右擎苍。锦帽貂裘,千骑卷平冈。为报倾城随太守,亲射虎,看孙郎。　酒酣胸胆尚开张。鬓微霜。又何妨。持节云中,何日遣冯唐。会挽雕弓如满月,西北望,射天狼。

据傅藻《东坡纪年录》,可知此词的创作背景:"(乙卯)冬,祭常山回,与同官习射放鹰,作诗《和梅户曹会猎铁沟行》,……又作《江神子》。"刘崇德《苏轼〈江城子·猎词〉编年考辨》则以为,此词所写是徐州出猎而非密州出猎。可备一说。上片记述狩猎。首句将"老夫"与"少年"合于一身,豪气已先声逼人;"左牵黄"、"右擎苍",进一步表现"少年狂",并转出"出猎"的题面。随即推出大规模围猎的盛况,一个"卷"字,既有漫山遍野的声势,又有风卷残云的意味。在千骑竞驰、倾城出观的恢宏场面映衬下,词人"亲射虎"的壮举得以凸现,更加酣满地充实了狂豪的意兴。下片抒发感受。"酒酣"三句,继续映发"老夫聊发少年狂",而接下期望被召回朝廷、立功边陲的心愿,更将词作的思想境界提升到尚武报国的全新高度。结尾的"会挽"三句,充满力度,激情横溢,"射天狼"同"亲射虎"前后相映,雄气干云。全篇健笔纵横,豪迈淋漓,堪称苏轼早期豪放词的代表作。与约同一时期所作《祭常山回小猎》相较,更可以见出这一点:"青盖前头点皂旗,黄茅冈下出长围。弄风骄马跑空立,趁兔苍鹰掠地飞。回望白云生翠𪩘,归来红叶满征衣。圣明若用西凉簿,白羽犹能效一挥。"

从苏轼到辛弃疾,贺铸是重要的过渡者之一。从十二世纪下半叶开始,辛弃疾与陆游、张孝祥、陈亮、刘过和韩元吉、袁去华、刘仙伦、戴复古,以及再后来的刘克庄等人形成横亘南宋词坛的豪放一派,从一个特定的方向把词的创作推到有宋一代高峰,并极大地影响了后世词人的创作选择。辛词内容博大精深,风格雄深雅健。辛派传人将词的表现功能从不同的方面几乎发挥到最大限度,从此,词与社会现实生活联系更为紧密,词人的艺术个性更加突出。辛弃疾豪放词中的代表作,有如《水龙吟·登建康赏心亭》:

楚天千里清秋,水随天去秋无际。遥岑远目,献愁供恨,玉簪螺髻。落日楼头,断鸿声里,江南游子。把吴钩看了,栏干拍遍,无人会、登临意。　休说鲈鱼堪脍,尽西风、季鹰归未。求田问舍,怕应羞见,刘郎才气。可惜流年,忧愁风雨,树犹如此。倩何人,唤取红巾翠袖,揾英雄泪。

词以传统的悲秋主题,写其壮志难酬之感,慷慨淋漓而又感情细腻。上片写景。先从楚天寥廓、秋高气爽的远景写起,由天写到水,由水写到山,突出"献愁供恨"的北方山峦,隐隐带出中原沦丧之痛。进而转入近景特写,重点刻画登楼观景之人。"落日"暗示时势,"断鸿"映衬"江南游子"之孤单。词人一腔悲愤,则通过看吴钩、拍栏干的系列动作生动地呈现出来。下片以不同的典故构成,写尽报国无门、归隐不甘的矛盾心理。这种对典故的创造性运用,构成了辛词的一个重要特色。结末三句,在貌似风流倜傥中照应"无人会、登临意"。全篇悲慨郁结之情,一以含蓄深挚、婉转寄托出之,深得"潜气内转"之妙。

此词既有"慷慨纵横"的一面,又有"秾纤绵密"(刘克庄《辛稼轩集序》)的另一面。刚柔对立的两种风格,并存于同一首作品,给予读者的审美感受颇为独特。这是古典文学批评中的一个"大课题"(张宏生《读者之心——词的解读》),值得专门深入地研究。当然,早前沈道宽《论词绝句》四十二首其十九所论,已约略涉及这一问题:"我爱分钗桃叶渡,温柔激壮力能兼。"

又《贺新郎·别茂嘉十二弟。鹈鴂、杜鹃实两种,见〈离骚补注〉》:

绿树听鹈鴂。更那堪、鹧鸪声住,杜鹃声切。啼到春归无寻处,苦恨芳菲都歇。算未抵、人间离别。马上琵琶关塞黑,更长门、翠辇辞金阙。看燕燕,送归妾。　将军百战身名裂,向河梁、回头万里,故人长绝。易水萧萧西风冷,满座衣冠似雪。正壮士、悲歌未彻。啼鸟还知如许恨,料不啼清泪长啼血。谁共我,醉明月。

词写离别之恨,以啼鸟悲鸣、芳菲衰歇起兴,叠举四事,极写人间离别之悲苦有远甚于此者。上片所举二事,皆为女子之离别:一为昭君辞别汉宫出塞，关隘昏黑，琵琶声悲；二为庄姜送戴妫，瞻望不及，泪如雨下。下片续举二事，皆为男子之离别：一为李陵饯别苏武，苏武回首万里，一别长绝；二为众白衣人送荆轲谋刺秦王，荆轲悲歌淋漓，一去不返。叙毕四事，又以啼鸟回应篇首，鸟若知此悲恨，亦应啼血不止，更何况人？结末二句，归结到"别茂嘉"题意，余韵袅袅，怅惘不已。全篇结构精巧，前后呼应，中间铺张扬厉，如泣如诉，情辞慷慨悲凉，仿佛江淹《别赋》、《恨赋》手法，于词中亦属创格。

辛弃疾在创作手法上进一步发展了"以文为词"："辛稼轩别开天地，横绝古今，《论》、《孟》、《诗·小序》、《左氏春秋》、《南华》、《离骚》、《史》、《汉》、《世说》、《选》学、李杜诗，拉杂运用，弥见其笔力之峭。"（吴衡照《莲子居词话》卷一）将古文辞赋中常用的章法和议论、对话等手法移于词中。这一点，其实南宋人已有所体认，如陈模论稼轩词以辛氏《沁园春》（杯汝来前）为例，云："此又如《宾戏》、《解嘲》等作，乃是把古文手段寓之于词。"（《怀古录》卷中）就句法言，如《哨遍》（几者动之微）、《六州歌头》（吾语汝）、《卜算子》（此地兔裘也）、《一剪梅》（何幸如之），都非常散文化。就体制言，《沁园春》（杯汝来前）模仿汉赋中主客问答对话体，让人与酒杯对话，已是别出心裁。而《水调歌头》（带湖吾甚爱），是盟誓体；《木兰花慢》（可怜今夕月），连用七个问句，以探询月中奥秘，是《天问》体；《水龙吟》（听兮清佩琼瑶些），是《招魂》体（陆侃如、冯沅君《中国诗史》）。至于这首《贺新郎》，全用赋法，打破词的上下片限制，"尽是集许多怨事，全与李太白《拟恨赋》手段相似"（《怀古录》卷中），宛然一篇《别赋》（许昂霄《词综偶评》），在词史上堪称创调。

以文为词，同时也是语言的变革。辛弃疾创造性地用经、史、子中语汇入词，信手拈来，如同己出，既赋予古代语言以新的生命活力，又空前地扩大和丰富了词的用语范围："词至东坡，倾荡磊落，如诗如文，如天地奇观，岂与群儿雌声学语较工拙，然犹未至用经用史，牵雅颂入郑卫也。自辛稼轩前，用一语如此者，必且掩口。及稼轩横竖烂漫，乃如禅宗棒喝，头头皆是。"（刘辰翁《辛稼轩词序》）同时，又能合乎格律规范，可谓极其能事。辛词"横绝六合，扫空万古，自有苍生以来所无"（刘克庄《辛稼轩集序》），"南宋诸公，无不传其衣钵"（周济《宋四家词选序论》）。

与南宋词桴鼓相应的金词，也是当时词坛的组成部分。北国词坛之冠元好问，是"苏学北行"结出的硕果之一，与辛派南传交相辉映。元、明两朝，是豪放词从宋代的鼎盛到清代的复兴之间的一个漫长的过渡阶段。词学苏辛的阳羡词派在清初词坛的崛起，是清词中兴的重要组成部分。该派的活跃期为四十年左右，即从顺治七年（1650）到康熙二十七年（1688）或康熙三十四年（1695）为止，由团聚在宗主陈维崧周围（主要是在今江苏宜兴）的百余词人组成。至乾嘉时期，阳羡词派在派外仍有流响，派内亦有新变，但实已及陈维崧之身而止，难乎为继。不过，直至晚近时期，对稼轩风的接受仍然不绝如缕。（合参严迪昌《阳羡词派研究》、朱丽霞《清代辛稼轩接受史》）陈维崧豪放词中的代表作，有如《满江红·官渡》：

野渡盘涡，中牟界、涛翻浪走。勒马看、残山剩水，一番回首。斜日乱碑森怪猬，危岗怒石蹲奇兽。笑中原、从古战场多，阴风吼。　　炎刘鼎，嗟沦覆。袁曹辈，工争斗。看金戈塞马，喧阗驰骤。浪打前朝黄叶尽，霜封断壁青苔厚。又几行、雁影落沙洲，多于豆。

是其《满江红·汴京怀古十首》中的第五首。陈廷焯曾赞此十首"措语极健，可作史传读"，并认为诸作中，"论笔势之森竦，自推'官渡'一篇"（《白雨斋词话》卷三）；又称"官渡"篇的下片"怨而壮，有古诗气味"（《词则·放歌集》卷四）。此词借咏怀官渡之战以寄寓对明亡的哀悼。上片中,"残山剩水,一番回首"已透露"举目有江山之异"的隐痛。下片先以"炎刘鼎,嗟沦覆"二句慨叹汉室之衰亡,再以"袁曹辈,工争斗"两句写到发生在官渡的那场历史上有名的战役,而在语气上则对交战双方都致以轻蔑和不满。这说明,在凭吊这一古战场之际,牵动词人词心、触发其感慨的,主要不是袁、曹争斗的孰是孰非、谁胜谁负,而是这次战役的历史背景,即汉室之已名存实亡,而其嗟汉鼎之覆,正是叹明室之亡。后面的"浪打前朝黄叶尽,霜封断壁青苔厚"二句,以当前景物象喻国土之沦亡已久,更进一步表达其似是对汉、实则对明,似是吊古、实则伤今的深刻哀悼。此词约作于康熙七年(1668),清代的统治业已巩固,明朝的恢复早已无望,"黄叶尽"、"青苔厚"云云,正喻指这一无情的事实,词意极为沉痛。陈廷焯之所以称其"怨"者,正是有见于此。

又《点绛唇·夜宿临洺驿》:

晴髻离离,太行山势如蝌蚪。稗花盈亩。一寸霜皮厚。　赵魏燕韩,历历堪回首。悲风吼。临洺驿口,黄叶中原走。

词作于康熙七年(1668)十月间,时出京城取道去今河南商丘,途经临洺驿。夜色苍凉,俯仰今昔,感慨百端。此处原是古战场,而三十年前,更是烽火浴血,惊心动魄。陈维崧的堂姑父名将卢象升就是壮烈牺牲于冀中。也正是那场社稷大崩裂,导致他这位故明世家子弟"风打孤鸿浪打鸥"地成了落叶一片似的,飘游于中原腹地。秋风萧瑟,寒气凛冽,词人只觉不堪回首。上片写眼中景,静物见动势:山势跃动"如蝌蚪",线条腾越,与"晴髻"意象恰好动静、刚柔相济。又质感毕现:月色下荒凉芜野的景观在"一寸厚"中予人以沉重感,"霜皮"的寒意也就沦肌浃髓而入。"动势出灵警,质感透有力度"(严迪昌《元明清词》),陈维崧词笔雄劲处固于此毕见,更重要的是他心底激荡的情思借此漩起,满纸风霜。"蝌蚪"、"稗花"等江南水乡多见之物本就容易勾动飘泊羁旅者的乡思，何况身世际遇如同黄叶飘转天涯。"悲风吼"，仿佛可以从中听到词人的郁勃心音。全篇以奇特的想象、夸张的比喻和大幅度跳跃的意象形成尺幅千里之势，寥寥数语便构成雄阔苍凉、激昂悲壮的意境，表现出词人的个性与情怀。所以，陈廷焯评曰："其年诸短调，波澜壮阔，气象万千，是何神勇。"（《白雨斋词话》卷三）。

文廷式所作笔势奋发凌厉，堪称辛派殿军。如《翠楼吟·岁暮江湖，百忧如捣，感时抚己，写之以声》：

> 石马沉烟，银凫蔽海，击残哀筑谁和。旗亭沽酒处，看大舸、风樯轲峨。元龙高卧。便冷眼丹霄，难忘青琐。真无那。冷灰寒柝，笑谈江左。　　一笴。能下聊城，算不如呵手，试拈梅朵。苕鸠栖未稳，更休说、山居清课。沉吟今我。只拂剑星寒，欹屏花妥。清辉堕。望穷烟浦，数星渔火。

词作于罢官后寓居上海期间的光绪二十三年（1897）冬，因时事而抒愤。钱仲联《文廷式年谱》谓此词："见《云起轩词》手稿。叶遐庵（恭绰）云：'原稿注：丁酉作。此感德人占胶澳事。'"所谓"德人占胶澳事"，《清史稿·邦交志》有详细记载。文廷式作此词时，德军已侵占胶州湾，约款尚未订。全词除"一笴。能下聊城"六字正面点明德军强占胶州湾事件之外，主要还是结合自己，并切定上海这一特定环境来写。上片从慨叹清王朝的所谓"盛世"一去不复返写起，接写自己独唱无和，借酒浇愁，意冷心灰等无可奈何的心境，以及"不能忘怀光绪帝的忠贞"（钱仲联《清词三百首》）。下片则从自己的有才力而无所施展写到惆怅消沉，字里行间呈现出关心国家命运的自我形象。整篇以声情委婉之调写进退维谷之怀，却又气象颖异，正"彊村所谓'兀傲固难双'也"（叶恭绰《广箧中词》卷一）。

本书选取历代豪放词一百零六人一百七十一首，都凡四编，其中唐五代十一人十二首，两宋三十九人七十三首，金元明十九人二十七首，清代三十七人五十九首。尤其注重选择苏辛一派和辛派后学中重要词家的代表性作品，以及一些公认的传统婉约词家的豪放之作，力图通过具体作品的读解、比较，主要包括不同时代的不同题材内容书写及其各各不同的艺术表现形式，避免简单两分豪放、婉约及单纯地以正（婉约）、变（豪放）论断高、下所可能带来的弊病。各编数量安排及其占比虽或不免见仁见智，唯期以呈现豪放一派词史发展脉络的方式，略见整个豪放词概貌。

限于水平，书中难免存在不足，期望读者批评指正。必须说明的是，这本小书在编写过程中，对前修时彦的相关研究成果多有参考，除上文已经指出的以外，主要还有曹济平、陈邦炎、陈匪石、陈祖美、胡云翼、黄天骥、霍松林、孔凡礼、梁启超、刘乃昌、刘扬忠、刘逸生、刘永济、刘尊明、龙榆生、彭玉平、任二北、沈祖棻、唐圭璋、吴世昌、吴熊和、夏承焘、俞陛云、俞平伯、张珍怀、张仲谋、曾昭岷、周笃文、周明初、朱德才以及日本学者保苅佳昭、清水茂等诸位先生。所有这些，都尽可能在正文中以随文作注的方式加以说明，另于书末大致上按照行文中出现的先后顺序，列举出主要参考引用文献，以为读者提供方便。责任编辑石丹付出了辛勤的劳动。谨此一并致谢。

谢永芳
于广西科技师范学院

目 录

第一编　唐五代词

生查子（三尺龙泉剑） …………………………… 敦煌曲子词　2

浣溪沙（倦却诗书上钓船） ……………………… 敦煌曲子词　4

定风波（攻书学剑能几何） ……………………… 敦煌曲子词　6

定风波（征后偻儸未是功） ……………………… 敦煌曲子词　7

菩萨蛮（平林漠漠烟如织） ……………………………… 李　白　9

忆秦娥（箫声咽） ………………………………………… 李　白　11

转应词（边草） …………………………………………… 戴叔伦　13

调笑（胡马） ……………………………………………… 韦应物　15

浪淘沙（九曲黄河万里沙） ……………………………… 刘禹锡　17

定西番（紫塞月明千里） ………………………………… 牛　峤　20

甘州遍（秋风紧） ………………………………………… 毛文锡　21

定西番（鸡禄山前游骑） ………………………………… 孙光宪　23

第二编　宋词

渔家傲（塞下秋来风景异） ……………………………… 范仲淹　26

望海潮（东南形胜） ……………………………………… 柳　永　29

词牌	作者	页码
六州歌头（秦亡草昧）	李 冠	32
桂枝香（登临送目）	王安石	35
卖花声（木叶下君山）	张舜民	38
水调歌头（明月几时有）	苏 轼	39
念奴娇（大江东去）	苏 轼	42
临江仙（夜饮东坡醉复醒）	苏 轼	45
定风波（莫听穿林打叶声）	苏 轼	46
江神子（老夫聊发少年狂）	苏 轼	48
念奴娇（断虹霁雨）	黄庭坚	51
水调歌头（瑶草一何碧）	黄庭坚	53
定风波（万里黔中一漏天）	黄庭坚	55
鹧鸪天（黄菊枝头生晓寒）	黄庭坚	57
将进酒（城下路）	贺 铸	58
行路难（缚虎手）	贺 铸	60
六州歌头（少年侠气）	贺 铸	63
水龙吟（问春何苦匆匆）	晁补之	65
水调歌头（霜降碧天静）	叶梦得	67
八声甘州（故都迷岸草）	叶梦得	69
水调歌头（兵气暗吴楚）	李 光	71
相见欢（金陵城上西楼）	朱敦儒	73
喜迁莺（边城寒早）	李 纲	75
苏武令（塞上风高）	李 纲	77
渔家傲（天接云涛连晓雾）	李清照	79
满江红（惨结秋阴）	赵 鼎	81

花心动（江月初升）	赵　鼎	83
虞美人（银山堆里庐山对）	向子䛷	85
临江仙（忆昔午桥桥上饮）	陈与义	88
贺新郎（曳杖危楼去）	张元干	91
贺新郎（梦绕神州路）	张元干	93
石州慢（雨急云飞）	张元干	96
水调歌头（拄策松江上）	张元干	97
好事近（富贵本无心）	胡　铨	100
满江红（怒发冲冠）	岳　飞	102
秋波媚（秋到边城角声哀）	陆　游	105
汉宫春（羽箭雕弓）	陆　游	107
夜游宫（雪晓清笳乱起）	陆　游	109
桃源忆故人（中原当日三川震）	陆　游	111
诉衷情（当年万里觅封侯）	陆　游	113
六州歌头（长淮望断）	张孝祥	114
水调歌头（雪洗房尘静）	张孝祥	117
念奴娇（洞庭青草）	张孝祥	119
水龙吟（楚天千里清秋）	辛弃疾	121
清平乐（绕床饥鼠）	辛弃疾	124
贺新郎（绿树听鹈鴂）	辛弃疾	125
贺新郎（甚矣吾衰矣）	辛弃疾	128
沁园春（叠嶂西驰）	辛弃疾	130
破阵子（醉里挑灯看剑）	辛弃疾	132
永遇乐（千古江山）	辛弃疾	134

南乡子（何处望神州）	辛弃疾	138
水调歌头（不见南师久）	陈　亮	139
念奴娇（危楼还望）	陈　亮	141
贺新郎（老去凭谁说）	陈　亮	143
沁园春（斗酒彘肩）	刘　过	146
沁园春（万马不嘶）	刘　过	149
六州歌头（中兴诸将）	刘　过	151
水调歌头（万里云间戍）	崔与之	153
酹江月（江山如此）	杜　旃	155
沁园春（何处相逢）	刘克庄	157
玉楼春（年年跃马长安市）	刘克庄	159
水调歌头（秋雨一何碧）	方　岳	162
沁园春（谁使神州）	陈人杰	164
六州歌头（向来人道）	刘辰翁	166
庆宫春（重叠云衣）	周　密	169
沁园春（为子死孝）	文天祥	171
念奴娇（水天空阔）	邓　剡	174
满江红（太液芙蓉）	王清惠	176
八犯玉交枝（沧岛云连）	仇　远	180
满庭芳（汉上繁华）	徐君宝妻	182
贺新郎（深阁帘垂绣）	蒋　捷	185
壶中天（扬舲万里）	张　炎	186
甘州（记玉关、踏雪事清游）	张　炎	188

第三编　金元明词

词牌	作者	页码
满庭芳（谁挽银河）	吴　激	192
念奴娇（离骚痛饮）	蔡松年	194
念奴娇（天丁震怒）	完颜亮	197
望海潮（云雷天堑）	邓千江	200
水调歌头（黄河九天上）	元好问	203
木兰花慢（渺漳流东下）	元好问	205
念奴娇（云间太华）	元好问	207
满江红（塞马南来）	段克己	210
水调歌头（南郊旧坛在）	白　朴	212
沁园春（独上遗台）	白　朴	215
秋色横空（儿女情多）	白　朴	218
念奴娇（中原形势）	刘　因	221
百字令（碧天向晚）	张　翥	222
巫山一段云（南浦寒潮急）	李齐贤	225
酹江月（短衣瘦马）	萨都剌	226
木兰花慢（古徐州形胜）	萨都剌	228
水龙吟（鸡鸣风雨潇潇）	刘　基	230
沁园春（万里封侯）	刘　基	232
念奴娇（策勋万里）	高　启	234
满江红（拂拭残碑）	文征明	235
念奴娇（三分鼎峙）	陈　霆	237
风入松（乾坤空断海天秋）	陈　霆	239
念奴娇（长江滚滚东流去）	张　綖	241

临江仙（滚滚长江东逝水）	杨　慎	242
临江仙（曾记锦川川北去）	孙承宗	244
水龙吟（平章三十年来）	孙承宗	246
满江红（激浪输风）	金　堡	248

第四编　清词

满江红（沽酒南徐）	吴伟业	252
满江红（浪涌蓬莱）	曹　溶	255
贺新郎（鹤发开元叟）	龚鼎孳	258
念奴娇（孤舟初发）	曹尔堪	261
念奴娇（风尘燕市）	曹尔堪	263
贺新郎（苍翠飞千状）	史鉴宗	266
贺新郎（苦塞霜威冽）	丁　澎	268
永遇乐（千古靖关）	董元恺	270
满江红（野渡盘涡）	陈维崧	273
点绛唇（晴髻离离）	陈维崧	275
夜游宫（一派明云荐爽）	陈维崧	277
渡江云（向长安市上）	陈维崧	279
水调歌头（酒冷天寒日）	陈维崧	281
满庭芳（汜水东来）	陈维崧	283
洞仙歌（摩空翠鬣）	陈维崧	284
水龙吟（当年博浪金椎）	朱彝尊	287
百字令（崇墉积翠）	朱彝尊	289
满庭芳（独眼龙飞）	朱彝尊	291

词牌（首句）	作者	页码
八声甘州（大黄河万里卷沙来）	屈大均	295
长亭怨（记烧烛、雁门高处）	屈大均	296
满江红（落照苍然）	曹贞吉	298
贺新凉（咄汝青衫叟）	曹贞吉	301
念奴娇（诗亡骚变）	刘榛	304
夜行船（为问郁然孤峙者）	顾贞观	307
临江仙（谁挽银河天上水）	蒋景祁	309
金缕曲（德也狂生耳）	纳兰性德	311
浪淘沙（唇阙半模糊）	纳兰性德	314
风流子（平原草枯矣）	纳兰性德	316
沁园春（花亦无知）	郑燮	319
贺新郎（掷帽悲歌起）	郑燮	322
太常引（满天星露压长城）	郑燮	324
满江红（马铎郎当）	蒋士铨	326
菩萨蛮（玉皇宫殿高无极）	洪亮吉	328
齐天乐（丹梯直上凌阊阖）	吴锡麒	330
摸鱼子（倚柴门、晚天无际）	黄景仁	332
水龙吟（关河冻合梨云）	邓廷桢	334
月华清（岛列千螺）	邓廷桢	336
东风第一枝（烈烈轰轰）	张维屏	340
金缕曲（闷欲呼天说）	吴藻	342
台城路（山椒法物千年在）	龚自珍	344
中兴乐（绕楼一带薜萝墙）	许宗衡	346
念奴娇（月吾问汝）	周星誉	348

永遇乐（放眼东南）	周星誉	351
望海潮（插天翠壁）	张景祁	353
曲江秋（寒潮怒激）	张景祁	355
念奴娇（登临纵目）	王鹏运	358
八声甘州（是男儿万里惯长征）	王鹏运	360
翠楼吟（石马沉烟）	文廷式	364
浪淘沙（高唱大江东）	文廷式	367
湘月（夜铃语断）	郑文焯	369
夜飞鹊（沧波放愁地）	朱祖谋	371
金缕曲（斗柄危楼揭）	朱祖谋	374
金缕曲（双鬓萧萧矣）	黄　人	376
凤栖梧（寸心万古情魔宅）	黄　人	378
水调歌头（拍碎双玉斗）	梁启超	381
浪淘沙（报国志难酬）	沈鹊应	383
满江红（肮脏尘寰）	秋　瑾	384
满江红（皎皎昆仑）	李叔同	386
金缕曲（六月飞霜雪）	柳亚子	389

参考引用文献举要 …… 393

第一编 唐五代词

生查子①

敦煌曲子词

三尺龙泉剑②。匣里无人见③。落雁一张弓④,百只金花箭。为国竭忠贞,苦处曾征战。未忘立功勋⑤,后见君王面。

[注释]

①生查子:唐教坊曲名。《尊前集》注双调。元高拭词注南吕宫。朱淑真词有"遥望楚云深"句,名《楚云深》。韩淲词有"山意入春晴,都是梅和柳"句,名《梅和柳》;又有"晴色入青山"句,名《晴色入青山》。《白香词谱》:"生本可读星。《诗经·小雅》:'不如友生。'传:'协桑经切,音星。'是生查即星槎也。"任二北《教坊记笺订》引曾慥《类说》曰:"唐明皇呼人为查,言士大夫如仙查,随流变化,升天入地,能处清浊也。……词牌名《生查子》的查,就是用这个含义。" ②龙泉:宝剑名。《水经注·沅水》引晋《太康地记》:"(西平)县有龙泉水。可以砥砺刀剑,特坚利。故有坚白之论矣。是以龙泉之剑,为楚宝也。"《史记·苏秦列传》"龙渊、太阿"司马贞《索隐》:"汝南西平有龙泉水,可以淬刀剑,特坚利,故有龙泉之剑,楚之宝剑也。以特坚利,故有坚白之论云:'黄,所以为坚也;白,所以为利也。'齐辨之曰:'白,所以为不坚;黄,所以为不利也。'故天下之宝剑韩为众,一曰棠溪,二曰墨阳,三曰合伯,四曰邓师,五曰宛冯,六曰龙泉,七曰太阿,八曰莫邪,九曰干将也。" ③匣:原误作"侠"。 ④"落雁"句:原

作"金落雁一张弓","金"字误衍。任二北《敦煌歌辞总编》（以下简称《总编》）校作"一张落雁弓"。《国语·魏语》："更盈侍魏王,见一雁过,曰:'臣能遥弓而落雁。'乃弯弓向雁,雁即落。"　⑤未忘:原作"未望"。敦煌曲子词中类似的音讹之例,尚有如《浣溪沙》一调中"结草城楼不望恩"、"出入岂曾望故室"等。《总编》校作"先望"。

[评析]

在敦煌曲子词中,有相当一部分作品是民间无名氏所为。这表明,词在初起时与民间文学存在着割舍不开的关联。不能确定作者具体为何人,很多时候并不妨碍对作品的理解和欣赏,这可以看成是对"知人论世"铁律的一个别样、有效的补充。这首《生查子》颂扬守边将士,写得质朴无华,豪迈大气,浅显易懂。任二北先生所解旁及唐代军制,略如郑准《代寄边人》所云"圣泽如垂饵,沙场会息兵",亦可参:"曾经苦战,已竭忠贞,依然匣里龙泉,韬而不显,此作者之所不平。可贵者,他们并不气馁,继续争取前程,望大勋,蒙召见。辞明明曰'先望',与'后见'是尚在劳而无功之中。问题乃唐室军制对士卒罚严恩薄,甘言以募新,不赏使兵老耳。仅就诗人篇咏中验之,已可概见。"（《总编》卷二）

中国古代文学史上的边塞题材,最早出现在《诗经》中,如《豳风·东山》和《小雅·采薇》。至唐代,边塞诗脱颖而出。最早的边塞词,可能是初唐无名氏的《回纥》:

阴山瀚海使难通。幽闺少妇罢裁缝。缅想边庭征战苦,谁能对镜冶愁容。久戍人将老,须臾变作白头翁。〔按:此首始见《乐府诗集》卷八〇,《全唐诗》卷二七录作唐无名氏,《钦定词谱》卷三录为《怨回纥》之"又一体",曾昭岷等编《全唐五代词》录入副编卷一。是其属诗属词,尚有疑问。〕

曾被评为"缠绵含蓄"（杨慎《词品》卷一）。后来,冯延巳词全仿于此,别名《抛球乐》，而平仄稍有差别。敦煌边塞词约有四十余首，除此首外，尚有《浣溪沙》（忽见山头水道埋）、《望远行》（年少将军佐圣朝）、《酒泉子》（三尺青蛇）（红耳薄寒）、《捣练子》（堂前立）等。这些作品所表现出的风貌与格调，跟唐代边塞诗总体上是一致的。

浣溪沙[①]

敦煌曲子词

倦却诗书上钓船。身披莎笠执鱼竿。[②]棹向碧波深处去，复几重滩[③]。　不是从前为钓者，盖缘时世厌良贤[④]。所以将身岩薮下，不朝天。[⑤]

[注释]

①浣溪沙：唐教坊曲名。张泌词有"露浓香泛小庭花"句，名《小庭花》。贺铸名《减字浣溪沙》。韩淲词有"芍药酴醾满院春"句，名《满院春》；有"东风拂栏露犹寒"句，名《东风寒》；有"一曲西风醉木犀"句，名《醉木犀》；有"霜后黄花菊自开"句（应作"霜后黄花尚自开"），名《霜菊黄》；有"广寒曾折最高枝"句，名《广寒枝》；有"春衫初试薄香罗"，名《试香罗》；有"清和风里绿荫初"句，名《清和风》；有"一番春事怨啼鹃"句，名《怨啼鹃》。　②"倦却"二句：倦，任二北《敦煌曲校录》（以下简称《校录》）校作"卷"。《校录》所用例证为《捉季布传文》中"扇开帘倦问大臣"、《丑女缘起》中"倦上珠帘御帐开"等。莎笠，即蓑笠。　③复：伯卷无此字。　④"盖

缘"句：厌，伯卷作"掩"。《楚辞·卜居》："世混浊而不清：蝉翼为重，千钧为轻；黄钟毁弃，瓦釜雷鸣；谗人高张，贤士无名。" ⑤"所以"二句：谓在野不仕。邹阳《狱中上梁王书》："今欲使天下恢廓之士，诱于威重之权，胁于位势之贵，回面污行，以事谄谀之人，而求亲近于左右，则士有伏死窟穴岩薮之中耳，安有尽忠信而趋阙下者哉！"

[评析]

　　这首《浣溪沙》应是文人士子所作。词写因"时世厌良贤"，士子仕途不得意，乃以垂钓为隐。身隐"岩薮"，内心是痛苦的。全篇使用倒卷方式，先言结果，再作解释，有引人入胜之妙。敦煌曲子词中，又有一首同调之作：

　　　　浪打轻船雨打篷。遥看篷下有渔翁。莎笠不收船不系，任西东。

　　　　即问鱼翁何所有，一壶清酒一竿风。山月与鸥长作伴，在五湖中。

写真正渔翁的生活乐趣，与李珣《渔歌子》中洋溢的诗情画意是一样的诱人："荻花秋，潇湘夜。橘洲佳景如屏画。碧烟中，明月下。小艇垂纶初罢。　水为乡，蓬作舍。鱼羹稻饭常餐也。酒盈杯，书满架。名利不将心挂。"可见，同一题材，同样写棹舟垂钓，但境界不同，表现出两种思想倾向。

　　敦煌曲子词中，还有两首写到学子：

　　　　云水客。书卷十年功积。聚尽萤光凿尽壁。不逢青眼识。　终日尘驱役饮食。泪珠常滴。欲上龙门希借力。莫交重点额。(《谒金门》)〔按：敦煌写卷所载此调，下片次句皆六言。此首或脱二字。〕

　　　　聪明儿，无不会。只为红鳞，未变归沧海。几度龙门点额退。所有红波，渌水归潭在。　摆金铃，摇玉佩。常有坚心，洒雨乾坤内。稍有行云□顶载。猛透强波，直向青云外。(《苏莫遮》)与本篇题旨相近，所用典故也有相同处，可以参读。

定风波[①]

敦煌曲子词

攻书学剑能几何[②]。争如沙塞骋偻儸[③]。手执六寻枪似铁[④]。明月。龙泉三尺斩新磨[⑤]。　堪羡昔时军伍，谩夸儒士德能康。[⑥]四塞忽闻狼烟起[⑦]。问儒士，谁人敢去定风波。

[注释]

①定风波：唐教坊曲名。李珣词名《定风流》。张先词名《定风波令》。又，《定风波慢》有两体，一百字者，柳永词注林钟商，张耒词注商角调；一百五字者，柳永词注夹钟商。　②攻：原作"功"。　③"争如"句：偻儸（luó），聪明干练。《新五代史·刘铢传》："铢谓李业等曰：'诸君可谓偻儸儿矣。'"《鹤林玉露》卷一五引作"偻罗"，云："偻罗，俗言猾也。"《七修类稿》卷二三："俗云偻儸，演义为干办集事之称。《篇海》训'儸'字曰健而不德。据是二说，皆狡猾能事意也。"
④六寻：《总编》校作"绿沉"。一寻八尺。六寻，极言其长。　⑤斩：王重民《敦煌曲子词集》（简称王集）、饶宗颐《敦煌曲》（简称饶编）校作"剑"。　⑥"堪羡"二句：军伍，军队。《管子·问》："工之巧，出足以利军伍，处可以修城郭、补守备者几何人。"谩，原作"满"。士，原作"仕"，此据《校录》校改。康，《校录》校作"多"。　⑦"四塞"

句：四塞，四方边境之地。敦煌曲子词《献忠心》："四塞休征罢战，放将士，尽回戈。"《酉阳杂俎》卷一六："狼粪烟直上，烽火用之。"《埤雅·释兽·狼》："古之烽火用狼粪，取其烟直而聚，虽风吹之不斜。"

定风波

敦煌曲子词

征后偻儸未是功①，儒士偻儸转更加。三尺张良非奭弱②。谋略。汉兴楚灭本由他③。　　项羽翘楚无路，酒后难消一曲歌。④霸王虞姬皆自刎⑤。当本⑥。便知儒士定风波。

[注释]

①"征后"句：征后，《校录》校作"征战"，《总编》校作"征服"。功，读如"锅"。　②"三尺"句：三尺，《总编》校作"三策"。《礼记·玉藻》："绅制，士长三尺。"非，原作"飞"。奭（ruǎn），原作"恧"，王集、《总编》校作"恶"。此据林玫仪《敦煌曲子词斠证初编》（简称林编）校改。　③"汉兴"句：楚，王集、《总编》校作"据"。此据林编校改。他，读如"拖"。　④"项羽"二句：《诗·周南·汉广》："翘翘错薪，言刈其楚。"酒，原误作"灭"。　⑤"霸王"句：王，原误作"主"。姬，原作"矩"。刎，原作"别"，此据《校录》、饶编校改。　⑥当本：当时，本来。敦煌曲子词《阿曹婆词》："当本只言三载归。灼灼期。朝暮啼多淹损眼，信音稀。"

[评析]

　　这两首《定风波》,有比较清晰的扮演对答痕迹:先是武士骄儒士,以之不能去四塞灭狼烟、定风波;后是儒士以楚汉相争中的谋略胜于武力,项羽为张良所败,表明韬略重于武功的思想。任二北先生即谓:"《定风波》二首之内容为儒士问答,与《教坊记》所列《儒士谒金门》、《武士朝金阙》调名之意义正合。二调之创调时代,在开天间,无可怀疑。"(《敦煌曲初探》)又云:"此二首一问一答,显然联章;显然为民间文艺,文人所嗤为'俳优体'、为'戏剧文体'者。其内容又一望而知涉及当时之边功、史迹、文化、教育、社会风气等,不平凡,不猥琐,应是盛唐作品。……此项问答体在当时尚不知如何表现,为讲唱?抑为戏弄?其不似文人之作,仅供案头观赏而已,又可断言。……辞旨在表文策重于武功,战略重于战术,帷幄重于疆场;而将张良看成兵家,以良之三策为汉兴楚灭之转折点,乃产生惟儒士堪定风波之错误结论。由此推演,知《教坊记》有《儒士谒金门》与《武士朝金阙》外,必尚有《儒士定风波》之调名失载,兼及《羽士谒金门》之辞旨,而后有'盛唐三士歌辞'之完整概念,诚不虚也。"(《敦煌歌辞总编》卷三)

　　如果说这两首词是"文武二士,粉墨登场"的话,那么,敦煌曲子词中的另两首《南歌子》就可以视为"两名演员,扮作夫妻"的对唱剧:

　　　　斜影朱帘立,情事共谁亲。分明面上指痕新。罗带同心谁绾,甚人踏破裙。　蝉鬓因何乱,金钗为甚分。红妆垂泪忆何君。分明殿前实说,莫沉吟。

　　　　自从君去后,无心恋别人。梦中面上指痕新。罗带同心自绾,被猧儿踏破裙。　蝉鬓朱帘乱,金钗旧股分。红妆垂泪哭郎君。妾是南山松柏,无心恋别人。

种种风情,颇可想见。就此,钟振振先生进一步评论说:"当曲子词兴起并盛行于民间之时,原本有着多种多样的表演形式,可以朝着各个不同的方向发展。如若不是由于文人们使它基本定型为一种新的抒情独唱歌曲的话,像上述这两组略具代言体表演性质的对唱词,满可以随着情节的进一步繁衍和角色的渐次增多,较快地过渡到以曲子词为音乐唱腔的戏剧,那么,中国戏剧史上最早成熟的品种就数不到元杂剧,而应该是'宋杂剧'甚至'唐杂剧'了。"(《历代小令词精华》)着实发人深思。

菩萨蛮①

李 白

平林漠漠烟如织②。寒山一带伤心碧。暝色入高楼。有人楼上愁。　玉阶空伫立。宿鸟归飞急。③何处是回程。长亭接短亭。④

[注释]

①菩萨蛮:唐教坊曲名。《宋史·乐志》:女弟子舞队名。《尊前集》注中吕宫。《宋史·乐志》亦中吕宫。《太和正音谱》注正宫。《杜阳杂编》云:大中初,女蛮国入贡,危髻金冠,璎络被体,号菩萨蛮队。当时倡优遂制《菩萨蛮》曲,文士亦往往声其词。《北梦琐言》云:唐宣宗爱唱《菩萨蛮》词,令狐绹命温庭筠新撰进之。《碧鸡漫志》云:今《花间集》温词十四首是也。按,温庭筠词有"小山重叠金明灭"句,名《重叠金》。李煜词名《子夜歌》,一名《菩萨鬘》。韩淲词有"新声休写花间意"句,名《花间意》;又有"风前觅得梅花句",名《梅花句》;有

"山城望断花溪碧"句,名《花溪碧》;有"晚云烘日南枝北"句,名《晚云烘日》。 ②"平林"句:《诗·小雅·车辖》:"依彼平林,有集维鹬。"毛传:"平林,林木之在平地者也。"漠漠,迷蒙貌。郑侠《烟雨楼》:"群岫西来烟漠漠,大江南去雨蒙蒙。" ③"玉阶"二句:班固《西都赋》:"玄墀扣砌,玉阶彤庭。"张铣注:"玉阶,以玉饰阶。"李善注引《汉书》曰:"朝阳舍中庭彤朱,而殿上髹漆,砌皆铜沓,黄金涂,白玉阶。"李白《玉阶怨》:"玉阶生白露,夜久侵罗袜。"玉阶,台阶的美称,吴讷《唐宋名贤百家词》本《尊前集》(简称吴本)、国家图书馆藏明钞本《尊前集》(简称明钞本)、《湘山野录》卷上、《诗话总龟》前集卷四〇、《唐宋诸贤绝妙词选》卷一、《诗人玉屑》卷二一作"玉梯"。鸟,《湘山野录》作"雁"。 ④"何处"二句:回,《湘山野录》、《诗话总龟》、《唐宋诸贤绝妙词选》、《诗人玉屑》作"归"。接,《湘山野录》、《唐宋诸贤绝妙词选》作"连"。古时大道两侧供行人休憩之处称为亭,约十里一长亭,五里一短亭。庾信《哀江南赋》:"十里五里,长亭短亭。"

[评析]

此词,释文莹《湘山野录》卷上云:"不知何人写在鼎州沧水驿楼,复不知何人所撰。魏道辅泰见而爱之。后至长沙,得古集于子宣内翰家,乃知李白所作。"《诗话总龟》前集卷四〇、《诗人玉屑》卷二一引《古今诗话》所记略同。后人遂以为此词"始见"于《湘山野录》,并因而疑为伪作。实各本《尊前集》早已收录。文莹或未见《尊前集》,故"不知何人所撰"。高承《事物纪原》卷二引杨绘《本事曲》云:"近传一阕,云李白制,即今《菩萨蛮》,其词非白不能及,信其自白始也。"《事物纪原》约成书于元丰三年(1080),可知此前李白《菩萨蛮》词已传世。李白此词可谓其来有自,宋人未尝致疑。自胡应麟《少室山房笔丛》卷四一发难,以为此词"近飞卿","盖晚唐人词";胡震亨《唐音癸签》卷一三亦谓此词是"后人妄托",近人遂聚讼纷纭。曾昭岷等编《全唐五代词》从《尊前集》录作李白词。

词写游子思乡。上片写景。首二句由近到远,在对登高所见自然山色富于表现力的描绘中,委婉地表达出沉重的心情。次二句由远及近,顺势拈出"愁"情主题,并引起下片。过片以宿鸟归飞衬拟游子之孤立难堪,做足情味。结末二句的归期未有期,愈显词情凝重。此首,俞陛云许以"苍茫高浑"(《唐五代两宋词选释》)之高评;胡应麟《少室山房笔丛》所论"虽工丽而气衰竭",因与其是否为李白所作的判断纠缠在一起,未必可以信从。又,陈祖美主编《万里归心对明月:唐代合集》认为,此词乃无名氏作,写思妇怀远。可备一说。

忆秦娥①

李 白

箫声咽。秦娥梦断秦楼月。②秦楼月。年年柳色。灞桥伤别③。乐游原上清秋节。咸阳古道音尘绝。④音尘绝。西风残照,汉家陵阙⑤。

[注释]

①忆秦娥:元高拭词注商调。按,此词昉自李白,自唐迄元,体各不一。要其源,皆从李词出也。因词有"秦娥梦断秦楼月"句,故名

《忆秦娥》，更名《秦楼月》。苏轼词有"清光偏照双荷叶"句，名《双荷叶》。宋无名氏词有"水天摇荡蓬莱阁"句，名《蓬莱阁》。至贺铸始易仄韵为平韵。张辑词有"碧云暮合"句，名《碧云深》。宋媛孙道绚词有"花深深"句，名《花深深》。　②"箫声"二句：《列仙传》："萧史者，秦穆公时人也，善吹箫，能致孔雀、白鹤于庭。穆公有女，字弄玉，好之，公遂以为妻焉。日教弄玉作凤鸣。居数年，吹似凤声，凤凰来止其屋。公为作凤台，夫妇止其上，不下数年。一旦，皆随凤凰飞去。"　③灞桥伤别：灞桥，《唐宋诸贤绝妙词选》卷一作"霸陵"，《李太白文集》作"灞陵"。汉文帝刘恒陵寝灞陵在长安东。《三辅黄图》卷六："霸桥在长安东，跨水作桥。汉人送客至此桥，折柳赠别。"　④"乐游原"二句：乐游原，在长安（今陕西西安）城南。秦属宜春苑的一部分，汉宣帝立乐游庙，又名乐游苑。《汉书·宣帝纪》："神爵三年，起乐游苑。"《关中记》："宣帝许后葬长安县乐游里，立庙曲江池北，名曰乐游庙，因葬为名。"题蔡琰《胡笳十八拍》："故乡隔兮音尘绝，哭无声兮气将咽。"谢庄《月赋》："美人迈兮音尘阙，隔千里兮明月。"张铣注："音信复阙。"　⑤汉家陵阙：陵，《李太白文集》王琦注："一作宫。"咸阳有汉高祖长陵、景帝阳陵、武帝茂陵以及唐太宗昭陵、高宗乾陵等二十余座帝王陵寝。

[评析]

此词，始见于邵博《邵氏闻见后录》卷一九。其引此词原文后云："李太白词也。予尝秋日饯客咸阳宝钗楼上，汉诸陵在晚照中，有歌此词者，一座凄然而罢。"而前此李之仪有《忆秦娥·用太白韵》（清溪咽），是此词北宋后期即已传播，至宋末《唐宋诸贤绝妙词选》、《草堂诗余》亦作李白词收入，传播遂广。胡应麟《少室山房笔丛》卷四一始疑其伪，

《李太白文集》王琦注亦以为"其真赝诚未易定决,《笔丛》所辩未为无见"。杨希闵《词轨》卷一引陈广夫云:"太白未有词,传者皆晚唐人作。"又谓此首"恐是五代人作"。今人证真、辨伪者皆有之,迄无定论。兹从宋人之说作李白词。

词作并不直抒胸臆,而是通过高明地组接上、下两片所分别描绘的两幅具体意象完全不同、却又有着内在联系的图景,在虚、实结合的艺术手法中派生出"象外之象",从而产生"意境",使读者由此而自然激发出图景以外的感知和感悟。这就是,通过画面间留下的大片联想、想象的空间,使作品在个人的伤春、悲秋情绪之外,产生巨大的、外延的审美张力,直至扩展为对人生悲欢离合、历史盛衰兴亡的反思。这种情况,"远非温庭筠的《菩萨蛮》可比"(《黄天骥诗词曲十讲》)。早前,王国维曾称赞此词"纯以气象胜",并谓结末二句"寥寥八字,遂关千古登临之口"(《人间词话》),即悲壮境界全出,基本上也是这个意思。可以进行类比的,还有杜牧的一首《登乐游原》:"长空淡淡孤鸟没,万古销沉向此中。看取汉家何事业,五陵无树起秋风。"前两句,也被认为"有包扫一切之概"(俞陛云《诗境浅说》)。

转应词[①]

戴叔伦

边草。边草。边草尽来兵老。山南山北雪晴[②]。千里万里月明。明月。明月。胡笳一声愁绝[③]。

[注释]

①转应词：《全唐诗》卷八九〇作《调笑令》。《乐府诗集》卷八二引《乐苑》曰："《调笑》，商调曲也。戴叔伦谓之《转应词》。"此调即《调笑令》，又名《古调笑》、《宫中调笑》、《调啸词》。《乐苑》入双调。白居易《代书诗一百韵寄微之》："打嫌《调笑》易，饮讶《卷波》迟。"自注："抛打曲有《调笑令》，饮酒曲有《卷白波》。"三十二字，四仄韵，两平韵，两叠韵。平仄韵递转，难在平韵再转仄韵时，二言叠句必须用上六言的最后两字倒转为之，所以又名为《转应曲》。龙榆生《唐宋词格律》谓：唐词格式全同，惟句中平仄颇多出入，兹以韦应物一首为准，于举例中兼采王建、戴叔伦诸作，借资比较。北宋以后，多用不转韵格。三十八字，七仄韵，联章以成"转踏"，借以演唱故事。兹附列为变格。

②山南山北：当指天山（北祁连山）南北，在今新疆境内。唐代常派士兵到这一带驻扎，由安西都护府指挥。 ③胡笳：西北胡人所用乐器，取芦叶卷成管子，随口吹奏。张骞使西域，把它的曲调带回长安，作为军乐的一种。

[评析]

戴叔伦（732~789）的这首《转应词》，是此调现存最早的作品。唐代吐蕃、回纥迭起窥边，故唐人诗词"多言征戍之苦"（俞陛云《唐五代两宋词选释》）。此词写当时远戍边疆的士兵生活，多少表现出非战思想。本属调笑格调的小令，在词人笔下赋予了新的内容，于是一变而为深沉的慨叹。全篇使用层层烘托的艺术手法，通过描写边塞的边草寒雪、明月笳声，整体营造出一种哀苦悲凉的气氛，加上在音韵方面从"月明"到"明月"的巧妙颠倒转接，最后自然逼出一篇之眼"愁绝"。所以，有"笔意回环，音调婉转"之评（张宗橚《词林纪事》卷一引《古今词话》）。

此词虽不失为佳作，但终归属于艺术虚构。如果跟宋代的同题材之作，如范仲淹《渔家傲》（塞下秋来风景异）的亲历实感相比，就不免有来得不够真切之憾。当然，这只是问题的一个方面。如果把视野再进一步延伸至清初，就会发现，当时有一批也许还没有边塞经验的边塞词人，在送人至边塞时，也写了相关的作品，如董元恺《塞垣春·送友人出塞，和周清真韵》、徐倬《金缕曲·送合素塞上》、毛奇龄《春从天上来·拟昭君词送友出塞》、孙序皇《雨淋铃·送人出塞》、陈喆伦《内家娇·送人出塞》、金烺《玉烛新·送人之塞上》等。他们所写出的边塞景象和情怀，靠的是驰骋想象。还有一些人，如柴静仪作有一首《风入松·拟塞上词》：

少年何事远从军。马首日初曛。关山隔断家乡路，回首处、但见黄云。带月一行哀雁，乘风万里飞尘。　茫茫塞草不知春。画角那堪闻。金闺总是书难寄，又何用、归梦频频。几曲琵琶，送酒沙场，自有红裙。

拟作，在这里类似于练笔，只是借助所具备的文学史意识，体现出对这一特定题材的兴趣罢了。不过，女性作家加入到这个系列中，仍然是值得注意的词史现象。（参张宏生《论清初边塞词》）

调笑[①]

韦应物

胡马[②]。胡马。远放燕支山下[③]。跑沙跑雪独嘶[④]。东望西望路迷。迷路。迷路。[⑤]边草无穷日暮。

[注释]

①调笑：《乐府诗集》卷八二作《宫中调笑》。《韦江州集》卷一○作《调啸词》二首。　②胡马：西域所产良马。杜甫《房兵曹胡马》："胡马大宛名，锋棱瘦骨成。竹批双耳峻，风入四蹄轻。"　③燕支山：亦称焉支山、胭脂山，在今甘肃永昌西，绵延于祁连山和龙首山之间。此山汉初以前为匈奴所据。山上生长一种燕支草，匈奴女子用来化妆，故名。《史记·匈奴列传》："汉使骠骑将军去病将万骑出陇西，过焉支山千余里，击匈奴，得胡首虏万八千余级，破得休屠王祭天金人。"张守节《正义》引《括地志》曰："焉支山一名删丹山，在甘州删丹县东南五十里。《西河故事》云：匈奴失祁连、焉支二山，乃歌曰：'亡我祁连山，使我六畜不蕃息；失我焉支山，使我妇女无颜色。'"李白《王昭君二首》其一："燕支长寒雪作花，蛾眉憔悴没胡沙。"　④"跑沙"句：跑沙跑雪，《乐府诗集》作"咆沙咆雪"，非。跑（páo），兽蹄扒土。刘商《胡笳十八拍》："马饥跑雪衔草根，人渴敲冰饮流水。"　⑤"迷路"二句：《四部备要》本《韦苏州集》作"路迷。路迷。迷路"三句。

[评析]

早期文人词创作，因为没有明确的词体意识，大抵是把词当作可歌的诗，正如夏承焘先生所云："词之初起，若刘、白之《竹枝》、《望江南》，王建之《三台》、《调笑》，本蜕自唐绝，与诗同科。"（《唐宋词字声之演变》）正因如此，早期文人词往往会兴之所至，表现诗歌中的主题和常用的题材。如韦应物（737？~791？）此首《调笑》，写边塞题材，通过胡马迷路的焦急状态，曲折表现征人孤独、烦忧的心绪，被认为与上录戴叔伦一阕"同妙"（张宗橚《词林纪事》卷一引《古今词话》）。究竟妙在何处？俞陛云《唐五代两宋词选释》所云"犹世人营扰一生，其归宿究在何处"，可谓得之。考虑到《调笑》一调固有的谐谑意味，似乎可以更进一层地理解为，即使这样的孤独和困惑是不可避免的，也应对此采取超越性的态度，微笑着承担这一切。

小令在初起时期有一种用叠语发端的起笔方式，戴叔伦《转应词》、韦应物的两首《调笑》（另一首写的是愁人相思："河汉。河汉。晓挂秋城漫漫。愁人起望相思。江南塞北别离。离别。离别。河汉虽同路绝。"）是这样，王建《宫中调笑》四首也是如此：

> 团扇。团扇。美人病来遮面。玉颜憔悴三年。谁复商量管弦。弦管。弦管。春草昭阳路断。

> 胡蝶。胡蝶。飞上金枝玉叶。君前对舞春风。百叶桃花树红。红树。红树。燕语莺啼日暮。

> 罗袖。罗袖。暗舞春风依旧。遥看歌舞玉楼。好日新妆坐愁。愁坐。愁坐。一世虚生虚过。

> 杨柳。杨柳。日暮白沙渡口。船头江水茫茫。商人少妇断肠。肠断。肠断。鹧鸪夜飞失伴。

这类重叠，是词脱胎于民歌的重要标志之一。

浪淘沙①

刘禹锡

九曲黄河万里沙。浪淘风簸自天涯。②如今直上银河去，同到牵牛织女家。③

[注释]

①浪淘沙：《刘宾客文集》卷二七、《刘梦得文集》卷九、《万首唐人绝句》卷五作《浪淘沙词》。此调盖即《浪淘沙令》。柳永《乐章集》注歇指调。明蒋氏《九宫谱目》：越调。歇指调乃林钟律之商声，越调乃无射律之商声也。贺铸词名《曲入冥》。李清照词名《卖花声》。史达祖词名《过龙门》。马钰词名《炼丹砂》。唐人《浪淘沙》，本七言断句，至李煜始制两段令词，虽每段尚存七言诗两句，其实因旧曲名，另创新声也。杜安世、柳永、宋祁、杜安石词，均源出于李煜词也。至柳永、周邦彦别作慢词，与此截然不同，盖调长拍缓，即古曼声之意也。　②"九曲"二句：《初学记》卷六引《河图》："黄河出昆仑山东北角，河水九曲，长者入于渤海。"《说文》："簸，扬米去糠也。"《诗·小雅·大东》："维南有箕，不可以簸扬。"　③"如今"二句：《博物志》卷一〇："旧说云天河与海通。近世有人居海渚者……乘槎而去。十余日中，犹观星月日辰，自后茫茫忽忽，亦不觉昼夜。去十余日，奄至一处，有城郭状，屋舍甚严。遥望宫中多织妇，见一丈夫牵牛渚次饮之。牵牛人乃惊问曰：'何由至此？'此人具说来意，并问此是何处，答曰：'君还至蜀郡访严君平则知之。'竟不上岸，因还如期。后至蜀，问君平，曰：'某年月日有客星犯牵牛宿。'计年月，正是此人到天河也。"

[评析]

刘禹锡（772~842）的《浪淘沙》组词一共有九首，这是其中的第一首，作于长庆年间任夔州刺史时。词作先破题，着力描绘九曲黄河奔流的大浪淘沙之势，再运用神话典故，把视线从地下引到天上，将"黄河之水天上来"更加形象化，另辟一番神异境界。整篇开阖有致，疾徐有度，奔放逸宕。

刘禹锡《浪淘沙》组词中的另外八首依次为：

洛水桥边春日斜。碧流清浅见琼沙。无端陌上狂风急，惊起鸳鸯出浪花。

汴水东流虎眼纹。清淮晓色鸭头春。君看渡口淘沙处，渡却人间多少人。

鹦鹉洲头浪飐沙。青楼春望日将斜。衔泥燕子争归舍，独自狂夫不忆家。

濯锦江边两岸花。春风吹浪正淘沙。女郎剪下鸳鸯锦，将向中流定晚霞。

日照澄洲江雾开。淘金女伴满江隈。美人首饰侯王印，尽是沙中浪底来。

八月涛声吼地来。头高数丈触山回。须臾却入海门去，卷起沙堆似雪堆。

莫道谗言如浪深。莫言迁客似沙沉。千淘万漉虽辛苦，吹尽寒沙始到金。

流水淘沙不暂停。前波未灭后波生。令人忽忆潇湘渚，回唱迎神三两声。

颇可注意的是，日本嵯峨天皇《河阳十咏·江上船》系点化组词中的第一首："一道长江通千里，漫漫流水漾行船。风帆远没虚无里，疑是仙查欲上天。"〔按：张志和所作《渔歌子》五首，其一云："西塞山前白鹭飞。桃花流水鳜鱼肥。青箬笠，绿蓑衣。斜风细雨不须归。"嵯峨天皇也曾追和过这组词，其第一首曰："江水渡头柳乱丝。渔翁上船烟景迟。乘春兴，无厌时。求鱼不得带风吹。"〕另一位日本作家藤原冬嗣的一首《河阳花》，也是明显脱胎于组词中的第五首："河阳风土饶春色，一县千家无不花。吹入江中如濯锦，乱飞机上夺文沙。"至于这组作品属词属诗,容有争议,此从曾昭岷等编《全唐五代词》。

定西番[①]

牛 峤

紫塞月明千里[②],金甲冷[③],戍楼寒。梦长安。　　乡思望中天阔。漏残星亦残[④]。画角数声呜咽[⑤]。雪漫漫[⑥]。

[注释]

①定西番:唐教坊曲名。唐无名氏词"事从星车入塞",原题云:"曲子一首,寄在定西番。"　②紫塞:长城,此泛指边塞。《古今注·都邑》:"秦筑长城,土色皆紫,汉塞亦然,故称紫塞焉。"卢照邻《战城南》:"将军出紫塞,冒顿在乌贪。"　③金甲:王昌龄《从军行》:"黄沙百战穿金甲,不破楼兰终不还。"　④漏残:古时多以铜制漏壶盛水滴漏计时,夜间以刻漏报更,故刻漏又称更漏。漏残,谓夜将尽。韦庄《浣溪沙》:"夜夜相思更漏残。伤心明月凭栏干。"　⑤画角:古乐器,出自西羌。口细尾大,形如牛角,以竹木或皮革制成,外加彩绘。其声哀厉,军中吹奏以警示晨昏、鼓舞士气。杜甫《奉送王信州崟北归》:"壤歌唯海甸,画角自山楼。"　⑥漫漫:遍布貌。戴叔伦《苏溪亭》:"苏溪亭上草漫漫,谁倚东风十二阑。"

[评析]

牛峤(生卒年不详)的这首《定西番》写征人乡思。唐五代时,边患迄无宁岁,诗人边塞之作,辄为思妇、征夫写其哀怨。此词写因戍边凄苦难耐而引发乡愁,思极入梦,梦醒而望,望而难及,更形不堪。其中绝塞荒寒之景,如紫塞戍楼、角声悲奏等,最易动战士之怀。但写来虽悲凉却并不绝望,虽凄冷而有所期待,悲壮雄浑,拓展了花间一派词的境界。

人云题材决定风格。牛峤还有一首《望江怨》,写得情切辞达,颇为简劲:

> 东风急。惜别花时手频执。罗帏愁独入。马嘶残雨春芜湿。倚门立。寄语薄情郎,粉香和泪泣。

以入声韵咏别愁,用繁弦促柱之声,表哀怨凄紧之情。情语艳语而"有劲气暗转,愈转愈深"(况周颐《餐樱庑词话》),是其佳处。其中"手频执"云云,与柳永"执手相看泪眼"云云相较,绵博虽有未及,而婉约细腻实过之。

甘州遍[①]

毛文锡

秋风紧,平碛雁行低。阵云齐。萧萧飒飒[②],边声四起,愁闻戍角与征鼙。　　青冢北,黑山西[③]。沙飞聚散无定,往往路人迷。铁衣冷,战马血沾蹄。破蕃奚[④]。凤凰诏下[⑤],步步蹑丹梯[⑥]。

[注释]

①甘州遍:甘州,即今甘肃张掖地区,以州东有甘峻山得名。唐教坊大曲有《甘州》,凡大曲多遍,此则《甘州曲》之一遍也。　②飒飒:屈原《九歌·山鬼》:"风飒飒兮木萧萧,思公子兮徒离忧。"王昌龄《变行

路难》:"单于下阴山,砂砾空飒飒。" ③"青冢"二句:青冢,指汉代王昭君墓,在今内蒙古自治区呼和浩特南。《柳南续笔》卷一:"王昭君青冢,在归化城塞上,遍地白草,惟冢上不生,故名青冢,非谓冢上草独青也。冢边有石狮一,石虎二,石虎背上刻'青冢'二字。"黑山,又名杀虎山,在今内蒙古自治区境内。 ④蕃奚:奚是古代东北部族名,原属匈奴的一支。在唐代与契丹并称为"两蕃"。《安禄山事迹》卷上:"禄山性残忍,多奸谋,常诱熟蕃奚、契丹,因会酒中实毒鸩杀之,动数十人,斩大首领函以献捷。" ⑤凤凰诏:皇帝诏书。《初学记》卷三〇引《邺中记》:"石季龙与皇后在观上,为诏书,五色纸,著凤口中。凤既衔诏,侍人放数百丈绯绳,辘轳回转,凤凰飞下,谓之凤诏。凤凰以木作之,五色漆画,脚皆用金。" ⑥丹梯:丹墀,宫殿前朱漆的台阶。谢灵运《拟魏太子邺中集诗·阮瑀》:"躧步陵丹梯,并坐侍君子。"李绅《忆夜直金銮殿承旨》:"门压紫垣高绮树,阁连青琐近丹梯。"

[评析]

毛文锡(生卒年不详)的这首《甘州遍》缘调赋词。词作通过描写边塞的荒寒景象和战争的酷烈场面,表现戍边将士的复杂心理状态。其中,结三句以功名可期相慰,虽可"鼓战士之气"(陈廷焯《词则·放歌集》卷一),实是强作欢颜语。

毛文锡作有另一首《甘州遍》:

春光好,公子爱闲游。足风流。金鞍白马,雕弓宝剑,红缨锦襜出长楸。 花蔽膝,玉衔头。寻芳逐胜欢宴,丝竹不曾休。美人唱,揭调是甘州。醉红楼。尧年舜日,乐圣永无忧。

与此首纯为边塞曲的本色不同,写的是"裘马轻狂"的公子的太平闲游,可以对读。

定西番

孙光宪

鸡禄山前游骑①,边草白,朔天明。马蹄轻②。 鹊面弓离短帐③,弯来月欲成。一只鸣髇云外④,晓鸿惊。

[注释]

①禄:王国维辑《唐五代二十一家词辑》本(以下简称王辑本)《孙中丞词》作"鹿"。鸡禄山,在今内蒙古自治区杭锦后旗西北部,与鸡鹿塞相连。《汉书·匈奴传》:"送单于出朔方鸡鹿塞。"颜师古注:"在朔方窳浑县(今陕西横山县)西北。" ②蹄:原作"啼"。此据王辑本《孙中丞词》校改。 ③"鹊面"句:鹊面弓,弓背上饰有鹊形者。韔(chàng),弓袋。《诗·秦风·小戎》:"蒙伐有苑,虎韔镂膺。" ④髇(xiāo):响箭。《新唐书·地理志》:"妫州土贡髇矢。"

[评析]

孙光宪(?~968)的这首《定西番》,通过展示塞上"游骑"的飒爽英姿和矫健身手,表现边塞生活豪迈昂扬的精神气度。整篇"笔力廉悍"(陈廷焯《词则·放歌集》卷一),格调飞扬,较之王维《观猎》、卢纶《塞下曲》亦不甚逊色。花间词人创作这样的题材,是在有意识地织造出强健的精神境界,它既是对业已逝去的雄汉盛唐的深情追忆,对盛唐边塞诗歌的传承,更是表达出人们心中所共有的蓬勃昂扬的生命力度和

精神追求。(参高锋《花间词研究》)

　　孙光宪另有一首边塞题材的《酒泉子》:

　　　　空碛无边,万里阳关道路。马萧萧,人去去。陇云愁。　　香貂旧制戎衣窄。胡霜千里白。绮罗心,魂梦隔。上高楼。

从征人与思妇双方着笔,在写法上近于温庭筠的《蕃女怨》:"碛南沙上惊雁起。飞雪千里。玉连环,金镞箭。年年征战。画楼离恨锦屏空。杏花红。"而与这首《定西番》不同。

第二编 宋词

渔家傲[①] 秋思

范仲淹

塞下秋来风景异。衡阳雁去无留意[②]。四面边声连角起[③]。千嶂里[④]。长烟落日孤城闭。　　浊酒一杯家万里。燕然未勒归无计。羌管悠悠霜满地[⑤]。人不寐。将军白发征夫泪。

[注释]

①渔家傲：明蒋氏《九宫谱目》入中吕引子。此调始自晏殊，因词有"神仙一曲渔家傲"句，取以为名。如杜安世词三声叶韵，蔡伸词添字者，皆变体也。另有十二个月鼓子词，其十一月、十二月起句俱多一字，欧阳修词云："十一月新阳排寿宴"，"十二月严凝天地闭"。欧阳玄词云："十一月都城居暖阁"，"十二月都人供暖笙"。此皆因月令故多一字，非添字体也。　②衡阳雁去：衡阳在今湖南，旧城南面有回雁峰，为衡山七十二峰之一。相传北雁南飞至衡阳而止，遇春而回。　③边声：李陵《答苏武书》："夜不能寐，侧耳远听：胡笳互动，牧马悲鸣；吟啸成群，边声四起。"　④千嶂：崇山峻岭。《广韵》："嶂，峰嶂。"《增韵》："嶂，山峰如屏障也。"《韵会》："山之高险者。"沈约《游钟山诗应西阳王教》："郁律构丹巘，崚嶒起青嶂。"吕向注："山横曰嶂。"李白《安陆白兆山桃花岩寄刘侍御绾》："两岑抱东壑，一嶂横西天。"　⑤羌管：即羌笛。古代管乐器，长二尺四寸，三孔或四孔。因出于羌中，故名。王之涣《凉州词二首》其一："羌笛何须怨杨柳，春风不度玉门关。"

[评析]

　　范仲淹（989~1052）的这首《渔家傲》作于庆州（今甘肃庆阳）。词作融塞外景象、边镇劳苦、思归之情和报国之志为一体，将《苏幕遮》《御街行》中"无计相回避"的"相思泪"，融入苍凉边景笼罩下的征人乡情，丽语柔情一变而为沉郁雄壮，为宋代词苑创辟了崭新境界。当然，如果是与盛唐那些意气飞扬的边塞诗相比，则范词又稍显衰飒。后来，黄庭坚所作《送范德孺知庆州》略可参读：

　　　　乃翁知国如知兵，塞垣草木识威名。敌人开户玩处女，掩耳不及惊雷霆。平生端有活国计，百不一试埋九京。阿兄两持庆州节，十年麒麟地上行。潭潭大度如卧虎，边人耕桑长儿女。折冲千里虽有余，论道经邦政要渠。妙年出补父兄处，公自才力应时须。春风旆旌拥万夫，幕下诸将思草枯。智名勇功不入眼，可用折棰笞羌胡。

庆州为北宋与西夏对峙的前哨重地，范德孺为范仲淹第四子范纯粹。

　　词中"燕然"，古山名，即今蒙古国境内的杭爱山。据《后汉书·窦宪传》载，东汉永元元年（89），车骑将军窦宪领兵出塞，大破北匈奴，登燕然山，刻石勒功，记汉威德。后遂以之泛指边塞。陈恳《〈燕然山铭〉的发现与燕然山的位置》一文所云，值得注意：新发现摩崖石刻《燕然山铭》的 Inil Hairhan 并不是传世文献中的燕然山；根据历史记载和考古材料的分析，真正的燕然山应当位于色楞格河支流呼尼河流域一带，那里也是早期匈奴统治中心，而该地虽然确实是杭爱山脉向北延伸的支脉，但其实离开杭爱山脉中心区域已经有不小的距离（直线距离也至少在一百公里以上），因此，之前将燕然山标注在整个杭爱山脉的传统看法是不准确的。窦宪在 Inil Hairhan 刊刻《燕然山铭》，即使确为真迹，也不能证明该处就是燕然山，而只能表明当时当地刊刻者心目中认为那是燕然山。这一道理,类似于嘎仙洞北魏刻铭的发现其实并没有解决大鲜卑山的位置问题。燕然山的真正位置,仍然需要继续探索和研究。

范仲淹存词五首,另外的四首是:《苏幕遮·怀旧》(碧云天)、《御街行·秋日怀旧》(纷纷坠叶飘香砌)、《剔银灯·与欧阳公席上分题》(昨夜因看蜀志)、《定风波·自前二府镇穰下营百花洲亲制》(罗绮满城春欲暮)。据魏泰《东轩笔录》卷一一所记:"范文正公守边日,作《渔家傲》乐歌数阕,皆以'塞下秋来'为首句,颇述边镇之劳苦,欧阳公尝呼为'穷塞主之词'。及王尚书素出守平凉,文忠亦作《渔家傲》一词以送之,其断章曰:'战胜归来飞捷奏。倾贺酒。玉阶遥献南山寿。'顾王曰:'真元帅之事。'"知范作《渔家傲》尚有"数阕",惜乎仅留存这一首。又,《东轩笔录》中提到的欧阳修所作《渔家傲》,今全阕尚存,孔凡礼《全宋词补辑》据《诗渊》二十五册录为:

儒将不须躬甲胄。指挥玉麈风云走。战罢挥毫飞捷奏。倾贺酒。三杯遥献南山寿。　草软沙平春日透。萧萧下马长川逗。马上醉中山色秀。光一一。旌戈矛戟山前后。

唯以嘉祐八年(1063)已卒之庞籍为作者而未辨。据王珪《华阴集》卷三七《王懿敏公素墓志铭》:"治平元年(1064)秋,敌寇静边塞,权泾源帅陈述古,与副总管刘几议进兵,不合,敌浸围童家堡。天子西忧,以端明殿学士又知渭州。既入见,英宗谕曰:朕知学士久,今边陲有警,顾朝廷谁可属者。其勉为朕行。"知时为吏部侍郎的欧阳修此词,即为时任兵部侍郎的王素出知渭州送行而作。论者或以为,相比于范词而言,欧词"辞气涉夸,感人已浅"(谢章铤《赌棋山庄词话》卷一〇)。

望海潮①

柳　永

东南形胜，三吴都会，钱塘自古繁华。②烟柳画桥，风帘翠幕，参差十万人家③。云树绕堤沙。怒涛卷霜雪，天堑无涯。市列珠玑，户盈罗绮竞豪奢。④　　重湖叠巘清嘉⑤。有三秋桂子⑥，十里荷花。羌管弄晴，菱歌泛夜，嬉嬉钓叟莲娃⑦。千骑拥高牙⑧。乘醉听箫鼓，吟赏烟霞。异日图将好景，归去凤池夸⑨。

[注释]

①望海潮：柳永《乐章集》注仙吕调。　②"东南"三句：《荀子·强国》："其固塞险，形势便，山林川谷美，天材之利多，是形胜也。"三吴，晋指吴郡、吴兴、会稽（分别相当于今江苏苏州，浙江湖州、绍兴）。《水经注·渐水》："永建中，阳羡周嘉上书，以县（会稽）远，赴会至难，求得分置，遂以浙江西为吴，以东为会稽。汉高帝十二年（前195），一吴也，后分为三，世号'三吴'。吴兴、吴郡、会稽其一焉。"唐代指吴郡、吴兴、丹阳（相当于今江苏南京）。《通典·州郡十二》："苏州，春秋吴国之都也……与吴兴、丹阳为三吴。齐因之。陈置吴州。隋平陈，改曰苏州。炀帝初，复曰吴州，寻为吴郡。大唐为苏州，或为吴郡。"泛指今江、浙地区。钱塘，即杭州，古属吴郡。唐时，因其名与国号相犯，遂改。　③"参差"句：《诗·周南·关雎》："参差荇菜，左右流之。"《梦粱录》卷一九："柳永咏钱塘词曰'参差十万人家'，此元丰前

语也。自高庙车驾幸杭，驻跸几近二百余年，户口蕃息，近百万余家。杭城之外城，南西东北，各数十里，人烟生聚，民物阜蕃，市井坊陌，铺席骈盛，数日经行不尽，各可比外路一州郡，足见杭城繁盛耳。" ④"市列"二句：扬雄《长杨赋》："后宫贱玳瑁而疏珠玑。"李善注："字书曰：'……玑，小珠也。'"张正见《轻薄篇》："石榴传马脑，兰肴荐象牙。聊持自娱乐，未见斗豪奢。" ⑤重湖叠巘（yǎn）：西湖以白堤为界，分里湖和外湖，故称重湖。叠巘，指西湖周围层层叠叠的山峦。 ⑥三秋：泛指秋天。农历七、八、九月分别为孟、仲、季秋，合称"三秋"。亦指农历九月。庾信《至仁山铭》："三秋云薄，九日寒新。"王勃《滕王阁序》："时维九月，序属三秋。" ⑦嬉嬉：《易·家人》："妇子嘻嘻。"陆德明《释文》："嘻嘻，张作嬉嬉，陆作喜喜。"孔颖达疏："嘻嘻，喜笑之貌。"柳永《抛球乐》："是处丽质盈盈，巧笑嬉嬉，手簇秋千架。" ⑧高牙：原指军前大旗，因旗竿饰以兽牙而得名。词中指知州孙沔。宋时，知州兼管军事，故可用将军的仪卫。潘岳《关中诗》："桓桓梁征，高牙乃建。"李善注："牙，牙旗也。兵书曰：牙旗，将军之旗。"李周翰注："牙，大旗也。" ⑨凤池：魏晋时，中书省长官掌管朝廷机要，多得皇帝宠任，故这一职位有"凤凰池"的美称。谢朓《直中书省》："兹言翔凤池，鸣佩多清响。"

[评析]

柳永（987？～1053？）曾长期流连于"列华灯、千门万户。遍九陌、罗绮香风微度。十里然绛树。鳌山耸、喧天箫鼓"（《迎新春》）的汴京，"万井千闾富庶，雄压十三州。触处青蛾画舸，红粉朱楼"（《瑞鹧鸪》）的苏州等城市，对都市生活体验丰富，因此，也在词中对其繁荣景象和风情给予多方面的展现。这首《望海潮》便是这方面的代表，以都市风光入词，以骈赋句格为词，将繁华的城市生活写得淋漓尽致，与同时代张先敷衍繁华之作如《破阵乐·钱塘》等异曲同工：

> 四堂互映，双门并丽，龙阁开府。郡美东南第一，望故苑、楼台霏雾。垂柳池塘，流泉巷陌，吴歌处处。近黄昏，渐更宜良夜，簇簇繁星灯烛，长衢如昼，暝色韶光，几许粉面，飞甍朱户。　和煦。雁齿桥红，裙腰草绿，云际寺、林下路。酒熟梨花宾客醉，但觉满山箫鼓。尽朋游、同民乐，芳菲有主。自此归从泥诏，去指沙堤，南屏水石，西湖风月，好作千骑行春，画图写取。

"铺叙展衍，备足无余，形容盛明，千载如同当日"（李之仪《跋吴师道小词》），使得"承平气象，形容曲尽"（陈振孙《直斋书录解题》卷二一）。

此词尽管以铺叙见长，但为了避免平铺直叙，往往在发端及换头处用一、二句话勾勒提掇。如发端"东南形胜"，给人以警醒的印象；换头"重湖叠巘清嘉"，则是别开生面的感觉。另外，在写景时也能注意交叉用笔。如"烟柳画桥"三句与"市列珠玑"两句，本可以连续写下去，但却在当中穿插"云树"三句写钱塘江景。这样便显得不沾滞，场景多变，密中有疏。即以写自然景色而言，也能注意穿插人物的活动。如下片前半咏西湖，从桂子、荷花写到钓叟莲娃，这就避免了纯静止地摹写物态，使美丽的西湖生气荡漾，形成美好的境界。词中还用了许多由数字组成的词组，如"三吴都会"、"十万人家"、"三秋桂子"、"十里荷花"、"千骑拥高牙"等，或实写，或虚指，均带有夸张的语气，对于豪迈词风的形成，也是极有帮助的。

罗大经《鹤林玉露》卷一曰："孙何帅钱塘，柳耆卿作《望海潮》词赠之云（词略）。此词流播，金主亮闻之，欣然有慕于'三秋桂子、十里荷花'，遂起投鞭渡江之志。近时谢处厚诗曰：'谁把杭州曲子讴，荷花十里桂三秋。那知草木无情物，牵动长江万里愁。'余谓此词虽牵动长江之愁，然卒为金主送死之媒，未足恨也。至于荷艳桂香，妆点湖山之清丽，使士大夫流连于歌舞嬉游之乐，遂忘中原，是则深可恨耳。因和其诗云：'杀胡快剑是清讴，牛渚依然一片秋。却恨荷花留玉辇，竟忘烟柳汴宫愁。'"关于以词干谒的情节，杨湜《古今词话》是这样记载的："柳耆卿与孙相何为布衣交。孙知杭州，门禁甚严，耆卿欲见之不得，作《望海潮》词，往谒名妓楚楚曰：'欲见孙相，恨无门路。若因府会，愿借朱唇歌于孙相公之前。若问谁为此词，但说柳七。'中秋府会，楚楚宛转歌之，孙即日迎耆卿预坐。"然据吴熊和《唐宋词通论》考证，柳永此词涉及的地方长官应是孙沔，而非孙何。至于完颜亮因此词而"起投鞭渡江之志"，不免神乎其词，近于小说家言，难以信据。〔按：徐梦莘《三朝北盟会编》卷二四二所载一事与此相关，可录以参读："是年冬，遣翰林侍讲学士施宜生入觐本朝，隐画工于中节间，写临安之城邑、市井，及吴山、西湖之秀丽，具图以进亮。亮立遣人改坐间软屏而图写之，城邑间加火而残毁。于吴山绝顶写己策马而立焉。徐令翰林修撰蔡珪作诗书其上，曰：'万里车书一混同，江南岂有别疆封。提兵百万西湖侧，立马吴山第一峰。'亮诡曰'御制'。"〕当然，柳词流播之广，动人之深，倒可由此见出一斑。如《熊龙峰刊小说四种》首篇《张生彩鸾灯传》，在叙述入话故事后，作者即以"况杭州是个热闹去处。怎见得杭州好景？柳耆卿有首《望海潮》词，单道杭州好处。词云（词略）"，敷衍出一段才子佳人的风月情话。又，所谓"深可恨耳"云云，亦不免强作解人，难于令人信服。盖彼时中原尚未危殆，意在投献的柳词如果掺入此意，反而显得怪异非常。

六州歌头[①]

李 冠

秦亡草昧，刘项起吞并。鞭寰宇。驱龙虎。[②]扫欃枪。斩长鲸。③血染中原战。视余耳,皆鹰犬。④平祸乱,归炎汉。势奔倾。兵散月明。风急旌旗乱,刁斗三更⑤。共虞姬相对,泣听楚歌声。玉帐魂惊。泪盈盈。　　恨花无主。凝愁苦。挥雪刃,掩泉扃⑥。时不利。骓不逝。困阴陵⑦。叱追兵。呜喑摧天地⑧,望归路,忍偷生。功盖世,何处见遗灵⑨。江静水寒烟冷,波纹细、古木凋零。遣行人到此,追念益伤情⑩。胜负难凭。

[注释]

①六州歌头:《演繁露》载,《六州歌头》,本鼓吹曲也。近世好事者倚其声为吊古词,音调悲壮,又以古兴亡事实文之。闻其歌,使人慷慨,良不与艳词同科,诚可喜也。　②"秦亡"四句:草昧,时世混乱黑暗。杜甫《重经昭陵》:"草昧英雄起,讴歌历数归。"仇兆鳌注:"草而不齐,昧而不明,此言隋末之乱。"吞并,并吞。《水经注·渭水》:"然地理参差,土无常域,随其强弱,自相吞并,疆里流移,宁可一也?"罗隐《自贻》:"汉武巡游虚轧轧,秦皇吞并谩驱驱。""鞭寰宇"二句,《唐宋诸贤绝妙词选》本作"驱龙虎。鞭寰宇"。元稹《野节鞭》:"神鞭鞭宇宙,玉鞭鞭麒麟。"　③"扫欃(chán)枪"二句:欃枪,彗星的别名。崔骃《慰志赋》:"运欃枪以电扫兮,清六合之土宇。"杨炯《唐右将军魏哲神道碑》:"戮封豕而斩长鲸,雄图不测。"　④"视余耳"二句:余耳,指陈余、张耳。秦末投奔陈胜起义军。后共立旧贵族赵歇为赵王,陈余为将,张耳为相。陈龟《拜度辽将军临行上疏》:"臣龟蒙恩累世,驰骋边垂,虽展鹰犬之用,顿毙胡虏之庭。"　⑤刁斗:一种古代军中用具,即行军锅。铜质,有柄,容一斗。日间用以烧饭,夜间打更。裴骃《史记集解》引孟康曰:"以铜作鐎器,受一斗,昼炊饭食,夜击持行,名曰刁斗。"　⑥泉扃:墓门的婉称,亦指阴间或死者。江淹《萧太傅谢追赠父

祖表》:"宠辉泉扃,恩凝松石。" ⑦阴陵:故城在今安徽定远东南。 ⑧呜喑:《唐宋诸贤绝妙词选》本作"喑呜",发怒。《史记·淮阴侯列传》载韩信语:"项王喑恶叱咤,千人皆废。""喑呜"同"喑恶"。 ⑨"何处"句:《唐宋诸贤绝妙词选》本作"成闲纪,建遗灵"。司马迁《史记》首创"纪传体",其中"本纪"部分记载历代帝王事迹。而《秦始皇本纪》后,既有《项羽本纪》,又有《(汉)高祖本纪》。后世以高祖为正统,用汉纪年而不用楚纪年,故称项羽的纪年为"闲纪"。闲,指可有可无。 ⑩追念:《左传·成公十三年》:"复修旧德,以追念前勋。"

[评析]

《全宋词》以此词作者为李冠(生卒年不详),并有按语云:"《后山诗话》云:'冠,齐人。为《六州歌头》,道刘项事,慷慨雄伟。刘潜,大侠也,喜诵之。'《朝野遗记》以此首为京东张李二生所作。《唐宋诸贤绝妙词选》卷五作刘潜词。《词林万选》卷二、《花草粹编》卷十二并作李冠词,未知孰是。此从《朝野遗记》录出。"《唐宋诸贤绝妙词选》本有词题"项羽庙"。其实,也还有一条间接证据,即《唐宋诸贤绝妙词选》卷六所录李冠的另一首怀古词《六州歌头·骊山》,与此首《六州歌头》都在词中相同位置使用了"行人"字样:

凄凉绣岭,宫殿倚山阿。明皇帝。曾游地。锁烟萝。郁嵯峨。忆昔真妃子。艳倾国,方姝丽。朝复暮。嫔嫱妒。宠偏颇。三尺玉泉新浴,莲羞吐、红浸秋波。听花奴,敲羯鼓,酣奏鸣鼍。体不胜罗。舞婆娑。　正霓裳曳。惊烽燧。千万骑。拥雕戈。情宛转。魂空乱。颦双蛾。奈兵何。痛惜三春暮,委妖丽,马嵬坡。平寇乱。回宸辇。忍重过。香瘗紫囊犹有,鸿都客、钿合应讹。使行人到此,千古只伤歌。事往愁多。

显然是有意为之的"使（遣）行人到此"云云，甚至成为此类题材抒发怀古与感慨之情的一种固定话语模式，自然可以作为二词出于一手的显要文献证据。

像项羽这样英雄末路的遭遇，是很容易引起失意者十之八九的古代知识分子们的惺惺相惜的。据洪迈《夷坚三志》辛集卷八记载，和州士人杜默怀才不遇，酒后谒乌江项羽庙，据神像之颈，拊其首而大恸："英雄如大王，而不能得天下；文章如杜默，而进取不得官，好亏我！"正是一个生动的例证。在具体作法上，此词先以大段文字铺陈项羽事迹，虎啸生风，猿啼下泪；临结束时方由"建遗灵"三字缴出"项羽庙"题面；接以"江静水寒烟冷"二句写庙园内外荒寒之景，着墨不多而有以空灵调剂质实的妙用；最后以抒慨作收。整篇章法奇崛腾挪，是北宋早期长调中较为成熟之作，且能于婉约绮靡之外，别开慷慨悲壮之风。王巩《闻见近录》所记，可见该首《六州歌头》在当时的影响或传播接受状况之一斑："（张）元累举进士不第，又为县宰笞之，乃逃诣元昊。将行，过项羽庙，乃竭囊沽酒，对羽极饮，酹酒泥像。又歌'秦皇草昧，刘项起吞并'之词，悲歌累日，大恸而遁。"

桂枝香① 金陵怀古

王安石

登临送目②。正故国晚秋，天气初肃。千里澄江似练③，翠峰如簇。归帆去棹残阳里，背西风、酒旗斜矗。彩舟云淡，星河鹭起，画图难足。　念往昔、繁华竞逐。叹门外楼头④，悲恨相续。

千古凭高，对此谩嗟荣辱。六朝旧事随流水⑤，但寒烟、芳草凝绿。至今商女⑥，时时犹唱，后庭遗曲⑦。

[注释]

①桂枝香：调见《乐府雅词》。张辑词有"疏帘淡月"句，又名《疏帘淡月》。　②登临送目：宋玉《九辩》："憭栗兮若在远行，登山临水兮送将归。"李白《夕霁杜陵登楼寄韦繇》："登楼送远目，伏槛观群峰。"　③澄江似练：谢朓《晚登三山还望京邑》："余霞散成绮，澄江静如练。"　④门外楼头：杜牧《台城曲》："门外韩擒虎，楼头张丽华。"据《隋遗录》，隋炀帝曾梦见陈后主，后主说当年张丽华正在临春阁上试笔赋诗，韩擒虎跃马拥兵来冲。杜牧诗用此典。本词又用杜诗。实据《陈书》、《南史》，后主沉湎女色、不修武备不假，而"门外楼头"之事纯属虚构。但小说家、诗人的艺术夸张，却更典型地反映了历史真实。⑤"六朝"句：欧阳炯《江城子》："六代繁华，暗逐逝波声。"　⑥商女：商船上的女子，指商人的妻妾。唐宋时，商人有娶歌妓的风气。杜牧《泊秦淮》："商女不知亡国恨，隔江犹唱后庭花。"　⑦后庭遗曲：指陈代宫廷歌曲《玉树后庭花》。《陈书·张贵妃传》："后主每引宾客对贵妃等游宴，则使诸贵人及女学士与狎客共赋新诗，互相赠答，采其尤艳丽者以为曲词，被以新声，选宫女有容色者以千百数，令习而歌之，分部迭进，持以相乐。其曲有《玉树后庭花》、《临春乐》等，大指所归，皆美张贵妃、孔贵嫔之容色也。其略曰：'璧月夜夜满，琼树朝朝新。'"据《隋书·五行志》，其辞曰"玉树后庭花，花开不复久"，曲调哀怨，乃亡国之兆。

[评析]

王安石（1021~1086）是著名的政治家，文学上以诗文见长，余事为词,也很有特色。如这首《桂枝香》,具有一定的历史厚度,又能反思现实社会,并包含个人的壮烈抱负。其风格"一洗五代旧习"(刘熙载《艺概》卷四),也充分表明,词的功能由应歌悦人转向言志自娱,是其发展的必然趋势。王安石另有一首相同题材的《南乡子》:

> 自古帝王州。郁郁葱葱佳气浮。四百年来成一梦,堪愁。晋代衣冠成古丘。　绕水恣行游。上尽层城更上楼。往事悠悠君莫问,回头。槛外长江空自流。

抒发历史哲思,可录以并读。

这首《桂枝香》在当时就被推为名篇,传诵极广。如杨湜《古今词话》即记曰:"金陵怀古,诸公寄词于《桂枝香》,凡三十余首,独介甫最为绝唱。东坡见之,不觉叹息曰:'此老乃野狐精也。'"野狐精,本佛教语,即野狐之精灵,变幻诳人者。此处用之,意谓非凡人所能及,与程颐以"鬼语"评晏几道《鹧鸪天》中"梦魂惯得无拘检,又踏杨花过谢桥"二句略同(邵博《邵氏闻见后录》卷一九)。苏轼以此语评赏王安石作品,另外还有一例,见于蔡絛《西清诗话》(胡仔《苕溪渔隐丛话》前集卷三五引):"元祐间,东坡奉祠西太一宫,见公(指王安石)旧诗云:'杨柳鸣蜩绿暗,荷花落日红酣。三十六陂春水,白头想见江南。'注目久之,曰:'此老野狐精也。'"后世以"狐精"、"野狐精"称赞他人作品,也不乏其例。如杨维桢《些月氏王头歌》小序中评李费《月氏王头饮器歌和杨铁崖》曰:"余读费辞,为之击几而歌。费真狐精也。余复伎痒,作《些月氏头歌》,令费和之。费谢曰:'某气竭矣。'"

卖花声　题岳阳楼

张舜民

木叶下君山。空水漫漫。十分斟酒敛芳颜。不是渭城西去客,休唱阳关。① 　醉袖抚危栏。天淡云闲。何人此路得生还。回首夕阳红尽处,应是长安。②

[注释]

①"不是"二句:王维《渭城曲》:"劝君更尽一杯酒,西出阳关无故人。"渭城,在今陕西咸阳东北。张舜民是因为写下"灵州城下千枝柳,尽被官军斫作薪"、"白骨似沙沙似雪,将军休上望乡台"等"谤诗"而被贬,如今不但不能西出阳关,反而南迁郴州,故语含愤慨,正话反说。 ②"回首"二句:白居易《题岳阳楼》:"春岸绿时连梦泽,夕波红处近长安。"

[评析]

此首或误以为苏轼词,见周紫芝《太仓稊米集》卷六七《书浮休先生画墁集后》。据李焘《续资治通鉴长编》卷三三〇,元丰中,张舜民(1034?~1100?)用环庆路经略使高遵裕辟,管勾机宜,从军出塞,因赞画无功,作诗讥讪,于元丰五年(1082)冬十月,谪监郴州茶盐酒税。又,张氏《画墁集》中有《郴行录》,载南迁时途经洞庭湖而登岳阳楼之事,知此词当作于其时。

词作沉郁悲壮。起首二句,以萧萧落叶、水空迷蒙之下的秋月景象,烘托谪贬失意的悲凉心境。再将镜头转回楼内,一个"敛"字,写出尊前气氛的沉闷与女子的深情;反用王维诗意,更将凄怆悲慨之情溢于言表。下片写凭栏独立,仰望回首,万般感怀。过片二句中,"醉袖"呼应"十分斟酒",针线绵密;浓烈的抒情中插入一笔"天淡云闲"的写景,既引起下文,又能显出张弛有度,跌宕多姿。结二句运用夺胎换骨之法,在典故的巧妙化用中,将眷恋、怨愤、期待等种种复杂、矛盾的情绪和盘托出。后来,张舜民对元祐党人的纷纷被贬逐,抱有极大的不平。陈振孙《直斋书录解题》卷一七《画墁集》解题即云:"崇宁初,坐谢表言绍圣逐臣,有曰'脱禁锢者何止一千人,计水陆者不啻一万里',又曰'古先未之或闻,毕竟不知其罪',以为讥谤,坐贬。"可与此词中"何人此路得生还"句参看。痛愤之情,又不仅仅表现于词中。

水调歌头　丙辰中秋,欢饮达旦,大醉。作此篇,兼怀子由[①]

苏　轼

明月几时有,把酒问青天。[②]不知天上宫阙,今夕是何年[③]。我欲乘风归去,又恐琼楼玉宇,高处不胜寒。起舞弄清影,何似在人间。[④]　转朱阁,低绮户,照无眠。不应有恨,何事长向别时圆。[⑤]人有悲欢离合,月有阴晴圆缺,此事古难全。但愿人长久,千里共婵娟[⑥]。

[注释]

①水调歌头:《碧鸡漫志》属中吕调。毛滂词名《元会曲》。张榘词

名《凯歌》。按，《水调》，乃唐人大曲，凡大曲有歌头，此必裁截其歌头，另倚新声也。又，词题中"子由"，苏轼之弟辙，政治派别与苏轼一致，在新旧党争中的遭遇也大体相同。著有《栾城集》。时在齐州（今济南）节度掌书记任。　②"明月"二句：李白《把酒问月》："青天有月来几时，我今停杯一问之。"　③"今夕"句：戴叔伦《二灵寺守岁》诗、韦瓘《周秦行纪》托名牛僧孺诗、旧题吕岩《忆江南》词等都有"不知今夕是何年"句。　④"起舞"二句：《铁围山丛谈》卷三："歌者袁绹，乃天宝之李龟年也，宣和间供奉九重。尝为吾言：东坡公昔与客游金山，适中秋夕，天宇四垂，一碧无际，加江流灏涌，俄月色如昼。遂共登金山山顶之妙高台，命绹歌其《水调歌头》曰：'明月几时有，把酒问青天。'歌罢，坡为起舞而顾问曰：'此便是神仙矣。'吾谓文章人物，诚千载一时，后世安所得乎？"　⑤"不应"二句：《温公续诗话》载石延年句："月如无恨月长圆。"　⑥"千里"句：谢庄《月赋》："美人迈兮音尘阙，隔千里兮共明月。"许浑《怀江南同志》："唯应洞庭月，万里共婵娟。"孟郊《婵娟篇》："月婵娟，真可怜。"苏轼《中秋月寄子由三首》其三："悠哉四子心，共此千里明。"

[评析]

作此词时的熙宁九年（1076），苏轼（1037～1101）仍在知密州任，与爱妻王弗已死别十一载，与胞弟苏辙的生离也有七个春秋。又因政见与当权的新党不合，无论是在人生旅途中，还是在政治道路上，苏轼都是踽踽独行，不胜孤单寂寞。中秋之夜，万家团圆，而自己茕茕吊影，内心的惆怅可以想见。

开篇一问，奇崛非凡，也隐含着《天问》式的宇宙意识。继而"我欲"转化为"又恐"，顿显笔势夭矫回折，跌宕多姿。思欲凌空登月，却又慑于"不胜寒",表现了词人的豪情逸兴,也寄寓着"出世"与"入世"的矛盾心理,还潜藏着些微怀疑不满情绪。于是,思绪瞬间从月宫中飞回到现实世界。月下起舞,月照影随,尘世人间充满温馨,而无月宫中的清冷空寂。词人对现实终究还是无限眷恋的。下片自然转回到现实中来,化景物为情思,淋漓挥洒。"朱阁"、"绮户",与上片"琼楼玉宇"对照,写月光,也写月下有离愁别恨的人。这样又过渡到思弟之情。"不应有恨"承"照无眠"而来,表面上是责月问月,实际上是怀人。"人有悲欢离合"三句,用天象无常说明人间聚少离多、自古已然的事实,意境一转旷达,聊以自慰慰人;所揭示的深刻哲理意蕴和人生感慨,更是发人深省。结末二句,对离人们发出深挚的祝愿,温馨无比,境界愈见澄澈辽远,情思也愈加殷切绵延。全篇句句不离月,又句句借月抒怀,并能达到诗情和哲理的高度统一,难怪前人赞誉有加:"中秋词,自东坡《水调歌头》一出,余词尽废。"(胡仔《苕溪渔隐丛话》后集卷三九)

六年之后,苏轼又作了一首《念奴娇》中秋词:

凭高眺远,见长空万里,云无留迹。桂魄飞来光射处,冷浸一天秋碧。玉宇琼楼,乘鸾来去,人在清凉国。江山如画,望中烟树历历。　　我醉拍手狂歌,举杯邀月,对影成三客。起舞徘徊风露下,今夕不知何夕。便欲乘风,翻然归去,何用骑鹏翼。水晶宫里,一声吹断横笛。

情景相仿佛,而意趣已自不同,颇具"神仙出世之姿"(刘熙载《艺概》卷四)。

念奴娇　赤壁怀古①

苏　轼

　　大江东去②，浪淘尽、千古风流人物。故垒西边，人道是、三国周郎赤壁。乱石穿空，惊涛拍岸，卷起千堆雪。③江山如画，一时多少豪杰。　　遥想公瑾当年，小乔初嫁了④，雄姿英发。羽扇纶巾⑤，谈笑间、樯橹灰飞烟灭⑥。故国神游⑦，多情应笑我，早生华发。人生如梦，一尊还酹江月⑧。

[注释]

　　①念奴娇：《碧鸡漫志》云：大石调，又转入道调宫，又转入高宫大石调。姜夔词注双调。元高拭词注大石调，又大吕调。苏轼"赤壁怀古"词，有"大江东去，一樽还酹江月"句，因名《大江东去》，又名《酹江月》，又名《赤壁词》，又名《酹月》。曾觌词名《壶中天慢》。戴复古词有"大江西上"句，名《大江西上曲》。姚述尧词有"太平无事，欢娱时节"句，名《太平欢》。韩淲词有"年年眉寿，坐对南枝"句，名《寿南枝》，又名《古梅曲》。姜夔词名《湘月》，自注：即《念奴娇》鬲指声。张辑词有"柳花淮甸春冷"句，名《淮甸春》。米友仁词名《白雪词》。张翥词名《百字令》，又名《百字谣》。丘长春词名《无俗念》。游文仲词名《千秋岁》。《翰墨全书》词名《庆长春》，又名《杏花天》。此调有平韵、仄韵二体。　②大江东去：杜甫《成都府》："大江东流去，游子去日长。"　③"乱石"三句：一作"乱石崩云，惊涛裂岸，卷起千堆雪"。

孟郊《有所思》："古镇刀攒万片霜，寒江浪起千堆雪。"　④小乔：《三国志·吴书·周瑜传》载，建安三年至建安四年（198~199）间，周瑜从孙策攻皖（今安徽潜山），得桥公二女，皆国色，策娶大桥，瑜娶小桥。又据《新唐书·宰相世系表》，桥姓，北周宇文泰做大丞相时，命省去"木"旁作"乔"，取"高远"之义。　⑤羽扇纶（guān）巾：学术界现有二说，一说指周瑜，一说指诸葛亮。钟振振《唐宋词举要》以宋词证宋词，倾向于前说：吕胜己《瑞鹤仙·鄂州》："纶巾羽扇，谈笑周郎事业。"汪莘《满庭芳·寿金黄州》："纶巾羽扇，不独数周郎。"　⑥"谈笑间"句：《圆觉经》："譬如钻火，两木相因，火出木尽，灰飞烟灭。"樯橹，一作"强虏"，系南宋人故意改动，不可从。详参王兆鹏《是"樯橹"而非"强虏"——苏轼〈念奴娇·赤壁怀古〉异文考释》。　⑦故国：前代王朝。李煜《虞美人》："小楼昨夜又东风，故国不堪回首明月中。"　⑧酹：把酒洒在地上以祭奠或起誓。

[评析]

苏轼此词作于元丰五年（1082）七月。起笔即高屋建瓴，同时推出空间与时间、自然与人事，以浩荡而又深沉的悲慨，为全词奠定基调。接着以"人道是"指点形胜，定格于"周郎赤壁"，转入题面。"乱石"三句，描绘赤壁登眺的壮观，"穿"、"拍"、"卷"的飞扬跋扈，形象鲜明，历历如见，令人神惊魄动而又惬目快心。结拍二句，"江山如画"收束，"一时多少豪杰"回应"千古风流人物"。人杰地灵，风流千古，让人遐想联翩，自然引起下片的怀古。下片"遥想公瑾当年"，在上片"周郎赤壁"句中已埋下伏笔。"小乔"作为陪衬之笔，是为了凸显周瑜的功名早立、少年得意，为下文的自伤老大铺垫。"羽扇纶巾"同样是在衷心赞美周瑜的潇洒风流。轰轰烈烈的赤壁大战，词中不见金戈铁马，仅用"谈笑间"三字便立见分晓,从而将"周郎"的"雄姿英发"推到极致。词人重笔濡染周瑜,为的是彰显"江山"(空间)、"千古"(时间)中的人生价值。以下以"故国神游"收束外向的遐想,转入对自身的检阅。是年作者四十七岁,待罪黄州,非特壮志未酬,抑且沉冤莫伸,敏感的心灵却仍有不甘地随"大江"、"豪杰"而跃动,只能以自笑多情解嘲。一个"笑"字故作旷达,其实蕴含了何等的悲凉!自己的"早生华发"、落魄失意同周郎的"雄姿英发"、年少气盛是一重对比,周瑜的赤壁勋业同"浪淘尽、千古风流人物"的历史走向又是一重对比,这就逼出了结尾的"人生如梦",最终以顶礼万古永恒的"江月"收笔。鲸吞鳌掷,大开大阖,雄放的笔势与悲壮的内核浑然一体,给读者带来了艺术美感与人生哲理的巨大震撼。

据俞文豹《吹剑续录》记载:"东坡有幕士善歌,因问:'我词何如柳七?'对曰:'柳郎中词,只好十七八女孩儿,按红牙拍,唱"杨柳岸、晓风残月"。学士词,须关西大汉,执铁绰板弹铜琵琶,唱"大江东去"。公为之绝倒。"这是准确地抓住了苏、柳两人词风的主要特色,并且把这首词当成了苏轼此类风格的代表作来看。在再后来的词学批评中,"大江东去"更是几乎成为整个豪放词派的代名词。不过,作有《东坡乐府笺》的朱祖谋,虽然在其著名选本《宋词三百首》初编本中选录了苏轼的这首《念奴娇》,但重编本中却将之删去。主要原因在于,这首《念奴娇》既不能符合"重、拙、大"的理论宗旨,也不合音律(丁绍仪《听秋声馆词话》卷一三)。朱祖谋晚年适度倡导东坡词,也就是他自己所说的"稍扬东坡"(龙榆生《论常州词派》)的目的,是为了解救一味推崇梦窗词的流弊,也与受到文廷式等人的影响,即历史和师承原因有一定的关系。(参张晖《选家手眼与创作风会——从〈宋词三百首〉看朱祖谋的词学思想》)

临江仙①

苏　轼

夜饮东坡醉复醒，归来仿佛三更。家童鼻息已雷鸣②。敲门都不应，倚杖听江声。　　长恨此身非我有，何时忘却营营。③夜阑风静縠纹平④。小舟从此逝，江海寄余生。

[注释]

①临江仙：唐教坊曲名。《花庵词选》云：唐词多缘题所赋，《临江仙》之言水仙，亦其一也。柳永词注仙吕调。高拭词注南吕调。李煜词名《谢新恩》。贺铸词有"人归落雁后"句，名《雁后归》。韩淲词有"罗帐画屏新梦悄"句，名《画屏春》。李清照词有"庭院深深深几许"句，名《庭院深深》。　②鼻息：特指熟睡时的鼾声。《宋史·王韶传》："尝夜卧帐中，前部遇敌，矢石已交，呼声震山谷，侍者往往股栗，而韶鼻息自如。"　③"长恨"二句：《庄子·知北游》："汝身非汝有也，汝何得夫道？"《庄子·庚桑楚》："全汝形，抱汝生，无使汝思虑营营。"钟泰《庄子发微》："营营，劳而不知休息貌。"范仲淹《与韩魏公书》："吾辈须日夜营营，以备将来。"　④縠（hú）纹：縠，本系绉纱一类的丝织品。刘禹锡《竹枝》："江上春来新雨晴，瀼西春水縠纹生。"罗隐《贺淮南节度卢员外赐绯》："御题彩服垂天眷，袍展花心透縠纹。"

[评析]

据王文诰《苏诗总案》，元丰五年（1082）九月，苏轼于雪堂夜饮，醉归临皋作此词。上片写醉饮归来情事。下片先用《庄子》故事，对身不由己、不能忘却功名感到羞愧，结末二句"小舟从此逝，江海寄余生"，则表示要弃官归隐。据叶梦得《避暑录话》卷上记载，此词在当时还曾引起过一场风波：苏轼在黄州，"与数客饮江上，夜归。江面际天，风露浩然，有当其意，乃作歌词。所谓'夜阑风静縠纹平。小舟从此逝，江海寄余生'者，与客大歌数过而散。翌日，喧传子瞻夜作此词，挂冠服江边，孥舟长啸去矣。郡守徐君猷闻之，惊且惧，以为州失罪人，急命驾往谒，则子瞻鼻鼾如雷，犹未兴也。然此语卒传至京师，虽裕陵（指宋神宗）亦闻而疑之"。"长恨"之后犹能酣然入睡，泰然处之，这就是苏轼的旷达精神，人身的自由既难以获得，且去追求灵魂的超越！

晁补之也作过一首《临江仙·信州作》：

> 谪宦江城无屋买，残僧野寺相依。松间药白竹间衣。水穷行到处，云起坐看时。　一个幽禽缘底事，苦来醉耳边啼。月斜西院愈声悲。青山无限好，犹道不如归。

规模东坡，豪爽中寓沉郁之意，确如冯煦所论："无子瞻之高华，而沉咽则过之。"（《六十一家词选例言》）

定风波

苏　轼

三月七日，沙湖道中遇雨①。雨具先去，同行皆狼狈，余独不觉。已而遂晴，故作此词。

莫听穿林打叶声。何妨吟啸且徐行②。竹杖芒鞋轻胜马③。谁怕。一蓑烟雨任平生④。　料峭春风吹酒醒⑤。微冷。山头斜照却相迎。回首向来潇洒处。归去。也无风雨也无晴。⑥

[注释]

①沙湖：苏轼《东坡志林》卷一："黄州东南三十里为沙湖，亦曰螺师店，予买田其间。"又《书清泉寺词》："黄州东南三十里为沙湖，亦曰螺师店。余将买田其间，因往相田。"　②吟啸：《晋书·谢安传》："尝与孙绰等泛海，风起浪涌，诸人并惧，安吟啸自若。"　③竹杖芒鞋：傅注引释无则诗："腾腾兀兀恣闲行，竹杖芒鞋称野情。"芒鞋，即草鞋。张祜《题灵隐寺师一上人十韵》："朗吟挥竹拂，高揎曳芒鞋。"苏轼《初入庐山三首》其三："芒鞋青竹杖，自挂百钱游。"　④一蓑烟雨：郑谷《试笔偶书》："殷勤一蓑雨，只得梦中披。"　⑤料峭：《五灯会元》卷一九："春风料峭，冻杀年少。"　⑥"回首"三句：苏轼《独觉》："翛然独觉午窗明，欲觉犹闻醉鼾声。回首向来萧瑟处，也无风雨也无晴。"韦应物《夏夜忆卢嵩》："不知湘雨来，潇洒在幽林。"

[评析]

苏轼此词作于元丰五年（1082），写眼前景，寓心中事，因自然现象谈人生哲理，简朴中见深意，寻常处生波澜。"穿林打叶"，风雨急骤；"吟啸"、"徐行"，态度从容；"竹杖芒鞋"，条件简陋；"莫听"、"何妨"、"谁怕"，倔强豁达风神，宛然在目。"一蓑"句，由此次表现引申到终身。换头转入雨后，经风雨洗礼，人醒、雨霁、天晴、日出，回首往事，一切皆空。自然界有急雨扑面，人生中也不乏灾祸轰顶，只要沉着履险，从容应变，岂有闯不过的沟坎风浪？深邃的人生哲理，寓于日常生活小景中，弦外之音，令人领略不尽。郑文焯即评云："此足征是翁坦荡之

怀,任天而动。琢句亦瘦逸,能道眼前景,以曲笔直写胸臆,倚声能事尽之矣。"(《手批东坡乐府》)

元丰六年(1083),苏轼又写过一首《十拍子·暮秋》:

> 白酒新开九酝,黄花已过重阳。身外傥来都是梦,醉里无何即是乡。东坡日月长。　玉粉旋烹茶乳,金齑新捣橙香。强染霜髭扶翠袖,莫道狂夫不解狂。狂夫老更狂。

"身外傥来"云云,表明了词人将"外物"视为空虚,而在自我精神中看到人生价值的思想([日]保苅佳昭《新兴与传统:苏轼词论述》)。同样是写雨,因"乌台诗案"而贬至黄州后的这首《定风波》,与之前熙宁五年(1072)、六年(1073)分别所写的《六月二十七日望湖楼醉书五绝》、《饮湖上初晴后雨二首》颇为不同。最大的不同之处,就在于《定风波》中对象征词人所遭遇险境的"雨"的态度,以及由此而表现出的人生观,正与这首《十拍子》相同。

江神子① 猎词

苏 轼

老夫聊发少年狂。左牵黄。右擎苍。②锦帽貂裘,千骑卷平冈③。为报倾城随太守,亲射虎,看孙郎。④　酒酣胸胆尚开张⑤。鬓微霜。又何妨。持节云中,何日遣冯唐。⑥会挽雕弓如满月,西北望,射天狼⑦。

[注释]

①江神子:即江城子,唐词单调,以韦庄词为主,余俱照韦词添字,

至宋人始作双调。晁补之改名《江神子》。韩淲词有"腊后春前村意远"句,名《村意远》。　②"左牵黄"二句:《太平御览》卷九二六引《史记》:"李斯临刑,思牵黄犬,臂苍鹰,出上蔡东门,不可得矣。"《梁书·张充传》:"值充出猎,左手臂鹰,右手牵狗。"　③"千骑"句:傅干注:"古者诸侯千乘。今太守,古诸侯也,故出拥千骑。"　④"为报"三句:倾城,全城。孙楚《征西官属送于陟阳候作》:"倾城远追送,饯我千里道。"杜甫《高都护骢马行》:"长安壮儿不敢骑,走过掣电倾城知。"《三国志·吴书·吴主传》:"(建安)二十三年十月,权将如吴,亲乘马射虎于庱亭。马为虎所伤,权投以双戟,虎却废,常从张世击以戈,获之。"　⑤胸胆尚开张:苏舜钦《舟中感怀寄馆中诸君》:"胸胆森开张,弯弓射欃枪。"　⑥"持节"二句:节,符节,古代使者持之以为凭信。《周礼·地官·掌节》:"掌节,掌守邦节而辨其用,以辅王命。守邦国者用玉节,守都鄙者用角节。凡邦国之使节,山国用虎节,土国用人节,泽国用龙节。……门关用符节,货贿用玺节,道路用旌节,皆有期以反节。"《元和郡县图志》卷四:"云中故城,在(榆林)县东北四十里。赵云中城,秦云中郡也。《史记》曰赵武灵王北破林胡、楼烦所置。秦因之。"今内蒙古自治区托克托县及山西西北部属其地。《史记·冯唐列传》:汉文帝时魏尚为云中太守,抵御匈奴,颇有战功。却因"坐上功首虏差六级",被"下之吏,削其爵,罚作之"。冯唐向文帝劝谏,"文帝说。是日令冯唐持节赦魏尚,复以为云中守,而拜唐为车骑都尉,主中尉及郡国车士"。　⑦天狼:星名。屈原《九歌·东君》:"青云衣兮白霓裳,举长矢兮射天狼。"王逸《章句》:"天狼,星名,以喻贪残。"《晋书·天文志》:"狼一星在东井南,为野将,主侵掠。"此处喻西夏。

[评析]

　　苏轼此词作于熙宁八年(1075)密州太守任上。其创作背景,据傅藻《东坡纪年录》可知："（乙卯）冬，祭常山回，与同官习射放鹰，作诗《和梅户曹会猎铁沟行》，……又作《江神子》。"刘崇德《苏轼〈江城子·猎词〉编年考辨》则以为，此词所写是徐州而非密州出猎。可备一说。上片记述狩猎。首句将"老夫"与"少年"合于一身，豪气已先声逼人；"左牵黄"、"右擎苍"，进一步表现"少年狂"，并转出"出猎"的题面。随即推出大规模围猎的盛况，一个"卷"字，既有漫山遍野的声势，又有风卷残云的意味。在千骑竞驰、倾城出观的恢宏场面映衬下，词人"亲射虎"的壮举得以凸现，更加酣满地充实了狂豪的意兴。下片抒发感受。"酒酣"三句，继续映发"老夫聊发少年狂"，而接下期望被朝廷召回、立功边陲的心愿，更将词作的思想境界提升到尚武报国的全新高度。结尾的"会挽"三句，充满力度，激情横溢，"射天狼"同"亲射虎"前后相映，雄气干云。全篇健笔纵横，豪迈淋漓，堪称苏轼早期豪放词的代表作。

苏轼另有一首《祭常山回小猎》，约作于同一时期，可以参读：

青盖前头点皂旗，黄茅冈下出长围。弄风骄马跑空立，趁兔苍鹰掠地飞。回望白云生翠巘，归来红叶满征衣。圣明若用西凉簿，白羽犹能效一挥。

自比谢艾、顾云，表现出同样的爱国豪情。在此首《江神子》写就后数日，苏轼还作有《与鲜于子骏书》，中云："近却颇作小词，虽无柳七郎风味，亦自是一家。呵呵！数日前猎于郊外，所获颇多，作得一阕，令东州壮士抵掌顿足而歌之，吹笛击鼓以为节，颇壮观也。"鲜于子骏，即鲜于侁，字子骏，阆州（今四川阆中）人。书中所谓"自是一家"，大体上指苏轼认为自己所创作的词，自然包括像《江神子》这样的豪放词，有别于"柳七郎风味"，在当时的主流词坛上可以别成一种风格。这种比较强烈的词学自信的宣示，也为词的进一步发展指出了新的方向。

念奴娇

黄庭坚

八月十七日,同诸甥步自永安城楼,过张宽夫园待月。偶有名酒,因以金荷酌众客。客有孙彦立,善吹笛。援笔作乐府长短句,文不加点。①

断虹霁雨,净秋空,山染修眉新绿。桂影扶疏②,谁便道,今夕清辉不足。万里青天,姮娥何处,驾此一轮玉。③寒光零乱,为谁偏照醽醁④。 年少从我追游,晚凉幽径,绕张园森木。共倒金荷家万里,难得尊前相属⑤。老子平生⑥,江南江北,最爱临风笛。孙郎微笑,坐来声喷霜竹。

[注释]

①词序中"诸甥",《苕溪渔隐丛话》后集卷三一、《宋六十名家词·山谷词》作"诸生"。据《宋史》本传、本词中"年少从我追游",以及黄庭坚在戎州诸诗未曾涉及洪朋、洪刍、洪炎、徐俯诸甥,似应以"诸生"为是。张宽夫,张溥。黄庭坚另有《绣带子·张宽夫园赏梅》,刘宰亦有《送张婿宽夫赴省序》。金荷,金荷叶杯之省称。莲叶形酒杯,当兴于宋代。如杨万里《中秋前两日别刘彦纯彭仲庄于白马山下》亦云:"长亭更放金荷浅,后夜谁同璧月圆。" ②扶疏:枝叶繁茂纷披貌。《吕氏春秋·辩土》:"树肥无使扶疏,树墝不欲专生而族居。肥而扶疏则多秕,

垸而专居则多死。"《世说新语·汰侈》:"石崇与王恺争豪,并穷绮丽,以饰舆服。武帝,恺之甥也,每助恺。尝以一珊瑚树高二尺许赐恺,枝柯扶疏,世罕其比。恺以示崇。崇视讫,以铁如意击之,应手而碎。恺既惋惜,又以为嫉己之宝,声色方厉。崇曰:'不足恨,今还卿。'乃命左右悉取珊瑚树,有三尺四尺、条干绝世、光彩溢目者六七枚,如恺许比甚众。恺惘然自失。" ③"万里"三句:姮娥,"姮"本作"恒",俗作"姮",因避汉文帝刘恒讳改称常娥、嫦娥。《淮南子·览冥训》:"后羿之妻,窃不死之药以奔月。"黄庭坚《绣带子·张宽夫园赏梅》:"晚到芳园游戏,满袖带香回。" ④醽醁(líng lù):美酒名。《抱朴子·嘉遁》:"藜藿嘉于八珍,寒泉旨于醽醁。" ⑤相属(zhǔ):劝酒。韩愈《八月十五夜赠张功曹》:"沙平水息声影绝,一杯相属君当歌。"苏轼《赤壁赋》:"驾一叶之扁舟,举匏樽以相属。" ⑥老子:犹老夫。《世说新语·容止》:"庾太尉在武昌,秋夜气佳景清,佐吏殷浩、王胡之之徒登南楼理咏。音调始遒,闻函道中有屐声甚厉,定是庾公。俄而率左右十许人步来,诸贤欲起避之。公徐云:'诸君少住,老子于此处兴复不浅。'因便据胡床与诸人咏谑,竟坐甚得任乐。"

[评析]

绍圣初,黄庭坚(1045~1105)被章惇、蔡卞弹劾,坐修《神宗实录》失实,先贬涪州别驾、黔州安置,绍圣四年(1097)又移戎州(今四川宜宾)。据《宋史》本传,黄庭坚"泊然不以迁谪介意,蜀士慕从之游,讲学不倦。凡经指授,下笔皆可观"。此词当作于谪居戎州时,既展现泊然之怀,又体现了与"蜀士"的欢洽之谊。上片写金秋雨后明月。秋空、彩虹、远山,铺设背景,澄明旷远。"断"、"染"二字,尤能写出雨后秋空的动态变幻。进而熔裁美妙神话,描绘月轮皎洁,嫦娥驾驶玉轮游翔,想象奇妙。寒光照美酒,将天象与人事紧密勾联。"清辉不足"、"姮娥何处"、"寒光零乱"之语略显落寞,但却因三重发问而显出振作之势。下片由想象而折回现实,记月下游园、饮酒、听笛,纪游融入抒情。幽径森木,场景如画。"共倒金荷"二句,情绪陡降,无限身世之感奎涌而出,悲壮凄凉。"老子"三句又倏忽振起,写尽平生坎壈,体现出傲兀豁达襟怀。末以孙郎笛声,使词章旋律顿变激越,凌空荡漾,经久不已。全篇超旷中隐含傲岸不羁之气,学苏而有成,连黄庭坚自己也认为"可继东坡赤壁之歌"(胡仔《苕溪渔隐丛话》后集卷三一)。〔按:事实上,黄庭坚此词风格不同于"大江东去",倒是与苏轼另一首《念奴娇》(凭高眺远)比较接近。〕难怪王灼称其词"学东坡,韵制得七八"(《碧鸡漫志》卷二)。

  词末"最爱临风笛"数句,或以"笛"押"北"不协韵,然陆游早已疏释过这一问题:"予在蜀见其稿。今俗本改'笛'为'曲'以协韵,非也。然亦疑'笛'字太不入韵。及居蜀久,习其语音,乃知泸、戎间谓'笛'为'独',故鲁直得借用,亦因以戏之耳。"(《老学庵笔记》卷二)罗愿《新安志》卷一〇亦云:"蜀人记'笛'音如'䙾',故用之。尝书一本赠(祝)顾,今俗本改'笛'为'曲',非也。顾藏鲁直文稿三枚,率以速纸百幅为之,改窜甚多。"

水调歌头　　游览

黄庭坚

  瑶草一何碧,春入武陵溪。①溪上桃花无数,花上有黄鹂。我欲穿花寻路,直入白云深处,浩气展虹霓。只恐花深里,红露湿人衣②。坐玉石,欹玉枕,拂金徽③。　　谪仙何处,无人伴我白螺杯。④我为灵芝仙草，不为朱唇丹脸，长啸亦何为。醉舞下山去，明月逐人归。⑤

[注释]

①"瑶草"二句：一何，何其。杜甫《石壕吏》："吏呼一何怒，妇啼一何苦。"武陵，今湖南常德。陶渊明《桃花源记》："晋太元中，武陵人捕鱼为业。缘溪行，忘路之远近。忽逢桃花林，夹岸数百步，中无杂树，芳草鲜美，落英缤纷。渔人甚异之。" ②"红露"句：王维《山中》二首其一："山路元无雨，空翠湿人衣。" ③金徽：《唐国史补》卷下："蜀中雷氏斫琴，常自品第，第一者以玉徽，次者以瑟瑟徽，又次者以金徽，又次者螺蚌之徽。" ④"谪仙"二句：李白《对酒忆贺监二首》序："太子宾客贺公于长安紫极宫一见余，呼余为'谪仙人'，因解金龟换酒为乐。"张籍《流杯渠》："渌酒白螺杯，随流去复回。" ⑤"醉舞"二句：李白《下终南山过斛斯山人宿置酒》："暮从碧山下，山月随人归。"

[评析]

　　黄庭坚此词约作于贬官西南期间。这是一首充满幻想和浪漫气息的纪游词。上片写进入世外桃源般的环境所接触的幽美景象。瑶草、仙溪、桃花、鹍鸟、白云、虹霓，种种雅洁物象，多样艳美色彩，构成与世俗社会截然不同的另一世界。"春入"、"穿花"、"直入"，体现其探寻幽境，雅兴深浓。下片写徜徉其间的狂逸情态和超然胸臆。坐、歇、拂的身边物，如此雅洁，唯望能有"谪仙"式高人，相伴对酌，则神合心契。"为"与"不为"的象征对照，宣发出品格的拔尘轶俗。以醉舞而归收结，词人放浪形骸、不与俗子为伍的风姿豁然在目。黄庭坚晚岁遭遇坎坷，厌倦污浊世态，向往超脱尘垢，追求人格自我完善，此词以虚景寄性灵，融桃源遗韵、谪仙风情于一体,正是其清逸傲兀情趣的展现。

王灼《碧鸡漫志》卷二有云:"《水调歌头》:'瑶草一何碧,春入武陵溪。溪上桃花无数,花上有黄鹂。'世传为鲁直。于建炎初见石耆翁,言'此莫少虚作也'。莫此词本始,耆翁能道其详。"《全宋词》案云:"《碧鸡漫志》卷二引石耆卿云,此莫将词,疑非。"黄庭坚卒于崇宁四年(1105),建炎时早已不在人世。不过,也有学者认为,如果撇开这一明显疏误,王灼所云此词为莫将所作并非没有可能,以存疑的态度待之或许更为合适。首先,此词除《山谷琴趣外篇》题名"游览"外,在黄集中没有任何线索可循。其次,莫将与黄庭坚同为修水人,相差三十五岁,先后到过四川。生平上的这些相似之处,说明二人作品被弄混的可能性是存在的。第三,石耆翁本是蜀地文人,对二人很可能都有相当的了解,其说未必没有根据。(参江枰《〈碧鸡漫志〉疏证》)

定风波　次高左藏使君韵①

黄庭坚

万里黔中一漏天。屋居终日似乘船。及至重阳天也霁。催醉。鬼门关外蜀江前②。　　莫笑老翁犹气岸③。君看。几人黄菊上华颠④。戏马台南追两谢。驰射。风流犹拍古人肩⑤。

[注释]

①诗题中"高左藏",即黔守高羽。其原唱已不可确考。左藏,左藏库使,宋官阶名。　②鬼门关:古代神话传说中阴曹地府的一个关隘。现

实中,鬼门关在今广西北流西,介于北流、郁林两县间,双峰对峙,中成关门。 ③"莫笑"句:李白《流夜郎赠辛判官》:"气岸遥凌豪士前,风流肯落他人后。" ④"几人"句:杜牧《九日齐山登高》:"尘世难逢开口笑,菊花须插满头归。" ⑤"风流"句:郭璞《游仙诗》:"左挹浮丘袖,右拍洪崖肩。"浮丘、洪崖为古代传说中的仙人。

[评析]

　　黄庭坚此词作于谪居黔州(今重庆彭水)时。上片写重阳宴集。先言气候之劣、环境之苦,重阳天霁,气氛陡转,引出"催醉",末点地处险远,回应起句。下片以"莫笑"、"君看"带起簪菊、"驰射",化用刘裕、二谢事,〔按:词中"戏马台",故址在今江苏徐州城南,项羽所筑。南朝刘裕被封为宋公,曾于重阳节在此大会宾客。谢瞻、谢灵运与会,并各赋诗《九日从宋公戏马台集送孔令》一首。另有一处在江苏扬州市江都区,始建于隋代,用以埋葬宫女,应与此词无关。还有一处在河北临漳,为东晋列国后赵石虎所筑,又称阅马台,石虎从台上施放响箭,作为军骑出入的信号。彭玉平《唐宋词举要》据词中此句后紧接"驰射"二字,认为典当出此处。〕紧扣重九,勾勒豪健丰神,再以追步名士风流自许,绾合前文"气岸"。全篇由低抑到昂扬,苦中寻乐,下笔奇警,跌宕有力,体现出作者身处忧患而襟怀豁达、气度兀傲、老而弥坚的个性。黄庭坚还有一首《戏答刘文学》:"人鲊瓮中危万死,鬼门关外更千岑。问君底事向前去,要试平生铁石心。"两相对读,诗词格调一致。

　　黄庭坚另有一首《定风波·次高左藏韵》:

　　　　自断此生休问天。白头波上泛孤船。老去文章无气味。憔悴。不堪驱使菊花前。　　闻道使君携将吏。高会。参军吹帽晚风颠。千骑插花秋色暮。归去。翠娥扶入醉时肩。

亦写饮酒簪花之事,可以并读。

鹧鸪天　坐中有眉止隐客史应之和前韵，即席答之①

黄庭坚

黄菊枝头生晓寒。人生莫放酒杯干。风前横笛斜吹雨，醉里簪花倒著冠②。　身健在，且加餐③。舞裙歌板尽清欢④。黄花白发相牵挽⑤，付与时人冷眼看。

[注释]

①词题中"史应之"，任渊注云：应之名铸，眉山人。授馆于人，落魄无检，喜作鄙语。客泸、戎间，因识山谷。黄庭坚有《戏答史应之》七绝三首，又《谢应之》一首。史铸词已佚。　②倒著冠：《世说新语·任诞》："山季伦为荆州，时出酣畅。人为之歌曰：'山公时一醉，径造高阳池。日莫倒载归，茗芋无所知。复能乘骏马，倒著白接篱。举手问葛疆，何如并州儿。'"　③且加餐：《古诗十九首·行行重行行》："弃捐勿复道，努力加餐饭。"　④歌板：即拍板。歌唱时用以打拍子，故名。李贺《酬答二首》其二："试问酒旗歌板地，今朝谁是拗花人。"　⑤牵挽：牵扯，牵缠。韩愈《南溪始泛三首》其一："石粗肆磨砺，波恶厌牵挽。"

[评析]

黄庭坚此词作于贬谪戎州时期，以达观放浪之态，抒写抑郁愤嫉和不平傲世之气。上片是劝酒之辞，借酒说愁，放浪形骸，不着愁字，而愁情可见。其中"倒著冠"句,不只生动地写出一派醉后天真的狂态,且化用古典的同时,翻进一层,自出新意,体现了作者善于"脱胎换骨"的特点。下片由醉中转回现实,表明虽屡遭打击,而豪气未减,充满向世俗侮慢挑战的勇气。"黄花白发相牵挽"二句的昂藏之态,被认为可与苏轼《南乡子》(霜降水痕收)中"破帽多情却恋头"相媲美。

词题中所谓"前韵",是指《定风波·明日独酌自嘲呈史应之》:

> 万事令人心骨寒。故人坟上土新干。淫坊酒肆狂居士,李下何妨也整冠。　金作鼎,玉为餐。老来亦失少年欢。茱萸菊蕊年年事,十日还将九日看。

旷达中略见颓放而自劝之意,与上录和作的旷达中见傲世与挑战之意不尽同。刘熙载《艺概》卷四称:"黄山谷词用意深至,自非小才所能办。"由此可见一斑。

将进酒　小梅花二首①

贺　铸

城下路。凄风露。今人犁田古人墓。岸头沙。带蒹葭。漫漫昔时,流水今人家。②黄埃赤日长安道。倦客无浆马无草。③开函关。掩函关。千古如何,不见一人闲。④　六国扰。三秦扫。初谓商山遗四老。驰单车。致缄书。裂荷焚芰,接武曳长裾。⑤高流端得酒中趣。深入醉乡安稳处。生忘形。死忘名。⑥谁论二豪,初不数刘伶。⑦

[注释]

①将(jiāng)进酒:此调有两体。五十七字者,《中原音韵》注越

调;贺铸词有"须信在家贫也乐"句,名《贫也乐》。一百十四字者,即五十七字体再加一叠,贺铸词名《小梅花》,又名《将进酒》,又名《行路难》。 ②"城下路"七句:顾况《悲歌》:"边城路,今人犁田昔人墓。岸上沙,昔时流水今人家。" ③"黄埃"二句:顾况《长安道》:"长安道,人无衣,马无草。" ④"千古"二句:戴叔伦《淮南逢董校书》:"如何百年内,不见一人闲。" ⑤"初谓"五句:《史记·留侯世家》载,汉初,东园公、绮里季、夏黄公、甪里先生隐商山,年皆八十余,须发皓白。高祖晚年欲易太子,吕后用留侯计,迎商山四老辅太子。高祖遂罢易太子之念。屈原《离骚》:"制芰荷以为衣兮,集芙蓉以为裳。"孔稚珪《北山移文》:"焚芰制而裂荷衣,抗尘容而走俗状。"《汉书·邹阳传》:"饰固陋之心,则何王之门不可曳长裾乎。" ⑥"生忘形"二句:杜甫《醉时歌》:"忘形到尔汝,痛饮真吾师。"《世说新语·任诞》:"张季鹰纵任不拘,时人号为'江东步兵'。或谓之曰:'卿乃可纵适一时,独不为身后名邪?'答曰:'使我有身后名,不如即时一杯酒。'" ⑦"谁论"二句:刘伶《酒德颂》:"二豪侍侧焉,如蜾蠃之与螟蛉。"李善注:"二豪,公子、处士也。"

[评析]

贺铸(1052~1125)此词借咏叹普遍性的历史现象,以发抒受压抑和排斥的不平之鸣、悲愤之怀,与多数咏史即咏怀词作的格局、命意相异。起七句即景发论,融化古诗乐府,纵述人世沧桑。次六句慨叹世人奔逐不息,社会治乱交替,自古扰攘不定。换头以下七句,借秦汉史事、商山四皓,针砭遗民隐士清节不终,晚跌政网,"初谓"转换为"接武",满含意外与惋惜。"高流"以下,衬跌出对"忘形"、"忘名"高人豪士的由衷颂赞,情至高潮,戛然而止。全篇从历史、人生、社会的广阔视野,和万象终归幻灭的虚无观念,批判人间世的名利角逐、权力争斗,而倡扬一种超尘拔俗、忘我自放的逆反精神。思路由远而近,由宏观而具体,语言浓缩,笔力陡健,飘然有豪纵高举之气。

《全宋词》案云:"此首别误作高宪词,见《中州乐府》。"《中州乐府》辑有高宪《梅花引》四首。金毓黻《渤海国志长编》卷一八《文征》将此四首合为二首,一首仍题《梅花引》,另首题为《贫也乐》,即贺铸此词而误为高宪之作者。《全金元词》又从《花草粹编》卷七辑得一首《三奠子·留襄州》:"上楚山高处,回望襄州。兴废事,古今愁。草封诸葛庙,烟锁仲宣楼。英雄骨,繁华梦,几荒丘。 雁横别浦,鸥戏芳洲。花又老,水空流。昔人何处在,倦客若为留。习池饮,庞陂钓,鹿门游。"确实写得放逸。

行路难

贺 铸

缚虎手。悬河口①。车如鸡栖马如狗②。白纶巾。扑黄尘。不知我辈,可是蓬蒿人。③衰兰送客咸阳道。天若有情天亦老。作雷颠。不论钱。④谁问旗亭,美酒斗十千⑤。 酌大斗。更为寿。⑥青鬓常青古无有⑦。笑嫣然。舞翩然。当垆秦女,十五语如弦。⑧遗音能记秋风曲⑨。事去千年犹恨促。揽流光。系扶桑。争奈愁来,一日却为长。⑩

[注释]

①悬河口:《世说新语·赏誉》:"王太尉云:'郭子玄语议如悬河写

水,注而不竭。'" ②"车如"句:《后汉书·陈蕃传》:"(朱)震字伯厚,初为州从事,奏济阴太守单匡臧罪,并连匡兄中常侍车骑将军超。桓帝收匡下廷尉,以谴超,超诣狱谢。三府谚曰:'车如鸡栖马如狗,疾恶如风朱伯厚。'" ③"不知"二句:李白《南陵别儿童入京》:"仰天大笑出门去,我辈岂是蓬蒿人。" ④"作雷颠"二句:《后汉书·雷义传》:"雷义字仲公,豫章鄱阳人也。……义尝济人死罪,罪者后以金二斤谢之,义不受,金主伺义不在,默投金于承尘上。后葺理屋宇,乃得之,金主已死,无所复还,义乃以付县曹。……义归,举茂才,让于陈重,刺史不听,义遂阳狂被发走,不应命。" ⑤"美酒"句:曹植《名都篇》:"归来宴平乐,美酒斗十千。" ⑥"酌大斗"二句:《诗·大雅·行苇》:"酌以大斗,以祈黄耇。"朱熹《诗集传》:"此颂祷之辞。欲其饮此酒而得老寿。" ⑦"青鬓"句:韩琮《春愁》:"金乌长飞玉兔走,青鬓长青古无有。" ⑧"笑嫣然"四句:宋玉《登徒子好色赋》:"臣东家之子,增之一分则太长,减之一分则太短,著粉则太白,施朱则太赤。眉如翠羽,肌如白雪,腰如束素,齿如含贝。嫣然一笑,惑阳城,迷下蔡。"王逸《章句》:"嫣,笑貌。"翩然,轻捷貌。刘过《贺新郎》:"一舸乘风翩然去,避鱼龙、不见波声俏。"《史记·司马相如列传》:"相如与俱之临邛,尽卖其车骑,买一酒舍酤酒,而令文君当炉。相如身自著犊鼻裈,与庸保杂作,涤器于市中。卓王孙闻而耻之,为杜门不出。"裴骃《集解》引韦昭曰:"炉,酒肆也。以土为堕,边高似炉。"《汉书·司马相如传》:"乃令文君当卢。"颜师古注:"卖酒之处置土为卢,以居酒瓮,四边隆起,其一面高,形似锻炉,故名卢耳。"王先谦补注:"字当作垆,通作炉、卢,则文省也。"辛延年《羽林郎》:"胡姬年十五,春日独当垆。"韩琮《春愁》:"秦娥十六语如弦,未解贪花惜杨柳。" ⑨"遗音"句:汉武帝(刘彻)《秋风辞》:"秋风起兮白云飞,草木黄落兮雁南归。兰有秀兮菊有芳,怀佳人兮不能忘。泛楼船兮济汾河,横中流兮扬素波。箫鼓鸣兮发棹歌,欢乐极兮哀情多。少壮几时兮奈老何。"《乐府诗集》卷八四引《汉武帝故事》:"帝行幸河东,祠后土。顾视帝京,忻然中流,与群臣饮宴。帝欢甚,乃自作《秋风辞》。"　⑩"事去"五句:李益《同崔邠登鹳雀楼》:"事去千年犹恨速,愁来一日即为长。"

[评析]

"行路难",词调即词题,用以书愤,得乐府遗意:"《行路难》,备言世路艰难及离别悲伤之意,多以'君不见'为首。"(郭茂倩《乐府诗集》卷七〇引《乐府解题》)今存最早的是鲍照《拟行路难》十八首。此外,还有僧宝月、吴均、费昶、王筠、卢照邻、张纮、贺兰进明、崔颢、李白、柳宗元等人的同题之作。如柳宗元《行路难三首》其一:

君不见夸父逐日窥虞渊,跳踉北海超昆仑。披霄决汉出沆漭,瞥裂左右遗星辰。须臾力尽道渴死,狐鼠蜂蚁争噬吞。北方㑞人长九寸,开口抵掌更笑喧。啾啾饮食滴与粒,生死亦足终天年。睢盱大志小成遂,坐使儿女相悲怜。

意有所讽,谓志大如夸父者竟不免渴死,反不若北方之短人,亦足终天年。盖自谓也。

贺铸此词表现失意无聊、纵酒放歌之际,既感乐往悲来、流光易逝,又觉愁里光阴无法排遣的矛盾苦闷心情,属于其词中的幽洁悲壮之作。起首五句高才、儒雅,与敝车、瘦马、奔走黄尘形成反差。"可是蓬蒿人",颇为自负。"衰兰"二句再述穷窘际遇。"作雷颠"四句充满豪情骨气。换头顺承,"青鬓"句发一感慨,"笑舞"状年少之乐,"秋风曲"又抒惜时之悲。"揽流光"以下,由狂想振起,以反跌收束。全篇刚肠愤激,章法抑扬顿挫,写尽才高运蹇之愤、英雄失路之悲,为稼轩词之豪迈勃郁导夫先路。

六州歌头

贺　铸

少年侠气，交结五都雄①。肝胆洞。毛发耸。立谈中②。死生同。一诺千金重③。推翘勇。矜豪纵。轻盖拥。联飞鞚。斗城东。轰饮酒垆，春色浮寒瓮。吸海垂虹。④间呼鹰嗾犬，白羽摘雕弓。狡穴俄空。⑤乐匆匆。　似黄粱梦。辞丹凤。⑥明月共。漾孤篷。官冗从。怀倥偬。落尘笼。簿书丛。鹖弁如云众。⑦供粗用。忽奇功。笳鼓动。渔阳弄。思悲翁。⑧不请长缨，系取天骄种。⑨剑吼西风。恨登山临水，手寄七弦桐。目送归鸿。⑩

[注释]

①五都：李益《从军有苦乐行》："侠气五都少，矜功六郡良。"西汉时首都长安以外的五个大都市，即雒阳、邯郸、临菑、宛、成都。唐肃宗宝应元年（762），以京兆府为上都，河南府为东都，凤翔府为西都，江陵府为南都，太原府为北都，合称"五都"。此处泛指北宋的各大都市。

②立谈中：扬雄《解嘲》："或七十说而不遇，或立谈间而封侯。"

③"一诺"句：《史记·季布列传》："楚人谚曰：'得黄金百斤，不如季布一诺。'"　④"斗城东"四句：《三辅黄图》卷一："（汉长安城）城南为南斗形，北为北斗形，至今人呼汉旧京为斗城是也。"马瑞辰《毛诗传笺通释》："周制，盖以冬酿经春始成，因名春酒。"《异苑》载，晋时有虹吸饮薛愿家水锅，薛愿用车拉了酒来往锅里倒，随倒随干。　⑤"间呼

鹰"三句：《后汉书·袁术传》："少以侠气闻，数与诸公子飞鹰走狗。"卢纶《和张仆射塞下曲》："林暗草惊风，将军夜引弓。平明寻白羽，没在石棱中。"《战国策·齐策四》："狡兔有三窟。"程俱《贺方回诗集序》："方回少时，侠气盖一座，驰马走狗，饮酒如长鲸。" ⑥"似黄粱梦"二句：沈既济《枕中记》载，唐卢生困居邯郸道旅舍，道士吕翁授他一枕，枕之入梦，历尽荣华富贵。睡时旅舍主人刚开始蒸黄粱做饭，等卢生睡醒，黄粱尚未蒸熟。东方虬《昭君怨》三首其二："掩泪辞丹凤，衔悲向白龙。"杜甫《夜》诗宋赵次公注："秦穆公女吹箫，凤降其城，因号'丹凤城'。"本指秦国都城，后泛称京城。 ⑦"官冗从"五句：冗从，散职侍从官，汉时设置。贺铸当时的官阶属于禁廷侍卫武官，性质与汉之"冗从"差近。孔稚珪《北山移文》："敲扑喧嚣犯其虑，牒诉倥偬装其怀。"贺铸《快哉亭》："可畏此尘笼，归哉养荒浪。"又《京居感兴》五首其四："扰扰尘笼下，容身亦是贤。"苏轼《夜饮次韵毕推官》："簿书丛里过春风，酒圣时时且复中。"鹖（hé）弁，即鹖冠，古代武冠，左右各加一鹖尾，故名。此处代指武官。 ⑧"渔阳弄"二句：《渔阳弄》为鼓曲名，汉时祢衡曾为《渔阳》参挝，声节悲壮。《思悲翁》为汉乐府短箫铙歌之曲，列于鼓吹，多序战阵之事。 ⑨"不请"二句：《汉书·终军传》："军自请：愿受长缨，必羁南越王而致之阙下。"郑锡《出塞曲》："会当系取天骄入，不使军书夜刺闱。"据《汉书·匈奴传》，匈奴单于自称"天之骄子"。 ⑩"剑吼"四句：王嘉《拾遗记》载，上古帝王颛顼有曳影之剑，未用之时，常于匣里如龙虎之吟。宋玉《九辩》："登山临水兮送将归。"嵇康《赠兄秀才入军》十八首其十四："目送归鸿，手挥五弦。"

[评析]

此词作于元祐三年（1088）秋，时在和州任管界巡检。创作背景与西夏党项族有关。北宋开国初，其首领李彝兴接受宋太祖授予的太尉官衔，建立"自治"政权。仁宗时，首领李元昊叛宋分裂，建国称帝，号"大夏"，随即不断侵扰北宋，掳掠人口、财物。宋军屡战屡北，只好向西夏岁"赐"银绢，换取和平。神宗时，王安石变法革新，整军抗战，苟安局面一度改观。不料神宗死后，旧党复辟，竟提议将西北战略要地拱手让与西夏，一时间妥协气氛甚嚣尘上。本年春、夏，夏军两度寇边，消息传到僻远的和州，贺铸遂将一腔忠愤发而为此首《六州歌头》。

词上片写少年侠气，笔酣墨饱，塑造出一位豪侠的形象，语言骏急如风，气势逼人。歇拍以"乐匆匆"三字将"少年侠气"一笔收束，今日之寂寞隐在言外。换头"似黄粱梦"一语，感喟深沉。接写磨勘转官生涯，悲愤难平，少年侠气也在这碌碌冗职中消耗殆尽，故"思悲翁"、"剑吼西风"云云，实有壮志难酬、悲愤难平之意。煞拍三句以"恨"统摄，从"少年"到"悲翁"，因"思"而"恨"，此恨经年积成，喷薄如火而无处发泄，因借琴弦声声、飞鸿阵阵宛转传出，悲苦之意寄于言外。全篇韵密句短，硬语盘空，壮采雄姿，不可一世，继苏轼之后，进一步拓展了词的壮美意境。

水龙吟　次韵林圣予惜春①

晁补之

问春何苦匆匆，带风伴雨如驰骤。②幽葩细萼，小园低槛，壅培未就。吹尽繁红，占春长久，不如垂柳。算春常不老，人愁春老，愁只是、人间有。　　春恨十常八九。忍轻辜、芳醪经口。那知自是,桃花结子,不因春瘦。③世上功名,老来风味,春归时候。纵樽前痛饮,狂歌似旧,情难依旧。

[注释]

①水龙吟:姜夔词注"无射商,俗名越调"。曾觌词结句有"是丰年瑞"句,名《丰年瑞》。吕渭老词名《鼓笛慢》。史达祖词名《龙吟曲》。杨樵云词因秦观词起句,更名《小楼连苑》。方味道词结句有"伴庄椿岁"句,名《庄椿岁》。又,词题中"林圣予",未详何人,其原唱亦恐已佚。 ②"问春"二句:李煜《乌夜啼》:"林花谢了春红,太匆匆,常恨朝来寒雨晚来风。" ③"那知"三句:王建《宫词》一百首其九十:"自是桃花贪结子,错教人恨五更风。"

[评析]

此词所谓"次韵林圣予惜春"者,似林氏有来词言惜春之情,晁补之(1053~1110)就此命题发抒己见,以为春来春去,本属自然之理,去无须惜,亦不必愁。词作开口擒题,突出春光匆促。继以芳花易凋渲染,又以垂柳占春长久旁衬。"算春"一转,说春愁不在春光自身。过片顺承"人愁"。"那知"三句,再为春光开脱,由青春到老成如"桃花结子",出于自然。以下暗承愁出人间意脉,与人生世事扭结,将"惜春"归拢到叹老,从而倾吐出功业难就、岁月迟暮之感。此种"惜春"之情,可与作者另一首《摸鱼儿》(买陂塘、旋栽杨柳)结句相互发明:"君试觑。满青镜、星星鬓影今如许。功名浪语。便似得班超,封侯万里,归计恐迟暮。"全篇在惜春中注入身世愁绪,融入人生哲思,抒情融以说理,与一般惜春词落笔颇为不同。先惜春老,又谓春不老,转而说人愁春老,而归结到人老如春归,宛转曲折,笔如游龙。

此词与苏轼《无愁可解》（光景百年）词序所云，同一理趣："国工花日新作越调《解愁》，洛阳刘几伯寿闻而悦之，戏作俚语之词，天下传咏，以为几于达者。龙丘子犹笑之：'此虽免乎愁，犹有所解也。若夫游于自然而托于不得已，人乐亦乐，人愁亦愁，彼且恶乎解哉？'乃反其词，作《无愁可解》云。"〔按：此首，石声淮、唐玲玲《东坡乐府编年笺注》作苏轼词，收在未编年词中；邹同庆、王宗堂《苏轼词编年校注》考证为苏轼词，编在元丰七年（1084）。而《全宋词》据《山谷题跋》卷九、魏衍《后山诗注》卷九"答田生诗"注、陈应行《于湖先生长短句序》等录作陈慥词，并谓词序为苏轼所撰。〕似乎可以从一个侧面表明，"苏门四学士"之一的晁补之不仅在理论上认同苏轼的词学革新，在创作实践上也是紧随其后的。

水调歌头　九月望日，与客习射西园，余偶病不能射[①]

叶梦得

霜降碧天静，秋事促西风[②]。寒声隐地初听[③]，中夜入梧桐。起瞰高城回望，寥落关河千里，一醉与君同。叠鼓闹清晓[④]，飞骑引雕弓。　　岁将晚，客争笑，问衰翁。平生豪气安在，沉领为谁雄。何似当筵虎士，挥手弦声响处，双雁落遥空[⑤]。老矣真堪愧，回首望云中[⑥]。

[注释]

①词题，《乐府雅词》卷中作："九月望日，与客习射西园，余偶病不能射。客较胜相先。将领岳德弓强二石五斗，连发三中的，观者尽惊。因作此词示坐客。前一夕大风，是日始寒。"词中"虎士"，当指岳德。

②秋事：唐彦谦《和陶渊明贫士诗七首》其七："去年秋事荒，贩籴仰邻州。" ③"寒声"句：杜甫《秦州杂诗》二十首其四："秋听殷地发。" ④叠鼓：谢朓《隋王鼓吹曲》十首其四《入朝曲》："凝笳翼高盖，叠鼓送华辀。"李善注："小击鼓谓之叠。" ⑤"挥手"二句：《北史·长孙晟传》："尝有二雕飞而争肉，因以箭两枝与晟，请射取之。晟驰往，遇雕相攫，遂一发双贯焉。" ⑥"回首"句：王维《观猎》："回看射雕处，千里暮云平。"

[评析]

　　叶梦得（1077~1148）此词作于绍兴十年（1140）再帅建康时。上片写九月望日的夜饮，碧天霜降，西风骤起，寒声吹入梧桐，登高远眺，关河寥落，望中自应有北方沦陷之地。因此，醉饮而至清晓，鼓声阵阵，飞骑追逐，雕弓满引，与众习射，背后的抗敌御侮之志隐然可见。下片从骑射已了，转入客人"平生豪气安在"、"沉领为谁雄"的连连发问，作者感叹"老矣真堪愧"，结于"回首望云中"，因云中郡是魏尚、李广抗击匈奴之地，则"堪愧"之意亦出。词中不仅明里塑造了"挥手弦声响处，双雁落遥空"的"当筵虎士"形象，也暗中见出了"起瞰高城回望"、"回首望云中"的自我形象，二者交相辉映，英雄主义精神也为之凸现。俞陛云《唐五代两宋词选释》评曰："此词上阕起、结句咸有峭劲之致。下阕清气往来，十句如一句写出，自谓'豪气安在'，其实字里行间，仍是百尺楼头气概也。"

　　叶梦得另有一首《水调歌头》，作于建炎三年（1129）罢尚书左丞而蛰居卞山时：

　　　　秋色渐将晚，霜信报黄花。小窗低户深映，微路绕欹斜。为问山翁何事，坐看流年轻度，拚却鬓双华。徙倚望沧海，天净水明霞。

念平昔，空飘荡，遍天涯。归来三径重扫，松竹本吾家。却恨悲风时起，冉冉云间新雁，边马怨胡笳。谁似东山老，谈笑静胡沙。

身当国家危难之秋，却是一样的有志难伸，因而慷慨悲歌。可与并读。

八声甘州　寿阳楼八公山作①

叶梦得

故都迷岸草，望长淮、依然绕孤城。想乌衣年少，芝兰秀发，②戈戟云横。坐看骄兵南渡，沸浪骇奔鲸③。转盼东流水，一顾功成。

千载八公山下，尚断崖草木，遥拥峥嵘。漫云涛吞吐，无处问豪英。信劳生、空成今古，笑我来、何事怆遗情。④东山老，可堪岁晚，独听桓筝⑤。

[注释]

①八声甘州：《碧鸡漫志》：甘州，仙吕调。有曲破，有八声，有慢有令。按，此调前后段八韵，故名《八声》，乃慢词也，与《甘州遍》之曲破，《甘州子》之令词不同。柳永《乐章集》亦注仙吕调。周密词名《甘州》。张炎词因柳词有"对萧萧暮雨洒江天"句，更名《萧萧雨》。白朴词名《宴瑶池》。又，词题中"八公山"，在寿阳城北，淝水流经其下，相传淮南王刘安与八个门客在山上炼丹成仙。太元八年（383），东晋谢安指挥谢石、谢玄在此以八万兵力战胜前秦苻坚的百万大军，史称"淝水之战"。寿阳，即寿春，今安徽寿县，东晋时曾改名寿阳，曾为楚国国都，故下云"故都"。又词中"长淮"，指作为淮河支流的淝水。

②"想乌衣"二句：乌衣，巷名，在今江苏南京，晋代时是王、谢等名门贵族所居之地。《世说新语·言语》："谢太傅问诸子侄：'子弟亦何预人事，而正欲使其佳？'诸人莫有言者，车骑答曰：'譬如芝兰玉树，欲使其生于阶庭耳。'"《诗·大雅·生民》："实发实秀。"　③奔鲸：谢朓《和王著作融八公山》："长蛇固能剪，奔鲸自此曝。"李善注："奔鲸，喻坚也。"　④"信劳生"二句：《庄子·大宗师》："劳我以生。"曹植《洛神赋》："遗情想象。"李善注："思旧故而想象。"　⑤桓筝：《晋书·桓伊传》载，谢安晚年被晋孝武帝疏远。一次，谢安陪孝武帝饮酒，桓伊弹筝助兴，并歌曹植《怨歌行》："为君既不易，为臣良独难。忠信事不显，乃有见疑患。"谢安听后"泣下沾衿"，孝武帝"甚有愧色"。

[评析]

　　此词王兆鹏《叶梦得年谱》系于绍兴十年（1140），为八公山登临怀古之作，借吟咏历史上的"淝水之战"，寄托自己的主战情怀，抒发无地用武之愤。上片歌唱淝水战役的胜利破敌。起笔三句鸟瞰地形，"想"字带起追忆，"乌衣"三句写晋军将领年少英俊、阵容整肃，"坐看"见指挥若定，"转盼"以胜利收结。人物风采宛然在目。下片即地兴感，先言江山如故，次叹朝中无人，再故作开解，末收结到爱国豪情备遭冷落。无限峥嵘不平之气，充溢笔端，写来慷慨苍凉。

　　两年前，叶梦得曾作过一首《念奴娇》：

　　　　云峰横起，障吴关三面，真成尤物。倒卷回潮目尽处，秋水黏天无壁。绿鬓人归，如今虽在，空有千茎雪。追寻如梦，漫余诗句犹杰。　闻道尊酒登临，孙郎终古恨，长歌时发。万里云屯瓜步晚，落日旌旗明灭。鼓吹风高，画船遥想，一笑吞穷发。当时曾照，更谁重问山月。

用苏轼"大江东去"原韵,其纵观江山与历史,感慨功业无成,人已老去,与苏轼原唱之意甚近,确如论者所谓"合处不减"东坡(关注《题石林词》),"得其六七"(王灼《碧鸡漫志》卷二)。

水调歌头

李 光

过桐江,经严濑,慨然有感。予方力丐宫祠,有终焉之志。因和致道《水调歌头》,呈子我、行简。①

兵气暗吴楚,江汉久凄凉。当年俊杰安在,酹酒酹严光。南顾豺狼吞噬,北望中原板荡,矫首讯穹苍。②归去谢宾友,客路饱风霜。　闭柴扉,窥千载,考三皇。兰亭胜处,依旧流水绕修篁。傍有湖光千顷,时泛扁舟一叶,啸傲水云乡。寄语骑鲸客,何事返南荒。③

[注释]

①词序中"桐江",水名,在今浙江桐庐县北,即钱塘江中游自建德至桐庐一段的别称。源出天目山,流入浙江。严濑,又名严陵濑,在今浙江桐庐县南。相传东汉严光(子陵)耕于富春山,后人因名其钓处为严陵濑。宫祠,宋代官员退休,常授予宫观之衔,如提举洞霄宫等,无实际执掌,只供领俸禄之资。致道,程俱字致道,衢州人,官至中书舍人兼侍讲。其原作今不传。子我,江端友字子我,陈留人,官至太常少卿。行

简,刘一止字行简,湖州归安人。著有《苕溪词》。 ②"北望"二句:《诗·大雅·板》序:"《板》,凡伯刺厉王也。"《诗·大雅·荡》序:"《荡》,召穆公伤周室大坏也。厉王无道,天下荡荡,无纲纪文章,故作是诗也。"谢灵运《拟魏太子邺中集诗·王粲》:"幽厉昔崩乱,桓灵今板荡。"唐太宗(李世民)《赐萧瑀》:"疾风知劲草,板荡识诚臣。"矫首,昂首。杜甫《又上后园山脚》:"穷秋立日观,矫首望八荒。" ③"寄语"二句:扬雄《羽猎赋》:"乘巨鳞,骑鲸鱼。"李白自署"海上骑鲸客"。杜甫《送孔巢父谢病归游江东兼呈李白》:"若逢李白骑鲸鱼,道甫问讯今何如。"南荒,南方荒远之地。《晋书·陆机传》:"辎轩骋于南荒,冲軿息于朔野。"

[评析]

李光(1078~1159)历经人间忧患,此时虽已告退,颇有出世之想,但内心的苦闷、悲愤难平。词中既有对金兵蹂躏人民的愤恨,又有对中原板荡的深切关注。全篇质切劲直,在超然物外的隐逸之情中,渗透出英雄俊杰失路的悲愤和民族危难的忧患意识,是词人有代表性的作品。

刘一止有和作《水调歌头·和李泰发尚书泊舟严陵》:

千古严陵濑,清夜月荒凉。水明沙净,波面一叶弄孤光。北望旄头天际,杀气遥昏楚甸,云树失青苍。愁绝未归客,衰鬓点吴霜。

听江边,鸣宝瑟,想英皇。骑鲸仙裔,高韵清绝胜风篁。醉入无何境界,却笑昔人底事,远慕白云乡。不见咸阳道,烟草茂陵荒。

与原作一样,也是将严陵濑的孤寂清冷和战火纷飞的现实放在一起,形成强烈的视觉冲击,点出兴衰古今皆然,不如逍遥的心境。这显然是正话反说,对国事的念念难忘流露无余。

相见欢①

朱敦儒

金陵城上西楼。倚清秋。万里夕阳垂地、大江流。② 中原乱。簪缨散③。几时收。试倩悲风吹泪、过扬州④。

[注释]

①相见欢：唐教坊曲名。李煜词有"无言独上西楼，月如钩"句，更名《秋夜月》，又名《上西楼》，又名《西楼子》。康与之词名《忆真妃》。张辑词有"唯有渔竿，明月上瓜州"句，因名《月上瓜州》。或名《乌夜啼》。又，乌夜啼，唐教坊曲名。《太和正音谱》注南吕宫，又大石调。欧阳修词名《圣无忧》。赵令畤词名《锦堂春》。按，《乐府诗集》有清商曲《乌夜啼》，乃六朝及唐人古今诗体，与此不同，此盖借旧曲名，另翻新声也。　②"万里"句：杜甫《旅夜书怀》："星垂平野阔，月涌大江流。"　③簪缨：古代达官贵人的冠饰。代指高官显宦。萧统《锦带书十二月启·姑洗三月》："龙门退水，望冠冕以何年？鹓路颓风，想簪缨于几载？"李白《少年行三首》其三："遮莫姻亲连帝城，不如当身自簪缨。"　④倩（qìng）：请。成彦雄《煎茶》："蜀茶倩个云僧碾，自拾枯松三四枝。"

[评析]

朱敦儒（1081~1159）的词具有鲜明的自传性特点。青少年时代，他在疏狂放浪中度过:"生长西都逢化日,行歌不记流年。花间相过酒家眠。乘风游二室,弄雪过三川。"(《临江仙》)表现在词中,就有这样的情态:"我是清都山水郎。天教分付与疏狂。曾批给雨支风券,累上留云借月章。　诗万首,酒千觞。几曾著眼看侯王。玉楼金阙慵归去,且插梅花醉洛阳。"(《鹧鸪天·西都作》)靖康难起,朱敦儒仓皇南奔躲避兵祸,词风由飘逸潇洒的"神仙风致"(黄昇《中兴以来绝妙词选》卷一)一变而为凄苦忧愤。或表现飘泊流离,如《卜算子》:

旅雁向南飞,风雨群初失。饥渴辛勤两翅垂,独下寒汀立。

鸥鹭苦难亲,矰缴忧相逼。云海茫茫无处归,谁听哀鸣急。

或痛愤中原沦陷,如作于建炎元年(1127)春的这首《相见欢》。词为南渡后登金陵城楼眺远时所写。上片写景,十分壮阔。下片抒情,言简意深,语短情长。换头三个短句,声泪俱下,表达了收复中原的殷切期望。结拍托悲风将忧国之泪洒向抗金前线的扬州,读来感人至深。陈廷焯所评,可谓知言:"悲歌慷慨,情见乎词。"(《云韶集》卷五)"笔力雄大,气韵苍凉,短调中具有万千气象。"(《词则·放歌集》卷一)朱庸斋更谓此词"下笔重,境界大,不仅在宋词中不可多得,即千古以来也允推上乘之作"(《分春馆词话》卷四)。同样写于金陵的,还有一首《朝中措》:

登临何处自销忧。直北看扬州。朱雀桥边晚市,石头城下新秋。

昔人何在,悲凉故国,寂寞潮头。个是一场春梦,长江不住东流。

忧国之情在在可见,尽管难称上乘,亦堪参读。

朱敦儒词的风格随着其人生历程的变化而变化,早年以婉丽明快为主,中年以悲壮慷慨贯穿,晚年以清疏晓畅见长。其晚年所为词中,间以口语、俚语及散文化句式入词,较之柳永更为通俗流利,却明快清朗。如《感皇恩》:

一个小园儿,两三亩地。花竹随宜旋装缀。槿篱茅舍,便有山家风味。等闲池上饮，林间醉。　　都为自家，胸中无事。风景争来趁游戏。称心如意。剩活人间几岁。洞天谁道在，尘寰外。

在一定程度上，这也可以看作一种创新，为后来辛弃疾词的某种语言风格导夫先路。在两宋词史上，苏轼开拓了抒情自我化的方向，但还没有将自我完整的人生历程和整个的精神世界写进词中。在这个方面，朱敦儒则进一步向前发展，给予后来的辛派词人以更为直接的影响。

喜迁莺① 塞上词

李　纲

边城寒早。对漠漠暮秋，霜风烟草。战□长闲，刁斗无声，空使荷戈人老②。陇头立马极目，万里长城古道。感怀处，问仲宣云乐，从军多少。③　　缥缈。云岭外，夕烽一点，塞上传光小。玉帐尊罍，青油谈笑，肯把壮怀销了。④画楼数声残角，吹彻梅花霜晓⑤。愿岁岁静烟尘，羌虏常修邻好⑥。

[注释]

①喜迁莺：此调有小令、长调两体。小令起于唐人，《太和正音谱》注黄钟宫。因韦庄词有"鹤冲天"句，更名《鹤冲天》。和凝词有"飞上万年枝"句，名《万年枝》。冯延巳词有"拂面春风长好"句，名《春光好》。夏竦词名《喜迁莺令》。晏几道词名《燕归来》。李德载词有"残腊里，早梅芳"句，名《早梅芳》。长调起于宋人，《梅溪集》注黄钟宫。《白石集》注太簇宫，俗名中管高宫。江汉词一名《烘春桃李》。　②荷

戈:《梁书·元帝纪》:"幕府据有上流,实惟分陕,投袂荷戈,志在毕命。" ③"问仲宣"二句:《三国志·魏书·武帝纪》载,曹操西征张鲁,自南郑而还,留夏侯渊屯汉中。侍中"王粲作五言诗以美其事"(裴松之注语)。王粲字仲宣,所作《从军行》凡五首,其一云:"从军有苦乐,但问所从谁。所从神且武,安得久劳师。" ④"玉帐"三句:玉帐,军中主帅所居帐幕。李白《司马将军歌》:"身居玉帐临河魁,紫髯若戟冠崔嵬。"尊罍(léi),酒器。元稹《遭风》:"唤上驿亭还酩酊,两行红袖拂尊罍。"青油,即青油幕。以青油涂饰的帐幕。此指将军幕。韩愈《晚秋郾城夜会李正封联句上王中丞卢院长》:"从军古云乐,谈笑青油幕。"肯把,犹拼把。柳永《尾犯》:"再同欢笑,肯把金玉珠珍博。" ⑤梅花:即《梅花落》。《乐府诗集》卷二四:"《梅花落》,本笛中曲也。按唐大角曲亦有《大单于》、《小单于》、《大梅花》、《小梅花》等曲,今其声犹有存者。" ⑥邻好:睦邻友好。《礼记·礼运》:"选贤与能,讲信修睦。"《北史·陆逞传》:"初修邻好,盛选行人。"

[评析]

　　这首词是靖康元年(1126)李纲(1083~1140)率军驰援太原北上途中所作。上年冬,金兵大举南侵,徽宗赵佶传位给赵桓(钦宗),仓皇南逃。本年初春,金兵逼近汴京,赵桓不得已任命李纲为"亲征行营使",负责京师防务。在李纲的组织指挥下,京都军民奋力抗战,又得到西北名将种(chóng)师道的支援,终于迫使金兵暂时撤退。金兵一退,北宋王朝便开始"议和",先解除种师道的兵权,再以解太原之围为名任命李纲为河东河北宣抚使,实际上是将他逐出朝廷。李纲行至怀州(今河南沁阳),又接诏令削减所率一万二千人的援军,继而被勒令停止进兵。不久,朝廷又罢免了主战派徐处仁、吴敏等人。事情发展到如此地步,李纲慨然叹曰："事无可为者矣！"此词上片写词人立马长城古道，眺望边城暮秋风烟，悲叹荷戈人老，流露出英雄无用武之地的迷惘之情。下片叙述请缨无路的词人夜观烽火，谈笑论兵，借酒浇愁，表达扶危济困的壮志豪情，睦邻修好的美好心愿。

李纲另有一首《喜迁莺·真宗幸澶渊》：

> 边城寒早。恣骄虏，远牧甘泉丰草。铁马嘶风，毡裘凌雪，坐使一方云扰。庙堂折冲无策，欲幸坤维江表。叱群议，赖寇公力挽，亲行天讨。　　缥缈。銮辂动，霓旌龙旆，遥指澶渊道。日照金戈，云随黄伞，径渡大河清晓。六军万姓呼舞，箭发狄酋难保。虏情詟，誓书来，从此年年修好。

真诚讴歌真宗，也是借以表达力挽狂澜的雄心。

苏武令

李　纲

塞上风高，渔阳秋早①。惆怅翠华音杳②。驿使空驰，征鸿归尽，不寄双龙消耗③。念白衣、金殿除恩，归黄阁、未成图报。④

谁信我、致主丹衷⑤，伤时多故，未作救民方召⑥。调鼎为霖⑦，登坛作将，燕然即须平扫。拥精兵十万，横行沙漠，奉迎天表⑧。

[注释]

①渔阳：唐代郡名，治所在今天津市蓟州区。此处泛指北方。白居易《长恨歌》："渔阳鼙鼓动地来，惊破霓裳羽衣曲。"　②翠华：犹翠辇，

指皇帝御驾。司马相如《上林赋》："建翠华之旗，树灵鼍之鼓。"崔致远《让官请致仕表》："且自黄寇凭陵，翠华巡狩。"　③"不寄"句：双龙，谓徽、钦二帝。消耗，消息。《涑水记闻》卷一一："自杨守素回后，又经月余，寂无消耗。"　④"念白衣"二句：白衣，布衣。除恩，指授官。黄阁，汉代丞相、太尉和汉以后的三公官署避用朱门，厅门涂黄色，以区别于天子，称为黄阁。建炎初，李纲曾短期官至宰相。《宋书·礼志》："三公黄阁，前史无其义……三公之与天子，礼秩相亚，故黄其阁，以示谦不敢斥天子，盖是汉来制也。"　⑤丹衷：赤诚之心。沈约《为齐竟陵王解讲疏》："敢誓丹衷，庶符皎日。"戴叔伦《曾游》："绝粒感楚囚，丹衷犹照耀。"　⑥方召：方叔、召虎二人为辅佐周宣王中兴的贤臣，后因以方召借指国之重臣。《晋书·桓温传》："（庾）翼尝荐温于明帝曰：'桓温少有雄略，愿陛下勿以常人遇之，常婿畜之，宜委以方召之任。'"　⑦调鼎为霖：调鼎，喻宰相之职。商朝傅说为相，殷高宗以和羹为喻，将其比之为调味的盐和梅。《尚书·说命》："若作和羹，尔惟盐梅。"又谓："若岁大旱，用汝作霖雨。"　⑧天表：指天子的仪容。《晋书·裴秀传》："秀后言于文帝曰：'中抚军人望既茂，天表如此，固非人臣之相也。'"

[评析]

此调，万树《词律》、王奕清等《钦定词谱》均未载，而赵彦卫《云麓漫钞》卷一四载之，并谓"声韵凄楚"。双调八十六字，上片八句四仄韵四十二字，下片九句三仄韵四十四字。与《选冠子》有相似之处，且与《选冠子》之别名《苏武慢》仅一字之差，但较《选冠子》少二十多字，〔按：《苏武慢》一名《过秦楼》，《钦定词谱》卷三五以周邦彦词为正体："水浴清蟾，叶喧凉吹，巷陌马声初断。闲依露井，笑扑流萤，惹破画罗轻扇。人静夜久凭阑,愁不归眠,立残更箭。叹年华一瞬,人今千里,梦沉书远。　　空见说、鬓怯琼梳,容销金镜,渐懒趁时匀染。梅风地溽,虹雨苔滋,一架舞红都变。谁信无憀,为伊才减江淹,情伤荀倩。但明河影下,还看稀星数点。"〕当另列一体以候考。

此词作于建炎末、绍兴初(1130~1131)。其时李纲已经遭贬,但他苦恼惆怅的不是个人的得失际遇,而是复国图强的未竟事业。当他忧念民族的生死存亡时,心中涌起强烈的责任感,这是一种能够再度出将入相,拥精兵十万,横行沙漠,立功报国的渴望。正如唐圭璋先生所赞叹的那样:"李忠定纲,忠肝义胆,发为诗余,亦慷慨沉雄。……此词绍兴初盛传。初叙塞上荒凉景象,及国主蒙尘之惨。次叙孤臣报国忠忱及救民宏愿。末叙受知领兵,决心抗敌,必无不胜之理。入则宰辅,出则大将,天下安危,系于一身,观词之吐露,可以识其精忠矣。"(《词学论丛·读词札记》)也如早前谭莹《论词绝句》一百首其五十四所云"品未低":"香余鸳帐冷金猊,名相词传品未低。唱彻声声苏武令,人言作者李梁溪。"

渔家傲

李清照

天接云涛连晓雾。星河欲转千帆舞。仿佛梦魂归帝所。闻天语。①殷勤问我归何处。　　我报路长嗟日暮②。学诗谩有惊人句③。九万里风鹏正举④。风休住。蓬舟吹取三山去⑤。

[注释]

①"仿佛"二句:帝所,天帝或天子居处。《史记·赵世家》:"居二日半,简子寤,语大夫曰:'我之帝所甚乐,与百神游于钧天,广乐九奏

万舞,不类三代之乐,其声动人心。'"天,指天帝。李白《飞龙引》二首其二:"造天关,闻天语。" ②日暮:喻指年岁已晚。 ③"学诗"句:谩有,徒有。杜甫《江上值水如海势聊短述》:"为人性僻耽佳句,语不惊人死不休。" ④九万里:《庄子·逍遥游》:"鹏之徙于南冥也,水击三千里,抟扶摇而上者九万里,去以六月息者也。" ⑤三山:《史记·封禅书》:"自威、宣、燕昭使人入海求蓬莱、方丈、瀛洲。此三神山者,其传在勃海中,去人不远;患且至,则船风引而去。盖尝有至者,诸仙人及不死之药皆在焉。其物禽兽尽白,而黄金银为宫阙。未至,望之如云;及到,三神山反居水下。临之,风辄引去,终莫能至云。"

[评析]

　　李清照(1084~1156?)的这首《渔家傲》,一本题作"记梦"。据徐培均《李清照集笺注》,词人于建炎四年(1130)正月初三日以后至章安(在今浙江台州境内),十八日随高宗御舟从海上至温州(今属浙江)。词中所写,即此一段航程中生活,而以梦境出之。由晨起所见之景写起,自"仿佛"句以下直至篇终,均借梦境以言志抒慨。全篇气势磅礴,高迈雄浑,"绝似"(梁令娴《艺蘅馆词选》引梁启超评语)苏辛一派,构成其词作审美境界中"神骏"(沈曾植《菌阁琐谈》)的另外一面,不唯在李清照集中为仅见,即使在整个宋代女性词中,也非常突出。女子而作壮语,似乎还可以理解为是与"男子而作闺音"相对应的存在,非仅限于性别文学认知意义一端而已。

　　与此相关,张仲谋《明词史》指出过另外一种有意思的现象,颇可供参读思考:黄媛贞词中有一种值得关注的现象,即作为女性词人,其切合身份、自抒情怀的词不多,而规仿男性视角题咏美人的词不少。如《临江仙·书窗寄外》、《菩萨蛮·寒宵理绣》、《临江仙·新夏怀妹》等,这些都是切合其身份之作，抒情主人公即是词人自己。然而这样的词并不多。与此相映成趣的是，在其《云卧斋诗余》一百零八首中，却有大量的刻画美女的作品。如《踏莎行·看美人卷帘》、《踏莎行·题扇头美人》、《生查子·佳人》以及《美人图十八咏》等。其他如《春闺》、《秋闺》、《春思》、《闺情》一类词题，从其视点用笔来看，亦非词人自写其春情闺思，而是从男性角度来看女人。如《踏莎行·看美人卷帘》"笑拈花瓣掷春驹，两眸如水看无定"，《菩萨蛮·秋闺》"阑干几折和愁倚，怀人泪满鸳鸯绮"，《蝶恋花·闺情》"蝴蝶枕边香眷眷，无端玉漏春宵短"，《转应曲》"芳雨，芳雨，闲坐美人无语"，《菩萨蛮·初浴》"兰汤新沐冰肌莹，不胜衣处微香冷"以及《清平乐·弹琴》"一种撩人幽思，含愁欲写情难"。这里所写的"佳人"、"美人"当然不是黄媛贞自己，而是另有其审美对象。其《美人图十八咏》小序中云："戊戌春杪，云间颜子图美人十八幅，姿态鲜妍，神情逼肖。夫子携以示余，兼索题咏。"这里透露了一个信息，即这些词并非黄媛贞自抒情怀之作，而是写给其"夫子"朱茂时看的。所以她要揣摩男人的心态，想象他们的心理与趣味。于是女性作者的立场消退了，她成了男性读者的代言人。这可以称之为"仿男子而作闺音"，尽管其间也许仍然不免存在细微的差别。

满江红　丁未九月南渡，泊舟仪真江口作[①]

赵　鼎

惨结秋阴，西风送、霏霏雨湿。凄望眼，征鸿几字[②]，暮投沙碛[③]。试问乡关何处是，水云浩荡迷南北。[④]但一抹、寒青有无中，遥山色。⑤　天涯路，江上客。肠欲断，头应白。空搔首兴叹，暮年离拆⑥。须信道消忧除是酒，奈酒行有尽情无极⑦。便挽取、长江入尊罍，浇胸臆⑧。

[**注释**]

①满江红：此调有仄韵、平韵两体。仄韵词宋人填者最多，其体不一。《钦定词谱》以柳词为正体，其余各以类列。柳永《乐章集》注仙吕调。高拭词注南吕调。平韵词只有姜词一体，宋元人俱如此填。又，词题中"仪真"，即仪征（今属江苏）。　②征鸿几字：谓几行飞雁。鸿雁成群飞行，呈人字形或一字形。江淹《赤亭渚》："远心何所类，云边有征鸿。"秦观《减字木兰花》："困倚危楼，过尽飞鸿字字愁。"　③沙碛（qì）：沙滩。戴叔伦《屯田词》："春来耕田遍沙碛，老稚欣欣种禾麦。"　④"试问"二句：崔颢《黄鹤楼》："日暮乡关何处是，烟波江上使人愁。"潘岳《河阳县作二首》其一："洪流何浩荡，修芒郁苕峣。"司马光《留别东郡诸僚友》："津涯浩荡虽难测，不见惊澜曾覆舟。"　⑤"但一抹"二句：秦观《泗州东城晚望》："林梢一抹青如画，应是淮流转处山。"王维《汉江临泛》："江流天地外，山色有无中。"　⑥离拆：犹分离。柳永《征部乐》："待这回、好好怜伊，更不轻离拆。"　⑦"须信"二句：按谱当为两个七言句，此处应有衬字。上句衬字为"须"或"道"，下句为"奈"。酒行，行酒，饮酒。　⑧胸臆：指心中愁闷。《列子·汤问》："推于御也，齐辑乎辔衔之际，而急缓乎唇吻之和；正度乎胸臆之中，而执节乎掌握之间。"杜甫《别赞上人》："异县逢旧友，初忻写胸臆。"

[评析]

此词作于建炎元年（1127），写宋室南渡前夕的形势和心情。是年五月，赵构即帝位于南京（今河南商丘），改元建炎。九月，以金人进犯，退驻淮甸，并下诏缮修建康城池，准备南渡。时任权户部员外郎的赵鼎（1085~1147）渡江至建康，是为赵构下一步定都江南做准备的。泊舟仪真正是赵鼎渡江的前夕。

词上片写景，寓凄惨行色于一派阴沉凄冷之景。"试问"句唤起乡思国忧，但仍以云水迷茫、山色有无之景作结，隐谓家国不见，北返渺茫。下片抒情，"放笔为直干"，抒发国难当头的深忧。一起直抒漂泊衰迟之感。"须信"二句跌宕有力，欲饮又罢，盖"有尽"之酒难消"无极"之情。结拍逆挽，仍归豪饮，极写家国之恨无穷，除非挽取滔滔江水入酒杯，满怀积郁或可借此冲洗一番，激越悲慨，忧念深广。正如陈廷焯所论："此类皆慷慨激烈，发欲上指，词境虽不高，然足以使懦夫有立志。"（《白雨斋词话》卷六）

花心动　偶居杭州七宝山国清寺冬夜作[①]

赵　鼎

江月初升，听悲风、萧瑟满山零叶。夜久酒阑[②]，火冷灯青，奈此愁怀千结。绿琴三叹朱弦绝，与谁唱、阳春白雪。[③]但追想、穷年坐对[④]，断编遗册。　　西北欃枪未灭[⑤]。千万乡关，梦遥吴越。慨念少年，横槊风流，醉胆海涵天阔。老来身世疏篷底，忍憔悴、看人颜色。更何似、归欤枕流漱石[⑥]。

[注释]

①花心动：金词注小石调。元词注双调。曹勋词名《好心动》。曹冠词名《桂飘香》。《鸣鹤余音》词名《上升花》。《高丽史·乐志》名《花心动慢》。又，词题中"七宝山"，在杭州西湖东南吴山。《淳祐临安志》卷八："七宝山，在天庆观后，旧有七宝寺、灵寿观在山之麓。" ②酒阑：酒筵将尽。《史记·高祖本纪》："酒阑，吕公因目固留高祖。"裴骃《集解》引文颖曰："阑言希也。谓饮酒者半罢半在，谓之阑。"杜甫《魏将军歌》："吾为子起歌都护，酒阑插剑肝胆露。" ③"绿琴"二句：绿琴，即绿绮琴。张载《拟四愁诗》："佳人遗我绿绮琴，何以报之双南金。"李善注引傅玄《琴赋序》："齐桓公有鸣琴曰号钟，楚庄王有鸣琴曰绕梁，中世司马相如有绿绮，蔡邕有焦尾，皆名琴也。"朱弦，即朱弦瑟。《礼记·乐记》："清庙之瑟，朱弦而疏越，一唱而三叹。"黄庭坚《登快阁》："朱弦已为佳人绝，青眼聊因美酒横。"宋玉《对楚王问》："客有歌于郢中者，其始曰《下里》、《巴人》，国中属而和者数千人；其为《阳阿》、《薤露》，国中属而和者数百人；其为《阳春》、《白雪》，国中属而和者不过数十人；引商刻羽，杂以流徵，国中属而和者不过数人而已。" ④穷年：一年到头。韩愈《进学解》："焚膏油以继晷，恒兀兀以穷年。" ⑤欃（chán）枪：此处喻指金人。《尔雅·释天》："彗星为欃枪。"郭璞注："亦谓之孛，言其形孛孛似扫彗。"《淮南子·俶真训》："欃枪衡杓之气，莫不弥靡而不能为害。"高诱注："欃枪，彗孛也。" ⑥枕流漱石：《世说新语·排调》："孙子荆年少时，欲隐，语王武子'当枕石漱流'，误曰'漱石枕流'。王曰：'流可枕石，可漱乎？'孙曰：'所以枕流，欲洗其耳；所以漱石，欲砺其齿。'"曹操《秋胡行》二首其一："名山历观，遨游北极。枕石漱流饮泉。"

[评析]

　　此词，周笃文选注《宋百家词选》系于赵鼎自泉州归杭提举洞霄宫时。绍兴八年（1138）冬，赵鼎为秦桧所陷，罢相，提举醴泉观使。李纲、张浚等亦前此相继被贬逐，朝政遂为秦桧所把持。赵鼎痛感和议之误国，独唱之寡和，故发而为词，悲慨特深，有志士穷途之恸，即使表达归欤之志，实亦出于无奈。的确，"愁怀千结"可以视为整个南渡词人心理现实的概括和写照。这首《花心动》就表现出词人身怀谋略而无人支持理解的孤独感，中原沦陷未复、故乡难归的忧患感，少年壮志未能实现的失落感，老来无法主宰自我命运而须"看人颜色"的屈辱感。种种感受纠结在一起，构成了宋南渡词特有的复杂多变的情思内质。

　　当然，在宋南渡词坛上，还有两个基本上游离于时代审美主潮之外，又在人品、词品与词风上有着明显差别的词人群体。一是混迹于南宋宫廷，专事应制之作的供奉词人群，包括曹勋、康与之、曾觌、史浩、张抡等；一是遁迹于山林，自咏其世外之乐的隐逸词人群，包括苏庠、杨无咎、周紫芝、吕渭老等。他们的一个共同特点是，在"靖康之难"前后词风并无显著变化，都与血与火的时代保持着一定的距离。

虞美人[①]

向子湮

　　明年过彭蠡，遇大风，行巨浪中。用前韵寄赵正之及洪州李相公，兼示开元栖隐二老。[②]

银山堆里庐山对③。舟子愁如醉。笑看五老了无忧④。大觉胸中云梦、气横秋⑤。　若人到得归元处⑥。空一齐销去⑦。直须闻见泯然收。始知大江东注、不曾流。⑧

[注释]

①虞美人：唐教坊曲名。《碧鸡漫志》云，《虞美人》旧曲三，其一属中吕调，其一属中吕宫，近世又转入黄钟宫。高拭词注南吕调。《乐府雅词》名《虞美人令》。周紫芝词有"只恐怕寒、难近玉壶冰"句，名《玉壶冰》。张炎词赋柳儿，因名《忆柳曲》。王行词取李煜"恰似一江春水向东流"句，名《一江春水》。　②词序中"开元"，即开元寺，在今南昌城内，后改名佑民寺。栖隐，指今宜春仰山栖隐禅寺。二老，不详。　③银山：喻银白色的大浪。黄庭坚《雨中登岳阳楼望君山》二首其二："可惜不当湖水面，银山堆里看青山。"　④五老：指庐山顶峰五老峰。李白有《登庐山五老峰》，杨齐贤注："《浔阳记》：山北有五峰，于庐山最为峻极，其形如河中虞乡县前五老之形。"　⑤"大觉"句：胸中云梦，谓气吞云梦。司马相如《子虚赋》："吞若云梦者八九于其胸中，曾不蒂芥。"云梦，古大泽名，在今湖北、湖南一带。此处指鄱阳湖。气横秋，谓豪气塞满秋宇。孔稚珪《北山移文》："风情张日，霜气横秋。"　⑥归元：佛教语，意为出生灭界，还归于真寂本元，与圆寂同义，指人死。《楞严经》卷六："归元性无二，方便有多门。"　⑦空一：谓无与有都销而灭之。空，指世界一切皆空。佛家谓一切事物的现象各有其因与缘，却无实在自体，刹那生灭，假而不实，故谓之"空"。一，指万物变化齐一。道家谓事物的本原，"道生一，一生二，二生三，三生万物"。　⑧"始知"句：佛教认为，万物不迁又不住，即似乎在变化，其实是不变的。僧肇《物不迁论》："旋风偃岳而常静，江河竞注而不流。野马

飘鼓而不动,日月历天而不周。"苏轼在其《赤壁赋》中的表述为:"逝者如斯,而未尝往也;盈虚者如彼,而卒莫消长也。"

[评析]

  这首《虞美人》,王兆鹏《向子諲年谱》系于绍兴六年(1136)秋。对于佛道义理领会较深的词人而言,他们自然不只满足于撷拾语词典故来装点门面,有时也会运用佛道提供的思维方式来观察世界,理解生活,印证心地。将这些理解和印证写下来,就是义理词。向子諲曾"过彭蠡,遇大风,行巨浪中",见舟子愁极而五老峰不动声色,因而体悟到"不动闻见"之妙用,而作此词,前半叙事,后半说理。舟子有闻见,有情感,因而有惧怕,有愁苦;"五老"无见闻,无思维,故无担忧,无惶恐。作者即此深悟"空一齐销"、"闻见"俱泯的道理。

  词序中"前韵",为《虞美人·与赵正之宛丘执别,俯仰十有余年。忽谩相逢,又尔语别,作是词以送之。时正之被召》:

    淮阳堂上曾相对。笑把姚黄醉。十年离乱有深忧。白发萧萧同见、渚江秋。 履声细听知何处。欲上星辰去。清寒初溢暮云收。更看碧天如水、月如流。

则所谓"明年"是指与赵氏相别之次年。赵正之,即赵子淔,字正之,号端卿,绍兴五年(1135)为江南西路都转运使("时正之被召"即指此而言)。李相公,指李纲。两序连读,可见事后整理的痕迹。有学者认为,这种"整理"也能说明,士大夫对词的态度已经从轻视转向重视。这样的例子,在宋词中并非仅见。如姜夔,其《庆宫春》词序中即有云:"因赋此阕,盖过旬涂稿乃定。"可见创作态度之严肃、认真。其《扬州慢》序曰:"淳熙丙申至日,予过维扬。夜雪初霁,荠麦弥望。入其城则四顾萧条,寒水自碧。暮色渐起,戍角悲吟。予怀怆然,感慨今昔,因自度此曲。千岩老人（指萧德藻）以为有黍离之悲也。"夏承焘《姜白石词编年笺校》指出："白石淳熙十三年丙午始从德藻游，在作此词后之十年；此词小序末句，盖后来所增。白石词序多此例，《翠楼吟》、《满江红》、《凄凉犯》皆是。"姜夔《翠楼吟》序曰："淳熙丙午冬，武昌安远楼成，与刘去非诸友落之，度曲见志。予去武昌十年，故人有泊舟鹦鹉洲者，闻小姬歌此词，问之，颇能道其事，还吴为予言之。"一看便知是作词以后至少十年过去再增补的。姜夔手定稿《白石道人歌曲》生前已由钱希武刻印，这些增补的小序或许就是付梓之时作者精心编辑加写的文字。（参刘华民《宋词诗化现象探讨》）再如周紫芝，其《鹧鸪天》（楼上缃桃一萼红）序曰："予少时酷喜小晏词，故其所作，时有似其体制者，此三篇是也。晚年歌之，不甚如人意，聊载于此，为长短句体之助云。"应该也是"晚年"为"少时"词作补写的序。

临江仙　夜登小阁，忆洛中旧游

陈与义

忆昔午桥桥上饮，坐中多是豪英。①长沟流月去无声。杏花疏影里，吹笛到天明。　　二十余年如一梦，此身虽在堪惊。闲登小阁看新晴②。古今多少事，渔唱起三更③。

[注释]

①"忆昔"二句：嘉庆《一统志》卷二〇六："午桥庄，在洛阳县南十里，即唐裴度所居之绿野堂也。筑山穿池，有风亭水榭、㼆阁凉台之

胜。"《旧唐书·裴度传》:"于午桥创别墅,花木万株,中起凉台暑馆,名曰绿野堂。引甘水贯其中,酾引脉分,映带左右。度视事之隙,与诗人白居易、刘禹锡酣宴终日,高歌放言,以诗酒琴书自乐,当时名士,皆从之游。"《战国策·齐策六》:"内牧百姓,循抚其心,振穷补不足,布德于民;外怀戎翟、天下之贤士,阴结诸侯之雄俊豪英。"李白《邺中赠王大》:"投躯寄天下,长啸寻豪英。" ②新晴:潘岳《闲居赋》:"微雨新晴,六合清朗。"秦观《望海潮》:"金谷俊游,铜驼巷陌,新晴细履平沙。" ③渔唱:郑谷《江行》:"殷勤听渔唱,渐次入吴音。"

[评析]

陈与义（1090~1138）此词作于绍兴五年（1135）。上片回忆承平时节的豪气和雅兴,极具感染力。换头一句将时空拉回到眼前,所珍惜的岁月如今不过"一梦",巨大的反差使人悲喜交集。时代的动荡,社会的剧变,全都包含在这似乎顺手拈来的词句里。就在这转折处,词人又将笔势宕开,以闲情煞尾,令人无法平静,抚卷沉思。全篇淡雅清丽,空灵蕴藉,开阖自如的笔法,所流露出的旷达心胸及其背后隐藏的深深忧思,都差可与东坡比肩。正如黄昇所评:"词虽不多,语意超绝,识者谓其可摩坡仙之垒也。"（《中兴以来绝妙词选》卷一）

历代有关陈与义词的评价,在黄昇之前,王灼只是说,跟另外几位一样,"佳处亦各如其诗"（《碧鸡漫志》卷二）。陈诗佳处,一般认为是劲健爽利,王灼并没有作进一步的详细论述。进入有明,杨慎在黄昇评语中间添上"笔力排奡",随后附上自己的观点"非溢美云",并以"《草堂词》惟载'忆昔午桥'一首"为憾,还另外举出陈与义《渔家傲》（今日山头云欲举）、《虞美人》中"吟诗日日待春风。及至桃花开后却匆匆"、《点绛唇》中"愁无那。短歌谁和。风动梨花朵"、《南柯子》中

"阑干三面看晴空。背插浮图,千尺冷烟中"等句为例,说明至少这些词、语是"皆绝似坡仙语"的(《词品》卷四)。"笔力排奡"即文笔矫健之意,在杨慎之前几个世纪,韩愈曾经用于评价孟郊诗的语言特点,兼以夫子自道。在杨慎看来,词笔动宕也应该是陈与义词能够取得"语意超绝"审美效果的必备条件,二者合一,方才有"摩坡仙之垒"的可能性。也许正是出于相类似的考虑,后来陈匪石将陈与义归入"疏宕豪迈一派"(《声执》卷下)。当然,杨慎并不认为"可摩坡仙之垒"的"语意超绝"之作便已达于极致,或者就是词学审美中的唯一选择。不然,他也不会评价《玉楼春》(玉楼十二春寒侧)一阕"悲感凄恻,在陈去非'忆昔午桥'之上"(《词品》卷一)。晚明毛晋的看法又有所不同,其跋《无住词》有云:"或问刘须溪:'宋诗,简斋至矣,毕竟比坡公何如?'须溪曰:'诗论如花,论高品则色不如香,论逼真则香不如色。'雌黄俱在。予于其词亦云。"意思是苏、陈词作各有优劣,无可亦无需轩轾。到了清代,四库馆臣认为"语意超绝"云云,说明"当时绝重其词"(《四库全书总目》卷一九八)。值得注意的是,该提要所评《无住词》"吐言天拔,不作柳弹莺娇之态,亦无蔬笋之气"之语,似乎可以看作是对于"语意超绝"的理解的明确表达或补充说明,尽管未必完全准确。冯金伯则从另外的角度立论,在黄昇评语之前又添加"词品极佳"(《词苑萃编》卷五引《词苑》)之语,并引陈与义《清平乐》(黄衫相倚)为证。的确,所引该阕结二句"无住庵中新梦,一枝唤起幽禅"能够彰显无住词品。也许,在冯金伯看来,词之有品,才是陈与义、苏轼二人可以拿来进行比较的前提条件。

"使人不复敢以花间眉目限之"(先著、程洪《词洁辑评》卷二)的这首《临江仙》,被认为是陈与义词代表作的判断,出自胡仔。胡仔先是评赏此阕"奇丽",接着说:"《简斋集》后载数词,惟此词为优。"(《苕溪渔隐丛话》后集卷三四)联系前引评语,可以认为,此阕之"奇丽"即是"语意超绝"之一端。又,张炎云陈词中"杏花疏影里,吹笛到天明"二句"真是自然而然",又云"大抵前辈不留意于此,有一两曲脍炙人口,余多邻乎率易"(《词源》卷下)。则似乎是说,"语意超绝"之作并非依靠人工斧凿就可以得来,需"自然"而不"率易",否则就会只"有一两曲脍炙人口"甚至"惟此词为优"。刘熙载所评与张炎相仿:"仰承'忆昔',俯注'一梦',故此二句不觉豪酣转成怳惚,所谓好在句外者也。"(《艺概》卷四)"好在句外",即上引《词源》中所云"有有余不尽之意",也即元好问《遗山自题乐府引》中所谓词之有味者。作品可以留给读者想象的空间,"超绝"之"语意"才能通过类似的想象得以传导。

贺新郎　寄李伯纪丞相①

张元干

曳杖危楼去。斗垂天、沧波万顷②,月流烟渚。扫尽浮云风不定,未放扁舟夜渡。宿雁落、寒芦深处。怅望关河空吊影③,正人间、鼻息鸣鼍鼓④。谁伴我,醉中舞。⑤　　十年一梦扬州路⑥。倚高寒、愁生故国,气吞骄虏。⑦要斩楼兰三尺剑,遗恨琵琶旧语。⑧谩暗涩、铜华尘土。唤取谪仙平章看,过苕溪、尚许垂纶否。⑨风浩荡,欲飞举。

[注释]

①贺新郎:叶梦得词有"唱金缕"句,名《金缕歌》,又名《金缕

曲》，又名《金缕词》。苏轼词有"乳燕飞华屋"句，名《乳燕飞》；有"晚凉新浴"句，名《贺新凉》；有"风敲竹"句，名《风敲竹》。张辑词有"把貂裘换酒长安市"句，名《貂裘换酒》。又，词题中"李伯纪"，即李纲，建炎元年（1127）曾任宰相。　②沧波：碧波。《文心雕龙·知音》："阅乔岳以形培塿，酌沧波以喻畎浍。"李白《古风》五十九首其十二："昭昭严子陵，垂钓沧波间。"　③吊影：形影相吊，谓孤独无伴。《三国志·魏书·陈思王植传》："臣自抱衅归藩，刻肌刻骨，追思罪戾，昼分而食，夜分而寝。诚以天罔不可重离，圣恩难可再恃。窃感《相鼠》之篇，无礼遄死之义，形影相吊，五情愧赧。"　④"正人间"句："众人皆醉我独醒"之慨。鼍（tuó），亦名扬子鳄，俗称猪婆龙，皮可蒙鼓，称鼍鼓。　⑤"谁伴我"二句：李白《月下独酌四首》其一："我歌月徘徊，我舞影零乱。"《晋书·祖逖传》："与司空刘琨俱为司州主簿，情好绸缪，共被同寝。中夜闻荒鸡鸣，蹴琨觉，曰：'此非恶声也。'因起舞。"　⑥"十年"句：杜牧《遣怀》："十年一觉扬州梦，赢得青楼薄幸名。"　⑦"倚高寒"二句：苏轼《水调歌头》："又恐琼楼玉宇，高处不胜寒。"骄虏，指金兵。《汉书·匈奴传》："南有大汉，北有强胡。胡者，天之骄子也。"　⑧"要斩"二句：楼兰，汉时西域城国，在今新疆维吾尔自治区罗布泊西。《汉书·傅介子传》："元凤四年，大将军霍光白遣平乐监傅介子往刺其王。介子轻将勇敢士，赍金币，扬言以赐外国为名。既至楼兰，诈其王欲赐之，王喜，与介子饮，醉，将其王屏语，壮士二人从后刺杀之，贵人左右皆散走。介子告谕以：'王负汉罪，天子遣我诛王，当更立王弟尉屠耆在汉者。汉兵方至，毋敢动，自令灭国矣。'介子遂斩王尝归首，驰传诣阙，县首北阙下。"李白《塞下曲》："愿将腰下剑，直为斩楼兰。"杜甫《咏怀古迹五首》其三："千载琵琶作胡语，分明怨恨曲中论。"　⑨"唤取"二句：以李白借指李纲。李纲《水调歌头》："太白乃吾祖,逸气薄青云。"《本事诗·高逸》:"李太白初自蜀至京师,舍于逆旅。贺监知章闻其名,首访之,既奇其姿,复请所为文。出《蜀道难》以示之,读未竟,称叹者数四,号为'谪仙'。解金龟换酒,与倾尽醉,期不间日,由是称誉光赫。"李白《行路难》三首其一:"闲来垂钓碧溪上,忽复乘舟梦日边。"

[评析]

绍兴七年(1137),张浚罢相,以赵鼎为相。八年二月,秦桧第二次入相,罢免赵鼎;四月,宋派王伦使金,定和议;十二月,李纲在洪州上书反对议和,被罢归福建长乐。寓居福州的张元干(1091~1161)闻讯,作此词以寄,表达对国事的深切忧愤和对李纲的殷切期望。词以登楼远眺领起,上片重在写景,以空阔寂寥之景衬情。"怅望"以下由景入情,世人皆睡我独醒,醉舞谁伴?不胜怅惘孤独,隐含忧国思友之意。下片"倚高寒"与起处"曳杖危楼"一气贯注,重在言志抒情。志士复国心切,奈君意主和,徒使宝剑蒙尘。结处呼唤友人以国事为重,拟东山再起,重振乾坤。全篇豪迈悲壮,沉郁顿挫。

贺新郎　送胡邦衡待制

张元干

梦绕神州路①。怅秋风、连营画角,故宫离黍②。底事昆仑倾砥柱③。九地黄流乱注④。聚万落、千村狐兔。天意从来高难问,况人情、老易悲如许。⑤更南浦,送君去。⑥　　凉生岸柳催残暑。

耿斜河、疏星淡月⑦,断云微度。万里江山知何处。回首对床夜语⑧。雁不到、书成谁与。目尽青天怀今古。肯儿曹、恩怨相尔汝⑨。举大白⑩,听金缕。

[注释]

①神州:此处指中原沦陷区。《史记·孟子荀卿列传》载,战国时齐人邹衍说中国名曰"赤县神州"。 ②故宫离黍:《诗·王风·黍离》毛诗序:"闵宗周也。周大夫行役至于宗周,过故宗庙宫室,尽为禾黍。闵周室之颠覆,彷徨不忍去,而作是诗也。" ③"底事"句:底事,何事,为什么。《大唐新语》卷一二:"况天子富有四海,立皇后有何不可,关汝诸人底事,而生异议!"《神异经》:"昆仑之山,有铜柱焉,其高入天,所谓天柱也。"《列子·汤问》:"共工氏与颛顼争为帝,怒而触不周之山,折天柱,绝地维。故天倾西北,日月星辰就焉;地不满东南,故百川水潦归焉。" ④九地:佛教语。谓众生轮回之三界,凡欲界一地,色界四地,无色界四地。宗炳《明佛论》:"等是人也,背辙失路,蹭蹬长往,而永没九地,可不悲乎!"卢照邻《五悲·悲人生》:"三界九地,往返周旋;四生六道,出没牵联。"此处谓九州之地,遍地之意。 ⑤"天意"二句:杜甫《暮春江陵送马大卿公恩命追赴阙下》:"天意高难问,人情老易悲。" ⑥"更南浦"二句:南浦,南边的水滨,泛指送别之地。江淹《别赋》:"送君南浦,伤如之何。" ⑦"耿斜河"句:耿,光明。苏轼《二十六日五更起行至磻溪未明》:"山头孤月耿犹在,石上寒波晓更喧。"斜河,银河斜转,表示夜深。 ⑧对床夜语:同宿夜话。白居易《雨中招张司业宿》:"能来同宿否,听雨对床眠。" ⑨"肯儿曹"句:肯,岂肯。韩愈《听颖师弹琴》:"昵昵儿女语,恩怨相尔汝。" ⑩大白:酒杯名。《说苑·善说》:"魏文侯与大夫饮酒,使公乘不仁为觞

政,曰:'饮不釂者,浮以大白。'文侯饮而不尽觞,公乘不仁举白浮君。君视而不应,侍者曰:'不仁退,君已醉矣。'公乘不仁:'周书曰:前车覆,后车戒。盖言其危,为人臣者不易,为君亦不易。今君已设令,令不行,可乎?'君曰:'善。'举白而饮,饮毕曰:'以公乘不仁为上客。'"苏轼《次韵王忠玉游虎丘绝句三首》其一:"当年大白此相浮,老守娱宾得二丘。"

[评析]

  此词作于绍兴十二年(1142),堪与《贺新郎·寄李伯纪丞相》同为集中压卷之作。自绍兴九年(1139)签判福州,至本年送新州编管,胡铨在福州三年,与寓居于此的张元干结下了深厚的情谊。胡铨此次再被贬黜,元干感其忠愤,作词以送之。词题中"待制",指皇帝备以顾问的侍从官。据《宋史·胡铨传》,乾道七年(1171)胡铨"除宝谟阁待制",晚于此时近三十年,故"待制"二字可能为后人追加。上片托梦境写时事,悲悼中原沦丧,志士流放。"天意"二句将批判的矛头隐隐指向宋高宗,委婉表达对统治者的愤慨之情。赵构绍兴二十六年(1156)亲下诏书所云,可证其不虚:"讲信休睦,古今之大利。是以断自朕志,决讲和之策。故相秦桧,但能赞朕而已,岂以其存亡而有渝定议耶?近者无知之辈,遂以为尽出于桧,不知悉由朕衷。"(李心传《建炎以来系年要录》卷一七二)下片抒写离情别绪。末四句点明创作意图,谓此次别离虽满怀幽索,但亦不必像小儿女般只讲恩怨私情,而应以国事为重,语调一转而为高昂,境界亦得以开阔。

石州慢① 己酉秋吴兴舟中作

张元干

雨急云飞,惊散暮鸦,微弄凉月。谁家疏柳低迷,几点流萤明灭。夜帆风驶,满湖烟水苍茫,菰蒲零乱秋声咽②。梦断酒醒时,倚危樯清绝。　　心折③。长庚光怒④,群盗纵横,逆胡猖獗。欲挽天河,一洗中原膏血。⑤两宫何处,塞垣只隔长江,唾壶空击悲歌缺⑥。万里想龙沙,泣孤臣吴越。

[注释]

①石州慢:《宋史·乐志》注越调。贺铸词有"长亭柳色才黄"句,名《柳色黄》。谢懋词名《石州引》。　②菰蒲:茭白与蒲柳。苏轼《夜泛西湖五绝》其四:"菰蒲无边水茫茫,荷花夜开风露香。"　③心折:中心摧折,伤心之极。江淹《别赋》:"意夺神骇,心折骨惊。"　④长庚:彗星之属。古人以为主兵戈之事。《史记·天官书》:"长庚,如一匹布著天,此星见,兵起。"　⑤"欲挽"二句:杜甫《洗兵马》:"安得壮士挽天河,净洗甲兵长不用。"　⑥"唾壶"句:《世说新语·豪爽》:"王处仲每酒后,辄咏'老骥伏枥,志在千里。烈士暮年,壮心不已'。以如意打唾壶,壶口尽缺。"

[评析]

靖康之难中,张元干投笔从戎,目睹民族的灾难,扼腕痛恨,词风转向慷慨悲凉。建炎三年（1129），金兵大举南侵，高宗由扬州逃向临安，词人避乱吴兴（今浙江湖州），舟中有感国事而作此词。上片侧重绘景，由急雨倾盆而凉月渐生，由水边疏柳流萤而湖上秋风呜咽，一派急骤变幻，阴沉凄切，以景衬情。"梦断"人情，以"清绝"束住。"心折"承上启下，盖内忧外患不止，朝议和战未决所致。"两宫何处"？戟指怒斥。收拍壮士徒自击壶悲歌，令人扼腕。全篇由咏景而抒情，更融入叙事、议论，四者合一，文笔遒劲畅达，感情激越悲壮。

"时浙西七州，盗残者五，惟苏（州）、湖（州）独存。"（李心传《建炎以来系年要录》卷二二）故芦川避乱至此。是年春，自真州（今江苏仪征等地）、楚州（今江苏淮安诸县）、通州（今江苏南通一带）、泰州（今江苏泰州、泰兴等地）以南诸郡，皆碎于溃兵；建炎初河南止破三郡，自黄潜善、汪伯彦专权以来，直至淮上，所存无几。又是年正月，盗张用、王善复叛，寇淮宁。用、善驻京西，连亘数州，自京西至光、寿，据千里之地，兵马接迹不断，掳掠粮食，所至一空。三月，苗傅、刘正彦兵变，盗邵青掠泗州。四月，盗薛庆据高邮，有众数万。秋七月，山东盗郭仲威掠淮阳军。（据《建炎以来系年要录》卷二〇、陈邦瞻《宋史纪事本末》卷六六）词中"群盗纵横"诸句，可谓实录。

水调歌头　丁丑春与钟离少翁、张元鉴登垂虹①

张元干

挂策松江上，举酒酹三高。②此生飘荡，往来身世两徒劳。长羡五湖烟艇，好是秋风鲈鲙，笠泽久蓬蒿。③想像英灵在，千古傲云涛。　　俯沧浪，舌空旷，恍神交。解衣盘礴，政须一笑属吾曹。④洗尽人间尘土，扫去胸中冰炭，痛饮读离骚。⑤纵有垂天翼，何用钓连鳌。⑥

[注释]

①词题中"钟离少翁、张元鉴"，不详。　②"拄策"二句：策，杖。梅尧臣《僧可真归因谒范苏州》："野策过寒水，山童护衲衣。"《太平寰宇记》卷九一："吴江，本名松江，又名松陵，又名笠泽。其江出太湖，二源，一江东五十里入小湖，一江东二百六十里入大海。"《中吴纪闻》卷三："越上将军范蠡、江东步兵张翰、赠右补阙陆龟蒙，各有画像在吴江鲈乡亭旁。东坡先生尝有《吴江三贤画像》诗。后易其名曰'三高'，且更为塑像。臞庵主人王文孺献其地雪滩，因迁之。今在长桥北，与垂虹亭相望，石湖居士为之记。"　③"长美"三句：《吴越春秋》卷六："（范蠡）乃乘扁舟，出三江，入五湖，人莫知其所适。"《世说新语·识鉴》："张季鹰辟齐王东曹掾，在洛，见秋风起，因思吴中菰菜羹、鲈鱼脍，曰：'人生贵得适意尔，何能羁宦数千里以要名爵！'遂命驾便归。"陆龟蒙字鲁望，号天随子，又自称江湖散人，隐居松江甫里。著有《笠泽丛书》。《唐才子传》卷八："时放扁舟，挂篷席，赍束书、茶灶、笔床、钓具，鼓棹鸣榔，太湖三万六千顷，水天一色，直入空明。"　④"解衣"二句：《庄子·田子方》："宋元君将画图，众史皆至，受揖而立，舐笔和墨，在外者半。有一史后至，儃儃然不趋，受揖不立，因之舍。公使人视之，则解衣般礴裸。君曰：'可矣，是真画者也。'"盘礴，箕坐貌。《韩非子·外储说右上》："为公者必利，不为公者必害，吾曹何爱不为公？"王僧孺《与何炯书》："斯大丈夫之志，非吾曹之所能及已。"　⑤"扫去"二句：冰炭，指不能相容之物。《韩非子·显学》："夫冰炭不同器而久，寒暑不兼时

而至。"《后汉书·傅燮传》:"夫邪正之人不宜共国,亦犹冰炭不可同器。"韩愈《听颖师弹琴》:"颖乎尔诚能,无以冰炭置我肠。"《世说新语·任诞》:"王孝伯言:'名士不必须奇才,但使常得无事,痛饮酒,熟读《离骚》,便可称名士。'" ⑥ "纵有"二句:《庄子·逍遥游》:"鹏之背不知其几千里也,怒而飞,其翼若垂天之云。"《列子·汤问》:渤海之东,有大壑焉,其中有五山:岱舆、员峤、方壶、瀛洲、蓬莱,常随波上下往还。帝恐流于西极,失群仙圣之居,乃使巨鳌十五举首而戴之,迭为三番,六万岁一交焉,五山始峙而不动。而龙伯之国有大人,举足不盈数步而暨五山之所,一钓而连六鳌,合负而趣归其国。岱舆、员峤二山流于北极,沉于大海,仙圣之播迁者巨亿计。后以钓鳌比喻壮举或远大抱负。

[评析]

张元干词如其人,既有悲壮的壮士情怀,也有飘逸的隐士逸兴。此词即是绍兴二十七年(1157)游吴江登垂虹亭时的逸兴遄飞之作。由"长羡"三句,可想象三位吴江高士的飘然风度。过片写俯视澄澈沧浪,神怡心旷,恍然与"三高"心会神通,于是尘世俗念洗尽,胸中块垒扫却,顿感逍遥超脱。不过,张元干终究做不到超凡脱尘,尤其是在特定的时代,空怀壮志却徒劳无功,使得其词旷达中含忧愤,飘逸中有苍凉。

两年后,张元干在同样的地点又作了一首《念奴娇·己卯中秋和陈丈少卿韵》:

垂虹望极,扫太虚纤翳,明河翻雪。一碧天光波万顷,涌出广寒宫阙。好事浮家,不辞百里,俱载如花颊。琴高双鲤,鼎来同醉孤绝。   浩荡今夕风烟,人间天上,别似寻常月。陶冶三高千古恨,赏我中秋清节。八十仙翁,雅宜图画,写取横江楫。平生奇观,梦回犹竦毛发。

主要描写月色水光,虽微有"陶冶三高千古恨"的感慨,但奉和应酬的性质比较明显。词题中"陈丈少卿",指陈正同,惜其原唱已佚,无从对照。

好事近①

胡 铨

富贵本无心②,何事故乡轻别。空使猿惊鹤怨,误薜萝秋月。③ 囊锥刚要出头来,不道甚时节。④欲驾巾车归去,有豺狼当辙。⑤

[注释]

①好事近:张辑词有"谁谓百年心事,恰钓船横笛"句,名《钓船笛》。韩淲词有"吟到翠圆枝上"句,名《翠圆枝》。 ②"富贵"句:《论语·述而》:"不义而富且贵,于我如浮云。" ③"空使"二句:孔稚珪《北山移文》:"蕙帐空兮夜鹤怨,山人去兮晓猿惊。"薜萝,代指隐居。张乔《宿齐山僧舍》:"一宿经窗卧白波,晓随山月出烟萝。"胡铨《如梦令》:"谁念新州人老。几度斜阳芳草。眼雨欲晴时,梅雨故来相恼。休恼。休恼。今岁荔枝能好。" ④"囊锥"二句:《史记·平原君列传》:"平原君曰:'先生处胜之门下几年于此矣?'毛遂曰:'三年于此矣。'平原君曰:'夫贤士之处世也,譬若锥之处囊中,其末立见。今先生处胜之门下三年于此矣,左右未有所称诵,胜未有所闻,是先生无所有也。先生不能,先生留。'毛遂曰:'臣乃今日请处囊中耳。使遂蚤得处

囊中，乃颖脱而出，非特其末见而已。'平原君竟与毛遂偕。"后果然大显身手，平原君得以完成使命。刚要，正要。不道，不料。苏轼《洞仙歌》："但屈指、西风几时来，又不道、流年暗中偷换。" ⑤"欲驾"二句：巾车，有帷幕装饰的车子。苏轼《和寄天选长官》："何时命巾车，共陟云外峤。"《后汉书·张纲传》："余人受命之部，而纲独埋其车轮于洛阳都亭，曰：'豺狼当路，安问狐狸！'"

[评析]

　　胡铨（1102~1180）此词作于绍兴十二年至十八年（1142~1148）间，时在新州（今广东新兴）贬所。绍兴八年（1138），当时身为枢密院编修官的胡铨上书高宗，坚决反对议和，并要求朝廷斩首秦桧等投降派，以宣示抗金决心："臣备员枢属，义不与桧等共戴天日。区区之心，愿斩三人头，竿之藁街，然后羁留虏使，责以无礼，徐兴问罪之师，则三军之士，不战而气自倍。不然，臣有赴东海而死耳，宁能处小朝廷求活耶！"（《戊午上高宗封事》）此书一上，秦桧等人十分恐惧、恼怒，以"狂妄凶悖，鼓众劫持"的罪名，将胡铨"除名，编管昭州（今广西平乐）"，四年后又押配新州。此首又见高登《东溪词》，疑系误入，最重要的缘由便是它特定的写作背景。

　　胡铨在逆境中不改操守，十年后在新州赋此词，"郡守张棣缴上之，以谓讥讪，秦愈怒，移送吉阳军（今海南三亚）编管"（王明清《挥麈后录》卷一〇）。一时之间，"士大夫畏罪钳口，莫敢与之立谈"（丁传靖辑《宋人轶事汇编》卷一六），"忠正之士多避山林间"（黄溍《先居士乐府后记》）。词作写于险恶的政治气候下，表现出作者无畏的斗争精神和对国事的深切忧愤，曾被朱熹誉为"文字是甚豪壮"（《朱子语类》卷一〇九）。

满江红　写怀

岳　飞

怒发冲冠①，凭栏处、潇潇雨歇。抬望眼、仰天长啸，壮怀激烈。②三十功名尘与土，八千里路云和月。莫等闲、白了少年头，空悲切。③　靖康耻，犹未雪。臣子恨，何时灭。驾长车踏破，贺兰山缺。④壮志饥餐胡虏肉，笑谈渴饮匈奴血。⑤待从头、收拾旧山河，朝天阙。⑥

[注释]

①"怒发"句：《史记·廉颇蔺相如列传》："王授璧，相如因持璧却立，倚柱，怒发上冲冠。……相如持其璧睨柱，欲以击柱。秦王恐其破璧，乃辞谢，固请。"　②"抬望眼"二句：司马相如《上林赋》："长啸哀鸣，翩幡互经。"辛弃疾《贺新郎》："我辈从来文字饮，怕壮怀激烈须歌者。"　③"莫等闲"二句：等闲，无端。刘禹锡《竹枝词九首》其七："长恨人心不如水，等闲平地起波澜。"袁宏《后汉纪·和帝纪》："会贵人姊凭上书……辞甚悲切，上恻然感寤。"　④"驾长车"二句：长车，即"毂"，兵车。《左传·昭公五年》："长毂九百。"杜预注："长毂，戎车也，县百乘。"张元干《满庭芳》："三十年来，云游行化，草鞋踏破尘沙。"贺兰山，一名阿拉善山，在今宁夏回族自治区西北与内蒙古自治区交界处。《续湘山野录》："姚嗣宗，关中诗豪，忽绳检，坦然自任。杜祁公帅长安，多裁品人物，谓尹师鲁曰：'姚生如何人？'尹曰：

'嗣宗者,使白衣入翰林亦不忝,减死一等黜流海岛亦不屈。'姚闻之大喜,曰:'所谓善评我者也。'时天下久撤边警,一旦,忽元昊以河西叛,朝廷方羁笼关豪之际,嗣宗也因写二诗于驿壁,有'踏碎贺兰石,扫清西海尘。布衣能效死,可惜作穷麟',又一绝'百越干戈未息肩,九原金鼓又轰天。崆峒山叟笑不语,静听松风春昼眠'之句。韩忠献公奇之,奏补职官。" ⑤"壮志"二句:苏舜钦《吾闻》:"马跃践胡肠,士渴饮胡血。" ⑥"待从头"二句:晁端礼《安公子》:"待寄封书去,更与丁宁一遍。"收拾,整顿。《后汉书·徐防传》:"收拾缺遗,建立明经。"天阙,天子的宫阙,借指朝廷。韩愈《赠刑部马侍郎》:"暂从相公平小寇,便归天阙致时康。"

[评析]

　　岳飞(1103~1142)等一些人虽不以词名,但身处生死存亡之秋,不仅奋力保家卫国,而且用词表现他们的斗争精神和爱国之情,用热血和生命谱写了一曲曲气壮山河的英雄战歌,代表着时代的最强音,也是词史上的辉煌乐章。

　　关于这首《满江红》是否伪作的争论,在余嘉锡《四库提要辨证》、夏承焘《岳飞〈满江红〉词考辨》与邓广铭《岳飞的〈满江红〉不是伪作》、《再论岳飞的〈满江红〉不是伪作》等正、反两派内地学者的诸多研究成果以外,有两篇港台学者的论文格外值得关注。一是饶宗颐《贺兰山与满江红》,论证《满江红》应为岳飞所作。饶文原名《论岳武穆满江红词》,1959年属稿,1964年春改定,发表于《斑苔学报》第2期。1976年再订,易名《贺兰山与满江红》,收入《选堂集林》。1988年又订,后收入《饶宗颐二十世纪学术文集》。主要内容为:一、考证《满江红》词中"贺兰山"乃是借用回纥地名;二、爬梳《满江红》词自宋至明的流传状况，证明并非出自明人伪作。二是林玫仪《岳飞满江红词真伪问题辨疑》，发表于《古典文学》1985年第7期。林文总结历来疑者所提出的六个问难：其一，岳珂编《家集》未收此词；其二，此词不为宋元载籍及各种词集称引；其三，"贺兰山"乃西夏地名，与岳飞作战目标之"黄龙府"方向不合；其四，此词与岳飞另一阕词《小重山》格调不类；其五，词中多用岳飞本身典故，当非其本人自撰；其六，自战国以后已无车战，直至明代方再使用，词中"驾长车"云云，与宋代之战争条件不符。再对诸家之说一一加以辨正，最终认定《满江红》应为岳飞所作。

此外，这首词也曾被邵璨录入《香囊记》第十四出：

《满江红》："怒发冲冠云云。"岳飞……刘宣抚擢举于士民之间，宗统制荐拔于麾幕之下。西驱刘豫，北剿杨么，战伐有功，以次升为都统。今蒙圣恩拜受元帅之职，着张状元护从，一同征伐。闻得北房酋首却是兀术，这厮虽是勇鸷多谋，怎当得我手下王贵、牛皋诸将。

只是存在不少异文："三十功名"二句、"何时灭"、"驾长车"句、"壮志饥餐"二句、"朝天阙"分别作"燥吻饥餐胡虏肉，笑谈渴饮匈奴血"、"何时竭"、"直待驾长车踏破"、"三十功名尘与土，八千里路云和月"、"朝金阙"。近来，张仲谋《明词史》顺着余嘉锡、夏承焘二位先生的思路，提出这首《满江红》很有可能是民族矛盾颇为尖锐的明代弘治年间文人所伪托。所提供的推测依据是，其时陈霆所写的一首与《满江红》用韵相同、词意和风格相近的《念奴娇·三忠庙祀汉诸葛武侯、岳武穆、文文山》：

乾坤易老，叹风尘飘荡，河山分裂。名分纲常都扫地，曾有何人提挈。身翊飞龙，气吞胡马，赤手扶天阙。精忠照耀，一时名并日月。　须信天理人心,自来不泯,千载思遗烈。庙貌燕山崇祀典,华表三忠新揭。西北中原,东南王气,回首惊风雪。伤心行路,不堪日暮时节。

而据此处《香囊记》的情况来看,在弘治年间,也有作家如邵璨,比较明确地在自己的戏曲作品中暗示这首《满江红》为岳飞所作。如果可以认为这是一条反证的话,《香囊记》所载《满江红》的文献价值,就显然不可小视。

秋波媚　七月十六晚登高兴亭望长安南山[①]

陆　游

秋到边城角声哀。烽火照高台[②]。悲歌击筑[③],凭高酹酒,此兴悠哉[④]。　多情谁似南山月,特地暮云开。灞桥烟柳,曲江池馆[⑤],应待人来。

[注释]

①秋波媚:即《眼儿媚》。左誉词有"斜月小阑干"句,名《小阑干》。韩淲词有"东风拂槛露犹寒"句,名《东风寒》。又,词题中"高兴亭",在南郑(今陕西汉中)。陆游《重九无菊有感》自注:"高兴亭在南郑子城西北,正对南山。"南山,终南山。　②烽火:平时报警,战时报平安。此指平安火。唐代每三十里置一堠,每日初夜举烽火报无事。姚合《穷边词》二首其二:"沿边千里浑无事,唯见平安火入城。"《资治通鉴·唐肃宗至德元载》:"及暮,平安火不至,上始惧。"胡三省注:"《六

典》：'唐镇戍烽堠所至，大率相去三十里。'每日初夜，放烟一炬，谓之'平安火'。时守兵已溃，无人复举火。"　③悲歌击筑：《史记·刺客列传》载，燕太子丹请荆轲谋刺秦王，临行，"太子及宾客知其事者，皆白衣冠以送之。至易水之上，高渐离击筑，荆轲和而歌曰：'风萧萧兮易水寒，壮士一去兮不复还。'复为羽声慷慨。士皆瞋目，发尽上指冠。于是荆轲就车而去，终已不顾"。易水，发源于河北易县，在今河北雄县城南二十五里。《格致镜原》卷四六引《续补北堂书钞》："筑，形如琴，十三弦，项细肩圆，鼓法以左手扼之，右手以竹尺击之，随调应律。"　④悠哉：长远。李峤《秋山望月酬李骑曹》："愁客坐山隈，怀抱自悠哉。"　⑤曲江：即曲江池，故址在今陕西西安东南隅。秦为宜春苑，汉为乐游原，有河水水流曲折，故称。隋文帝以曲名不正，更名芙蓉园。唐复名曲江。《剧谈录》卷下："曲江池，本秦世隑洲。开元中疏凿，遂为胜境。其南有紫云楼、芙蓉苑。其西有杏苑、慈恩寺。花卉环周，烟水明媚。都人游玩，盛于中和、上巳节。"《旧唐书·郑注传》："文宗能诗，尝吟杜甫《江头篇》云：'江头宫殿锁千门，细柳新蒲为谁绿。'始知天宝已前，环曲江四岸，有楼台行宫廨署，心切慕之。既得注言，即命左右神策军差人淘曲江、昆明二池，仍许公卿士大夫之家于江头立亭馆，以时追赏。时两军造紫云楼、彩霞亭，内出楼额以赐之。"

[评析]

　　陆游（1125~1210）"有意要做诗人"（刘熙载《艺概》卷二），作词不像辛弃疾那样的专门，但同样表现出独特的精神风貌和人生体验，堪称辛派中坚。乾道八年（1172），陆游正在川陕安抚使王炎的幕府中任干办公事，为其策划先取关中作"本根"的北伐方略。南郑地处抗金前线，词人登高北望长安，壮心勃发，即目抒感而作是词。上片的角声悲壮，烽火熊熊,为边城特有景象,词作即由此导入击筑畅饮的豪兴壮志。下片承此复国豪兴,遥望南山,神驰月下长安,想象中烟柳弄姿,池馆生辉,似殷切待我光复大军早日到来。全篇慷慨激昂,神思飞越,充满必胜信念。

开禧二年(1206),陆游还曾作过两首《醉歌》,其二云:

百骑河滩猎盛秋,至今血渍短貂裘。谁知老卧江湖上,犹枕当年虎髑髅。

曾经降龙伏虎的人,在国家正受外族侵凌时,却不能在金戈铁马的战场上大显身手,反而闲居于荒江老屋。诗人不禁回忆起那一段峥嵘岁月,发出深沉的叹息。

汉宫春① 初自南郑来成都作

陆 游

羽箭雕弓,忆呼鹰古垒,截虎平川。②吹笳暮归,野帐雪压青毡③。淋漓醉墨,看龙蛇、飞落蛮笺。④人误许,诗情将略,一时才气超然。⑤ 何事又作南来,看重阳药市⑥,元夕灯山。花时万人乐处⑦,欹帽垂鞭。闻歌感旧,尚时时、流涕尊前。君记取,封侯事在,功名不信由天。

[注释]

①汉宫春:《高丽史·乐志》名《汉宫春慢》。此调有平韵、仄韵两体,平韵词八首,仄韵词两首,皆以前、后段起句用韵、不用韵辨体。
②"忆呼鹰"二句:古垒,指南郑的汉高祖庙。陆游《忽忽》"呼鹰古庙

秋"句下自注："南郑汉高帝庙，予从戎时，多猎其下。"又《三月十七日夜醉中作》："去年射虎南山秋，夜归急雪满貂裘。"又《忆昔》："昔者戍梁益，寝饭鞍马间。……挺剑刺乳虎，血溅貂裘殷。" ③青毡：指用青毡为幕的帐篷。 ④"淋漓"二句：《唐国史补》卷上："（张）旭饮酒辄草书，挥笔而大叫，以头揾水墨中而书之，天下呼为'张颠'。"龙蛇，笔势飞舞貌。李白《草书歌行》："时时只见龙蛇走，左盘右蹙如惊电。"蛮笺，古代四川所产的彩色笺纸。韩浦《寄弟洎蜀笺》："十样蛮笺出益州，寄来新自浣花头。" ⑤"诗情"二句：将略，用兵的谋略。《三国志·蜀书·诸葛亮传》："然亮才于治戎为长，奇谋为短，理民之干，优于将略。"王安石《赠工部侍郎郑公挽辞》："南去伏波推将略，北来光禄擅诗名。"超然，高超。《楚辞·卜居》："宁超然高举以保真乎？将哫訾栗斯，喔咿儒儿以事妇人乎？" ⑥药市：《老学庵笔记》卷六："成都药市以玉局观为最盛，用九月九日。"《岁时广记》卷三六引《四川记》："成都九月九日为药市。诘旦，尽一川所出药草异物与道人毕集，帅守置酒行市以乐之，别设酒以犒道人。是日早，士人尽入市中，相传以为吸药气愈疾，令人康宁。" ⑦花时：指成都的浣花日。《老学庵笔记》卷八："四月十九日，成都谓之浣花。遨头宴于杜子美草堂沧浪亭。倾城皆出，锦绣夹道。自开岁宴游，至是而止，故最盛于他时。予客蜀数年，屡赴此集，未尝不晴。蜀人云：'虽戴白之老，未尝见浣花日雨也。'"陆游《叙州》三首其三："楚柂吴樯又远游，浣花行乐梦西州。"

[评析]

陆游此词作于乾道九年（1173）春。改任成都府路安抚司参议官，于词人而言，不只是理想的受挫，简直就是一种痛苦的折磨。所以，刚到成都便写下了这首忆昔念旧、触景感怀之作。上片追叙上年从戎南郑时呼鹰截虎、雪夜野营、酒后醉书的豪情壮志,流露出对那段岁月的无限怀念之情,也表达了对"诗情将略,一时才气超然"之誉的默认与自豪之情。下片写当前闲散无聊的游乐生活,发抒"闻歌感旧"、"流涕尊前"的落寞愁苦情怀。通篇运用对比手法与反笔钩锁写法,如以"人误许"、"功名不信由天"两个反笔分别收束上、下片,"诗情将略"分别钩住前七句的两个内容,"闻歌"钩住药市、灯山四句,"感旧"钩住上片,词笔刚柔相济,结构波澜起伏,情调高下抑扬,从而使全词迸发出爱国主义精神的火花,带给读者以美的享受。

上年十一月,陆游自南郑赴成都途中作过一首《清商怨·葭萌驿作》:

江头日暮痛饮,乍雪晴犹凛。山驿凄凉,灯昏人独寝。　鸳机新寄断锦,叹往事、不堪重省。梦破南楼,绿云堆一枕。

羁愁中渗进了政治失意的情绪。尤其是下片,合并男女恋情进行描写,更为形象地表现出古驿独宿之夜的孤独凄凉和浓重愁情。

夜游宫　记梦寄师伯浑[①]

陆　游

雪晓清笳乱起。梦游处、不知何地。铁骑无声望似水。想关河,雁门西,青海际。[②]　睡觉寒灯里。漏声断、月斜窗纸。自许封侯在万里[③]。有谁知,鬓虽残,心未死。

[注释]

①夜游宫:金词注般涉调。贺铸词有"江北江南新念别"句,更名

《新念别》。又,词题中"师伯浑",四川眉山名士。才志高旷,隐居不仕,擅书法。《老学庵笔记》卷三:"师浑甫,本名某,字浑甫。既拔解,志高退,不赴省试。其弟乃冒其名以行,不以告浑甫也。俄遂登第。浑甫因以字为名,而字伯浑。"陆游曾作有《师伯浑文集序》。 ②"想关河"三句:雁门(在今山西代县西北)、青海(在今青海东青海湖一带)是北宋西北边防重地,即"关河"的具体所指。关河,山河。柳永《八声甘州》:"渐霜风凄紧,关河冷落,残照当楼。" ③"自许"句:自比班超。《后汉书·班超传》:"家贫,常为官佣书以供养。久劳苦,尝辍业投笔叹曰:'大丈夫无它志略,犹当效傅介子、张骞立功异域,以取封侯,安能久事笔砚间乎?'"后投笔从戎,立功西域,封定远侯。

[评析]

　　淳熙元年(1174)春,陆游离开嘉州,师伯浑尝饯其于青衣江上。后四年,伯浑病逝。此首《夜游宫》当作于这期间。上片集中写梦境。通过视觉、听觉和联想的不同角度,多方用笔描写,使梦境显得扑朔迷离,跌宕多姿,行文完整而周密。梦境毕竟升腾自现实中,这样写,可以在将创作重心引向西北边陲,从而委婉传达出自己念念不忘沙场征战的雄心壮志的同时,自然过渡到下片。下片写梦醒后的感慨。先写梦醒后周围凄清冷落的环境,以及词人夹杂其间的失望和迷茫情绪,再以"自许"句振起,最后直接表明老而弥坚的报国之志。全篇一半写梦境,一半写现实,二者互相联系,密不可分,写来真幻莫测,驰骤自如,为全词添上了一抹浪漫的色彩。

　　赵翼《瓯北诗话》卷六有云:"即如纪梦诗,核计全集,共九十九首,人生安得有如许梦,此必有诗无题,遂托之于梦耳。"陆游的这些纪梦诗,有一些确实是因梦而生诗思,更多的则是心有所感,而托之于梦,大量表现报国之志和复国之思的作品即属此类。陆游的有些纪梦诗，在构思上表现出来的特点还可以上溯到黄庭坚。试比较以下二首：

  红尘席帽乌靴里，想见沧洲白鸟双。马龁枯萁喧午枕，梦成风雨浪翻江。（黄庭坚《六月十七日昼寝》）

  我行江郊暮犹进，大雪塞空迷远近。壮哉组练从天来，人间有此堂堂阵。少年颇爱军中乐，跌宕不耐微官缚。凭鞍寓目一怅然，思为君王扫河洛。夜听簌簌窗纸鸣，恰似铁马相磨声。起倾斗酒歌出塞，弹压胸中十万兵。（陆游《弋阳道中遇大雪》）

陆诗中"风雨大作"，并非仅仅是为了反衬诗人在恶劣贫困的环境下矢志不渝的报国之思，而是由此及彼，存在着一种构思上的因果联系。这种构思上的特点，明显是受到了黄诗的启发。只是，于江西诗法入而能出的陆游，是以较为自然平易的面貌出现，而黄诗则表现得更为夸诞，语言也更加奇峭精致。陆游纪梦词之于前代某些同类题材之作，似亦可作如是观。

桃源忆故人[①] 题华山图

陆　游

中原当日三川震[②]。关辅回头煨烬[③]。泪尽两河征镇。日望中兴运。[④]　秋风霜满青青鬓。老却新丰英俊[⑤]。云外华山千仞[⑥]。依旧无人问。

[注释]

①桃源忆故人：一名《虞美人影》。张先词或名《胡捣练》。赵鼎词

名《醉桃园》。韩淲词有"杏花风里东风峭",名《杏花风》。　②三川:《国语·周语》:"幽王二年,西周三川皆震。"韦昭注:"三川,泾、渭、洛,出于岐山也。震,动也。地震,故三川亦动也,川竭也。"　③关辅:关中及三辅的总称,指今陕西一带地区。古时东自函谷关,西至陇关,两关之间,称为关中。汉代京畿地区设京兆、左冯翊、右扶风,共治长安城中,称为三辅。　④"泪尽"二句:两河,指黄河南北两岸的广大地区。征镇,汉、魏时代设东、西、南、北四征及四镇将军,守四方重镇,合称征镇。中兴,中途振兴,转衰为盛。《汉书·宣帝纪赞》:"功光祖宗,业垂后嗣,可谓中兴。"左思《吴都赋》:"古公草创,而高门有闶;宣王中兴,而筑室百堵。"鲍照《中兴歌十首》其一:"生平值中兴,欢起百忧毕。"　⑤新丰英俊:新丰,县名,故城在今陕西临潼东北。《新唐书·马周传》:"马周,字宾王……舍新丰,逆旅主人不之顾,周命酒一斗八升,悠然独酌,众异之。"陆游《太息》四首其四:"安知今日新丰市,不有悠然独酌人。"　⑥千仞:形容山极高。古以八尺为一仞。《孙子兵法》:"善战人之势,如转圆石于千仞之山者,势也。"《山海经·西山经》:"太华之山,削成而四方。其高五千仞,其广十里。"太华山,即华山。

[评析]

　　这首《桃源忆故人》的创作时间,"去乾道八年(1172)陆游调回成都,当不甚久"(朱东润《陆游选集》);其主题,则为"感慨关辅人民日望恢复,而朝廷竟弃置不问也"(刘永济《唐五代两宋词简析》)。在南宋爱国诗词中,用设想的笔墨写中原遗民盼望宋军北伐,是常见的抒情手段。如范成大《州桥》:"州桥南北是天街,父老年年等驾回。忍泪失声询使者,几时真有六军来。"张孝祥《六州歌头》:"闻道中原遗老,常南望、翠葆霓旌。"陆游自己的诗歌中也有类似的描写,如《关山月》:

"遗民忍死望恢复,几处今宵垂泪痕。"《秋夜将晓出篱门迎秋有感》:"遗民泪尽胡尘里,南望王师又一年。"此词也是采用同样的手法:"泪尽两河征镇。日望中兴运。"有所不同的,是篇末的感叹并谴责:"云外华山千仞。依旧无人问。"这就使得词情更加悲愤感人。

诉衷情①

陆　游

当年万里觅封侯。匹马戍梁州②。关河梦断何处,尘暗旧貂裘③。　　胡未灭,鬓先秋④。泪空流。此生谁料,心在天山,身老沧洲。⑤

[注释]

①诉衷情:唐教坊曲名。毛文锡词有"桃花流水漾纵横"句,又名《桃花水》。按,《花间集》此调有两体,单调者,或间入一仄韵,或间入两仄韵,韦庄、顾敻、温庭筠三词略同。双调者,全押平韵,毛文锡、魏承班三词略同。　②梁州:此处指陕西南郑,南宋兴元府治所在。　③"尘暗"句:《战国策·秦策一》:"苏秦始将连横……说秦王书十上而说不行,黑貂之裘弊,黄金百镒尽,资用乏绝,去秦而归。"　④鬓先秋:赵长卿《瑞鹧鸪》:"结丝千绪不胜愁,莫怪安仁鬓早秋。"　⑤"心在"二句:天山,在今新疆维吾尔自治区境内。此处借指西北前线。沧洲,水滨,泛指古代隐士居处。谢朓《之宣城郡出新林浦向板桥》:"既欢怀禄情,复协沧洲趣。"杜甫《曲江对酒》:"吏情更觉沧洲远,老大悲伤未拂衣。"

[评析]

　　这首《诉衷情》是陆游晚年的作品。词作深情追忆早年如火如荼的军旅生活，抒发长期被闲置、年华空逝的深沉感慨，情调慷慨悲凉。上片在回忆中引出岁月流逝的惆怅。起二句生动再现当年壮志凌云、奔赴前线的勃勃英姿。但不到半年便被匆匆调离，边关的战斗生活从此只能出现在梦中，而梦醒时已是垂垂老矣。词情在高扬中急转而下，词人心境之复杂昭然若揭，悲凉意绪习生发。下片进一步抒写理想与现实的矛盾，情感也从悲凉跌入更为深沉的浩叹。换头三句，语短音促，恰到好处地表现出壮志未酬的悲慨。结拍三句总结生平，揭示出长期困扰词人的心、身矛盾。心为身累，"报国欲死无战场"（陆游《陇头水》），可谓痛苦已极。全篇通过情感变化，从亢奋、悲凉到沉痛，有层次地表现出了理想与现实的种种矛盾。

六州歌头

张孝祥

　　长淮望断①，关塞莽然平。征尘暗，霜风劲，悄边声。黯销凝。追想当年事，殆天数，非人力，洙泗上，弦歌地，②亦膻腥。隔水毡乡，落日牛羊下，区脱纵横。③看名王宵猎④，骑火一川明。笳鼓悲鸣。遣人惊。　　念腰间箭，匣中剑，空埃蠹，竟何成⑤。时易失，心徒壮，岁将零。渺神京。干羽方怀远，静烽燧，⑥且休兵。冠盖使，纷驰鹜，若为情。⑦闻道中原遗老，常南望、翠葆霓旌⑧。使行人到此，忠愤气填膺⑨。有泪如倾。

[注释]

①长淮：即淮河。绍兴十一年（1141），宋、金双方约定以淮河为东部分界线。　②"洙泗"二句：古代洙、泗二水自今山东泗水北合流西下，至曲阜北，又分为二水。相传是孔子当年聚徒讲学的地方。由于孔子的教化，鲁地礼乐教育之风甚盛。《史记·儒林列传》载，刘邦攻灭项羽后举兵围鲁时，鲁地的儒生还在讲习礼乐，"弦歌之音不绝"。　③"落日"二句：《诗·王风·君子于役》："日之夕矣，羊牛下来。"区脱，匈奴语，侦察、警戒用的土室。此处借指淮河对岸到处都有金军的哨所。　④名王：古代少数民族声名显赫的王。《汉书·宣帝纪》："（神爵二年）匈奴单于遣名王奉献，贺正月，始和亲。"颜师古注："名王者，谓有大名，以别诸小王也。"《三国志·魏书·武帝纪》："十一月至易水，代郡乌丸行单于普富卢、上郡乌丸行单于那楼将其名王来贺。"杨师道《咏马》："徒令汉将连年去，宛城今已献名王。"　⑤竟何成：《后汉书·耿弇传》："（光武）帝谓弇曰：'将军前在南阳建此大策，常以为落落难合，有志者事竟成也。'"　⑥"干羽"二句：干羽，古代舞者所执的舞具。文舞执羽，武舞执干。《书·大禹谟》："帝乃诞敷文德，舞干羽于两阶。"孔传："远人不服，大布文德以来之。"《论语·季氏》："夫如是，故远人不服，则修文德以来之。既来之，则安之。"烽燧，古代边防用以报警的信号，黑夜举火叫烽，白天放烟叫燧。《墨子·号令》："比至城者三表，与城上烽燧相望。"桓宽《盐铁论》卷一："故修障塞，饬烽燧，屯戍以备之。"　⑦"冠盖使"三句：冠盖使，指使者出使。《后汉书·章帝纪》："吾诏书数下，冠盖接道，而吏不加理，人或失职，其咎安在？"驰骛，奔走。《史记·李斯列传》："今秦王欲吞天下，称帝而治，此布衣驰骛之时而游说者之秋也。"独孤及《送张泳赴举入关序》："彼驰骛乎士林

者，鲜不争九流之胜负，徇三川之声利。"若为情，犹何以为情。孙光宪《浣溪沙》："早是销魂残烛影，更愁闻着品弦声。杳无消息若为情。"⑧翠葆霓旌：翠鸟羽毛装饰的车盖，霓虹般的彩旗仪仗，此指御驾。李嘉祐《题游仙阁白公庙》："霓旌翠盖终难遇，流水青山空所思。" ⑨填膺：充塞于胸。江淹《恨赋》："置酒欲饮，悲来填膺。"

[评析]

　　南渡词人李清照、朱敦儒和张元干等在绍兴三十年（1160）左右先后辞世，中兴词人之雄辛弃疾要到乾道四年（1168）后才崭露头角，其间的过渡人物是风格骏发踔厉、境界别开生面的张孝祥（1132~1169）。辛派词人远承东坡，近学稼轩，东坡到稼轩之间的桥梁也是张孝祥。张孝祥一方面以自在如神之笔，表现迈往凌云之气和潇洒出尘之姿，如后录《念奴娇·过洞庭》；另一方面也以"诗人之句法"抒发壮志豪情，直接为稼轩词导夫先路。如这首《六州歌头》，指陈时事，纵横开阖，批判精神强烈，声情激越动宕，风格慷慨沉雄，"淋漓痛快，笔饱墨酣，读之令人起舞"（陈廷焯《白雨斋词话》卷八）。

　　隆兴元年（1163）五月，张浚北伐溃败于符离，宋金旋即议和。张孝祥忠愤填膺，因赋此词。上片写北望中原所见到的景象，景中含情。词人貌似比较客观地描写的景象，大体上只有两种：中原的荒凉和金兵的骄纵。只以"黯销凝"三句点明内心的波澜起伏，表明其中融入深沉的悲愤之情，以及对时局的严峻性所作的思考。下片以写情为主，而融情入景。换头诸句，情感渐由沉郁转为激愤。"闻道"以下宕开，借中原父老的翘首期盼和淮边行人的泪如雨下，表明对当前议和政策和偏安局势的疾首痛心和无可奈何。此词创作时间有争议。对于常被引用的《说郛》本《朝野遗记》所载材料："安国在建康留守席上赋此，歌阕，魏公为罢席而入。"钟振振《宋张孝祥〈六州歌头〉词系年考辨》提出:"最切近情理的解释是,此词为隆兴元年冬天的旧作,隆兴二年春天,张孝祥在建康留守席上写付歌女,当筵歌唱。自此盛传,遂为《朝野遗记》的作者记录了下来。"又谓:"考张孝祥和张浚二人同在建康且二人都非建康留守的情形,只可能出现在隆兴二年二月张孝祥任江淮都督府参赞军事后、三月七日兼领建康留守前的若干天内。当时张浚都督江淮军马,驻节建康;孝祥为督府僚佐,自然也在建康;建康留守则为陈之茂。"相比而言,似更为可从。

水调歌头　和庞佑父①

张孝祥

雪洗虏尘静,风约楚云留②。何人为写悲壮,吹角古城楼。湖海平生豪气,关塞如今风景,剪烛看吴钩。③剩喜然犀处,骇浪与天浮。④　忆当年,周与谢,富春秋。小乔初嫁,香囊未解,勋业故优游。⑤赤壁矶头落照,肥水桥边衰草,渺渺唤人愁。我欲乘风去,击楫誓中流。⑥

[注释]

①词题中"庞佑父",名谦孺。其原唱恐已佚。　②"风约"句:李冠《蝶恋花》:"数点雨声风约住。朦胧淡月云来去。"　③"湖海"三句:《三国志·魏书·陈登传》:"陈登者,字元龙,在广陵有威名。又犄角吕布有功,加伏波将军,年三十九卒。后许汜与刘备并在荆州牧刘表

坐，表与备共论天下人。汜曰：'陈元龙湖海之士，豪气不除。'"《世说新语·言语》："过江诸人，每至美日，辄相邀新亭，藉卉饮宴。周侯中坐而叹曰：'风景不殊，正自有山河之异。'皆相视流泪。唯王丞相愀然变色曰：'当共戮力王室，克复神州，何至作楚囚相对！'"李商隐《夜雨寄北》："何当共剪西窗烛，却话巴山夜雨时。"吴钩，古吴地所制的一种有名的弯形宝刀。《梦溪笔谈》卷一九："唐人诗多有言吴钩者，吴钩，刀名也，刃弯。今南蛮用之，谓之'葛党刀'。"李贺《南园十三首》其五："男儿何不带吴钩，收取关山五十州。"　④"剩喜"二句：剩喜，犹甚喜。然犀处，指采石矶。《晋书·温峤传》载，峤奉命平乱，"至牛渚矶，水深不可测。世云其下多怪物。峤遂毁犀角而照之，须臾见水族覆火，奇形异状"。王粲《浮淮赋》："凌惊波以高鹜，驰骇浪而赴质。"杜甫《奉汉中王手札》："已觉良宵永，何看骇浪翻。"　⑤"忆当年"六句：周瑜赤壁破曹、谢玄指挥淝水之战时，周年仅三十四岁、谢四十一岁。苏轼《念奴娇》："遥想公瑾当年，小乔初嫁了，雄姿英发。"《晋书·谢玄传》：玄"少好佩紫罗香囊"。　⑥"我欲"二句：《宋书·宗悫传》："宗悫少时，叔父炳问其志，悫曰：'愿乘长风破万里浪。'"《晋书·祖逖传》："仍将本流徙部曲百余家渡江，中流击楫而誓曰：'祖逖不能清中原而复济者，有如大江！'辞色壮烈，众皆慨叹。"

[评析]

绍兴三十一年（1161），金兵大举南侵，十一月，虞允文督建康诸军大败金兵于采石矶（在今安徽马鞍山），张孝祥闻讯作此词。上片起、结以生动形象之笔描叙采石大捷，中间"湖海"三句，借古事古语自抒报国情怀。下片托历史人物盛赞虞允文指挥有方，功勋卓著。"赤壁"三句，怀古伤今。一结再次振起，以克敌复国为己任。全篇高唱凯歌，"气节振发"（查礼《铜鼓书堂词话》），基调奔放激扬，可谓为南宋词中难得一见的"快词"（借用浦起龙《读杜心解》评《闻官军收河南河北》为其"生平第一快诗"之语）。然亦间杂中原依旧之愤，故欢喜中寓忧愁，豪壮中带悲郁。

念奴娇　过洞庭

张孝祥

　　洞庭青草，近中秋、更无一点风色。①玉鉴琼田三万顷，著我扁舟一叶。素月分辉，明河共影，表里俱澄澈。②悠然心会，妙处难与君说③。　　应念岭表经年，孤光自照，肝胆皆冰雪。④短发萧骚襟袖冷，稳泛沧浪空阔。⑤尽挹西江，细斟北斗，万象为宾客。⑥扣舷独啸，不知今夕何夕。⑦

[**注释**]

　　①"洞庭"二句：青草，湖名，以湖中多生青草得名。在洞庭湖南，二湖相连为重湖。今为洞庭湖的一部分。杜甫《宿青草湖》："洞庭犹在目，青草续为名。"更，犹云绝。张祜《雨霖铃》："长说上皇和泪教，月明南内更无人。"风色，风光。温庭筠《西洲曲》："西洲风色好，遥见武昌楼。"　②"素月"三句：陶渊明《杂诗十二首》其二："白日沦西河，素月出东岭。"分，映，照。张籍《朝日敕赐百官樱桃》："日色遥分门下坐，露香才出禁中园。"明河，天河。宋之问《明河篇》："明河可望不可亲，愿得乘槎一问津。"李商隐《无题四首》其二："春心莫共花争发，

一寸相思一寸灰。"王献之《杂帖》："镜湖澄澈，清流泻注。"修睦《僧院泉》："澄澈照人胆，深山只一般。" ③妙处：陆游《风雨中望峡口诸山奇甚戏作短歌》："今朝忽悟始叹息，妙处元在烟雨中。" ④"应念"三句：应，犹曾也。白居易《重答刘和州》："可惜当时好风景，吴王应不解吟诗。"岭表，五岭以南。经年，经过一年或一年以上。白居易《长恨歌》："悠悠生死别经年，魂魄不曾来入梦。"贾岛《酬朱侍御望月见寄》："相思唯有霜台月，望尽孤光见却生。" ⑤"短发"二句：短发，稀少的头发。指老年。杜甫《奉送郭中丞兼太仆卿充陇右节度使三十韵》："随肩趋漏刻，短发寄簪缨。"杜牧《秋思》："微雨池塘见，好风襟袖知。"赵令畤《虞美人》："画船稳泛春波渺。夕雨寒声小。" ⑥"尽挹"三句：西江，指长江。《景德传灯录》卷八载，襄州居士庞蕴至江西参问马祖云："不与万法为侣者是什么人？"马祖答曰："待汝一口挹尽西江水，即向汝道。"庞蕴当即顿悟玄机。《诗·小雅·大东》："维北有斗，不可挹酒浆。"屈原《九歌·东君》："操余弧兮反沦降，援北斗兮酌桂浆。"杜甫《宿白沙驿》："万象皆春气，孤槎自客星。" ⑦"扣舷"二句：王维《送綦毋校书弃官还江东》："清夜何悠悠，扣舷明月中。"苏轼《念奴娇》："起舞徘徊风露下，今夕不知何夕。"

[评析]

乾道元年（1165），张孝祥出知静江府（今广西桂林），兼广南西路经略安抚使。次年被谗落职北归，途经今湖南洞庭湖，写下此词。在词作中，词人心迹、意趣从自然"表里俱澄澈"到"悠然心会"再到肝胆冰雪、宾客万象，渐次明晰、浓厚。广阔澄静的湖光月色与玉洁冰清的人格境界水乳交融，哲理意蕴或不及苏轼中秋词，浪漫奇想实有过之。不过，这份豁达之外似仍有一丝隐忧，并且，在张孝祥的一生中，这样的情形也并非时时可见。事实上,他不久又起知潭州,随后转任荆南、荆湖北路安抚使等职,没有一直沉湎在自然世界里。作为南宋文人小用而大废之历史命运的一个代表人物,张孝祥词中流露出来的心态,也就自然具有了相当的典型性。

此词,黄燮清《国朝词综续编》卷一尝误为清人荆擂作。荆擂存词二十四首,喜和人韵,所作尚有可观,如《贺新郎·五人墓,用陈迦陵题颜鲁公八阕斋韵》:"可惜金瓯坏。从凶阉、甘人醢骨,弥天蜂虿。局踏冠裳攒鼠穴,半化短狐奴辈。学射影、晨趋昏拜。谁识清忠强直字,衅钴铦、肯放诸公在。囚白日,埋光怪。　草茅孤愤终难解。一轰呼、满城奋臂,千秋奇快。断首划胸何所恨,碧血应通瑶海。凭过客、留题感慨。我喜黄垆填义士,偏奸魂、永灭妖魑态。掷长剑,倚天外。"与宋代名家名作相混,也许可以大致上显明其人师法对象的范围。

水龙吟　登建康赏心亭①

辛弃疾

楚天千里清秋,水随天去秋无际。遥岑远目,献愁供恨,玉簪螺髻。②落日楼头,断鸿声里,江南游子。③把吴钩看了,栏干拍遍,无人会、登临意。④　休说鲈鱼堪脍,尽西风、季鹰归未。求田问舍,怕应羞见,刘郎才气。⑤可惜流年,忧愁风雨,树犹如此。⑥倩何人,唤取红巾翠袖,揾英雄泪。⑦

[注释]

①词题中"赏心亭",北宋丁谓创建。位于建康下水门上,下临秦淮

河。　②"遥岑"三句：韩愈、孟郊《城南联句》："遥岑出寸碧，远目增双明。"韩愈《送桂州严大夫同用南字》："江作青罗带，山如碧玉簪。"　③"落日"三句：杜甫《越王楼歌》："楼下长江百丈清，山头落日半轮明。"柳永《玉蝴蝶》："黯相望。断鸿声里，立尽斜阳。"　④"把吴钩"三句：杜甫《后出塞五首》其一："少年别有赠，含笑看吴钩。"《渑水燕谈录》卷四："（刘概）酷嗜山水，而天姿绝俗，与世龃龉，故久不仕……少时多居龙兴僧舍之西轩，往往凭栏静立，怀想世事，吁唏独语，或以手拍栏干。尝有诗曰：'读书误我四十年，几回醉把栏干拍。'"《湘山野录》卷上载，王琪守金陵，登赏心亭，感怀往事，有诗曰："冉冉流年去京国，萧萧华发老江湖。残蝉不会登临意，又噪西风入座隅。"　⑤"求田"三句：刘郎，指刘备。《三国志·魏书·陈登传》："备问汜：'君言豪，宁有事耶？'汜曰：'昔遭乱过下邳，见元龙。元龙无客主之意，久不相与语，自上大床卧，使客卧下床。'备曰：'君有国士之名，今天下大乱，帝主失所，望君忧国忘家，有救世之意，而君求田问舍，言无可采，是元龙所讳也，何缘当与君语？如小人，欲卧百尺楼上，卧君于地，何但上下床之间耶？'"　⑥"可惜"三句：苏轼《满庭芳》："百年里，浑教是醉，三万六千场。　思量。能几许，忧愁风雨，一半相妨。"《世说新语·言语》："桓公北征，经金城，见前为琅邪时种柳，皆已十围，慨然曰：'木犹如此，人何以堪！'攀枝执条，泫然流泪。"　⑦"唤取"二句：王勃《落花落》："绮阁青台静且闲，罗袂红巾复往还。"晏几道《碧牡丹》："翠袖疏纨扇。凉叶催归燕。"揾（wèn），揩拭。李清照《蝶恋花》："泪揾征衣脂粉暖。四叠阳关，唱到千千遍。"

[评析]

　　辛弃疾（1140~1207）善于开掘词体、长于表现复杂意态心绪的潜在功能，充分展现出心灵世界的曲折深广。如作于淳熙元年（1174）秋江东安抚使参议官任上的这首《水龙吟》便是如此，以传统的悲秋主题，写其壮志难酬之感，慷慨淋漓而又感情细腻。上片写景。先从楚天寥廓、秋高气爽的远景写起，由天写到水，由水写到山，突出"献愁供恨"的北方山峦，隐隐带出中原沦丧之痛。进而转入近景特写，重点刻画登楼观景之人。"落日"暗示时势，"断鸿"映衬"江南游子"之孤单。词人一腔悲愤，则通过看吴钩、拍栏干的系列动作生动地呈现出来。下片以不同的典故构成，写尽报国无门、归隐不甘的矛盾心理。这种对典故的创造性运用，构成了辛词的一个重要特色。结末三句，在貌似风流倜傥中照应"无人会、登临意"。全篇悲慨郁结之情，一以含蓄深挚、婉转寄托出之，深得"潜气内转"之妙。

此词既有"慷慨纵横"的一面，又有"秾纤绵密"（刘克庄《辛稼轩集序》）的另一面。刚柔对立的两种风格，并存于同一首作品，给予读者的审美感受颇为独特。这是古典文学批评中的一个"大课题"（张宏生《读者之心——词的解读》），值得专门深入地研究。当然，沈道宽《论词绝句》四十二首其十九所论已约略涉及这一问题："我爱分钗桃叶渡，温柔激壮力能兼。"又，近人詹安泰曾作过一首《水龙吟·感旧用稼轩登建康赏心亭韵》：

落花流水何穷，碧空描缋愁无际。双旌绣簇，平湖光漾，翠罗云鬓。隔岸笙箫，近桥帘幕，断魂游子。尽芳华未减，斜阳立尽，知谁会、凄凉意。　前度凭阑人换，倦风情、赋归与未。镜鸾慵照，那堪重骋，杜郎才气。万派雌黄，十方悲笑，一齐来此。都待空色相，朱楼翠户，奈盈盈泪。〔按：词载《词学季刊》第二卷第三号，"都待空"当作"待都空"。〕

空尽色相，与稼轩词风稍异，可以对读。

清平乐　独宿博山王氏庵①

辛弃疾

绕床饥鼠。蝙蝠翻灯舞。②屋上松风吹急雨③。破纸窗间自语。平生塞北江南④。归来华发苍颜⑤。布被秋宵梦觉,眼前万里江山。

[注释]

①清平乐:《宋史·乐志》属大石调。柳永《乐章集》注越调。《碧鸡漫志》云,欧阳炯称李白有应制《清平乐》四首,此其一也,在越调,又有黄钟宫、黄钟商两音。《中兴以来绝妙词选》名《清平乐令》。张辑词有"忆著故山萝月"句,名《忆萝月》。张翥词有"明朝来醉东风"句,名《醉东风》。又,词题中"博山",《舆地纪胜·江南东路信州》:"博山在永丰西二十里,古名通元峰,以形似庐山香炉峰,故改今名。"王氏庵,不详。　②"绕床"二句:李商隐《夜半》:"斗鼠上堂蝙蝠出,玉琴时动倚窗弦。"　③松风吹急雨:卢肇《题清远峡观音院二首》其二:"风入古松添急雨,月临虚槛背残灯。"　④塞北:辛弃疾《美芹十论》谓,南归前,他自己曾两次去燕京观察形势。　⑤苍颜:欧阳修《醉翁亭记》:"苍颜白发,颓然乎其间者,太守醉也。"陆游《忽得京书有感》:"白发苍颜七十翁,朽株枯木略相同。"

[评析]

辛弃疾此词作于淳熙十四年(1187)前闲居带湖时。上片集中描绘秋夜王氏庵内一派荒凉凄惨景象，老鼠横行，绕床觅食，蝙蝠翻飞，绕灯而舞，更有急雨狂风，震撼屋宇，吹破窗纸。写得跳跃动荡，肃杀凄厉。下片抒发慷慨悲壮之情。平生自北来南，为国奔波，而功业无成。辛弃疾虽然罢退闲居，年老鬓衰，依然魂系中原沦陷地区万里江山。

贺新郎　别茂嘉十二弟。鹈鴂、杜鹃实两种，见《离骚补注》

辛弃疾

绿树听鹈鴂。更那堪、鹧鸪声住，杜鹃声切。啼到春归无寻处，苦恨芳菲都歇。算未抵、人间离别。马上琵琶关塞黑①，更长门、翠辇辞金阙。看燕燕，送归妾。② 将军百战身名裂，向河梁、回头万里，故人长绝。③易水萧萧西风冷，满座衣冠似雪。正壮士、悲歌未彻。啼鸟还知如许恨，料不啼清泪长啼血。谁共我，醉明月。

[注释]

①"马上"句：石崇《王明君辞序》："昔公主嫁乌孙，令琵琶马上作乐，以慰其道路之思。其送明君，亦必尔也。"王明君即王昭君，因避晋文帝司马昭讳而改。杜甫《梦李白》二首其一："魂来枫叶青，魂返关塞黑。"　②"看燕燕"二句：卫庄公之妻庄姜，美而无子，庄公妾戴妫生子完，庄姜以为己子。庄公死，完继位。不久州吁作乱，杀完。戴妫乃归陈国，庄姜远送于野，作诗云："燕燕于飞，差池其羽。之子于归，远

送于野。瞻望弗及，泣涕如雨。"诗见《诗·邶风·燕燕》。于飞，比翼而飞。　③"将军"三句：《汉书·苏武传》载，苏武居匈奴十九年，始终不屈，匈奴与汉和亲时，苏武得以归汉。临行，李陵置酒送别，贺苏武曰："异域之人，一别长绝。"又起舞歌曰："径万里兮度沙漠，为君将兮奋匈奴，路穷绝兮矢刃摧，士众灭兮名已陨。老母已死，虽欲报恩将安归？"题李陵《与苏武》三首其三："携手上河梁，游子暮何之。"

[评析]

　　据杨罗生《辛弃疾的〈贺新郎·别茂嘉十二弟〉作年考》，此词作于开禧元年（1205）词人连降两官调离镇江之前。邓广铭《稼轩词编年笺注》则认为当作于闲居瓢泉期间，或即送族弟往北"筹边"（刘过《沁园春·送辛稼轩弟赴桂林官》）时。词写离别之恨，以啼鸟悲鸣、芳菲衰歇起兴，叠举四事，极写人间离别之悲苦有远甚于此者。上片所举二事，皆为女子之离别：一为昭君辞别汉宫出塞，关隘昏黑，琵琶声悲；二为庄姜送戴妫，瞻望不及，泪如雨下。下片续举二事，皆为男子之离别：一为李陵饯别苏武，苏武回首万里，一别长绝；二为众白衣人送荆轲谋刺秦王，荆轲悲歌淋漓，一去不返。叙毕四事，又以啼鸟回应篇首，鸟若知此悲恨，亦应啼血不止，更何况人？结末二句，归结到"别茂嘉"题意，余韵袅袅，怅惘不已。全篇结构精巧，前后呼应，中间铺张扬厉，如泣如诉，情辞慷慨悲凉，仿佛江淹《别赋》、《恨赋》手法，于词中亦属创格。

　　辛弃疾将古文辞赋中常用的章法和议论、对话等手法移于词中，在创作手法上进一步发展了"以文为词"："辛稼轩别开天地，横绝古今，《论》、《孟》、《诗·小序》、《左氏春秋》、《南华》、《离骚》、《史》、《汉》、《世说》、《选》学、李杜诗，拉杂运用，弥见其笔力之峭。"（吴衡照《莲子居词话》卷一）这一点，其实南宋人已有所体认，如陈模论稼轩词以辛氏《沁园春》（杯汝来前）为例云："此又如《宾戏》、《解嘲》等作，乃是把古文手段寓之于词。"（《怀古录》卷中）就句法言，如《哨遍》（几者动之微）、《六州歌头》（吾语汝）、《卜算子》（此地菟裘也）、《一剪梅》（何幸如之），都非常散文化。就体制言，《沁园春》（杯汝来前）模仿汉赋中主客问答对话体，让人与酒杯对话，已是别出心裁。而《水调歌头》（带湖吾甚爱），是盟誓体；《木兰花慢》（可怜今夕月），连用七个问句，以探询月中奥秘，是《天问》体；《水龙吟》（听兮清佩琼瑶些），是《招魂》体（陆侃如、冯沅君《中国诗史》）。至于这首《贺新郎》，全用赋法，打破词的上下片限制，"尽是集许多怨事，全与李太白《拟恨赋》手段相似"（《怀古录》卷中），宛然一篇《别赋》（许昂霄《词综偶评》），在词史上堪称创调。以文为词，同时也是语言的变革。辛弃疾创造性地用经、史、子中语汇入词，信手拈来，如同己出，既赋予古代语言以新的生命活力，又空前地扩大和丰富了词的用语范围。同时，又能合乎格律规范，可谓极其能事。

辛弃疾还写过一首《永遇乐·戏赋辛字送十二弟赴都》：

> 烈日秋霜，忠肝义胆，千载家谱。得姓何年，细参辛字，一笑君听取。艰辛做就，悲辛滋味，总是辛酸辛苦。更十分，向人辛辣，椒桂捣残堪吐。　世间应有，芳甘浓美，不到吾家门户。比著儿曹，累累却有，金印光垂组。付君此事，从今直上，休忆对床风雨。但赢得，靴纹绉面，记余戏语。

与上录《贺新郎》虽同为送弟之作，但手法迥然有异，可以对读。前首主要借古人古事抒情，本篇则主要借戏赋"辛"字表情达意，身世之感益为明显。

贺新郎

辛弃疾

邑中园亭,仆皆为赋此词。一日,独坐停云,水声山色,竞来相娱,意溪山欲援例者,遂作数语,庶几仿佛渊明思亲友之意云。①

甚矣吾衰矣②。怅平生、交游零落,只今余几。③白发空垂三千丈④,一笑人间万事。问何物、能令公喜。⑤我见青山多妩媚,料青山、见我应如是。情与貌,略相似。 　　一尊搔首东窗里。想渊明、停云诗就,此时风味。江左沉酣求名者,岂识浊醪妙理。⑥回首叫、云飞风起⑦。不恨古人吾不见,恨古人、不见吾狂耳。⑧知我者,二三子。⑨

[注释]

①词序中"停云",指停云堂。陶渊明《停云》序曰:"停云,思亲友也。樽湛新醪,园列初荣,愿言不从,叹息弥襟。"诗云:"霭霭停云,濛濛时雨。八表同昏,平路伊阻。静寄东轩,春醪独抚。良朋悠邈,搔首延伫。停云霭霭,时雨濛濛。八表同昏,平陆成江。有酒有酒,闲饮东窗。愿言怀人,舟车靡从。东园之树,枝条再荣。竞用新好,以招余情。人亦有言,日月于征。安得促席,说彼平生。翩翩飞鸟,息我庭柯。敛翮闲止,好声相和。岂无他人,念子实多。愿言不获,抱恨如何。"李德裕《赐回鹘嗢没斯等诏》:"若一处开恩,必自兹援例。" ②"甚矣"句:

《论语·述而》:"子曰:'甚矣吾衰也,久矣吾不复梦见周公。'" ③"怅平生"二句:零落,死亡或失散。《管子·轻重己》:"宜获而不获,风雨将作,五谷以削,士民零落,不获之害也。"马非百新诠:"零落,殒也。言风雨大起,五谷因而削减。士,战士。民,普通人民。谓战士与人民皆将饥饿以死也。"孔融《论盛孝章书》:"海内知识,零落殆尽。"张铣注:"零落,死也。"王僧孺《何生姬人有怨》:"逐臣与弃妾,零落心可知。" ④"白发"句:李白《秋浦歌》:"白发三千丈,缘愁似个长。" ⑤"问何物"句:《世说新语·宠礼》:"王恂、郗超并有奇才,为大司马所眷拔。恂为主簿,超为记室参军。超为人多髯,恂行状短小,于时荆州为之语曰:'髯参军,短主簿,能令公喜,能令公怒。'" ⑥"江左"二句:苏轼《和陶饮酒诗二十首》其三:"道丧士失己,出语辄不情。江左风流人,醉中亦求名。渊明独清真,谈笑得此生。"杜甫《晦日寻崔戢李封》:"浊醪有妙理,庶用慰沉浮。" ⑦云飞风起:《史记·高祖本纪》:"高祖还归过沛,置酒沛宫,自为歌诗曰:'大风起兮云飞扬,威加海内兮归故乡,安得猛士兮守四方。'" ⑧"不恨"二句:《南史·张融传》:"张融善草书,常自美其能。帝曰:'卿书殊有骨力,但恨无二王法。'答曰:'非恨臣无二王法,亦恨二王无臣法。'……常叹云:'不恨我不见古人,所恨古人又不见我。'" ⑨"知我者"二句:二三子,借用《论语》中孔子对其弟子常用的称呼,如"二三子何患于丧乎","二三子以我为隐乎"等。此指二三人。

[评析]

辛弃疾此词约作于嘉泰元年(1201)闲居瓢泉时。《汇选历代名贤词府全集》卷八误题史德卿作。词题瓢泉停云堂。起句浩叹,只为老来罢退,万事蹉跎,幽居山林,故交零落,亦即其《感皇恩》中"白发多时故人少"之感。其时词人六十二岁,平生知交相继过世,因有世间尚有何物能令人欣喜之语。"我见"以下,谓只有转向青山觅知音。与青山互赏妩媚,即李白"相看两不厌,唯有敬亭山"之境界,唯此处更为酣畅恣肆。下片再转向古人求知己。闲饮东窗,赋诗思友,渊明与我风味相似,情思相通,自是异代知己。此是从正面写。江东名流,醉中求名,岂知酒中妙理,岂是吾辈知己。此是从反面写。由此发出不恨我不见古人、只恨古人不见我狂之号呼,风云激荡,慷慨淋漓,一扫开篇的衰颓感伤,狂态复萌,豪气不余,俨然有雄视万世之概。末二句回应上文"只今余几",归结思亲友题旨,用以自慰。

沁园春 灵山齐庵赋,时筑偃湖未成①

辛弃疾

叠嶂西驰,万马回旋,众山欲东。②正惊湍直下③,跳珠倒溅,小桥横截,缺月初弓。老合投闲,天教多事,检校长身十万松。④吾庐小,在龙蛇影外,风雨声中。⑤　争先见面重重。看爽气朝来三数峰⑥。似谢家子弟,衣冠磊落,相如庭户,车骑雍容。⑦我觉其间,雄深雅健,如对文章太史公。⑧新堤路,问偃湖何日,烟水蒙蒙。

[注释]

①沁园春:金词注般涉调。《蒋氏十三调》注中吕调。张辑词结句有"号我东仙"句,名《东仙》。李刘词名《寿星明》。秦观减字词名《洞庭春色》。又,词题中"灵山",在今江西上饶西北六十里,山脉绵亘百

余里。　②"叠嶂"三句：苏轼《游径山》："众峰来自天目山，势若骏马奔平川。中途勒破千里足，金鞭玉镫相回旋。"　③惊湍：潘岳《河阳县作二首》其二："山气冒山岭，惊湍激岩阿。"韩愈《龊龊》："河堤决东郡，老弱随惊湍。"　④"老合"三句：韩愈《进学解》："动而得谤，名亦随之。投闲置散，乃分之宜。"检校，核查，察看。《抱朴子·祛惑》："仓卒闻之，不能清澄检校之者，鲜觉其伪也。"又，宋时有"检校官"，是正官外的加官，虚衔而已。原官加"检校"二字，仅标志地位的提高，实际职权并没有扩大。　⑤"吾庐"三句：白居易《草堂记》："夹涧有古松。如龙蛇走。"苏轼《戏作种松》："我昔少年日，种松满东冈……不见十余年，想作龙蛇长。夜风波浪碎，朝露珠玑香。"石延年《古松》："影摇千尺龙蛇动，声撼半天风雨寒。"　⑥"看爽气"句：《世说新语·简傲》："王子猷作桓车骑参军。桓谓王曰：'卿在府久，比当相料理。'初不答，直高视，以手版拄颊云：'西山朝来，致有爽气。'"　⑦"似谢家"四句：磊落，形象俊伟。《晋书·索靖传》："体磊落而壮丽，姿光润以粲粲。"《世说新语·豪爽》："桓既素有雄情爽气，加尔日音调英发，叙古今成败由人，存亡系才。其状磊落，一坐叹赏。"《史记·司马相如列传》："相如之临邛，从车骑，雍容闲雅甚都。"　⑧"我觉"三句：《新唐书·柳宗元传》载，韩愈评柳宗元文曰："雄深雅健，似司马子长，崔、蔡不足多也。"

[评析]

　　辛弃疾此词约作于庆元二年（1196）闲居带湖时。词作以描绘灵山气势和风度仪态取胜，是词人山水词中的杰作。起首三句，以广角远景呈现山势，重重山峦如万马驰骤，向西奔腾，忽又回旋向东，把静态的群峰写得鲜龙活跳，气势磅礴。接着写近景，飞瀑溅起跳珠，小桥犹如弯月，雄浑壮景一变而为清幽境界。进而写齐庵周边松林，照应词题。"老合"三句，以戏谑口吻，间接抒发词人罢官以来的幽愤，巧妙引出十万松林掩映中的齐庵，眼前松枝似龙蛇舞动，耳畔松涛如风雨作响，令人恍如身临其境。下片着重写早晨群山的仪态风韵。"争先"二句，写晨雾渐渐退去，群峰争相露脸，与词人相见，景象鲜活爽朗。"似谢家"以下七句，以谢家子弟衣冠、司马相如车骑，乃至司马迁文章来比山的风韵气度，想象神奇，设喻独到，极富创造性，亦可以看出词人及其词作独特的神韵、风貌。

破阵子　为陈同甫赋壮语以寄[①]

辛弃疾

醉里挑灯看剑，梦回吹角连营。[②]八百里分麾下炙，五十弦翻塞外声。[③]沙场秋点兵。[④]　马作的卢飞快，弓如霹雳弦惊。[⑤]了却君王天下事[⑥]，赢得生前身后名。可怜白发生[⑦]。

[注释]

①破阵子：唐教坊曲名，一名《十拍子》。陈旸《乐书》云，唐破阵子乐，属龟兹部，秦王所制，舞用二千人，皆画衣甲，执旗斾，外藩镇春衣犒军设乐，亦舞此曲，兼马军引入场，尤壮观也。按：唐《破阵乐》，乃七言绝句，此盖因旧曲名，另度新声。元高拭词注正宫。又，词题中"陈同甫"，即陈亮，字同甫（父），号龙川，婺州永康（今浙江永康）人。绍熙四年（1193）状元。著有《龙川词》。　②"醉里"二句：高言

《干友人》："男儿慷慨平生事，时复挑灯把剑看。"李白《闻李太尉大举秦兵百万出征东南懦夫请缨冀申一割之用半道病还留别金陵崔侍御十九韵》："函谷绝飞鸟，武关拥连营。"　③"八百里"二句：《世说新语·汰侈》载，晋王恺有牛名八百里驳，王济与王恺比赛射箭，约定以此牛为赌注，王济先射。一箭中的，便喝令左右速取牛心来，须臾烤牛肉至，王济尝一块便离去。苏轼《约公择饮是日大风》："要当啖公八百里，豪气一洗儒生酸。"《史记·封禅书》："太帝使素女鼓五十弦瑟，悲，帝禁不止，故破其瑟为二十五弦。"李商隐《锦瑟》："锦瑟无端五十弦，一弦一柱思华年。"　④沙场：战场。祖咏《望蓟门》："沙场烽火连胡月，海畔云山拥蓟城。"　⑤"马作"二句：《三国志·蜀书·先主传》裴松之注引《世语》曰："备屯樊城，刘表礼焉，惮其为人，不甚信用。曾请备宴会，蒯越、蔡瑁欲因会取备，备觉之，伪如厕，潜遁出。所乘马名的卢，骑的卢走堕襄阳城西檀溪水中，溺不得出。备急曰：'的卢，今日厄矣，可努力！'的卢乃一踊三丈，遂得过。"《南史·曹景宗传》记曹景宗曾对人说："吾昔在乡里，骑快马如龙，与年少辈数十骑，拓弓弦作霹雳声，箭如饿鸱叫……此乐使人忘死，不知老之将至。"　⑥了却：黄庭坚《登快阁》："痴儿了却公家事，快阁东西倚晚晴。"　⑦可怜：可惜。杜牧《阿房宫赋》："戍卒叫，函谷举。楚人一炬，可怜焦土。"

[评析]

　　辛弃疾此词创作时地未详。全篇描写军旅生活和战斗场景，突出塑造了一位斗志昂扬的爱国将领的形象。上片写军营中场景。先写自夜至晓景象，夜间醉里看剑，拂晓醒来听连营军号，生动地描绘出将军日夜不忘杀敌报国的雄心。"八百里"三句，逐次写军中将士分享牛肉、演奏军乐和检阅部队情形，场面不断拓展扩大，气势一浪高过一浪。下片描写战斗场面。将军策马飞驰,弓箭响如霹雳,写出勇往直前、志在必胜的战斗风貌,由此自然而然引出为王前驱、收复中原、功成名就的宏大志愿。全词至此达到最高潮。但最后一句"可怜白发生"陡然一转,宣告了以上宏愿到老来全部落空的悲哀。如果说,陆游从军剑南的生活催生了他的大量描写战争的诗,辛弃疾的戎马生涯也使其作品打上特定的战争烙印,如这首《破阵子》,词中密集的军事意象群凝聚成雄豪壮阔的审美境界,体现出独特的个性风貌,而其中所描写的那种不管怎样风光无限,和心中的期望总有落差的情绪,还构成了后来边塞之作的某种旋律。

此词曾被梁羽生录入其《七剑下天山》第六回:

> 酒过三巡,保柱举手说道:"平西王有事,要过一会才来,先请各位听歌看舞。"他把掌一拍,堂下出来两男两女,唱了个喏,随即分成两对,绕着大堂,且舞且歌。歌声响遏行云,舞姿翩若惊鸿;他们越舞越急,越唱越高。歌的是南宋词家辛弃疾的一首词,只听他们唱道:"醉里挑灯看剑,梦回吹角连营。八百里分麾下炙,五十弦翻塞外声。沙场秋点兵……"少年书生拍手说道:"壮哉!"赞声未了,两对男女已舞到大殿之中,这时正唱至下半阕"马作的卢飞快,弓如霹雳弦惊"二句。

辛词不需借此小说以显,但小说在宋词传播过程中所发挥出的效能,也显然不容小觑。

永遇乐　京口北固亭怀古①

辛弃疾

千古江山,英雄无觅,孙仲谋处。舞榭歌台,风流总被,雨打风吹去。斜阳草树,寻常巷陌,人道寄奴曾住。②想当年,金戈铁马,气吞万里如虎。③　　元嘉草草,封狼居胥,赢得仓皇北顾。④四十三年,望中犹记,烽火扬州路。可堪回首,佛狸祠下,一片神鸦社鼓。⑤凭谁问,廉颇老矣,尚能饭否。⑥

[注释]

①永遇乐:《武林旧事》卷一《天基圣节排当乐次》:乐奏夹钟宫。第五盏,觱篥起《永遇乐慢》。此调有平韵、仄韵两体。仄韵者始自北宋,柳永《乐章集》注林钟商。晁补之词名《消息》,自注越调。平韵者始自南宋,陈允平创为之。又,词题中"北固亭",亦名北固楼,在镇江北固山(又名北顾山)上,北临长江。　②"斜阳"三句:周邦彦《西河·金陵》:"燕子不知何世。入寻常、巷陌人家,相对如说兴亡,斜阳里。"寄奴,刘裕字德舆,小名寄奴,南朝宋开国皇帝,即宋武帝。其祖先随晋室南渡,世居京口。刘裕于京口起兵,平定桓玄的叛乱。③"想当年"三句:义熙五年(409),刘裕兴兵北伐鲜卑慕容氏南燕政权,次年攻破南燕都城广固(今山东青州西北),收复青、兖两州,擒获慕容超,斩首于建康。义熙十二年(416),刘裕率大军北伐后秦,次年攻克洛阳,收复长安,后秦主姚泓出降。李袭吉《为周晋王贻梁祖书》:"毒手尊拳,交相于暮夜;金戈铁马,蹂践于明时。"张元干《兰溪舟中寄苏粹中》:"气吞万里境中事,心老经年江上行。"　④"元嘉"三句:元嘉七年(430),刘义隆(刘裕之子)命征南大将军檀道济率军北伐,右将军到彦之败于滑台(今河南滑县),檀道济前往救援,后因粮尽,引军逃回。元嘉二十七年(450),刘义隆命宁朔将军王玄谟大举征伐北魏,围攻滑台不克,不久,北魏太武帝拓跋焘率大军救滑台,王玄谟军大败。《宋书·王玄谟传》:"玄谟每陈北侵之策,上谓殷景仁曰:'闻王玄谟陈

说，使人有封狼居胥意。'"狼居胥，古山名，约在今蒙古国境内。《宋书·索虏传》载，元嘉七年（430），刘义隆因滑台陷落，乃作诗曰："……惆怅惧迁逝，北顾涕交流。"又据《南史·宋文帝纪》，刘义隆北伐失败后，拓跋焘乘胜追至长江边，声称欲渡江；刘义隆登楼北望，后悔不已。　⑤"可堪"三句：佛狸祠，古祠名。在长江北岸今江苏南京市六合区东南瓜埠（步）山上。拓跋焘于元嘉二十七年（450）击败王玄谟军队，大举南侵，驻营瓜步山，在山上建行宫，后辟为佛狸祠。拓跋焘小字佛狸，当时流传有"虏马饮江水，佛狸明年死"的童谣，祠以此得名。神鸦，指庙里吃祭品的乌鸦。《吴船录》卷下："庙有驯鸦，客舟将来，则迓于数里之外，或直至县下。船过亦送数里。人以饼饵掷空，鸦仰喙承取，不失一。土人谓之神鸦，亦谓之迎船鸦。"社鼓，旧时社日祭神所鸣奏的鼓乐。陆游《秋社》："雨余残日照庭槐，社鼓冬冬赛庙回。"⑥"凭谁"三句：《史记·廉颇蔺相如列传》载，廉颇，赵国名将，晚年遭人谗害而出奔魏国。后赵王欲起用廉颇，先遣使者询其健壮与否。廉颇当面一饭斗米肉十斤，并披甲上马，以示尚能作战。但使者受贿而谎报赵王说："廉将军虽老，尚善饭；然与臣坐顷之，三遗矢矣。"赵王遂罢。

[评析]

　　辛弃疾此词作于开禧元年（1205）镇江知府任上。上片从京口发迹的历史英雄说起，虽然孙权的流风余韵无迹可寻，但其坐镇东南，抗击强敌的勇气令人钦敬；更何况有"气吞万里如虎"的宋武帝刘裕的遗迹可寻，遥想当年刘裕两度北伐，先灭南燕，再取后秦，攻无不克，战无不胜，真令人回肠荡气。下片仍围绕登临所见所感，由刘裕引出其子刘义隆，由北伐英雄引出北伐失败者的"仓皇北顾"。进而由历史往事引出现实时事，由历史感慨引出现实隐忧，由现实处境引出个人无奈，无限悲壮苍凉，尽寓其中。末三句自比廉颇，呵天一问，壮气拿云，猛志常在，悲慨而不悲观，所谓回澜有术，何怕报国无路。

值得注意的是，辛词在宋代曾经由歌妓而传播。岳珂《桯史》卷三即云：

> 辛稼轩守南徐，已多病谢客，予来筮仕委吏，实隶总所，例于州家殊参辰，旦望贽谒刺而已。余时以乙丑南宫试，岁前莅事仅两旬，即谒告去。稼轩偶读余《通名启》而喜，又颇阶父兄旧，特与其洁。余试既不利，归官下，时一招去。稼轩有词名，每燕必命侍姬歌其所作。特好歌《贺新郎》一词，自诵其警句曰："我见青山多妩媚，料青山见我应如是。"又曰："不恨古人吾不见，恨古人不见吾狂耳。"每至此，辄拊髀自笑，顾问坐客何如，皆叹誉如出一口。既而又作一《永遇乐》，序北府事，首章曰："千古江山，英雄无觅，孙仲谋处。"又曰："寻常巷陌，人道寄奴曾住。"其寓感慨者则曰："可堪回首，佛狸祠下，一片神鸦社鼓。凭谁问，廉颇老矣，尚能饭否？"特置酒召数客，使妓迭歌，益自击节，遍问客，必使摘其疵，逊谢不可。客或措一二辞，不契其意，又弗答，然挥羽四视不止。余时年少，勇于言，偶坐于席侧，稼轩因诵启语，顾问再四，余率然对曰："待制词句，脱去今古轸辙，每见集中有解道此句，真宰上诉，天应嗔耳之序，尝以为其言不诬。童子何知，而敢有议？然必欲以范文正以千金求《严陵祠记》一字之易，则晚进尚窃有疑也。"稼轩喜，促膝亟使毕其说。余曰："前篇豪视一世，独首尾二腔，警语差相似；新作微觉用事多耳。"于是大喜，酌酒而谓坐中曰："夫君实中予痼。"乃咏改其语，日数十易，累月犹未竟。其刻意如此。余既以一语之合，益加厚，颇取视其骩骳，欲以家世荐之朝，会其去，未果。〔按：乾隆词人赵帅《伟堂词钞》中有一首《南乡子·倦翁评稼轩北固亭词，嫌用事多。其自

作蹈空欠切合，所谓矫枉过正也。因赋此解》："谁似稼轩才。北固登临首重回。千古江山词一阕，雄哉。驱使风云笔底来。　玉楮祝英台。写景翻空说太开。同是搔头凭吊处，徘徊。黏脱终须要化裁。（玉楮，岳集名。）"以词为评，可与参读。]

据知，这种原生态的传播方式所涉及的稼轩词作，至少包括这首《永遇乐》及《贺新郎》（甚矣吾衰矣）。若再据刘埙《谒金门》（眉月小）词序："临汝有歌者稍慧。咸淳中，尝与吟朋夜醉其楼。对予唱《贺新郎》词，至'刘郎正是当年少。更那堪、天教赋与，许多才调'之句，笑谓余曰：古曲名今日恰好使得。予因以此意作小词题壁，明日遂行。后二年再访之，壁间醉墨尚存，而人已他适矣。然旧词多有见之者，姑录于此。"则《贺新郎》（瑞气笼清晓）一首似乎也可以纳入此处动态传唱方式讨论范围内。此外，歌妓也可能会以潜在的、静态的方式对辛词传播推波助澜，这主要体现在若干首赠妓词上，如《如梦令》（韵胜仙风缥缈）、《菩萨蛮》（淡黄弓样鞋儿小）、《虞美人》（夜深困倚屏风后）等。

南乡子① 登京口北固亭有怀

辛弃疾

何处望神州。满眼风光北固楼。千古兴亡多少事，悠悠。不尽长江滚滚流。　年少万兜鍪。坐断东南战未休。②天下英雄谁敌手，曹刘。生子当如孙仲谋③。

[注释]

①南乡子：唐教坊曲名。此词有单调、双调。单调者始自欧阳炯词。

双调者始自冯延巳词。《太和正音谱》注越调。　②"年少"二句：孙权十九岁时继兄长孙策之位，为江东之主。兜鍪（móu），头盔。此处代指士兵。陆游《醉歌》："甲第从渠餍梁肉，貂蝉本自出兜鍪。"坐断，占据。刘过《题润州多景楼》："一楼坐断水中央，收拾淮南数千里。"③"生子"句：《三国志·吴书·孙权传》裴松之注引《吴历》，曹操见孙权舟船、器杖、军伍整肃，喟然叹曰："生子当如孙仲谋，刘景升儿子若豚犬耳。"

[评析]

辛弃疾此词作于嘉泰四年（1204）镇江知府任上。上片写词人登楼远眺，虽风光满目，但着重关注的是北方沦陷地区。然后感慨千古兴亡，往事悠悠，皆着眼于现实而发。下片主要是怀念、赞颂孙权。孙权曾以京口为首府，从青年时代起，就统领江东，虽坐镇一隅之地，却能大显身手，痛击北方来犯之敌，战斗不息。比照不战而降的刘琮，难怪连对手曹操都要对孙权肃然起敬了。历史上的孙权"战未休"，与现实中南宋统治者的屈辱求和形成了鲜明的对比，讽喻的意味显而易见。

水调歌头　送章德茂大卿使虏①

陈　亮

不见南师久，谩说北群空。②当场只手，毕竟还我万夫雄。③自笑堂堂汉使，得似洋洋河水，依旧只流东。④且复穹庐拜，会向藁街逢。⑤　尧之都，舜之壤，禹之封。于中应有，一个半个耻臣戎。

万里腥膻如许,千古英灵安在,磅礴几时通。胡运何须问,赫日自当中⑥。

[注释]

①词题中"章德茂",即章森。大卿,唐宋太常、光禄、卫尉、宗正、太仆、大理、鸿胪、司农、太府九寺卿的通称。《宾退录》卷三:"世俗称列寺卿曰大卿,诸监曰大监,所以别于少卿、监。自国初以寺、监寄禄之时已然,相承甚久。" ②"不见"二句:韩愈《送温处士赴河阳军序》:"伯乐一过冀北之野,而马群遂空。夫冀北马多天下,伯乐虽善知马,安能空其群邪?解之者曰:吾所谓空,非无马也,无良马也。" ③"当场"二句:言章只身使虏,却有力敌万夫的勇概。 ④自笑,自喜。《论语·子张》:"曾子曰:'堂堂乎张也,难与并为仁矣。'"何晏集解引郑玄曰:"言子张容仪盛而于仁道薄也。"《诗·卫风·硕人》:"河水洋洋,北流活活。"洋洋,水势浩大貌。 ⑤"且复"二句:穹庐,以形似穹隆得名。西清《黑龙江外记》:"穹庐,国语曰蒙古博,俗读'博'为'包',冬用毡毳,夏用桦皮及苇。"藁街,汉时街名,在长安城南门内,为属国使节馆舍所在地。陆机《饮马长城窟行》:"振旅劳归士,受爵藁街传。"元稹《授牛元翼深冀州节度使制》:"苟获戎首,置之藁街。" ⑥赫日:灿烂的太阳。喻宋朝。韦庄《上春词》:"瞳眬赫日东方来,禁城烟暖蒸青苔。"苏舜钦《吴越大旱》:"二年春及夏,不雨但赫日。"

[评析]

希望以词略陈"平生经济之怀"(叶适《书龙川集后》)的陈亮(1143~1194),所作有极香艳者,如写于妓席之上的《浣溪沙》(小雨翻花落画檐)等。不过,更多的还是表达与抗战复国安民之怀紧密相关的政治军事主张,现实针对性强烈,政治功利性鲜明,议论纵横开阖。如作于淳熙十二年(1185)十一月间的这首《水调歌头》,借送友人使虏之机,宣泄对南宋朝廷惧敌畏敌、妥协投降之对金策略的不满情绪,写出慷慨激昂的爱国情怀,"足以唤醒当时聋聩"(冯煦《蒿庵论词》)。当然,如果与辛弃疾《水龙吟》(楚天千里清秋)对读,则又显见陈词伤于外露,艺术成就逊于稼轩。

念奴娇 登多景楼①

陈 亮

危楼还望②,叹此意、今古几人曾会。鬼设神施,浑认作、天限南疆北界。③一水横陈,连岗三面,做出争雄势。④六朝何事,只成门户私计。⑤　因笑王谢诸人,登高怀远,也学英雄涕。凭却长江管不到,河洛腥膻无际。⑥正好长驱,不须反顾,寻取中流誓。⑦小儿破贼,势成宁问强对。⑧

[注释]

①词题中"多景楼",在今江苏镇江北固山上甘露寺内,据说原址是唐代的临江亭。李德裕《题临江亭》有"多景悬窗牖"之句,楼名盖取于此。南宋初,楼废于兵火。孝宗初,寺僧重修。　②还望:还,同"环"。环顾四周。　③"鬼设"二句:《旧唐书·孟郊传》:"郊为诗鬼设神施。"限,隔。《三国志·蜀书·吴主传》裴松之注引《吴录》:"是冬,魏文帝至广陵,临江观兵,兵有十余万,旌弥数百里,有渡江之志。

权严设固守。时大寒冰,舟不得入江。帝见波涛汹涌,叹曰:'嗟乎!固天所以隔南北也!'遂归。" ④"一水"三句:陈亮《戊申再上孝宗皇帝书》:"京口连冈三面,而大江横陈,江旁极目千里,其势大略如虎之出穴,而非若穴之藏虎也。" ⑤"六朝"二句:陈亮《戊申再上书》:"尝一到京口、建业,登高四望,深识天地设险之意。" ⑥"凭却"二句:凭却,凭据。河洛,概指中原地区。江淹《北伐诏》:"骁雄竞奋,火烈风扫。克定中原,肃清河洛。"腥膻(shān),此处指金人占领的疆土。 ⑦寻:同"燖",重温。《左传·哀公十二年》:"今吾子曰,必寻盟。若可寻也,亦可寒也。"《公羊传·成公三年》:"聘而言盟者,寻旧盟也。" ⑧"小儿"二句:《世说新语·雅量》:"谢公与人围棋,俄而谢玄淮上信至,看书竟,默然无言,徐向局。客问淮上利害,答曰:'小儿辈大破贼。'意色举止,不异于常。"陈亮在《戊申再上书》中曾建议孝宗任命太子赵惇为抚军大将军,主持北伐大计。此处似有以赵惇比谢玄之意。宁问,哪管。强对,强敌。《三国志·吴书·陆逊传》:"刘备天下知名,曹操所惮,今在境界,此强对也。"苏轼《和苏州太守王规父侍太夫人观灯之什余时以刘道原见访滞留京口不及赴此会二首》其二:"安排诗律追强对,蹭蹬归期为恶宾。"

[评析]

淳熙十五年(1188)春,陈亮赴建康、镇江观览山川形势,写出了著名的《戊申再上孝宗皇帝书》,又一次慷慨陈说北伐中原的大计方略。此词即作于此次游镇江时(据夏承焘《龙川词校笺》),与《戊申再上书》互为表里,都能显示出作者豁达的胸襟、超卓的胆识,可以对读。词人用政治战略家的眼光指点江山,审视历史,破除长江乃天限南北的旧说,发表京口可争雄中原的宏论,嗟叹六朝贵族只为门户私计,哂笑南渡士人空效英雄挥泪，进而大声疾呼，鼓吹北伐。作为陈亮以词论议天下大略的典型作品，全篇高屋建瓴，议论风生，豪气纵横，势不可当，充分体现了他以策论为词的创作特色。同属镇江怀古之作，辛弃疾的《永遇乐》顿挫沉郁，是精钢百炼，柔能绕指；而陈亮的这首《念奴娇》淋漓痛快，则如宝剑出匣，寒光逼人。

杨炎正也写过一首《水调歌头·登多景楼》：

> 寒眼乱空阔，客意不胜秋。强呼斗酒发兴，特上最高楼。舒卷江山图画，应答龙鱼悲啸，不暇顾诗愁。风露巧欺客，分冷入衣裘。
>
> 忽醒然，成感慨，望神州。可怜报国无路，空白一分头。都把平生意气，只做如今憔悴，岁晚若为谋。此意仗江月，分付与沙鸥。

为辛弃疾《水调歌头·舟次扬州和人韵》（落日塞尘起）之原唱。同样是表达报国无门、壮志难酬的愤懑之情，意欲模仿稼轩词风，而稍显直露，可以对读。

贺新郎　寄辛幼安和见怀韵

陈　亮

老去凭谁说。看几番、神奇臭腐，夏裘冬葛。①父老长安今余几，后死无仇可雪②。犹未燥、当时生发③。二十五弦多少恨，算世间、那有平分月。胡妇弄，汉宫瑟。④　　树犹如此堪重别。只使君、从来与我，话头多合。行矣置之无足问，谁唤妍皮痴骨。⑤但莫使、伯牙弦绝⑥。九转丹砂牢拾取，管精金、只是寻常铁。龙共虎，应声裂。⑦

[注释]

①"看几番"二句：《庄子·知北游》："臭腐复化为神奇，神奇复化为臭腐。"《淮南子·精神训》："知冬日之葛，夏日之裘，无用于己，则万物之变为尘埃也。" ②后死：谓死在后，常用作生者自谦之词。《论语·子罕》："天之将丧斯文也，后死者不得与于斯文也。"何晏《集解》："文王既没，故孔子自谓后死。"韩愈《祭十二兄文》："维我皇祖，有孙八人。惟兄与我，后死孤存。" ③"犹未燥"句：生发未燥，胎发未干，指婴儿。《宋书·索虏传》："太祖践阼，便有志北略。……先遣殿中将军田奇衔命告焘：'河南旧是宋土，中为彼所侵，今当修复旧境，不关河北。'焘大怒，谓奇曰：'我生头发未燥，便闻河南是我家地，此岂可得河南。必进军，今权当敛戍相避，须冬行地净，河冰合，自更取之。'" ④"胡妇弄"二句：陆游《得韩无咎书寄使虏时宴东都驿中所作小阕》："上源驿中捶画鼓，汉使作客胡作主。"《宋史·钦宗本纪》载，靖康二年（1127）四月，金人掳徽、钦二帝及皇后、太子北归，宫中贵重器物、图书并捆载以去，其中就有"大乐、教坊乐器"一项。 ⑤"行矣"二句：辛弃疾《贺新郎》（把酒长亭说）序有云："既别之明日，余意中殊恋恋，复欲追路。至鹭鹚林，则雪深泥滑，不得前矣。"《晋书·慕容超载记》："超自以诸父在东，恐为姚氏所录，乃阳狂行乞。秦人贱之，惟姚绍见而异焉，劝兴拘以爵位。召见与语，超深自晦匿，兴大鄙之，谓绍曰：'谚云：妍皮不裹痴骨。妄语耳！'由是得去来无禁。" ⑥伯牙弦绝：《吕氏春秋·本味篇》："伯牙善鼓琴，钟子期善听。伯牙鼓琴，志在高山，钟子期曰：'善哉，峨峨兮若泰山。'志在流水，钟子期曰：'善哉，洋洋兮若江河。'伯牙所念，钟子期必得之。子期死，伯牙谓世再无知音，乃破琴绝弦，终身不复鼓。" ⑦"九转"四句：九转，指多次烧炼丹药。龙虎，丹

名,即龙虎丹。应声裂,谓九转丹成,鼎炉爆响,"龙虎"应声而出。古代炼丹术,以为丹成可以点铁成金。后即用以喻理。释道原《景德传灯录》卷一八:"灵丹一粒,点铁成金。至理一言,点凡成圣。"陈亮《又乙巳春书》之二:"九转丹砂,点铁成金,不应学力到后反以银为铁也。"

[评析]

淳熙十五年(1188)冬,陈亮赴今江西铅(yán)山,拜访赋闲家居八年的辛弃疾,共商抗金恢复大计。二人高歌豪饮,极论世事,同游鹅湖,盘桓十日。别后,辛弃疾赋《贺新郎》以见意,序云:

> 陈同父自东阳来过余,留十日,与之同游鹅湖,且会朱晦庵于紫溪,不至,飘然东归。……独饮方村,怅然久之,颇恨挽留之不遂也。夜半,投宿泉湖吴氏四望楼,闻邻笛悲甚,为赋《贺新郎》以见意。又五日,同父书来索词。心所同然者如此,可发千里一笑。

词作回顾送别友人情景,写出别后相思之苦:"把酒长亭说。看渊明、风流酷似,卧龙诸葛。何处飞来林间鹊,蹙踏松梢微雪。要破帽、多添华发。剩水残山无态度,被疏梅、料理成风月。两三雁,也萧瑟。　佳人重约还轻别。怅清江、天寒不渡,水深冰合。路断车轮生四角,此地行人销骨。问谁使、君来愁绝。铸就而今相思错,料当初、费尽人间铁。长夜笛,莫吹裂。"即陈亮此首词题中所谓"见怀韵"。

陈亮得词后,先后和了三首,这是其中的第一首。另两首分别是:《贺新郎·酬辛幼安再用韵见寄》:"离乱从头说。爱吾民、金缯不爱,蔓藤累葛。壮气尽消人脆好,冠盖阴山观雪。亏杀我、一星星发。涕出女吴成倒转,问鲁为齐弱何年月。丘也幸,由之瑟。　斩新换出旗麾别。把当时、一桩大义,拆开收合。据地一呼吾往矣,万里摇肢动骨。这话霸、又成痴绝。天地洪炉谁扇鞴,算于中、安得长坚铁。淝水破,关东裂。"

《贺新郎·怀辛幼安用前韵》:"话杀浑闲说。不成教、齐民也解,为伊为葛。樽酒相逢成二老,却忆去年风雪。新著了、几茎华发。百世寻人犹接踵,叹只今、两地三人月。写旧恨,向谁瑟。　　男儿何用伤离别。况古来、几番际会,风从云合。千里情亲长晤对,妙体本心次骨。卧百尺、高楼斗绝。天下适安耕且老,看买犁卖剑平家铁。壮士泪,肺肝裂。"其中后一首作于次年。

上片旨在议论天下大事,言世事颠倒变化,雪仇复土无望,令人痛愤。下片抒发二人志同道合的深情厚谊,并表示彼此虽已老大,仍要互相鼓励,坚持共同的主张,排除一切障碍,奋斗到底。全篇用典甚多,随手拈来,借以畅抒情怀,加深意蕴。特别是下片结拍处,巧妙安排九转丹砂可点铁成金的传说,使全词戛然而止于两个铿锵有力的三字句,显示出救国大业必能成功的磅礴气势,可谓声情并茂。

沁园春　寄稼轩承旨①

刘　过

斗酒彘肩,风雨渡江,岂不快哉。②被香山居士,约林和靖,与东坡老,驾勒吾回③。坡谓西湖,正如西子,浓抹淡妆临镜台④。二公者,皆掉头不顾,只管衔杯。⑤　　白云天竺飞来。图画里、峥嵘楼阁开。⑥爱东西双涧,纵横水绕,两峰南北,高下云堆。⑦逋曰不然,暗香浮动,争似孤山先探梅。⑧须晴去,访稼轩未晚,且此徘徊。⑨

[注释]

①词题中"承旨",枢密院都承旨的简称。据《宋史》本传,辛弃疾

被授予此官在开禧三年（1207），且未受命即病卒："（九月）己卯召辛弃疾。——侂胄复有用兵意，遂除弃疾枢密院都承旨，疾速赴行在奏事。会弃疾病死乃已。"（《两朝纲目备要》卷一〇）刘过已于前一年去世，不可能预知朝廷此项任命。疑为后人妄加。　②"斗酒"三句：《史记·项羽本纪》："项王按剑而跽曰：'客何为者？'张良曰：'沛公之参乘樊哙者也。'项王曰：'壮士，赐之卮酒。'则与斗卮酒。哙拜谢，起，立而饮之。项王曰：'赐之彘肩。'则与一生彘肩。樊哙覆其盾于地，加彘肩上，拔剑切而啖之。"江，此指钱塘江。《汉书·外戚传》："初，李夫人病笃，上自临候之，夫人蒙被谢曰：'妾久寝疾，形貌毁坏，不可以见帝。愿以王及兄弟为托。'上曰：'夫人病甚，殆将不起，一见我属托王及兄弟，岂不快哉？'"　③驾勒吾回：即"勒吾驾回"，强拉我回去的意思。④浓抹淡妆：苏轼《饮湖上初晴后雨》二首其二："水光潋滟晴方好，山色空蒙雨亦奇。欲把西湖比西子，淡妆浓抹总相宜。"　⑤"皆掉头"二句：掉头不顾，转过头去，不予答理。衔杯，口衔酒杯，谓饮酒。王绩《在京思故园见乡人问》："敛眉俱握手，破涕共衔杯。"李白《广陵赠别》："系马垂杨下，衔杯大道间。"　⑥"白云"二句：白云，白居易说。天竺飞来，西湖西北灵隐山麓灵隐寺前有灵鹫峰，一名飞来峰。相传东晋成帝时，印度高僧慧理见此峰，惊诧道："此乃天竺国灵鹫山之小岭，不知何以飞来？"扬雄《甘泉赋》："闶阆阆其寥廓兮，似紫宫之峥嵘。"颜师古注："峥嵘，深邃也。"　⑦"爱东西"四句：白居易《寄韬光禅师》："东涧水流西涧水，南山云起北山云。"　⑧"遁曰"三句：林逋《山园小梅二首》其一："疏影横斜水清浅，暗香浮动月黄昏。"争似，怎比得上。孤山，在西湖的里湖和外湖之间，一山孤峙湖中，故名。山上广植梅花。《咸淳临安志》卷二三："孤山，在西湖中稍西，一屿耸立，旁无联附，为湖山胜绝处，旧有智果观音院，玛瑙宝胜院，报恩院，广化寺。"白居易《钱塘江春行》:"孤山寺北贾亭西,水面初平云脚低。"
⑨"须晴去"三句:须,等待。《韩非子·外储说左上》:"是以吴起须故人而食,文侯会虞人而猎。"《后汉书·班超传》:"于阗从是而东,长史亦于此西归,可须夜鼓声而发。"徘徊,流连。《汉书·杜钦传》:"仲山父异姓之臣,无亲于宣,就封于齐,犹叹息永怀,宿夜徘徊,不忍远去,况将军之于主上,主上之与将军哉!"曹植《上责躬诗表》:"是以愚臣徘徊于恩泽,而不敢自弃者也。"

[评析]

据岳珂《桯史》卷二:"嘉泰癸亥岁,改之在中都时,辛稼轩弃疾帅越,闻其名,遣介招之,适以事不及行,书归辂者,因效辛体作《沁园春》一词并缄往,下笔便逼真。"知刘过(1154~1206)此词为推迟行期而作,约在嘉泰三年、四年(1203~1204)间,属于"有意效稼轩体"(刘熙载《艺概》卷四)的成功的雅谑之作。全篇构思极为新颖奇妙,既打破时空界限,让三位时代不同但都与杭州有着密切关系的著名文人起死回生,演出了一场挽留作者的喜剧;又匠心独运地檃栝他们诗作中与杭州景物相关的佳句,编排出一段相互争执该先游杭州哪处名胜的精彩对白。

刘过终老江湖,"多谒客气"(方回《滕文秀诗集序》),能以词展现出南宋中后期江湖游士这一特殊文士群体的风度、命运和心态。其词中抒情主人公,虽以天才自许:"人间世,算谪仙去后,谁是天才"(《沁园春》),然"四举无成,十年不调"(《沁园春·卢蒲江席上时有新第宗室》),于是"坐则高谈风月,醉则恣眠芳草"(《水调歌头·晚春》),或自卑自惭:"笑书生无用,富贵拙身谋"(《六州歌头》),或肆意挥霍:"白璧追欢,黄金买笑"(《念奴娇·留别辛稼轩》),或自叹自怜:"多病刘郎瘦。最伤心、天寒岁晚，客他乡久"（《贺新郎·赠邻人朱唐卿》），在特殊的生存状态中散发出独特的生命情调。

沁园春　张路分秋阅①

刘　过

万马不嘶，一声寒角，令行柳营②。见秋原如掌，枪刀突出，星驰铁骑③，阵势纵横。人在油幢，戎韬总制，羽扇从容裘带轻。④君知否，是山西将种，曾系诗盟。⑤　　龙蛇纸上飞腾。看落笔四筵风雨惊⑥。便尘沙出塞，封侯万里，印金如斗⑦，未惬平生。拂拭腰间，吹毛剑在，⑧不斩楼兰心不平。归来晚，听随军鼓吹，已带边声。

[注释]

①词题中"张路分"，张姓路分部监，其职为掌管一路军务。秋阅，秋季阅兵。　②柳营：即细柳营，西汉名将周亚夫驻军所在（在今陕西咸阳西南）。据《史记·绛侯周勃世家》，亚夫以其治军严整，深为文帝赏识。后以柳营指军营，亦暗含称誉将帅之意。王维《观猎》："忽过新丰市，还归细柳营。"　③星驰：如流星飞奔。潘岳《世祖武皇帝诔》："羽檄星驰，钲鼓日戒。"杜光庭《皇太子宴诸将祈晴感应灵宝斋词》："万马星驰，戈甲曜晶荧之色。"　④"人在"三句：油幢，谓油幕军帐。柳宗元《谢襄阳李夷简尚书委曲抚问启》："凡海内奔走之士，思欲修容于辕门之外，蹑履于油幢之前，譬之涉蓬瀛，登昆阆，不可得而进也。"

戎韬，军事谋略。庾信《哀江南赋》："侍戎韬于武帐，听雅曲于文弦。"裘带轻，即轻裘缓带，形容将帅闲适从容之态。《晋书·羊祜传》："祜在军常轻裘缓带，身不披甲。" ⑤"是山西"二句：秦汉时以崤山以东为山东，崤山以西为山西。山西将种，颂友人为将门之子。《汉书·赵充国传赞》："秦汉已来，山东出相，山西出将。"曾系诗盟，谓友人亦诗社中人。 ⑥"看落笔"句：杜甫《寄李十二白二十韵》："笔落惊风雨，诗成泣鬼神。"又《饮中八仙歌》："焦遂五斗方卓然，高谈雄辩惊四筵。" ⑦印金如斗：即金印如斗大。《世说新语·尤悔》："王大将军起事，丞相兄弟诣阙谢，周侯深忧。诸王始入，甚有忧色，丞相呼周侯曰：'百口委卿。'周直过不应，既入，苦相存救。既释，周大说，饮酒。及出，诸王故在门，周曰：'明年杀诸贼奴，当取金印如斗大，系肘后。'" ⑧"拂拭"二句：卢纶《难绾刀子歌》："吹毛可试不可触，似有虫搜阙裂文。"

[评析]

刘过此词为应邀观阅兵而作，借以陈恢复之计。上片主要写阅兵场景，旨在盛赞号令严明，演习威武雄壮，以及友人从容指挥的儒雅风度。下片讴歌友人心志：文才武略不为万里觅侯，唯愿驱敌复国。全篇章法严谨灵动，起笔精警突兀，转换处不脱不粘，结拍回应开头，总收阅兵、伐边二意，又宕出远神。由外而内描绘爱国儒帅的形象，既有具体的典型细节描写，又用形象化的概括，笔墨雄健飞动，栩栩如生。这种题材在宋词中并不多见。

六州歌头 题岳鄂王庙①

刘　过

中兴诸将,谁是万人英。身草莽,人虽死,气填膺。尚如生。年少起河朔,弓两石②,剑三尺,定襄汉,开虢洛,洗洞庭。北望帝京。狡兔依然在,良犬先烹。③过旧时营垒,荆鄂有遗民。忆故将军。泪如倾。　　说当年事,知恨苦,不奉诏,伪耶真。臣有罪,陛下圣,可鉴临④。一片心。万古分茅土⑤,终不到,旧奸臣。人世夜,白日照,忽开明。衮佩冕圭百拜,九泉下、荣感君恩⑥。看年年三月,满地野花春。卤簿迎神⑦。

[注释]

①词题中"岳鄂王庙",在今杭州西湖边。　②弓两石:开两石之弓。《宋史·岳飞传》:"生有神力,未冠,挽弓三百斤,弩八石。"　③"狡兔"二句:《韩非子·内储说下》:"狡兔尽则良犬烹,敌国灭则谋臣亡。"④鉴临:审察。韩愈《论佛骨表》:"佛如有灵,能作祸祟,凡有殃咎,宜加臣身,上天鉴临,臣不怨悔,无任感激恳悃之至。"　⑤分茅土:古代君主分封王侯的仪式。用茅草包社坛某方之土授受封者,以示其为某方王侯。李陵《答苏武书》:"陵谓足下当享茅土之荐,受千乘之赏。"李善注:"《尚书纬》曰:'天子社,东方青,南方赤,西方白,北方黑,上冒以黄土。将封诸侯,各取方土,苴以白茅,以为社。'"　⑥九泉:犹黄泉。阮瑀《七哀》:"冥冥九泉室,漫漫长夜台。"崔珏《哭李商隐》:

"九泉莫叹三光隔,又送文星入夜台。" ⑦卤簿:本为帝王驾出时仪仗。蔡邕《独断》:"天子出,车驾次第,谓之卤簿。"《汉官仪》:"天子出,车驾次第谓之卤;兵卫以甲盾居外为前导,皆谓之簿,故曰卤簿。"汉以后,后妃、太子和大臣出行时皆有。

[评析]

　　刘过当作于嘉泰四年(1204)的这首《六州歌头》,凭吊南宋抗金名将岳飞,既淋漓尽致地叙写了岳飞的生平事迹,又把自己的幽怨之怀写得异常明透。如上片中"狡兔"二句,是无限痛惜壮志未酬身先死的英雄,更是强烈控诉加害无辜忠良将的权奸。古人曾以"狡兔死,良犬烹"比喻国君的寡恩少情,然而现在"狡兔依然在",就"良犬先烹",岂不更加可愤可恨!这种加一倍的写法,进一步表现了词人对英雄遇害的不平之气和对权奸误国的愤慨之情。下片即承"良犬先烹"而来。在词人看来,最令人痛恨的还是权奸巨佞,所以他写出了"万古"三句。秦桧死于岳飞被害后十三年,后赠申王,谥忠献;在岳飞封鄂王之后一年多,追夺王爵,改谥谬丑。显然,这几句既是有力鞭挞"骨朽人间骂未销"(刘子翚《汴京纪事二十首》其七)的秦桧,更主要的恐怕是严厉警告活着的投降派。全篇围绕凭吊之旨,一气贯注,浑然而紧凑。前笼悲愤之气,后露明朗之色,说明词人不光为英雄一哭,更是为了寄希望于宁宗皇帝,激励长期受到压抑的主战派将领抗敌御侮的决心,实现社稷一统的夙愿。

水调歌头 题剑阁

崔与之

万里云间戍,立马剑门关①。乱山极目无际,直北是长安。②人苦百年涂炭,鬼哭三边锋镝,③天道久应还。手写留屯奏,炯炯寸心丹④。　对青灯,搔白发,漏声残。老来勋业未就,妨却一身闲。梅岭绿阴青子,蒲涧清泉白石,⑤怪我旧盟寒。烽火平安夜,归梦到家山。⑥

[注释]

①剑门关:南宋属利州东路隆庆府(今四川剑阁)。在大剑山、小剑山之间,隘路如门,故名。　②"乱山"二句:极目,纵目。王粲《登楼赋》:"平原远而极目兮,蔽荆山之高岑。"直北,正北。《史记·封禅书》:"汉文帝出长安门,若见五人于道北,遂因其直北立五帝坛,祠以五牢具。"杜甫《小寒食舟中作》:"云白山青万余里,愁看直北是长安。"
③"人苦"二句:《孟子·公孙丑上》:"立于恶人之朝,与恶人言,如以朝衣朝冠坐于涂炭。"《韩诗外传》卷一:"廉洁直方,疾乱不治,恶邪不匡;虽居乡里,若坐涂炭。"《史记·秦楚之际月表》:"堕坏名城,销锋镝,锄豪桀,维万世之安。"张说《赠凉州都督上柱国太原郡开国公郭君碑奉敕撰》:"命公统陇右之骑,济河曲之师,锋镝争先,玉石俱碎。"
④炯炯:犹耿耿。杜甫《逼仄行赠毕曜》:"徒步翻愁长官怒,此心炯炯君应识。"　⑤"梅岭"二句:梅岭,即大庾岭,在今江西、广东交界

处。古时岭上多梅,故称。蒲涧,蒲涧濂泉,在白云山南。相传秦方士安期生曾采涧中菖蒲服食成仙。 ⑥"烽火"二句:《宋史·崔与之传》:与之加固边防,"凡关外林木厚加封殖,以防金人突至。隔第关、盘车岭皆极边,号天险,因厚闾探者赏,使觇之,动息悉知,边防益密"。金人自是不敢窥兴元。

[评析]

崔与之(1158~1239)此词上片写决心抗敌守边、报效国家的一片丹心,下片抒发老来功业未就的感慨。全篇笔力老健,感情深挚,风格豪放雄浑,属于辛弃疾一派。他种文献所录,颇有异文。如《中兴以来绝妙词选》卷七、《词综》卷一四所录均无词题;《御选历代诗余》卷五八所录无词题,上片第五句作"莫苦当年涂炭",第六句作"渐靖远疆锋镝";温汝能纂辑《粤东诗海》卷五引《广东诗粹》所录上片第四句作"西北是长安",第六句作"鬼泣三边锋镝",下片第六、第七两句倒置;《艺蘅馆词选》丙卷词题作"帅蜀作",下片第六、第七两句倒置,结句作"归梦绕家山"。这些异文,都无碍于对整首词作主旨的理解和把握。李昂英《文溪集》卷四《题菊坡〈水调歌头〉后》即云:"清献崔公剑阁赋长短句,卷卷爱君爱国,遑恤身计,此意类《出师表》。……好事者揭此词山中,惜非公手迹,某敬以所藏本授横浦校官赖君栋使刻之。"潘飞声《论粤东词绝句》亦云:"老来勋业畏投闲,极目边愁写乱山。自有激昂雄直气,高歌立马剑门关。"

辛派播散史,特别是一向不被注意的南传史,虽然不能像"苏学北行"那样,在更广阔的范围内牵涉国内文化版图重构,尤其是中原文化的北移与变革出新,其实也是一个颇有意味的话题。其中,粤东是"辛派南传"指向中需要给予特别关注的一个点。如堪称当时将相重臣中学习稼轩体代表性人物的崔与之,所作此首《水调歌头》的出现,标志着岭南雅健词风正式形成。再往后,浙、常二派先后入主南粤词坛,"辛派南传"作为阳羡词风的余响之一汇入其中,成为粤东词统重要的受容成分。

酹江月　石头城①

杜　筠

江山如此,是天开万古,东南王气。②一自髯孙横短策,坐使英雄鹊起。③玉树声消,金莲影散④,多少伤心事。千年辽鹤,并疑城郭非是。⑤　当日万驷云屯⑥,潮生潮落处,石头孤峙。人笑褚渊今齿冷,只有袁公不死。⑦斜日荒烟⑧,神州何在,欲堕新亭泪。元龙老矣,世间何限余子。⑨

[注释]

①词题"石头城",旧址在今江苏南京清凉山。　②"是天开"二句:杜甫《戏为六绝句》其二:"尔曹身与名俱灭,不废江河万古流。"王气,帝王兴盛的瑞气。今之江苏南京,楚威王尝埋金于钟山,以镇其王气,故称金陵。秦始皇为泄其王气,凿钟阜,改名秣陵。许浑《金陵怀古》:"玉树歌残王气终,景阳兵合戍楼空。"　③"一自"二句:髯孙,孙权。策,马鞭。《左传·襄公十七年》:"左师为己短策,苟过华臣之门,必骋。"孔颖达疏:"助御者击马而驰,恶之甚也。必为短策者,私助御者,不欲使人知也。"坐,因。杜牧《山行》:"停车坐爱枫林晚,霜

叶红于二月花。"《太平御览》卷九二一引《庄子》："鹊上高城之绝，而巢于高树之颠。城坏巢折，陵风而起。故君子之居世也，得时则蚁行，失时则鹊起也。"《晋书·孙惠传》："今时至运集，天与神助，复不能鹊起于庆命之会，拔剑于时哉之机，恐流滥之祸不在一人。"　④"金莲"句：《南史·齐东昏侯纪》："又凿金为莲花以帖地，令潘妃行其上，曰：'此步步生莲花也。'涂壁皆以麝香，锦幔珠帘，穷极绮丽。"　⑤"千年"二句：《搜神后记》卷一："丁令威，本辽东人，学道于灵虚山。后化鹤归辽，集城门华表柱。时有少年，举弓欲射之。鹤乃飞，徘徊空中而言曰：'有鸟有鸟丁令威，去家千年今始归。城郭如故人民非，何不学仙冢累累。'遂高上冲天。"　⑥"当日"句：《玉篇》："驷，四马一乘也。"《战国策·齐策四》："齐王闻之，君臣恐惧。遣太傅赍黄金千斤，文车二驷，服剑一。封书谢孟尝君。"云屯，如云之聚集。形容盛多。《后汉书·袁绍刘表传赞》："鱼俪汉舳，云屯冀马。"《晋书·慕容晞载记》："此则郁概待时之雄，抱志未申之杰，必岳峙灞上，云屯陇下。"　⑦"人笑"二句：褚渊、袁粲为南朝刘宋的顾命大臣。萧道成篡位建立南齐时，褚渊失节苟活，袁粲在石头城守节殉难。《南齐书·乐颐传》："隆昌末，预谓丹阳尹徐孝嗣曰：'外传藉藉，似有伊周之事，君蒙武帝殊常之恩，荷托付之重，恐不得同人此事。人笑褚公，至今齿冷。'"《南史·褚渊传》："世颇以名节讥之，于时百姓语曰：'可怜石头城，宁为袁粲死，不作彦回生。'"齿冷，耻笑。司空图《南北史感遇十首》其二："江南不有名儒相，齿冷中原笑未休。"　⑧荒烟：指荒凉处。陈子昂《晚次乐乡县》："野戍荒烟断，深山古木平。"欧阳修《祭石曼卿文》："奈何荒烟野蔓，荆棘纵横，风凄露下，走磷飞萤。"　⑨"元龙"二句：《三国志·魏书·陈矫传》："（陈）登曰：'夫闺门雍穆，有德有行，吾敬陈元方兄弟；渊清玉洁，有礼有法，吾敬华子鱼；清修疾恶，有识有义，吾敬赵元达；博闻强记，奇逸卓荦，吾敬孔文举；雄姿杰出，有王霸之略，吾敬刘玄德：所敬如此，何骄之有！余子琐琐，亦焉足录哉？'"

[评析]

  杜旟（生卒年不详）此词起句总揽全局，点明金陵地位。以下追怀与金陵有关的历史人物与史事，寄寓感慨。"英雄鹊起"，形容三国才人争胜。玉树金莲，慨叹陈、齐宴乐亡国。"伤心事"一顿，过渡到伤今。"城郭非是"，道出江山易主，景象全非之感。过片荡开笔势，再写江山形胜与开端呼应，且以往日军力盛况反衬，"万驷云屯"四字颇具气势。笑褚赞袁，评判人物，爱憎分明。"斜日荒烟"三句，折转到伤今，以景会情。收拍借古喻今，愤世疾俗，对庸碌官僚痛下针砭。全篇紧切金陵，指点江山，纵论史事，吊古伤今；又融化事典，善于捕捉形象，以少总多，在金陵怀古词中堪称佳构。

沁园春　梦孚若①

刘克庄

  何处相逢，登宝钗楼②，访铜雀台。唤厨人斫就，东溟鲸脍，圉人呈罢，西极龙媒。③天下英雄，使君与操，④余子谁堪共酒杯。车千两，载燕南赵北⑤，剑客奇才。　　饮酣画鼓如雷。谁信被晨鸡轻唤回。⑥叹年光过尽⑦，功名未立，书生老去，机会方来。使李将军，遇高皇帝，⑧万户侯何足道哉。披衣起，但凄凉感旧，慷慨生哀。

[注释]

①词题中"孚若",方信孺字孚若,兴化军人。著有《南海百咏》等。 ②宝钗楼:故址在今陕西咸阳,汉武帝时所建,宋代为著名的酒楼。 ③"唤厨人"四句:《战国策·燕策一》:"与代王饮,而阴告厨人曰:'即酒酣乐,进热歠,即因反斗击之。'"杜甫《移居公安山馆》:"山鬼吹灯灭,厨人语夜阑。"斫(zhuó),用刀、斧等砍劈。鲸脍,细切的鲸鱼片。《说文》:"脍,细切肉也。"《周礼·夏官·圉(yǔ)人》:"圉人掌养马刍牧之事。"西极,指西方极远之处。屈原《离骚》:"朝发轫于天津兮,夕余至于西极。"《汉书·礼乐志》:"天马徕,龙之媒。"颜师古注引应劭曰:"言天马者乃神龙之类,今天马已来,此龙必至之效也。"后因以龙媒称骏马。 ④"天下"二句:《三国志·蜀书·先主传》:"是时曹公从容谓先主曰:'今天下英雄,唯使君与操耳,本初之徒,不足数也。'" ⑤燕南赵北:《后汉书·公孙瓒传》:"燕南垂,赵北际。中央不合大如砺,唯有此中可避世。"韩愈《送董邵南序》:"燕赵古称多感慨悲歌之士。" ⑥"饮酬"二句:画鼓,唐宋时歌舞乐、军乐中的一种常用乐器。白居易《柘枝妓》:"平铺一合锦筵开,连击三声画鼓催。"陆游《日出入行》:"高楼锦绣中天开,乐作画鼓如春雷。"晨鸡,报晓之雄鸡。阮籍《咏怀八十二首》其十四:"晨鸡鸣高树,命驾起旋归。" ⑦年光:年华。徐陵《答李颙之书》:"年光遒尽,触目崩心,扶心含毫,诸不申具。" ⑧"使李将军"二句:李将军,李广。高皇帝,汉高祖刘邦。

[评析]

刘克庄(1187~1269)词风大抵雄肆疏放。如这首《沁园春》,借写使金媾和友人的威武不屈，表达怀才不遇、报国无门的愤懑情怀。上片描写梦境，用浪漫主义和夸张的手法，叙述梦中与故人畅游中原名胜古迹，结交天下英雄豪杰，表现出有我无敌的豪迈气概。下片转写梦醒后的悲凉心情，慨叹生不逢时，岁月虚度，功业未建，抚今思昔，不觉慷慨生哀。前后对比鲜明，虚实相映，感情深沉强烈。

刘克庄是辛派后劲中成就最大的词人，冯煦甚至认为："后村词与放翁、稼轩犹鼎三足。"（《蒿庵论词》）所作以迫在眉睫的危殆国势为念，比辛弃疾更为急切。刘克庄因此而在表现社会生活的广度上，较之辛词也有所拓展。如《贺新郎·送陈真州子华》之写联络北方义兵，《满江红·送宋惠父入江西幕》之写峒民起义，《鹊桥仙·乡守赵丞相生日》之写封桩库规例与"补纳"制度，是之前几乎没有人关注过的题材。其中所包含的理解和同情，显示出作者的"宅心忠厚"（冯煦《宋六十一家词选例言》），都不同程度地提升了词的思想境界。不过，后村词有时驰骋太过，失于粗率，也是一弊。

玉楼春　戏林推①

刘克庄

年年跃马长安市②。客舍似家家似寄。青钱换酒日无何，红烛呼卢宵不寐。③　易挑锦妇机中字。难得玉人心下事。④男儿西北有神州，莫滴水西桥畔泪。⑤

[注释]

①玉楼春：《花间集》顾敻词起句有"月照玉楼春漏促"句，又有

"柳映玉楼春日晚"句;《尊前集》欧阳炯词起句有"春早玉楼烟雨夜"句,又有"日照玉楼花似锦,楼上醉和春色寝"句,取为调名。李煜词名《惜春容》。朱敦儒词名《西湖曲》。康与之词名《玉楼春令》。《高丽史·乐志》词名《归朝欢令》。《尊前集》注大石调,又双调;柳永《乐章集》注大石调,又林钟商,皆李煜词体也。《乐章集》又有仙吕调词,与各家平仄不同。又,木兰花,即《木兰花令》,唐教坊曲名。《太和正音谱》注高平调。按,《花间集》载《木兰花》、《玉楼春》两调,其七字八句者为《玉楼春》体,《木兰花》则韦庄、毛熙震、魏承班词共三体,从无与《玉楼春》同者。《钦定词谱》卷一一谓,自《尊前集》误刻以后,宋词相沿,率多混填。又,词题,《中兴以来绝妙词选》卷七作"戏呈林节推乡兄"。节推,节度推官的简称。钱仲联《后村词笺注》谓此人可能是林元质的长子林宗焕。　②跃马:指科举应试。《史记·蔡泽列传》:"唐举曰:'先生之寿,从今以往者四十三岁。'蔡泽笑谢而去,谓其御者曰:'吾持粱刺齿肥,跃马疾驱,怀黄金之印,结紫绶于要,揖让人主之前,食肉富贵,四十三年足矣。'"陈子昂《赠严仓曹乞推命录》:"愿奉唐生诀,将知跃马年。"王维《赠从弟司库员外絿》:"徒闻跃马年,苦无出人智。"　③"青钱"二句:青钱,青铜钱,成色好的钱。杜甫《逼仄行赠毕曜》:"速宜相就饮一斗,恰有三百青铜钱。"《汉书·袁盎传》:"南方卑湿,丝能日饮,亡何,说王毋反而已。"颜师古注:"亡何,言更无余事。"呼卢,古代博戏的一种。削木为杏仁形之子,共五个,涂为黑白两面,五子俱黑即为"卢",得头彩,故掷子时皆大喊,名"呼卢"。《晋书·刘毅传》:"后在东府聚,樗蒲大掷,一判至数百万……毅次掷得雉,大喜,褰衣绕床叫。谓同坐曰:'非不得卢,不事此耳。'裕恶之,因接五木久之,曰:'老兄试为卿答。'既而四子皆黑,其一子转跃未定。裕喝之,即成'卢'焉。"晏几道《浣溪沙》:"门外绿杨春系马,床前红烛夜呼卢。" ④"易挑"二句:挑,织锦刺绣的一种技法,用针挑起锦缎上的经线或纬线,将针上的丝线从底下穿过去,从而绣织出精细的汉字或花纹。锦妇,此处指林妻。《晋书·窦滔妻苏氏传》:"滔,苻坚时为秦州刺史,被徙流沙。苏氏思之,织锦为回文旋图诗以赠滔。宛转循环以读之,词甚凄婉。"玉人,容色如玉的美人。韦庄《秋霁晚景》:"玉人襟袖薄,斜凭翠阑干。"谢逸《南歌子》:"画楼朱户玉人家。帘外一眉新月、浸梨花。" ⑤"男儿"二句:辛弃疾《贺新郎》:"我最怜君中宵舞,道男儿、到死心如铁。"又《水调歌头》:"贱子亲再拜,西北有神州。"水西桥,或在水西关一带,为当时妓女聚居处。《梦梁录》卷七:"杭城号武林,又曰钱塘,次称胥山。隋朝特创立此郡城,仅三十六里九十步,后武肃钱王发民丁与十三寨军卒增筑罗城,周围七十里许,有南城山,称为龙山;东城门号为南土北土保德;北城门名北关,今在余杭门外,人家门首有青石墩是也;西城门曰水西关,在雷峰塔前。"

[评析]

刘克庄此词,是为规讽意气飞扬而行为放荡的林姓友人而写的一篇佳作。上片极力描写林的浪漫和豪迈,表面上赞赏,实际上是惋惜。下片和盘托出对林的规箴,辞谐而意甚庄,正刘熙载所谓"旨正而语有致"(《艺概》卷四)。末二语尤见壮心,"足以使懦夫有立志"(陈廷焯《白雨斋词话》卷六)。可见,这首《玉楼春》的情感格调非常之高。词中表现出一种高翔远骛的气概和爱国忧时的精神,又极其鄙薄醉生梦死的腐朽生活,因而具有惊顽起懦的价值。气劲辞婉,中刚外柔,是本篇在艺术风格上的特色。作者对朋友的荒于游乐是非常惋惜的,甚至颇有点愠怒,但言语表达上却十分微婉。心中激昂慷慨,笔下温厚和平,摧刚为柔到了炉火纯青的地步。章法结构亦甚精巧,上、下片分别写人、致意,既各有侧重,又相得益彰。开篇即托出一个裘马轻狂的人物形象,可谓蓦然而起。接着用换酒、呼卢两个细节渲染其放纵情态,可谓顺理而入。过片看似另言他事,实则暗承开篇二语,可谓藕断丝连。歇拍忽发高响,注入无限感慨,包含无限希望,又似画龙点睛,使全词更加富有生气。

刘克庄另有一首同题《菩萨蛮》:

小鬟解事高烧烛。群花围绕樗蒲局。道是五陵儿。风骚满肚皮。

玉鞭鞭玉马。戏走章台下。笑杀灞桥翁。骑驴风雪中。

也写林节推的狎妓纵博生活,但明显不属于稼轩体,都可以与上录之作互参。

水调歌头　平山堂用东坡韵[①]

方　岳

秋雨一何碧,山色倚晴空[②]。江南江北愁思,分付酒螺红[③]。芦叶蓬舟千里,菰菜莼羹一梦,无语寄归鸿。醉眼渺河洛,遗恨夕阳中。　蘋洲外[④],山欲暝,剑眉峰。人间俯仰陈迹,叹息两仙翁。不见当时杨柳,只是从前烟雨,磨灭几英雄。[⑤]天地一孤啸,匹马又西风。

[注释]

①词题中"平山堂",在扬州西北的蜀岗上,为欧阳修庆历八年(1048)所建,"壮丽为淮南第一"(《避暑录话》卷一)。登堂遥望,江南金、焦、北固诸山尽在眼前,视与堂平,故名"平山"。　②"山色"

句：欧阳修《朝中措》："平山栏槛倚晴空，山色有无中。" ③酒螺红：红螺酒杯。 ④蘋洲：江中长满白蘋的小洲。温庭筠《梦江南》："斜晖脉脉水悠悠。肠断白蘋洲。" ⑤"不见"三句：欧阳修《朝中措》："手种堂前杨柳，别来几度春风。"杜甫《秋日寄题郑监湖上亭三首》其一："磨灭余篇翰，平生一钓舟。"仇兆鳌注："此诗'磨灭'，犹云岁月销磨。"梅尧臣《观杨之美盘车图》："子虔与贤皆妙笔，观玩磨灭穷岁年。"

[评析]

方岳（1199~1262）此词从登平山堂所见景物写起，转入抒情、议论，除了怀念欧、苏两位"文章太守"外，还抒发了归梦难成的愁思和河洛未复的遗恨，思想内容较为丰富。词法大开大阖。上片从山色写到身世、家国之悲，在横的方向上驰骋诗思，放得很开。换头又回到山色，使描写对象与篇首复合；再从纵的方向驰骋诗思，怀念欧、苏二公，再一次放开。最后以匹马西风作结，留下了词人踽踽独行的形象，久久萦人脑际，艺术感染力比较强。陈廷焯于此词有评："慷慨发越，终病浅显。"（《白雨斋词话》卷二）

词题中所谓"东坡韵"，是指苏轼《水调歌头·黄州快哉亭赠张偓佺》：

落日绣帘卷，亭下水连空。知君为我新作，窗户湿青红。长记平山堂上，欹枕江南烟雨，渺渺没孤鸿。认得醉翁语，山色有无中。

一千顷，都镜净，倒碧峰。忽然浪起，掀舞一叶白头翁。堪笑兰台公子，未解庄生天籁，刚道有雌雄。一点浩然气，千里快哉风。

劝慰同样贬到黄州的张偓佺，兼以自勉。

沁园春　丁酉岁感事

陈人杰

谁使神州,百年陆沉,青毡未还。①怅晨星残月,北州豪杰,西风斜日,东帝江山②。刘表坐谈,深源轻进,机会失之弹指间。③伤心事,是年年冰合,在在风寒④。　　说和说战都难。算未必江沱堪宴安⑤。叹封侯心在,鳣鲸失水,平戎策就,虎豹当关。⑥渠自无谋,事犹可做,更剔残灯抽剑看。麒麟阁,岂中兴人物,不画儒冠。⑦

[注释]

①"谁使"三句:《晋书·桓温传》:"温自江陵北伐……过淮、泗,践北境,与诸僚属登平乘楼眺瞩中原,慨然曰:'遂使神州陆沉,百年丘墟,王夷甫诸人不得不任其责。'"青毡,指家中旧物或家传世业。《晋书·王献之传》:"夜卧斋中,而有偷人入其室,盗物都尽。献之徐曰:'偷儿,青毡我家旧物,可特置之。'群偷惊走。"　②东帝江山:东帝,战国时齐湣王称东帝,自恃国力,不审时势,后被燕将乐毅攻破临淄,于出奔途中被杀。此处指偏安一隅的南宋政权。　③"刘表"三句:三国时曹操攻柳城,刘表不听刘备袭击许昌之劝,坐失良机。《三国志·魏书·郭嘉传》载其评价刘表:"坐谈客耳。"东晋殷浩字渊源,唐人避高祖讳改为深源。殷浩曾兵发前秦,意图乘其内乱之机收复中原,不料先锋倒戈,最后仓皇弃军逃归。　④在在:处处。杨万里《明发南屏》:

"新晴在在野花香,过雨迢迢沙路长。" ⑤"算未必"句:江沱,长江及其大小支流(一说沱江,在今四川境内),代指江南一带。《诗·召南·江有汜》:"江有沱,之子归,不我过。不我过,其啸也歌。"宴安,安逸享乐。《左传·闵公元年》:"宴安鸩毒,不可怀也。" ⑥"叹封侯"四句:鳣(zhān),一种大鱼。贾谊《吊屈原赋》:"彼寻常之污渎兮,岂能容吞舟之鱼?横江湖之鳣鲸兮,固将制于蝼蚁。"《楚辞·招魂》:"虎豹九关,啄害下人些。" ⑦"麒麟阁"三句:《汉书·苏武传》:"甘露三年,单于始入朝。上思股肱之美,乃图画其人于麒麟阁,法其形貌,署其官爵姓名……皆有功德,知名当世,是以表而扬之,明著中兴辅佐,列于方叔、召虎、仲山甫焉。凡十一人,皆有传。"这十一个人是:霍光、张安世、韩增、赵充国、魏相、丙吉、杜延年、刘德、梁丘贺、萧望之、苏武。

[评析]

陈人杰(1218?~1243)存词三十一首,全部调寄《沁园春》。这种"从一而终"的用调方式,在宋代词史上似为绝无仅有。这首"胆大心雄"(陈廷焯《词则·放歌集》卷二)之作写的是丁酉岁(1237)感事。此前三年,宋与元联合灭金后,仓卒北进,致"授人以柄",却又首鼠于战和两端,甚有"问南北战争都不知"者。词作一方面尖锐批判当朝者一贯失策,致使志士无为,国势日倾,另一方面仍大声呐喊,希望"扶起仲谋,唤回玄德",勉力而图。

《沁园春》一调长于铺叙,陈人杰在选调上如此集中,或许与他的类似的表现对象不无关系。声情酣畅淋漓的《沁园春》,在句式上的要求是有领字和特殊对仗。此词上、下片分别以"怅"、"叹"字领起,以下七句一气直贯。这种句法,用于议论便有滔滔不绝之势,用于抒情也足增悠悠难尽之致。对仗的特殊性，则体现在这七句中除最后一个散句外，其余六句都要求对仗，并且前四句在多数情况下还要求用扇对（隔句对）。这样的写法，用在这首词的上片中，来论说南北形势、战和失算，恰好可以形成对照，极有助于表达两难的困境，再用散句"机会失之弹指间"一结，怅恨遗憾之情弥觉深沉厚重。

六州歌头

刘辰翁

乙亥二月，贾平章似道督师至太平州鲁港，未见敌，鸣锣而溃。后半月闻报，赋此。①

向来人道，真个胜周公②。燕然渺。浯溪小。万世功。再建隆。③十五年宇宙，宫中赝，堂中伴④。翻虎鼠，搏鹨雀，覆蛇龙。⑤鹤发庞眉，憔悴空山久，来上东封。⑥便一朝符瑞，四十万人同。⑦说甚东风。怕西风。都人窃议者称西头。　甚边尘起，渔阳惨。霓裳断。广寒宫。青楼杳。都城籍妓隶歌舞，无敢犯。朱门悄。镜湖空。里湖通。葛岭瞰里湖，无敢过。⑧大纛高牙去，人不见，港重重。斜阳外，芳草碧，落花红。抛尽黄金无计，方知道、前此和戎。但千年传说，夜半一声铜。何面江东⑨。

[注释]

①词序中"平章"，平章军国重事的简称。鲁港，在芜湖西南不远处

的长江南涯,属太平州(今安徽当涂)。 ②周公:周武王之弟姬旦,因封地在周(今陕西岐山东北),故称。此处指称贾似道。陈合《宝鼎现》:"好一部、太平六典,一一周公手做。"郭居安《声声慢》:"千千岁,比周公、多个彩衣。" ③"浯(wú)溪小"三句:浯溪,在今湖南祁阳西南,北流汇入湘江。溪畔石崖上有摩崖石刻《大唐中兴颂》,歌颂唐王朝平定"安史之乱"。 ④伴:伴食。《旧唐书·卢怀慎传》:"怀慎与紫微令姚崇对掌枢密,怀慎自以为吏道不及崇,每事皆推让之,时人谓之'伴食宰相'。" ⑤"翻虎鼠"三句:李白《远别离》:"君失臣兮龙为鱼,权归臣兮鼠为虎。"鹯(zhān)雀,一种猛禽。喻忠勇者诛戮奸恶。《左传·文公十八年》:"见无礼于其君者,诛之,如鹰鹯之逐鸟雀也。"《史记·外戚世家》:"蛇化为龙,不变其文。家化为国,不变其姓。" ⑥"鹤发"三句:鹤发庞眉,眉发花白。陈合《宝鼎现》:"尽庞眉鹤发,天上千秋难老。"上东封,上书建议东封。古代帝王为标榜太平盛世,每每东封泰山,即赴泰山筑坛祭天。南宋时,泰山已不在本朝境内,这里只是用典,代指类似性质的活动。 ⑦"便一朝"二句:符瑞,吉兆。多指帝王受命的征兆。《管子·水地》:"是以人主贵之,藏以为宝,剖以为符瑞。"司马相如《封禅文》:"符瑞臻兹,犹以为德薄,不敢道封禅。"《汉书·王莽传》载,西汉末年,王莽摄政时,伪造各种符瑞,吏民上书为其歌功颂德者有四十八万多人。后来,他终于篡汉自立,改国号为"新"。 ⑧"青楼香"四句:籍妓,登记在册的妓女。镜湖,鉴湖,此处代指西湖。里湖,里西湖,白堤以内的西湖。《宋史》本传:"时襄阳围急,似道日坐葛岭,起楼阁亭榭,取宫人娼尼有美色者为妻,日淫乐其中。惟故博徒日至纵博,人无敢窥其第者。" ⑨何面江东:《史记·项羽本纪》:"于是项王乃欲东渡乌江。乌江亭长舣船待,谓项王曰:'江东虽小,地方千里,众数十万人,亦足王也。愿大王急渡。今独臣有船，汉军至，无以渡。'项王笑曰：'天之亡我，我何渡为！且籍与江东子弟八千人渡江而西，今无一人还，纵江东父兄怜而王我，我何面目见之？纵彼不言，籍独不愧于心乎？'"

[评析]

  刘辰翁（1232~1297）以史为词，笔走中锋，"略与稼轩旗鼓相当"（况周颐《餐樱庑词话》）。如作于德祐元年（1275）的这首《六州歌头》，"放笔为直干"，甚而至于骂詈为词，强烈谴责贾似道种种败政误国罪行，锋芒激烈，痛快淋漓。上片写贾似道鲁港兵败前的飞扬跋扈，炙手可热。下片写元军兵围襄鄂，国势危急，揭露贾似道于国难之时征歌逐舞、醉生梦死的罪恶，讽刺贾似道于鲁港兵败中仓皇惊慌的丑态。倘参看《宋史纪事本末》卷一六〇所载，更能见出其现实意义。但身丁国破之变，"青山白骨堆愁"（《唐多令》），其词中也的确越来越难得一见稼轩的高亢雄豪之气，而是"反反覆覆，字字悲咽"（沈辰垣等《历代诗余》卷一一八引张孟浩语），诉说"铁马蒙毡"、"笛里番腔"甚嚣尘上之下的"故国高台月明"（《柳梢青》）之悲。

  鲁港之败，始末大致如下：宝祐六年（1258），蒙古军队三路南犯，次年，忽必烈率部进围鄂州，贾似道以右丞相兼枢密使督师援鄂，但其见蒙古军凶猛，不敢接战，私自向忽必烈乞和，答应纳币称臣，时忽必烈因闻国内将乱，急于回燕京争帝位，即允诺退兵。事后，贾似道隐匿议和纳币内幕，上表奏捷，得进少师，封卫国公。后又加太师，封魏国公。咸淳三年（1267），蒙古再度南下，围困襄阳，时贾似道独揽大权，声震朝野，他不以全力出兵援救襄阳，却扣住蒙古使者，封锁前次和议消息及时下战况。九年（1273），襄阳失守，贾似道假意上表请求率师御敌，又暗中指使亲信奏请皇帝留住自己。十年（1274），蒙古军破鄂州，国事岌岌可危,迫于朝野舆论压力,贾似道不得不率军到前线督战。这一次,故技不灵,他百般求和均被拒绝,只得自率精锐驻扎于鲁港,以作后援。元军攻来,贾似道军不战自溃,仓皇遁逃。迫于公议,贾被贬窜循州,但德祐二年(1276),元军破临安,南宋随即覆亡。又,词中"但千年传说,夜半一声铜"二句,周密《癸辛杂识》续集卷下所载可参:"或谓贾平章鲁港之师,尝与北军议定岁币,讲解约于来日各退师一舍,以示信。既而西风大作,北军之退西者旗帜皆东指。南军都拨发孙虎臣意以为北军顺风进师,遂仓忙告急于贾,贾以为北军失信而相绐,遂鸣锣退师。及知其误,则军溃已不可止矣。是南军既退之后,越一宿而北军始进,盖以此也。呜呼,天乎!"

庆宫春① 送赵元父过吴

周　密

重叠云衣,微茫雁影,②短篷稳载吴雪。霜叶敲寒,风灯摇晕,棹歌人语呜咽。③拥衾呼酒,正百里、冰河乍合。千山换色,一镜无尘,玉龙吹裂④。　　夜深醉踏长虹,表里空明,⑤古今清绝。高台在否,登临休赋,忍见旧时明月⑥。翠消香冷,怕空负、年芳轻别⑦。孤山春早,一树梅花,待君同折。

[注释]

①庆宫春:一名《庆春宫》。此调有平韵、仄韵两体。平韵体始自北宋,有周邦彦诸词。仄韵体始自南宋,有王沂孙诸词。　②"重叠"二

句:云衣,即云。屈原《九歌·东君》:"青云衣兮白霓裳,举长矢兮射天狼。"苏轼《卜算子》:"谁见幽人独往来,缥缈孤鸿影。" ③"风灯"二句:风灯摇晕,船灯的光晕随风摇摆。风灯,有罩能防风的灯。杜甫《漫成一绝》:"江月去人只数尺,风灯照夜欲三更。"棹歌,行船时所唱的歌。丘迟《旦发渔浦潭》:"棹歌发中流,鸣鞞响沓嶂。"张志和《渔父》五首其五:"青草湖中月正圆,巴陵渔夫棹歌连。" ④玉龙:喻笛。《太平广记》卷二百四引《逸史》:唐独孤生善吹笛,"声发入云,……及入破,笛遂败裂"。林逋《霜天晓角》:"甚处玉龙三弄,声摇动,枝头月。" ⑤"夜深"二句:长虹,形容拱形长桥。此指垂虹桥,在今江苏苏州市吴江区东,桥上有垂虹亭。苏轼《次韵周邠寄雁荡山图二首》其二:"东海独来看出日,石桥先去踏长虹。"韩愈《祭郴州李使君文》:"航北湖之空明,鱍鳞介之惊透。" ⑥忍:怎忍。杜甫《丹青引赠曹将军霸》:"幹惟画肉不画骨,忍使骅骝气凋丧。" ⑦年芳:岁月,春光。李商隐《判春》:"一桃复一李,井上占年芳。"卢祖皋《鱼游春水》:"风翻征袂,触目年芳如许。"

[评析]

　　周密（1232~1298）此词为严冬时节送友人由越水赴吴而作。上片描绘友人雪夜行舟情景,江南隆冬雪后一片清寒之境,写来如画,读之似觉有寒气拂来。换头处"夜深"三句,有俯仰古今之概,境界亦清绝。"高台"以下八句由景语转为情语,其意乃是为行人着想,盼其早归。全篇景佳情浓,情景交融。

　　词题中"赵元父",名与仁,字元父,号学舟。周密尝有二词寄之,除后录《甘州》外,另一首为《忆旧游》,序云:"余离群索居,与赵元父一别四载。癸巳春,于古杭见之。形容憔悴,故态顿消。以余之况味,

又有甚于元父者,抑重余之惜,因赋此调,且寄元父。当为余愀然而悲也。"词曰:

> 叹江潭树老,杜曲门荒,同赋飘零。乍见翻疑梦,对萧萧乱发,都是愁根。秉烛故人归后,花月锁春深。纵草带堪题,争如片叶,能寄殷勤。　重寻。已无处,尚记得依稀,柳下芳邻。伫立香风外,抱孤愁凄惋,羞燕惭莺。俯仰十年前事,醉后醒还惊。又晓日千峰,涓涓露湿花气生。

词作于至元三十年(1293)。凄凉前事,终成陈迹,而恼人春色,则在目前。晓日千峰,露痕花气,固足赏心悦目,然自愁人视之,则徒令人心烦意乱。"留恋者,偏如此恍惚;厌恼者,偏如此分明:是真无可奈何矣。"(沈祖棻《宋词赏析》)以景结情,深婉之至。

沁园春　至元间留燕山作

文天祥

为子死孝,为臣死忠,死又何妨。自光岳气分[①],士无全节,君臣义缺,谁负刚肠[②]。骂贼睢阳,爱君许远,留得声名万古香。[③]后来者,无二公之操,百炼之钢[④]。　人生翕歘云亡[⑤]。好烈烈轰轰做一场。使当时卖国,甘心降虏,受人唾骂,安得留芳。古庙幽沉,仪容俨雅[⑥],枯木寒鸦几夕阳。邮亭下,有奸雄过此,仔细思量。[⑦]

[注释]

①光岳气分:谓光岳浩然之气散落。光,三光,即日、月、星。

②刚肠：刚直的气质。嵇康《与山巨源绝交书》："刚肠嫉恶，轻肆直言，遇事便发。"张铣注："刚肠，谓强志也。"白居易《哭孔戡》："平生刚肠内，直气归其间。" ③"骂贼"三句：张巡、许远困守孤城近一年之久，屏障江淮大地，牵制几十万叛军，艰苦卓绝，史所罕见。韩愈曾作《张中丞传后叙》，表彰其志节功勋，潮人亦为之立庙于东山。《资治通鉴·唐纪三十六》："城遂陷，巡、远俱被执。（贼将）尹子奇问巡曰：'闻君每战眦裂齿碎，何也？'巡曰：'吾志吞逆贼，但力不能耳。'子奇以刀抉其口视之，所余才三四。" ④百炼之钢：精炼的铁。喻久经锻炼、意志坚强者。刘琨《重赠卢谌》："何意百炼刚，化为绕指柔。"李善注引《汉书注》："说者以金取坚刚，百炼不耗。"白居易《渭村退居寄礼部崔侍郎翰林钱舍人诗一百韵》："屈折孤生竹，销摧百炼钢。" ⑤"人生"句：翕欻（xū），倏忽。云亡，死亡。云，助词，无语义。王俭《褚渊碑文》："所以子产云亡，宣尼泣其遗爱。"李善注引《左传》："及子产卒，仲尼闻之，出涕曰：'古之遗爱也。'"杜甫《殿中杨监见示张旭草书图》："斯人已云亡，草圣秘难得。" ⑥俨雅：庄严尔雅。王延寿《鲁灵光殿赋》："胡人遥集于上楹，俨雅跽而相对。"张载注："俨雅而相对，言敬恭也。" ⑦"邮亭下"三句：邮亭，即驿站。古代设在路途供过往官员歇宿的馆舍。《汉书·薛宣传》："过其县，桥梁邮亭不修。"颜师古注："邮，行书之舍，亦如今之驿及行道馆舍也。"元稹《酬乐天东南行诗一百韵》："邮亭一萧索，烽候各崎岖。"奸雄，本指淆乱是非的辩士，后多指弄权欺世、窃取高位者。《荀子·非相》："听其言则辞辩而无统，用其身则多诈而无功，上不足以顺明王，下不足以和齐百姓，然而口舌之均，噡唯则节，足以为奇伟偃却之属，夫是之谓奸人之雄。"《汉书·司马迁传赞》："论大道则先黄老而后六经，序游侠则退处士而进奸雄。"《三国志·魏书·武帝纪》"玄谓太祖曰"裴松之注引《世说新

语》:"尝问许子将:'我何如人?'子将不答。固问之,子将曰:'子治世之能臣,乱世之奸雄。'太祖大笑。"《晋书·王豹传》:"得前后白事,具意,辄别思量也。"杜荀鹤《秋日寄吟友》:"闲坐细思量,惟吟不可忘。"

[评析]

  风雨如晦之际,状元词人文天祥(1236~1283)忠义正气,凛然纸上,如作于祥兴二年(1279)的这首《沁园春》所写。词题一作"题潮阳张许二公庙",或以为前一年被执北行途中、路经双庙所作。此词悲壮慷慨,威武不屈,又有几分凄凉无奈,正是词人当时处境的写照,也是以直白如政治宣言的方式,反映了那个特定的时代,颇可与其《正气歌》相参。文天祥此等不可以寻常词观之的作品,为两宋词史抹上了最后一道亮色。

  金武祥《粟香五笔》卷七有云:"相传公以剑锋划石壁,字体如铁线盘屈,谛视始辨。后人恐其日久就湮,复于旁立一石,大书深刻,以便读者。……余按,翁覃溪《粤东金石略》及阮文达《广东通志》均载此词,'嗟哉'二字,阮有而翁无,均以为在潮州吴文正《韩山书院记》碑阴,明万历间章邦翰重立。是翁、阮二公亦未知潮阳之有剑锋所划矣。"谭新红《宋词的刻石传播》在唐圭璋《石刻宋词》一文的基础上,考得过三十六首宋词的刻石情况,而金氏所载情形不在其中。又,邵璨《香囊记》第一出上场词中第二首套用了文天祥此词的开阕部分:

  为臣死忠,为子死孝,死又何妨。自光岳气分,士无全节,观省名行,有缺纲常。那势利谋谟,屠沽事业,薄俗偷风更可伤。怎如那岁寒松柏,耐历冰霜。 闲披汗简芸窗。谩把前修发否臧。有伯奇孝行,左儒死友,爱兄王览,骂贼睢阳。孟母贤慈,共姜节义，万古名垂有耿光。因续取五伦新传，标记紫香囊。

这样做，可以将全剧顺利导入宣扬忠孝节义的主旨，并且不仅不会削弱，反而会增强受众对于文天祥原作的认同度，在宋词的戏曲传播研究中颇堪注目。

念奴娇　驿中言别

邓　剡

水天空阔，恨东风、不惜世间英物①。蜀鸟吴花残照里②，忍见荒城颓壁。铜雀春情，金人秋泪，此恨凭谁雪。③堂堂剑气，斗牛空认奇杰。④　　那信江海余生，南行万里，不放扁舟发。正为鸥盟留醉眼，细看涛生云灭。睨柱吞嬴，回旗走懿，千古冲冠发。⑤伴人无寐，秦淮应是孤月。

[注释]

①英物：杰出人物。《晋书·桓温传》：“（桓温）生未期而太原温峤见之曰：'此儿有奇骨，可试使啼。'及闻其声，曰：'真英物也。'”
②蜀鸟吴花：蜀鸟，即杜鹃。《华阳国志》卷三：“七国称王，杜宇称帝，号曰望帝。……会有水灾，其相开明决玉垒山以除水害。帝遂委以政事，法尧舜禅授之义，遂禅位于开明，帝升西山隐焉。时适二月，子鹃鸟鸣，故蜀人悲子鹃鸟鸣也。”《太平御览》卷一六六引《十三州志》：“昔七国称王，独杜宇称帝于蜀。……时巫山壅江，蜀地洪水。望帝使鳖冷凿巫山治水，有功，望帝自以德薄，乃委国禅鳖冷，号开明。遂自亡去，化

为子规，故蜀人闻鸣曰我望帝也。又云望帝使鳖冷治水而淫其妻。冷还，帝惭，遂化为子规。"李白《登金陵凤凰台》："吴宫花草埋幽径，晋代衣冠成古丘。"　③"金人"二句：汉武帝于建章宫置承露盘，高二十丈，大七围，以铜为之，上有仙人舒掌捧铜盘玉杯，以承甘露，和玉屑饮食以求成仙。李贺《金铜仙人辞汉歌序》："魏明帝青龙元年八月，诏宫官牵车西取汉孝武捧露盘仙人，欲立置前殿，宫官既拆盘，仙人临载，乃潸然泪下。"凭谁，对谁，向谁。辛弃疾《永遇乐》："凭谁问，廉颇老矣，尚能饭否。"　④"堂堂"二句：堂堂，形容正大。岳飞《题伏魔寺壁》："胆气堂堂贯斗牛，誓将直节报君仇。"《汉书·地理志》："斗牛，吴、越分。"吴越地区当斗、牛二宿之分野，故称。《晋书·张华传》载，豫章人雷焕妙于纬象，时斗牛之间常有紫气，焕谓乃丰城宝剑之精上彻于天。张华遂补焕为丰城令，密令寻之。"焕到县，掘狱屋基，入地四丈余，得一石函，光气非常，中有双剑，并刻题，一曰龙泉，一曰太阿。其夕，斗牛间气不复见焉。"　⑤"回旗"二句：《三国志·蜀书·诸葛亮传》载，诸葛亮与魏将司马懿对垒，诸葛病卒，蜀军乃退。裴松之注引《汉晋春秋》："杨仪等整军而出，百姓奔告宣王，宣王追焉。姜维令仪反旗鸣鼓，若将向宣王者，宣王乃退，不敢逼。于是仪结阵而去，入谷然后发丧。宣王之退也，百姓为之谚曰：'死诸葛走生仲达。'"岳飞《满江红》："怒发冲冠，凭栏处、潇潇雨歇。"

[评析]

　　祥兴二年（1279），邓剡（1232~1303）与文天祥同被押送大都，至金陵，邓因病暂留，文继续北行。临行时，邓剡用苏轼《念奴娇》（大江东去）韵作此词以别。起笔痛惜友人不得天助，抗元失败，致宋室倾覆。"蜀鸟"五句，用历史故实，借眼前景物，抒发亡国之痛。歇拍回应篇首,奇杰无力回天。下片就自身海上经历切入。"正为"二句重友情,恤国事,犹寄希望于将来。"睨柱"三句,激励友人,气压强敌。结拍归到别后一己之孤独,紧扣"言别"题旨。通篇充满对友人的颂扬、痛惜、期许、激励之情,用血泪写成,悲壮慷慨,浩气凛然。

文天祥依韵答和了一首《酹江月·和邓光荐》:

> 乾坤能大,算蛟龙、元不是池中物。风雨牢愁无着处,那更寒虫四壁。横槊题诗,登楼作赋,万事空中雪。江流如此,方来还有英杰。　堪笑一叶漂零,重来淮水,正凉风新发。镜里朱颜都变尽,只有丹心难灭。去去龙沙,江山回首,一线青如发。故人应念,杜鹃枝上残月。

表达忠贞不贰的民族气节,语意沉痛悲凉而丹心不改,视死如归。

满江红

王清惠

太液芙蓉①,浑不似、旧时颜色。曾记得、春风雨露,玉楼金阙。名播兰簪妃后里,晕潮莲脸君王侧。②忽一声、鼙鼓揭天来③,繁华歇。　龙虎散,风云灭。④千古恨,凭谁说。对山河百二⑤,泪盈襟血。客馆夜惊尘土梦,宫车晓辗关山月。⑥问嫦娥、于我肯从容⑦,同圆缺。

[注释]

①太液芙蓉:自喻。白居易《长恨歌》:"归来池苑皆依旧,太液芙

蓉未央柳。"太液，即太液池，唐代长安大明宫内的皇家池苑。　②"名播"二句：兰簪，兰一茎一花，形似簪，故称。词人以书法闻名，"兰簪"或兼以隐指"插花"。袁昂《古今书评》："卫恒书如插花美女，舞笑镜台。"吴文英《乌夜啼》："醉痕深晕潮红。睡初浓。"薛道衡《昭君辞》："自知莲脸歇，羞看菱镜明。"李华《咏史十一首》其十一："电影开莲脸，雷声飞蕙心。"　③揭天：声音高入天际。尹鹗《金浮图》："玉立纤腰，一片揭天歌吹。"　④"龙虎散"二句：慨叹时无圣主贤臣，政局不可收拾。《易·乾文言》："云从龙，风从虎。"　⑤山河百二：本指秦地山河险固。《史记·高祖本纪》："秦，形胜之国，带河山之险，县隔千里，持戟百万，秦得百二焉。"裴骃《集解》引苏林曰："得百中之二焉。秦地险固，二万人足当诸侯百万人也。"司马贞《索隐》引虞喜曰："百二者，得百之二。言诸侯持戟百万，秦地险固，一倍于天下，故云得百二焉，言倍之也，盖言秦兵当二百万也。"　⑥"客馆"二句：客馆，此处指夷山驿馆。《汉书·公孙弘传》："时上方兴功业，娄举贤良。弘自见为举首，起徒步，数年至宰相封侯，于是起客馆，开东阁以延贤人，与参谋议。"王昌龄《从军行》："更吹羌笛关山月，无那金闺万里愁。"宫车，本指帝王车驾。杜牧《阿房宫赋》："雷霆乍惊，宫车过也。"此处指被掳后妃、宫女所乘坐之车。　⑦肯从容：肯周旋吗？王安石《西山》："但道使君留不得，那知肯更忆江南。"《汉书·郦食其陆贾等传赞》："陆贾位止大夫，致仕诸吕，不受忧责，从容平、勃之间，附会将相以强社稷，身名俱荣，其最优乎！"《宋史·辛仲甫传》："时吕蒙正以长厚居相位，王沔任事，仲甫从容其间而已。"

[评析]

　　陶宗仪《南村辍耕录》卷三："至元十三年丙子春正月十八日，淮安王伯颜以中书右相统兵入杭，宋谢、全两后以下皆赴北。有王昭仪者，题《满江红》词于驿云云。昭仪名清惠，字冲华，后为女道士。"周密《浩然斋雅谈》卷下："宋谢太后北觐，有王夫人题一词于汴京夷山驿中云云。"两者所记词作文字略有不同，此从后者。王清惠（生卒年不详）此词，《东园客谈》、《佩楚轩客谈》、《渚山堂词话》卷一俱谓张琼瑛作。词作抒写亡国之恨。上片写对南宋宫廷生活的留恋。下片写对宋亡的惋惜和悲痛，以及被俘北行时的惊恐和凄凉心情。值得注意的是，本篇一反常规，半幅之内就由今日之哀逗引出昔时之乐，旋即将昔日之乐一扫而空，笔势颇为夭矫。而追溯昔时之乐又仅用两韵四句，稍纵即收，这就从章法上成功体现了作者想要表达的某种情感节奏——昔日的欢乐如春梦般短促。

王清惠此词当时就在中原广为流传，引来一些文人的唱和。如以下三首：

王母仙桃，亲曾醉、九重春色。谁信道、鹿衔花去，浪翻鳌阙。眉锁娇娥山宛转，鬐梳堕马云敧侧。恨风沙、吹透汉宫衣，余香歇。

霓裳散，庭花灭。昭阳燕，应难说。想春深铜雀，梦残啼血。空有琵琶传出塞，更无环佩鸣归月。又争知、有客夜悲歌，壶敲缺。

（邓剡《满江红·广斋谓柳山和王夫人〈满江红〉韵，惜未见之，为赋一阕》）

天上人家，醉王母、蟠桃春色。被午夜、漏声催箭，晓光侵阙。花覆千官鸾阁外，香浮九鼎龙楼侧。恨黑风、吹雨湿霓裳，歌声歇。

人去后，书应绝。肠断处，心难说。更那堪杜宇，满山啼血。事去空流东汴水，愁来不见西湖月。有谁知、海上泣婵娟，菱花缺。

（汪元量《满江红·和王昭仪韵》）

燕子楼中，又捱过、几番秋色。相思处、青年如梦，乘鸾仙阙。

肌玉暗消衣带缓,泪珠斜透花钿侧。最无端、蕉影上窗纱,青灯歇。

曲池合,高台灭。人间事,何堪说。向南阳阡上,满襟清血。世态便如翻覆雨,妾身元是分明月。笑乐昌、一段好风流,菱花缺。

(文天祥《满江红·和王夫人〈满江红〉韵,以庶几后山〈妾薄命〉之意》)

值得注意的是,文天祥还有一首《满江红·王夫人至燕,题驿中云。中原传诵。惜末句欠商量。代王夫人作》:

试问琵琶,胡沙外、怎生风色。最苦是、姚黄一朵,移根仙阙。王母欢阑琼宴罢,仙人泪满金盘侧。听行宫、半夜雨淋铃,声声歇。

彩云散,香尘灭。铜驼恨,那堪说。想男儿慷慨,嚼穿龈血。回首昭阳离落日,伤心铜雀迎秋月。算妾身、不愿似天家,金瓯缺。

代王清惠立言,并对其词句之"欠商量"者予以纠正,是由于误会了王氏原作结二句的意思,以为"从容"、"圆缺"等有随适取容、无心守节之义。当然,就词而言,文词结句确实写得义正词严。只是,翻案文章分明已经成为文天祥的夫子自道了。也有学者从叙事方式的角度讨论过这一问题,但似乎仍有进一步深化的空间:此词存在两种他者视角,一是以观察者的角度描写自己在宋亡之前受宠于君王的生活,一是以全局眼光来描写自己的亡国之恨。后者与徐君宝妻《满庭芳》的叙事方式极为相似,略有不同的只是此词下片后半段(自"客馆夜惊"句以下),作者最终回到了自我视角。这种自我视角的回归,尽管使其惊惧和担忧的情绪表达得更为真实感人,却也引起了像文天祥这样的读者的误解和不满。(参王晓骊《创伤性记忆的自我隔离和审美表达——唐宋词战争灾难叙事的特殊模式》)

八犯玉交枝　招宝山观月上[①]

仇　远

沧岛云连，绿瀛秋入，暮景欲沉洲屿[②]。无浪无风天地白，听得潮生人语。擎空孤柱。翠倚高阁凭虚，中流苍碧迷烟雾。唯见广寒门外，青无重数。　　遥想贝阙珠宫[③]，琼林玉树。不知还是何处。倩谁问、凌波轻步[④]。谩凝睇、乘鸾秦女[⑤]。想庭曲、霓裳正舞[⑥]。莫须长笛吹愁去。怕唤起鱼龙[⑦]，三更喷作前山雨。

[注释]

①八犯玉交枝：《八宝妆》别体，在一百十字体基础上于上片增押一韵，下片增押二韵。与《新雁过妆楼》别名《八宝妆》者不同。《词律》卷一九："八犯，想采八曲而集成此调，但不知所犯是何调耳。"又，词题中"招宝山"，在今浙江舟山市定海区东北八里，一名候涛山。吴莱《甬东山水古迹记》："东逼海，或云山下有宝，或云东夷以海货来互市，必泊此山。"沈恺《招宝山记》："招宝临大海，四望浩渺，与天无际，海中诸岛，隐隐如凫鸥拍浪，时时飞笙欲坠，日本琉球诸番异域，遐眺历历可指数，诚大地一奇观也。"　②洲屿：江中沙洲。《宋书·张兴世传》："沔水自襄阳以下，至于九江，二千里中，先无洲屿。"梁元帝（萧绎）《玄览赋》："张素盖而萦洲屿，驰白马而赴江沱。"　③贝阙珠宫：指瑶台仙境。屈原《九歌·河伯》："鱼鳞屋兮龙堂，紫贝阙兮朱宫。"王逸《章句》："言河伯所居，以鱼鳞盖屋，堂画蛟龙之文，紫贝作阙，朱

丹其宫，形容异制，甚鲜好也。《文苑》作珠宫。"苏轼《登州海市》："荡摇浮世生万象，岂有贝阙藏珠宫。" ④凌波轻步：曹植《洛神赋》："凌波微步，罗袜生尘。" ⑤"谩凝睇"句：《博异志》："仲躬异之，闲乃窥于井上。忽见水影中一女子面，年状少丽，依时样妆饰，以目仲躬。仲躬凝睇之，则红袂半掩其面微笑。"江淹《拟班婕妤诗》："纨扇如圆月，出自机中素。画作秦王女，乘鸾向烟雾。" ⑥"想庭曲"句：霓裳羽衣曲，又称庭曲。《乐府诗集》卷五六载，《霓裳辞》，一曰《霓裳羽衣曲》。《唐逸史》曰："罗公远多秘术。尝与玄宗至月宫，初以挂杖向空掷之，化为大桥。自桥行十余里，精光夺目，寒气侵人。至一大城，公远曰：'此月宫也。'仙女数百，皆素练霓衣，舞于广庭。问其曲，曰《霓裳羽衣》。帝晓音律，因默记其音调而还。回顾桥梁，随步而没。明日，召乐工，依其音调，作《霓裳羽衣曲》。一说曰：开元二十九年中秋夜，帝与术士叶法善游月宫，听诸仙奏曲。后数日，东西两川驰骑奏，其夕有天乐自西南来，过东北去。帝曰：'偶游月宫听仙曲，遂以玉笛接之，非天乐也。'曲名《霓裳羽衣》，后传于乐部。"《乐苑》曰："《霓裳羽衣曲》，开元中，西凉府节度杨敬述进。郑愚曰：'玄宗至月宫，闻仙乐，及归，但记其半。会敬述进《婆罗门曲》，声调相符，遂以月中所闻为散序，敬述所进为曲，而名《霓裳羽衣》也。'白居易曰：'《霓裳》法曲也。其曲十二遍，起于开元，盛于天宝。'凡曲将终，声拍皆促，唯《霓裳》之末，长引一声。故其歌云'繁音急节十二遍，跳鹤曲终长引声'是也。按王建辞云：'弟子部中留一色，听风听水作《霓裳》。'刘禹锡诗云：'三乡陌上望仙山，归作《霓裳羽衣曲》。'然则非月中所闻矣。" ⑦鱼龙：泛指水中生物。杜甫《秋兴八首》其四："鱼龙寂寞秋江冷，故国平居有所思。"黄机《霜天晓角》："水底鱼龙惊动，风卷地，浪翻屋。"

[评析]

仇远（1247~1326）此词是在招宝山上观赏月色时而作。上片写仙山楼阁和暮景沉沉、烟雾迷漫的情景。"唯见广寒"二句，为观月，也是为写明月升自沧海烟渚间，破空而起，凌虚而渡留下伏脉。下片"不知"三句，承上"烟雾"作进一步描绘。"倩谁问"以下三句，用典虚写出遥想月宫仙子活动的情态，绮想连发，错综变化，字面虽不及于月，而句句不离却月，正所谓委婉其言，不即不离者。煞尾处，以怕笛引鱼龙夜舞，化作烟雨，阻却清景作结，更是奇谲瑰秀，墨意灵动。全篇构思巧妙，没写月出，而情怀自见，意在其中。以别开生面的灵秀之笔虚写景物，突出山、月之空灵，使人神思飞越，"纵横之妙，直似东坡"（王奕清等《历代词话》卷九引《词苑》）。

满庭芳[①]

徐君宝妻

汉上繁华，江南人物，尚遗宣政风流。[②]绿窗朱户[③]，十里烂银钩。一旦刀兵齐举，旌旗拥、百万貔貅[④]。长驱入，歌台舞榭，风卷落花愁。　　清平三百载，典章人物，扫地都休。[⑤]幸此身未北，犹客南州。[⑥]破鉴徐郎何在，空惆怅、相见无由。[⑦]从今后，断魂千里，夜夜岳阳楼。[⑧]

[注释]

①满庭芳：此调有平韵、仄韵两体。平韵者，周邦彦词名《锁阳

台》；葛立方词有"要看黄昏庭院，横斜映霜月朦胧"句，名《满庭霜》；晁补之词有"堪与潇湘暮雨，图上画扁舟"句，名《潇湘夜雨》；韩淲词有"甘棠遗爱，留与话桐乡"句，名《话桐乡》；吴文英词因苏轼词有"江南好，千钟美酒，一曲满庭芳"句，名《江南好》；张埜词名《满庭花》。《朝野新声太平乐府》注中吕宫。高拭词注中吕调。仄韵者，《乐府雅词》名《转调满庭芳》。　②"汉上"三句：汉上，泛指汉水至长江一带。宣政，指北宋政和、宣和年间（1111~1125）。辛弃疾《永遇乐》："舞榭歌台，风流总被，雨打风吹去。"　③绿窗朱户：绿窗，此处代指贵家妇女闺阁。晏几道《更漏子》："梳洗倦，冶游慵。绿窗春睡浓。"朱户，此处指富贵之家。《抱朴子·畅玄》："怡颜丰柯之下，而朱户变为绳枢。"　④"旌旗拥"句：王昌龄《青楼曲二首》其一："白马金鞍从武皇，旌旗十万宿长杨。"貔貅（pí xiū），猛兽名。此处指元军。《清稗类钞·动物·貔貅》："貔貅，形似虎，或曰似熊，毛色灰白，辽东人谓之白熊。雄者曰貔，雌者曰貅，故古人多连举之。"张说《王氏神道碑》："赳赳将军，貔貅绝群。"王实甫《西厢记》："羡威统百万貔貅，坐安边境。"　⑤"清平"三句：清平，太平。班固《两都赋序》："臣窃见海内清平，朝廷无事，京师修宫室，浚城隍，起苑囿，以备制度。西土耆老，咸怀怨思，冀上之眷顾，而盛称长安旧制，有陋洛邑之议。"白居易《赠梦得》："一愿世清平，二愿身强健。"扫地，扬雄《羽猎赋》："军惊师骇，刮野扫地。"　⑥"幸此身"二句：幸，犹本也，正也。《楚辞·远游》："嘉南州之炎德兮，丽桂树之冬荣。"　⑦"破鉴"二句：《本事诗·情感》载，南朝陈时，陈后主之妹乐昌公主与其夫徐德言鉴于世逢动乱，预感将要离散，将一铜镜破作两半，各执半镜作为日后相寻之据，后果赖以团圆。李致远《碧牡丹》："破镜重圆，分钗合钿，重寻绣户珠箔。"韩愈《左迁至蓝关示侄孙湘》："云横秦岭家何在，雪拥蓝关马不前。"空，独，自。情态副词，有时兼有一定的指代作用。孙光宪《酒泉子》："展屏空对潇湘水，眼前千万里。"李德裕《二猿》："无由碧潭饮，争接绿萝枝。" ⑧"断魂"二句：李重元《忆王孙》："萋萋芳草忆王孙，柳外楼高空断魂。"岳阳楼，此处借指词人家园。

[评析]

据陶宗仪《南村辍耕录》卷三："岳州徐君宝妻某氏，亦同时被虏来杭，居韩蕲王府。自岳至杭，相从数千里，其主者数欲犯之，而终以巧计脱。盖某氏有令姿，主者弗忍杀之也。一日，主者怒甚，将即强焉，因告曰：'俟妾祭谢先夫，然后乃为君妇不迟也，君奚用怒哉！'主者喜诺。即严妆焚香，再拜默祝，南向饮泣，题《满庭芳》词一阕于壁上已，投大池中以死。"徐君宝妻（？～1275）此首是其绝笔词，融国家与个人的悲剧为一体，通过回忆、反思与悬想，表达对外敌入侵的憎恨，对祖国疆土和文明遭受蹂躏的痛惜，对亲人的哀悼和对故乡的眷恋之情。词从回忆写起，前五句是写岳州故土昔时的和平生活。"一旦"句急转直下，与上文形成强烈的反差，并以典型事例表现出美好事物惨遭蹂躏的全况。换头三句，再度概括上文，使上下片浑然一体。以下接写自身的遭遇。"破鉴"句用典贴切。末二句痛彻肺腑的悲歌，留给后人的是对整个时代的思考。

徐君宝妻此词的他者角度的叙事方式，值得注意。全篇以近乎全局性的视角，超过一半的篇幅描写宋末局势的剧变，使得词作具有理性而刚强的个人风格。然而，词作的宏观叙事是隔离了个人经验和情绪的第三者视角，而不是以其自我经历为出发点的个体化表达。也就是说，作为战争的直接受害者，作者却能像史家一样"居高临下地俯瞰着"受难的祖国和自己，从而获得一种"无关自我的心理安慰"。也正是因为有了这样的铺垫，词作下片后半段才能表现出不惧死亡的坦然，而不是"无辜赴死的绝望悲恸"。这种"违背常情"的反应,与其说是出于以家国为重的价值理念,不如说是对自我情绪的强行隔离。(参王晓骊《创伤性记忆的自我隔离和审美表达——唐宋词战争灾难叙事的特殊模式》)

贺新郎 兵后寓吴①
蒋 捷

深阁帘垂绣。记家人、软语灯边②,笑涡红透。万叠城头哀怨角,吹落霜花满袖。影厮伴、东奔西走③。望断乡关知何处,羡寒鸦、到著黄昏后④。一点点,归杨柳。　　相看只有山如旧。叹浮云、本是无心,也成苍狗⑤。明日枯荷包冷饭,又过前头小阜⑥。趁未发、且尝村酒。醉探枵囊毛锥在,问邻翁、要写牛经否⑦。翁不应,但摇手。

[注释]

①词题"兵后寓吴",指德祐二年(1276)元军占领蒋捷家乡宜兴、常州等地,词人孤身逃难、流寓吴门(今江苏苏州)。　②软语:柔婉之语。王僧孺《礼佛唱导发愿文》:"折伏摄受之仁,遇缘而咸拯。苦言软语之德,有感而斯唱。"史达祖《双双燕》:"还相雕梁藻井,又软语、商量不定。"　③厮伴:相伴。　④羡寒鸦:王昌龄《长信秋词五首》其三:"玉颜不及寒鸦色,犹带昭阳日影来。"《诗·小雅·小弁》:"弁彼鸒斯,归飞提提。"鸒即寒鸦。　⑤"叹浮云"二句:杜甫《可叹》:"天上浮云似白衣,斯须改变如苍狗。"贺铸《题海陵开元寺栖云庵》:

"造物一戏耳,浮云本无心。" ⑥小阜:小土山。蔡邕《述行赋》:"回峭峻以降阻兮,小阜寥其异形。" ⑦"醉探"二句:枵(xiāo),空。毛锥,毛笔。白居易《紫毫笔》:"紫毫笔,尖如锥兮利如刀。"牛经,以牛为专题的书籍。《三国志·魏书·夏侯玄传》裴松之注引《相印书》谓,汉代有《牛经》。

[评析]

　　蒋捷此词以自己生活的变化来表现那个特定的时代,抒写国破家亡的巨痛深哀。钟振振《唐宋词举要》认为,此词当作于元军占领临安至南宋最终灭亡三年间的某个秋天,词人时年约三十一至三十四岁。与宋末绝大多数此类篇章以抒情为主、并不措意于情节的写法不同,这首《贺新郎》凭借小说家的笔调,细腻刻画人物动作、态度,摄取典型的生活局部,以琐事之微反映那个天崩地裂的动荡时代。全篇以叙事制胜,示范意义和美学价值不可等闲视之。

　　蒋捷也有像《霜天晓角》这样的短章纪事之作:

　　　　人影窗纱。是谁来折花。折则从他折去,知折去、向谁家。

　　　　檐牙。枝最佳。折时高折些。说与折花人道,须插向、鬓边斜。

在顾随先生看来,此词纪事清楚、生动、具体,只是写得怎么那么"贫"(顾随《传诗录二》)?盖因吸收当时新兴的散曲的白描、轻巧特点之故。

壶中天　夜渡古黄河,与沈尧道、曾子敬同赋①

张　炎

　　扬舲万里,笑当年底事,中分南北。②须信平生无梦到③,却向而今游历。老柳官河④,斜阳古道,风定波犹直。野人惊问,泛槎何处狂客。　　迎面落叶萧萧⑤,水流沙共远,都无行迹。衰草凄迷秋更绿⑥,惟有闲鸥独立。浪挟天浮,山邀云去,银浦横空碧⑦。扣舷歌断⑧,海蟾飞上孤白。

[注释]

①词题中"沈尧道",名钦,字尧道,号秋江。曾子敬,名遇,字子敬,又字心传。江昱《山中白云词疏证》卷八据张炎《风入松·别心传》中有"满头风雪昔同游,同载月明舟"之句,认定曾子敬即曾遇。沈钦、曾遇此次与张炎结伴而行,是为赴元都写经。　②"扬舲"三句:扬舲,放舟。《广韵》:"舲,舟上有窗。"屈原《九章·涉江》:"乘舲船余上沅兮,齐吴榜以击汰。"中分,均分。《庄子·德充符》:"王骀,兀者也,从之游者与夫子中分鲁。"《史记·项羽本纪》:"项王乃与汉约,中分天下,割鸿沟以西者为汉,鸿沟而东者为楚。"　③须信:须知。苏轼《醉落魄》:"多病多愁,须信从来错。"辛弃疾《念奴娇》:"须信采菊东篱,高情千载,只有陶彭泽。"　④官河:运河。刘商《醉后》:"醒来还爱浮萍草,漂寄官河不属人。"　⑤萧萧:草木摇落声。刘禹锡《泰娘歌》:"洛阳旧宅生草莱,杜陵萧萧松柏哀。"　⑥"衰草"句:《古诗十九首·东城高且长》:"回风动地起,秋草萋已绿。"　⑦银浦:天河。李贺《天上谣》:"天河夜转漂回星,银浦流云学水声。"　⑧扣舷歌:苏轼《赤壁赋》:"于是饮酒乐甚,扣舷而歌之。"

[评析]

据《元史·世祖本纪》,至元二十七年(1290),元统治者为给徽仁皇后祈福扬名,曾下诏强征各地能书善画士人赶赴大都缮写金字《藏经》。张炎（1248～1322?）与沈、曾二人此番北上渡黄河，当即应征赴大都写经之行，此词为途中纪行抒怀之作。上片写情，以情带景。起写大江南北，分隔万里，北渡黄河，实出意外。继言船到黄河，景象古朴。末言急流夜渡，引起野人惊讶。下片写景，以景带情。重点描述夜渡所见黄河景观，由眼前落叶流水，岸边衰草闲鸥，到远郊白云银浦，末以海月飞白收结。视线由近而远，由水面而郊原而天空。全篇意象宏阔，风物萧索，气韵苍凉，在纪游写景中流露了作者被迫北行的凄迷怅惘情怀。由此反观起首数句，借长江言黄河，一种山河破碎之感油然而生。当年宋金对峙，犹有南北中分之势，而今却连这种形势都不复存在了。追昔抚今，所以发出无可奈何的苦笑，表达的是词人那种莫可言状的复杂感情，是无力回天、大局已定的哀叹。此首在张炎词中别具一格，气势、用笔近于苏、辛。对于一个婉约派词人而言，词风向苏、辛靠拢，主要是因为彼时彼地的遭遇和心情发生了巨大的变化。

甘州

张　炎

辛卯岁，沈尧道同余北归，各处杭越。逾岁，尧道来问寂寞，语笑数日，又复别去。赋此曲，并寄赵学舟。①

记玉关、踏雪事清游。寒气脆貂裘。②傍枯林古道，长河饮马，此意悠悠。短梦依然江表，老泪洒西州。③一字无题处，落叶都愁。④　载取白云归去，问谁留楚佩，弄影中洲。⑤折芦花赠远，零落一身秋。向寻常野桥流水，待招来、不是旧沙鸥。空怀感，有斜阳处，却怕登楼。⑥

[注释]

①至元二十七年（1290），张炎与沈尧道等人同赴元都为元政府书写金字《藏经》，于次年回归南方。沈氏回南后居杭州，作者住越州（今浙江绍兴）。赵学舟，即赵与仁，亦赴北写经之伴。别本一作"曾心传"。　②"记玉关"二句：潘岳《萤火赋》："翔太阴之玄昧，抱夜光以清游。"范成大《送汪仲嘉侍郎使虏》："清游不可迟，日日舣船待。"岑参《北庭贻宗学士道别》："容鬓老胡尘，衣裘脆边风。"　③"短梦"二句：江表，江南。《三国志·吴书》在记叙了东吴十二位名将后，评价道："凡此诸将，皆江表之虎臣，孙氏之所厚待也。"西州，故城在今南京西。《晋书·谢安传》："羊昙者，太山人，知名士也，为安所重。安薨后，辍乐弥年，行不由西州路。尝因石头大醉，扶路唱乐，不觉至州门。左右白曰：'此西州门。'昙悲感不已，以马策叩扉，诵曹子建诗曰：'生存华屋处，零落归山丘。'恸哭而去。"　④"一字"二句：用唐人红叶题诗事。此典，各书所载，有所异同。《云溪友议》卷一〇谓为唐宣宗时卢渥事，《青琐高议》前集卷五则僖宗时于祐，《本事诗·情感》则玄宗时顾况，王铚《补侍儿小名录》则德宗时贾全虚，《北梦琐言》卷九则僖宗时李茵。　⑤"载取"三句：陶弘景《诏问山中何所有赋诗作答》："山中何所有，岭上多白云。只可自怡悦，不堪持赠君。"屈原《九歌·湘君》："君不行兮夷犹，蹇谁留兮中洲。……捐余玦兮江中，遗余佩兮澧浦。"《列仙传》："郑交甫见江妃二女而悦之。郑致辞请其佩，女遂解以赠之。"　⑥"空怀感"三句：李商隐《登乐游原》："夕阳无限好，只是近黄昏。"《三国志·魏书·王粲传》："王粲字仲宣，山阳高平（治

所在今山东微山西北）人也。……献帝西迁，粲徙长安……诏除黄门侍郎，以西京扰乱，皆不就。乃之荆州依刘表。"王粲《登楼赋》李善注："盛弘之《荆州记》曰：当阳县城楼，王仲宣登之而作赋。"赋中有云："虽信美而非吾土兮，曾何足以少留。遭纷浊而迁逝兮，漫逾纪以迄今。情眷眷而怀归兮，孰忧思之可任。"

[评析]

  张炎此词作于至元二十八年（1291），抒写亡国之痛。词以追叙前游起笔，"记"字直贯五句，一气呵成，极健拔。"短梦"折入现在，一笔点醒。老泪西州，存亡之感，非仅如羊昙之哭谢公。"一字"二句，翻用题红事，又进一层，意更凄苦，辞更精警。换头改出以疏宕之笔。"问谁留"二句，故作摇曳，亦以疏间密。其下"折芦花"二句，健笔写哀情，可与"一字"二句相颉颃。"向寻常"二句，谓野桥流水依然，而沙鸥非旧，此中有人，托寄深遥。结句点明感慨，暗用李商隐诗意作结，到底不懈。全篇悲中带壮，哀绪纷来，文字极为警策，加之行以疏宕之气，故流畅浑厚而又不纤不滞，玉田词中上乘也。

第三编 金元明词

满庭芳

吴 激

谁挽银河,青冥都洗,故教独步苍蟾。①露华仙掌,清泪向人沾。②画栋秋风袅袅,飘桂子、时入疏帘。③冰壶里,云衣雾鬓,掬手弄春纤。④ 厌厌,⑤成胜赏,银盘泼汞,宝鉴披奁。待不放楸梧,影转西檐。坐上淋漓醉墨,人人看、老子掀髯⑥。明年会,清光未减,白发也休添。

[注释]

① "青冥"二句:青冥,青天。屈原《九章·悲回风》:"据青冥而摅虹兮,遂倏忽而扪天。"杜甫《奉赠韦左丞丈二十二韵》:"青冥却垂翅,蹭蹬无纵鳞。"苍蟾,月光。 ② "露华"二句:李贺《金铜仙人辞汉歌序》:"魏明帝青龙元年八月,诏宫官牵车西取汉孝武捧露盘仙人,欲立置前殿。宫官既拆盘,仙人临载,乃潸然泪下。"诗中有"空将汉月出宫门,忆君清泪如铅水"句。《史记·封禅书》:"其后则又作柏梁铜柱,承露仙人掌之属矣。"《汉武故事》:"通天台上有承露盘、仙人掌,擎玉杯以承云表之露。" ③ "画栋"二句:王勃《滕王阁》:"画栋朝飞南浦云,珠帘暮卷西山雨。"屈原《九歌·湘夫人》:"袅袅兮秋风,洞庭波兮木叶下。"宋之问《灵隐寺》:"桂子月中落,天香云外飘。"
④ "冰壶"三句:朱华《海上生明月》:"影开金镜满,轮抱玉壶清。"杨万里《中秋前二夕钓雪舟中静坐》:"人间何处冰壶是,身在冰壶却道

非。"刘向《九叹·远逝》："游清灵之飒戾兮,服云衣之披披。"苏轼《洞庭春色赋》："携佳人而往游,勒雾鬓与风鬟。"张孝祥《满江红》："倩春纤、缕鲙捣香齑,新笴熟。"　⑤厌厌:《诗·小雅·湛露》："厌厌夜饮,不醉无归。"毛传:"厌厌,安也。"柳永《金蕉叶》："厌厌夜饮平阳第。添银烛、旋呼佳丽。"　⑥"人人"句:苏轼《九日次韵王巩》："闻道郎君闭东阁,且容老子上南楼。"刘克庄《沁园春》："掀髯啸,有鱼龙鼓舞,狐兔悲嗥。"

[评析]

　　吴激（1090~1142）此词咏月抒怀,寄抑郁心事于澄净月华,景中含情,化浓为淡。煞尾更是景情合一,借景衬托其狂放豪迈的个性。词人的这部分情怀清旷之作,与蔡松年有着很多的相似之处,上承苏轼,下启金词清迈特色。

　　吴激还有一首《木兰花慢·中秋》:

　　　　敞千门万户,瞰沧海,烂银盘。对沉瀯楼高,储胥雁过,坠露生寒。阑干。眺河汉外,送浮云、尽出众星干。丹桂霓裳缥缈,似闻杂佩珊珊。　长安。底处高城,人不见,路漫漫。叹旧日心情,如今容鬓,瘦沈愁潘。幽欢。纵容易得,数佳期、动是隔年看。归去江湖一叶,浩然对影垂竿。

借清冷月色写对故国家园的无限眷恋,心境的沉痛和落寞跃然而出,而又能于哀情中解脱,并自慰以"浩然对影垂竿"的飘逸形象。这两首咏月之作,虽彼豪迈,此俊逸,然二词中所昭示的豪宕个性和开阔心胸,的确不难见出苏轼随缘自适之人格的影响。

念奴娇　还都后诸公见追和赤壁词，用韵者凡六人，亦复重赋①

蔡松年

离骚痛饮，笑人生佳处，能消何物。夷甫当年成底事，空想岩岩玉壁②。五亩苍烟，一丘寒碧，③岁晚忧风雪。西州扶病④，至今悲感前杰。　我梦卜筑萧闲，觉来岩桂，十里幽香发。鬼魊胸中冰与炭，一酌春风都灭。⑤胜日神交，悠然得意，遗恨无毫发。⑥古今同致，永和徒记年月。⑦

[注释]

①金太宗天会十五年（1137），金废黜伪齐刘豫，于东京置行台尚书省，都元帅宗弼领行台事，蔡松年为行台刑部郎中。金熙宗天眷三年（1140），金背盟伐宋，蔡松年随宗弼南下，兼总国中六部事。临行，诸亲友用苏轼赤壁词韵作《念奴娇》送别。蔡松年后有和作。熙宗皇统元年（1141），金与宋再度议和，宋增加岁币，向金称臣，蔡松年因此"还都"。　②岩岩玉壁：《诗·鲁颂·閟宫》："泰山岩岩，鲁邦所詹。"孔颖达疏："言泰山之高岩岩然，鲁之邦境所至也。"张衡《思玄赋》："冠岩岩其映盖兮，佩贯朽粟缃绷以辉煌。"李周翰注："岩岩，高貌。"《世说新语·赏誉》："王公目太尉：岩岩清峙，壁立千仞。"　③"五亩"二句：《晋书·谢安传》载，谢安曾隐居会稽东山，"与王羲之及高阳许询、桑门支遁游处，出则渔弋山水，入则言咏属文，无处世意"。后"虽

受朝寄，然东山之志，始末不渝，每形于言色"。 ④西州：指建康西州门。《晋书·谢安传》载，谢安始终未忘东山之志，及出镇广陵，尽室而行，拟经略粗定，即由海道东还。"雅志未就，遂遇疾笃。"奉诏还都，"闻当舆入西州门，自以本志不遂，深自慨失"。未几即去世。 ⑤"觉隗（wěi）"二句：觉隗，犹魂磊，指胸中郁积。《世说新语·任诞》："阮籍胸中垒块，故须酒浇之。"蔡松年《念奴娇》："感时怀古，酒前一笑都释。" ⑥"胜日"三句：《晋书·卫玠传》："及长，好言玄理……遇有胜日，亲友时请一言，无不咨嗟，以为入微。"沈约《和谢宣城》："神交疲梦寐，路远隔思存。"吕向注："梦有六候，皆魂神所交也。与谢朓相去既远，但神交而已，故疲于梦寐而思虑所存也。"杜甫《敬赠郑谏议十韵》："毫发无遗憾，波澜独老成。"仇兆鳌注："《文赋》：'恒遗恨以终篇。'" ⑦"古今"二句：王羲之《兰亭集序》："永和九年，岁在癸丑，暮春之初，会于会稽山阴之兰亭，修禊事也。……后之视今，亦犹今之视昔，悲夫！故列叙时人，录其所述。虽世殊事异，所以兴怀，其致一也。后之览者，亦将有感于斯文。"

[评析]

蔡松年（1107~1159）此词表达远引辞世的志趣，豪情跌宕，高逸清美，元好问称为"公乐府中最得意者，读之则其平生自处为可见矣"（《中州集》卷一）。之前，蔡松年曾用苏轼《念奴娇》原韵追和过一首，抒写"此身流转"的感怀，序曰："仆来京洛三年，未尝饱见春物。今岁江梅始开，复事远行。虎茵、丹房、东岫诸亲友折花酌酒于明秀峰下，仍借东坡先生词韵，出妙语以惜别。辄亦继作，致言欢不足之意。"词云：

倦游老眼，负梅花京洛，三年春物。明秀高峰人去后，冷落清辉绝壁。花底年光，山前爽气，别语挥冰雪。摩挲庭桧，耐寒好在霜杰。　　人世长短亭中，此身流转，几花残花发。只有平生生处乐，一念犹难磨灭。放眼南枝，忘怀樽酒，及此青青发。从今归梦，暗香千里横月。

还都之后，友人激赏其追和之作，纷纷酬和，词人因而为之重赋，进一步抒发自己的怀抱。蔡氏后来自序诗文集所言，有助于理解此词作意："王夷甫神情高秀，宅心物外，为天下称首，言少无宦情。使其雅咏玄虚，不经世务，超然遂终其身，则亦何必减嵇阮辈。而当衰世颓俗，力不可为之时，不能远引高蹈，颠危之祸，卒与晋俱，为千古名士之恨。又尝读山阴诗引，考其论古今感慨事物之变，既言修短随化，期与共尽，而世殊事异，兴怀一致，则死生终始，物理之常，正当乘化归尽，何足深叹？乃区区列叙一时述作，刊纪岁月，岂逸少之清真简裁，亦未尽忘情于此邪？"

作为由宋入金的士大夫，蔡松年虽然身居高位，心情却是十分复杂的。思念故国又不敢流露，只好属之魏晋名士风流，求得一份高蹈与超脱。"离骚痛饮"，即奠定了全词的豪纵基调。而这种豪纵，是以"无事"为前提的。词人以王衍、谢安为"前杰"，渴望得到"五亩苍烟，一丘寒碧"的隐逸生活，下片又说"我梦卜筑萧闲，觉来岩桂，十里幽香发"，向往超然尘外的名士风流，其实，都未尝不是惧祸与愧恶的心理表现。这首词表面的"萧闲"超脱，隐藏着痛苦矛盾的心情，而词境的高逸清美，也确实接近苏轼的"大江东去"。

念奴娇

完颜亮

天丁震怒①,掀倒银海,散乱珠箔。六出奇花飞滚滚②,平填了、山中丘壑。皓虎颠狂③,素麟猖獗,掣断真珠索。玉龙酣战,鳞甲满天飘落。④　谁念万里关山,征夫僵立,缟带沾旗脚⑤。色映戈矛,光摇剑戟,杀气横戎幕。貔虎豪雄,偏裨英勇,共与谈兵略。⑥须拚一醉,看取碧空寥廓⑦。

[注释]

①天丁:天兵。李德裕断句:"休咎占人甲,挨特见天丁。"《宣和遗事》前集:"(宋徽宗)俄至一城,见红光密合,有天丁守御。"道教传说中有六丁神——丁卯神司马卿、丁丑神郑子任、丁亥神张文通、丁酉神臧文公、丁未神石叔通、丁巳神崔石卿,与六甲神——甲子神王文卿、甲戌神展子江、甲申神扈文长、甲午神韦玉卿、甲辰神孟非卿、甲寅神明文章同为真武大将所常用神员。《续文献通考》:"丁卯等六丁,阴神玉女也。甲子等六甲,阳神玉男也。"　②六出奇花:即雪花。六出,六瓣。雪花六角,称六出之花。《太平御览》卷一二引《韩诗外传》:"凡草木花多五出,雪花独六出。"元稹《赋得春雪映早梅》:"飞舞先春雪,因依上番梅。一枝方渐秀,六出已同开。"　③颠狂:举止狂乱貌。杜甫《江畔独步寻花七绝句》其一:"江上被花恼不彻,无处告诉只颠狂。"

④"玉龙"二句:《西清诗话》引张元《雪》:"战死玉龙三十万,败

鳞残甲满天飞。"残甲,《能改斋漫录》卷一一引作"风卷"。 ⑤"缟带"句:缟带,此处指雪。韩愈《咏雪赠张籍》:"随车翻缟带,逐马散银杯。"旗脚,旗尾。梅尧臣《龙女祠祈顺风》:"龙母龙相依,风云随所变。舟人请予往,出庙旗脚转。"苏轼《泗州僧伽塔》:"我昔南行舟系汴,逆风三日沙吹面。舟人共劝祷灵塔,香火未收旗脚转。" ⑥"貔(pí)虎"三句:貔虎,比喻勇猛的将士。《尚书·周书·牧誓》:"勖哉夫子!尚桓桓,如虎如貔,如熊如罴,于商郊。"孔安国传:"貔,执夷,虎属也。四兽皆猛健,欲使士众法之,奋击于牧野。"《后汉书·光武纪赞》:"寻邑百万,貔虎为群。"偏裨(pí),将佐的通称。《汉书·冯奉世传》:"典属国任立、护军都尉韩昌为偏裨,到陇西,分屯三处。"王维《陇头吟》:"身经大小百余战,麾下偏裨万户侯。"兵略,用兵的谋略。《淮南子·要略训》:"《兵略》者,所以明战胜攻取之数,形机之势,诈谲之变,体因循之道,操持后之论也。"司马光《苏骐骥墓碣铭》:"吾以布衣起家至方伯,承两朝恩渥,不可胜纪,家近赵魏,粗习兵略。"
⑦寥廓:《楚辞·远游》:"下峥嵘而无地兮,上寥廓而无天。"洪兴祖《补注》引颜师古曰:"寥廓,广远也。"

[评析]

完颜亮(1122~1161)此词咏雪。上片写飞雪却不似飞雪,倒像是寰宇一场大战。下片写人,以大雪为铺垫,衬托出征夫"杀气横戎幕"的豪迈气概。全篇奇想突发,语词冷峻,铺张恣肆,意境高迈雄阔,有气吞山河之势。

此词原出《水浒传》第十一回"朱贵水亭施号箭,林冲雪夜上梁山",《花草粹编》卷一〇据以收入,《全金元词》再据以辑入。金开诚、葛兆光《古诗文要籍叙录》认为"十分可疑"。不过,这样的怀疑在没有得到确凿的反证文献的有效支撑之前,还不能推翻现有的作者归属判断,正如胡传志《宋金文学的交融与演进》一书中所论:"从风格上来看,(这首词)的确与完颜亮的诗词如出一辙。再者,《水浒传》作者没有造伪动机,没有必要将一首咏雪佳作嫁名于声名狼藉的完颜亮。《水浒传》引此词的目的是用来状雪景,与林冲故事无关,《水浒传》作者认可的是其状物之工。"〔按:论者并且进一步讨论了一个很有意思的问题,即通常认为元末明初成书的《水浒传》从何引得这首《念奴娇》?并大胆猜测:莫非《水浒传》作者真是南宋末年编纂《靖康稗史》的耐庵?《靖康稗史》,是耐庵于咸淳三年(1267)在确庵《同愤录》的基础上编纂而成的,《同愤录》所采皆金国文献。可见,耐庵对金国文献是较为关注的。当时离金亡不久,他若有心搜集,自然有可能搜集到完颜亮的词作。所以,如果《水浒传》的作者真的是耐庵,在《水浒传》中引用完颜亮的词,倒是顺理成章。否则,完颜亮的作品在其死后三四百年突然出现,会多少显得难以理解。〕

《全金元词》还录有完颜亮的其他咏雪词,如《昭君怨》,的确也可以称为状物工巧:

> 昨日樵村渔浦。今日琼川银渚。山色卷帘看。老峰峦。　　锦帐美人贪睡。不觉天花剪水。惊问是杨花。是芦花。

杨慎《词品》卷三误以此首为韩驹词。上片从大处着笔,有浑茫之象。下片则以"锦帐美人"为视角,聚焦于美人之态。美人贪睡,故不知天降大雪,惊问是杨花还是芦花。构思清新,"诡而有致"(沈雄《古今词话·词话》下卷引《艺苑雌黄》)。比较来看,如果说"平和奇俊"的《昭君怨》对雪景的描写基本上是静态的话,那么,《念奴娇》就全然是动态的,狂暴奇特,峥嵘瑰奇,其中颇有"桀骜不在人下之气"(陈霆《渚山堂词话》卷二)。

望海潮　上兰州守①

邓千江

　　云雷天堑，金汤地险，名藩自古皋兰。②营屯绣错，山形米聚，喉襟百二秦关。③鏖战血犹殷。见阵云冷落，时有雕盘。静塞楼头，晓月依旧玉弓弯④。　　看看定远西还。有元戎阃命，上将斋坛。⑤区脱昼空，兜零夕举，甘泉又报平安。⑥吹笛虎牙间⑦。且宴陪珠履⑧，歌按云鬟。未拓兴灵，醉魂长绕贺兰山。⑨

[注释]

①词题，一本作"献张六太尉"。张六太尉，当系张行信，字信甫。《金史·宣宗纪》："戊辰，命张行信摄太尉。"又，张中孚亦字信甫，或因以张六太尉为张中孚，似误。　②"云雷"三句：云雷，指军队声威之盛。任昉《禅梁玺书》："锋驿交驰，振灵武以遐略；云雷方扇，鞠义旅以勤王。"李白《金陵三首》其一："金陵空壮观，天堑净波澜。"《汉书·蒯通传》："边地之城，必将婴城固守，皆为金城汤池，不可攻也。"皋兰，山名，在今甘肃兰州东南。汉武帝元狩二年（前121）骠骑将军霍去病出陇西，鏖战皋兰下，即此。隋开皇元年（581）立兰州，即由皋兰得名。此即指兰州。　③"营屯"三句：绣错，喻军营交错纵横如锦绣之错置。柳宗元《茅亭记》："苍翠诡伏，绮绾绣错。"《后汉书·马援传》："援于帝前聚米为山，指画形势，开示众军所从道径往来，分析曲折，昭然可晓。"喉襟，胸襟咽喉，喻指要塞。刘孝绰《三日侍安成王曲

水宴》："蹋跨兼流采,襟喉迳封甸。" ④玉弓:指弦月。李贺《南园十三首》其六:"寻章摘句老雕虫,晓月当帘挂玉弓。" ⑤"有元戎"二句:元戎,统帅。阃(kǔn)命,犹阃外之命,全权托付。阃,代指城门。《史记·张释之冯唐列传》:"阃以内者,寡人制之;阃以外者,将军制之。"《史记·淮阴侯列传》载,萧何劝刘邦拜韩信为大将,曰:"王必欲拜之,择良日,斋戒,设坛场,具礼,乃可耳。" ⑥"区脱"三句:兜零,举烽火的器具。《汉书·贾谊传》文颖注:"边方备胡寇,作高土橹,橹上作桔皋,桔皋头兜零,以薪草置其中,常低之,有寇即火燃举之以相告,曰烽。又多积薪,寇至即燃之,以望其烟,曰燧。"甘泉,汉宫名,故址在今陕西淳化甘泉山上。此代指朝廷。 ⑦"吹笛"句:谓边尘平静,故军中作乐。虎牙,指将士。扬雄《执金吾箴》:"如虎有牙,如鹰有爪。" ⑧珠履:鞋上嵌有珍珠。《史记·春申君列传》:"春申君客三千余人,其上客皆蹑珠履以见赵使,赵使大惭。" ⑨"未拓"二句:一作"招取英灵毅魄,长绕贺兰山"。屈原《九歌·国殇》:"身既死兮神以灵,魂魄毅兮为鬼雄。"

[评析]

邓千江(生卒年不详)此词歌颂守边将帅的英雄业绩。起首极写边关形势的险要和军容的整肃,表现出一种坚如磐石的气概。将鏖战的具体过程一笔带过,而以战后沙场的清冷景象渲染悲壮的气氛。下片全力振起,颂赞将士的卓著武功给边境带来的安宁局面。结以设宴祝捷,祭奠阵亡。全篇豪气英风,磅礴其间,从而赢得了后人的激赏:"近世所谓大乐,苏小小《蝶恋花》、邓千江《望海潮》、苏东坡《念奴娇》、辛稼轩《摸鱼儿》、晏叔原《鹧鸪天》、柳耆卿《雨霖铃》、吴彦高《春草碧》、朱淑真《生查子》、蔡伯坚《石州慢》、张三影《天仙子》也。"

（杨朝英《阳春白雪》卷首附刻燕南芝庵《唱论》）这与作者的自我判断不谋而合："金国初，有张六太尉者镇西边，有一士人邓千江者，献一乐章《望海潮》云云。太尉赠以白金百星，其人犹不惬意而去。"（刘祁《归潜志》卷四）

有意味的是，当时像邓千江一样以孤篇名世的，还有折元礼的一首《望海潮·从军舟中作》：

> 地雄河岳，疆分韩晋，重关高压秦头。山倚断霞，江吞绝壁，野烟萦带沧州。虎旆拥貔貅。看阵云截岸，霜气横秋。千雉严城，五更残角月如钩。　西风晓入貂裘。恨儒冠误我，却羡兜鍪。六郡少年，三明老将，贺兰烽火新收。天外岳莲楼。想断云横晓，谁识归舟。剩著黄金换酒，羯鼓醉凉州。

抒发重振山河的壮士情怀，雄浑高古，然首、尾处有明显模仿邓千江《望海潮》处。邓千江《望海潮》却又被认为"全步骤沈公述上王君贶一首"，而"繁缛雄壮，何啻十倍过之，不止出蓝而已"（杨慎《词品》卷五）。兹录沈唐词以对读：

> 山光凝翠，川容如画，名都自古并州。箫鼓沸天，弓刀似水，连营百万貔貅。金骑走长楸。少年人，一一锦带吴钩。路入榆关，雁飞汾水正宜秋。　近思昔日风流。有儒将醉吟，才子狂游。松偃旧亭，城高故国，空留舞榭歌楼。方面倚贤侯。便恐为霖雨，归去难留。好向西溪，恣携弦管宴兰舟。

当然，沈唐词其实也是规仿柳永同调名作"东南形胜"而来，从结构布局、声容气象上看，其间脉络如此。难怪王灼说，沈唐、李甲、孔夷、孔榘、晁端礼、万俟咏等人"源流从柳氏来"（《碧鸡漫志》卷二）。

水调歌头　赋三门津①

元好问

黄河九天上,人鬼瞰重关。长风怒卷高浪,飞洒日光寒。峻似吕梁千仞②,壮似钱塘八月,直下洗尘寰。万象入横溃③,依旧一峰闲。　　仰危巢,双鹄过,杳难攀。人间此险何用,万古秘神奸④。不用然犀下照,未必侬飞强射,有力障狂澜。⑤唤取骑鲸客,挝鼓过银山⑥。

[注释]

①词题中"三门津",即今河南三门峡。《陕州志》:"三门:中神门,南鬼门,北人门,惟人门修广可行舟。鬼门尤险,舟筏入者罕得脱。三门之广,约三十丈。"　②"峻似"句:吕梁,吕梁山,在今山西吕梁市离石区东北。《列子·黄帝》:"孔子观于吕梁,县水三十仞,流沫三十里(《庄子·达生》作四十里),鼋鼍鱼鳖之所不能游也。"　③横溃:谓急湍横溢泛滥。洪水旁决曰溃。《宋史·河渠志》:"度今之利,若舍故道,止从北流,则虑河下已湮,而上流横溃,为害益广。"李白《金陵望汉江》:"汉江回万里,派作九龙盘。横溃豁中国,崔嵬飞迅湍。"　④神奸:原指能害人的鬼神怪异之物,后借指奸诈之人。《左传·宣公三年》:"昔夏之方有德也,远方图物,贡金九牧,铸鼎象物,百物而为之备,使民知神奸。"杜预注:"图鬼神百物之形,使民逆备之。"苏轼《洞庭春色赋》:"尽三江于一吸,吞鱼龙之神奸。"　⑤"未必"二句:

《汉书·宣帝纪》:"西羌反,发三辅、中都官徒弛刑,及应募佽(cì)飞射士、羽林孤儿。"服虔注:"周时度江,越人在船下负船,将覆之。佽飞入水杀之。汉因以材力名官。"如淳注:"《吕氏春秋》荆有兹非,得宝剑于干将。度江中流,两蛟绕舟。兹非拔宝剑赴江刺两蛟杀之。荆王闻之,任以执圭。后世以为勇力之官。"臣瓒注:"本秦左弋官也,武帝改曰佽飞官,有一令九丞,在上林苑中结矰缴以弋凫雁,岁万头,以供祀宗庙。许慎曰:'佽,便利也。'便利矰缴以弋凫雁,故曰佽飞。《诗》曰'抉拾既佽'者也。"颜师古注:"取古勇力人以名官,熊渠之类是也。亦因取其便利轻疾若飞,故号佽飞。弋凫雁事,自使佽飞为之,非取飞鸟为名。瓒说失之。"韩愈《进学解》:"障百川而东之,回狂澜于既倒。" ⑥"挝(zhuā)鼓"句:挝,击。岑参《与独孤渐道别长句兼呈严八侍御》:"军中置酒夜挝鼓,锦筵红烛月未午。"张继《九日巴丘杨公台上宴集》:"万叠银山寒浪起,一行斜字早鸿来。"

[评析]

　　元好问(1190~1257)的这首《水调歌头》,写一峰独屹于奔腾咆哮的黄河中,力拒狂澜,借以自励,希望成为中流砥柱,情怀深沉激烈。全篇笔势奇横,崎崛排奡。

　　元好问接受和学习辛弃疾其人其词,代表的是金末元初北国文坛的一种风气,而非只是其个人行为。从元好问、白朴、刘敏中等人对稼轩词风骨的自觉学习、接受与继承,到胡祗遹"读易一篇无所咏,渊明诗句稼轩词"(《紫山大全集》卷七)等对辛弃疾词的高度赏识;从王恽的《辛殿撰小传》、《过稼轩先生墓》诗五首与《感皇恩·与客读辛殿撰乐府全集》一词以及袁桷的《辛稼轩画像赞》等对稼轩崇高人格的激赏与追慕,到王弈的《和稼轩金陵赏心亭》、《和稼轩多景楼》等诸多的追和之作，都能够很好地佐证、说明这一点。元好问在其中，起的主要是一种开风气之先的作用。而且，所谓"稼轩体"是一个豪婉兼备的复杂体，元好问学稼轩时也充分注意到了这一点，在以豪气为词的同时，还能像稼轩那样，以婉约笔法、浑雅风格"使豪放词在经历稼轩词之后再度与雅词合流"（刘扬忠《元好问对辛弃疾其人其词的接受和学习》），从而呈现出一种独特的风貌。

木兰花慢　游三台①

元好问

渺漳流东下②，流不尽，古今情。记海上三山，云中双阙，当日南城。③黄星④。几年飞去，淡春阴、平野草青青。冰井犹残石甃，露盘已失金茎。⑤　风流千古短歌行。慷慨缺壶声。⑥想酾酒临江⑦，赋诗鞍马，词气纵横。飘零。旧家王粲，似南飞、乌鹊月三更⑧。笑杀西园赋客⑨，壮怀无复平生。

[注释]

①木兰花慢：柳永《乐章集》注高平调。又，词题中"三台"，《初学记》卷八引《邺中记》："魏武于邺城西北立三台。中台名铜雀台，南名金兽台，北名冰井台。"故址在今河北临漳西南。　②漳流：即漳河。《金史·地理志》："彰德府临漳东山、漳水。"东南流至今河北、河南两省边境，合为漳河，又东流至大名县入卫河。　③"云中"二句：王维《奉和圣制从蓬莱向兴庆阁道中留春雨中春望之作应制》："云里帝城双

凤阙，雨中春树万人家。"邺有南、北二城，北城为曹魏时因旧城增筑，三台在焉；南城则筑于东魏初年。词曰"当日南城"，盖词人误记。

④黄星：古人以为瑞星。《拾遗记》："轩辕以戊己之日生，故以土德称王，时有黄星之祥。"《三国志·魏书·武帝纪》："初，桓帝时有黄星见于宋、楚之分，辽东殷馗善天文，言后五十岁当有真人起于梁、沛之间，其锋不可当。"张衡《周天大象赋》："嘉大舜之登禅，耀黄星而靡锋。"

⑤"冰井"二句：《水经注·浊漳水》："北曰冰井台，亦高八丈，有屋一百四十间，上有冰室，室有数井，井深十五丈。"班固《西都赋》："抗仙掌以承露，擢双立之金茎。"李善注："金茎，铜柱也。" ⑥"风流"二句：元好问《论诗三十首》其三："邺下风流在晋多，壮怀犹见缺壶歌。" ⑦酾（shī 或 shāi）酒：斟酒。《晋书·周处传》："及吴平，王浑登建邺宫酾酒，既酣，谓吴人曰：'诸君亡国之余，得无戚乎？'"

⑧"似南飞"句：曹操《短歌行》："月明星稀，乌鹊南飞。绕树三匝，无枝可依。" ⑨西园：曹植《公宴》："清夜游西园，飞盖相追随。"曹丕《芙蓉池作》："乘辇夜行游，逍遥步西园。"沈约《应王中丞思远咏月》："高楼切思妇，西园游上才。"吕向注："西园谓魏氏邺都之西园也。文帝每以月夜集文人才子共游于西园。"此处指汴京之西园，元好问曾游此地，作《西园》："百草千花雨气新，今朝陌上有游尘。皇州春色浓于酒，醉杀西园歌舞人。"

[评析]

元好问此首《木兰花慢》名为吊昔日邺下三台，其实是伤完颜故国，今昔对比，感慨万端。全篇浑厚苍凉，婉转中蕴涵豪放之情，置于苏辛间，差堪鼎足。况周颐的评论中曾做过这样的评比："遗山之词，亦浑雅，亦博大，有骨干，有气象。以比坡公，得其厚矣，而雄不逮焉者。

豪而后能雄，遗山所处不能豪，尤不忍豪。"（《蕙风词话》卷三）也就是说，跟苏轼词的清雄和辛弃疾词的雄武相比，元好问词更具有一种雄奇的色彩。元好问这一类壮词所体现的是典型的北宗风范，所承载的是生发于北方地域文化的审美理想。元好问词深厚的北方文化底蕴，还体现在能将传统的爱情题材和婉约词风自然地融入北方文化的思维模式和话语系统中，如著名的《双蕖怨》、《雁丘词》等，即使风格婉曲柔丽，也往往有着深刻的社会背景，甚至多了几份骨力和深沉，而与宋词传统中的婉约之作有异。

元好问另有一首同调同题游三台怀古词：

> 拥岩岩双阙，龙虎气，郁峥嵘。想暮雨珠帘，秋香桂树，指顾台城。台城。为谁西望，但哀弦、凄断似平生。只道江山如画，争教天地无情。　　风云奔走十年兵。惨淡入经营。问对酒当歌，曹侯墓上，何用虚名。青青。故都乔木，怅西陵、遗恨几时平。安得参军健笔，为君重赋芜城。

抒发历史的沧桑感和胸中的不平气，可录与并读。

念奴娇　钦叔、钦用避兵太华绝顶，以书见招，因为赋此①

元好问

云间太华，笑苍然尘世，真成何物。玉井莲开花十丈，独立苍龙绝壁。②九点齐州，一杯沧海，③半落天山雪。中原逐鹿，定知谁是雄杰。④　　我梦黄鹤移书，洪崖招隐，逸兴尊中发。⑤箭筈天门飞不到，落日旌旗明灭。⑥华屋生存，丘山零落，几换青春发。人间休问，浩歌且醉明月⑦。

[注释]

①词题中"钦叔钦用"，指李献能、李献甫兄弟。李献能字钦叔，李献甫字钦用。《金史·地理志》："京兆府路华州华阴有太华山。"在今陕西华阴南十里，即华山。山之中峰曰莲花峰，东峰曰仙人掌，南峰曰落雁峰，世所谓华岳三峰。《华岳志》："岳顶中峰为莲花峰。" ②"玉井"二句：玉井在华山峰顶莲花坪上，传说古代此地有千叶白莲。韩愈《古意》："太华峰头玉井莲，花开十丈藕如船。"苍龙，即苍龙岭。其为华山通往南、中、东、西诸峰之唯一通道。由北峰望之，耸入高云，体青背黑，如苍龙腾空，故称。 ③"九点"二句：李贺《梦天》："遥望齐州九点烟，一泓海水杯中泻。"齐州，即中州，犹言中国。 ④"中原"二句：《史记·淮阴侯列传》："（秦）失其鹿，天下共逐之，于是高材疾足者先得焉。"后因称国家分裂之时，争夺天下为逐鹿。王勃《三国论》："振威烈而清中夏，挟天子以令诸侯，信超然之雄杰矣。" ⑤"我梦"三句：孔稚珪《北山移文》："鹤书赴陇。"李善注引萧子良《古今篆隶文体》："鹤头书与偃波书，俱诏板所用。在汉则谓之尺一简，仿佛鹄头，故有其称。"移书，移送文书。洪崖，古仙人名，即洪崖先生。张衡《西京赋》："洪涯立而指麾，被毛羽之襳襹。"薛综注："洪涯，三皇时伎人，倡家托作之，衣毛衣之衣。"李白《宣州谢朓楼饯别校书叔云》："俱怀逸兴壮思飞，欲上青天揽明月。" ⑥"箭筈（kuò）"二句：箭筈，即箭筈岭，在今陕西陇县南岐山最高处，为宋金相持之地，尝置箭筈关。李攀龙《华山记》："自昭王施钩梯处西南上三里许，得一峡如栝，曰天门。"杜甫《望岳》："车箱入谷无归路，箭栝通天有一

门。"杜甫《北征》:"回首凤翔府,旌旗晚明灭。" ⑦"浩歌"句:李白《春日醉起言志》:"感之欲叹息,对酒还自倾。浩歌待明月,曲尽已忘情。"

[评析]

  元好问此词约作于金哀宗正大八年(1231)。史载,本年蒙古军队平定凤翔(今属陕西),又攻陷河中(今属山西)。李献能"独得一船走陕州"(《中州集》卷六),他和李献甫避兵华山约在此年。词作起笔就高唱入云,激昂慷慨,傲视万物,词境可谓壮阔。接着驱遣唐人诗句、运化历史典故,抒怀洒脱真率。词既写华山的雄伟峭拔和傲然独立,又寄寓着极为深厚的人生感慨,与苏轼同调"大江东去"实同一机杼。此词无论选调用韵,构思立意还是风格意象,均以东坡为法式,可见,东坡一体在元好问内心深处的确是蒂固根深。

  词题中提到的李献能也能词。如《中州乐府》卷六所录三首之一的《春草碧》:

> 紫箫吹破黄昏月。簌簌小梅花,飘香雪。寂寞花底风鬟,颜色如花命如叶。千里溯凝尘,凌波袜。 心事鉴影鸾孤,筝弦雁绝。旧时雪堂人,今华发。肠断金缕新声,杯深不觉琉璃滑。醉梦绕南云,花上蝶。〔按:另外二首为《江梅引》(汉宫娇额倦涂黄)、《浣溪纱》(垂柳阴阳水拍堤)。〕

气度风格"酷似秦少游"(吴梅《词学通论》)。况周颐甚至认为:"以南北名贤拟之,辛幼安殆伯仲之间,吴彦高其望尘弗及乎。"(《蕙风词话》卷三)

满江红　过汴梁故宫城①

段克己

塞马南来，五陵草树无颜色。②云气黯、鼓鼙声震，天穿地裂。百二河山俱失险，将军束手无筹策。③渐烟尘、飞渡九重城④，蒙金阙。　　长戈袅，飞鸟绝。原厌肉，川流血。⑤叹人生此际，动成长别⑥。回首玉津春色早，雕栏犹挂当时月。⑦更西来、流水绕城根，空呜咽。⑧

[注释]

①词题中"汴梁"，今河南开封。北宋时称东京。金据中原后称汴京。海陵王贞元元年（1153）更号南京。贞祐二年（1214），金中都（今北京）为蒙古军所围，宣宗迁都于此。金哀宗正大九年（1232）金兵在三峰山为蒙古军所败，次年汴京守将崔立叛变降蒙古，汴京陷落。　②"塞马"二句：《金史·哀宗纪》载，正大八年（1231）四月，"大元兵平凤翔，两行省弃京兆（今陕西西安）"。五陵，此处代指汴京。　③"百二"二句：李献甫《长安行》："高山有峰不复险，大河有浪亦已平。……我闻人固物乃固，人不为力物乃倾。将军誓守不誓战，战士避死不避生。"　④九重城：京城。九重本指宫禁。宋玉《九辩》："岂不郁陶而思君兮，君之门以九重。"五臣注："虽思见君，而君门深邃，不可至也。"《礼记·月令》："毋出九门。"郑玄注："天子九门者，路门也、应门也、雉门也、库门也、皋门也、城门也、近郊门也、远郊门也、关门也。"钱起《和李员外扈驾幸

温泉宫》："未央月晓度疏钟，凤辇时巡出九重。" ⑤"原厌肉"二句：段克己《癸卯中秋之夕与诸君会饮山中感时怀旧情见乎辞》："无何陵谷忽迁变，杀气黯惨缠九州。生民冤血流未尽，白骨堆积如山丘。"厌，生厌，多余。李献甫《长安行》："杀人饱厌敌自去，长安有道谁当行。黄尘漫漫愁杀人，但见蔽野鸡群鸣。"元好问《癸巳五月三日北渡三首》其三："白骨纵横似乱麻，几年桑梓似龙沙。只知河朔生灵尽，破屋疏烟却数家。"
⑥动：往往，每每。《三国志·魏书·周瑜传》："曹公豺虎也，然托名汉相，挟天子以征四方，动以朝廷为辞。" ⑦"回首"二句：玉津，园名，在汴京南门外。五代后周显德年间置。北宋时的汴京，"都人争先出城探春，州南则玉津园"，当时"春容满野，暖律暄晴，万花争出，粉墙细柳，斜笼绮陌，香轮暖辗，芳草如茵，骏骑骄嘶，杏花如绣，莺啼芳树，燕舞晴空"（《东京梦华录》卷六）。李煜《虞美人》："雕栏玉砌应犹在，只是朱颜改。" ⑧"更西来"二句：流水，指汴河。朱敦儒《浪淘沙》："今夜只应清汴水，呜咽东流。"

[评析]

段克己（1196~1254）此词为金亡后词人重过汴梁故宫时作，放声悲歌，苍凉沉咽，催人泪下。上片写"塞马南来"的凶焰及金朝君臣将帅昏庸无能而终至国家覆亡的悲剧，沉痛惨戚。下片描写亡国时血流成河、生灵涂炭的惨状，侧写蒙古军队的残暴行径，悲愤呜咽。"雕栏犹挂当时月"，写对故国的无限眷恋，是伤心人的血泪语。结句写流水绕城，呜咽哭泣，似诉亡国之痛。不说人悲，而说水悲，用笔空灵。全篇集中笔墨追叙金元兴衰，仅结尾四句写汴梁今日残破景象，以突出痛伤亡国、追念故国之情，构思颇见功力。词人振笔直书，以纪实手法述历史、写时事，以史笔实录，情真意挚，声情并茂，感人至深。

遗民词研究，一般关注的是非汉族政权取代汉族政权对汉族士人心灵所带来的冲击。事实上，与之相对的是，极少关注政权重回汉人之手后，非汉族文人的反应和态度，或者非汉族政权覆灭之后，汉族文人的反应和态度。这些如果反映在词中，也许会跟我们惯常想象的情形大为不同。其缘由，除了所谓征服者被被征服者在文化上征服，即异族汉化之外，对于悠久传统和相关理念的固守与坚持，不因统治者变更而有本质区别，应该引起足够的注意。

水调歌头　感南唐故宫，就檃括后主词①

白　朴

南郊旧坛在，北渡昔人空②。残阳淡淡无语，零落故王宫。前日雕阑玉砌，今日遗台老树，尚想霸图雄。谁谓埋金地，都属卖柴翁③。　慨悲歌，怀故国，又东风。不堪往事多少，回首梦魂同。借问春花秋月，几换朱颜绿鬓，荏苒岁华终。莫上小楼上，愁满月明中。

[注释]

①词题中"檃括后主词"，是指主要檃括李煜《虞美人》（春花秋月何时了）。从中是否可以确切推知白朴时代所读到的后主词要比今人多，尚有疑问。檃括，本作"檃栝"，是矫正曲木的工具。《荀子·性恶》："故枸木必将待檃栝、烝矫然后直。"《文心雕龙·熔裁》将其引申为文学层面的艺术手法："蹊要所司，职在熔裁，檃括情理，矫揉文采也。规范

本体谓之熔，剪截浮词谓之裁。裁则芜秽不生，熔则纲领昭畅，譬绳墨之审分，斧斤之斫削矣。" ②"北渡"句：宋太祖开宝七年（974）冬十月命大将曹彬伐南唐，连下池州、芜湖、当涂等县，十二月败南唐军于白鹭洲，进围金陵。八年（975）十一月破升州（金陵），李煜肉袒出降，全家被押送开封，江南平，南唐亡。 ③卖柴翁：疑指宋太祖赵匡胤。五代周世宗名柴荣，又称柴世宗，赵匡胤素为柴荣赏识重用，官至检校太傅，殿前都点检，掌握禁军大权，但赵却在柴荣死后不久，假借部下名义，发动陈桥兵变，黄袍加身，夺取了后周柴家的天下。

[评析]

　　元代南北曲盛行，词的创作不振。即如前期词坛上的杨果、王恽、刘因、赵孟頫以及中后期词坛上的虞集、许有壬、萨都剌、邵亨贞等，词未必不作，但心思、才力并非独诣于此道，成就也就相对有限。不过，在有元开国之后相当长的一段时间里，宋、金遗民词人尚在，守先待后，余波不尽，造就出了白朴、张翥等代表性词人。白朴（1226～1306）虽"以制曲掩其词名"（《四库全书总目》卷一九九《天籁集》提要），但"平生留意于长短句"（王博文《天籁集序》），又因为亲受元好问指授，审美取向、词作风格及其内在的精神缘由都受到元好问的极大影响。如这首《水调歌头》，是"一身九患"〔白朴《沁园春》（自古贤能）中语〕的作者故国之感的自然流露，"非同时诸子所能默契"（吴梅《词学通论》）。

　　白朴此首檃括李后主词之作，上片怀古，下片才是檃括，檃括是对怀古之思的补充和延续，因而檃括从词的主体降格为怀古词的一个有机组成部分。从这个意义来看，可以理解为对"浇一己块垒"的创作意识的强化和发展。又，白朴的三首檃括词中，有两首所檃括的对象是本就可入乐的词,而非宋人所谓不入乐的徒诗和散文,这种现象在宋代櫽括词中是看不到的。这种似乎违背了櫽括之初衷的做法,表明在白朴乃至同时代人的心目中,词已经可以与诗文等共同列入经典文学作品的行列中。白朴的三首櫽括词,在现存白朴的百余首词中并不占有很大的比例,但如果以整个金元词作为参照(未见其他作者的创作,更谈不上是一种创作风气),那么,白朴的櫽括词其实显示了一种独特的文体上的传承。如果把这种传承理解为白朴对于櫽括词这种文体的创始人苏轼的钦慕、赞赏乃至刻意的模拟和效法,是比较合理的。而白朴这种创作心态的产生,无疑是建立在他和金元文人对苏轼接受的基础之上的。(参张石川《白朴与元初词曲之嬗变》)其"三首櫽括词"中,另外的两首分别是:其一《宴瑶池·〈宴瑶池〉本名〈八声甘州〉,乐府〈八声甘州〉名颇鄙俚,予爱其法雅健,因采东坡〈戚氏〉一篇,稍加櫽括,使就新翻,仍改其名》:"玉龟山,阿母统群仙,幽闲志萧然。有金城千里,琼楼十二,紫翠霏烟。穆满当时西狩,八骏戏芝田。驻跸瑶池上,命赐华筵。　天乐云璈鼎沸,看飞琼舞态,醉饮留连。渐月斜河汉,霞绮布晴天。望神州,东回玉辇,杏花风、数里响鸣鞭。长安近,依稀柳色,翠点秦川。"所櫽括者,苏轼《戚氏·此词始终指意,言周穆王宾于西王母事》(玉龟山)。其二《水调歌头·予儿时在遗山家,阿姊尝教诵先叔〈放言〉古,今忽白首,感念之余,赋此词》:"韩非死孤愤,虞叟坐穷愁。怀沙千古遗恨,郊岛两诗囚。堪笑井蛙裈虱,不道人生能几,肝肺自相仇。政有一朝乐,不抵百年忧。　叹悠悠,江上水,自东流。红颜不暇一惜,白发忽盈头。我欲拂衣远行,直上嵩山绝顶,把酒劝浮丘。藉此两黄鹄,浩荡看齐州。"所櫽括者,虽未明言,其实就是白朴自己的《放言》:"韩非死孤愤,虞卿著穷愁。长沙一湘累,郊岛两诗囚。人生定能几,肝肺日相仇。井蛙奚足论,裈虱良足羞。正有一朝乐,不偿百年忧。古来帝王师,或从赤松游。大笑人世间,起灭真浮沤。曾是万户封,不博一掉头。有来且当避,未至吾何求。悠悠复悠悠,大川日东流。红颜不暇惜,素发忽已稠。我欲升嵩高,挥杯劝浮丘。因之两黄鹄,浩荡观齐州。"

沁园春　金陵凤凰台眺望①

白　朴

独上遗台,目断清秋,凤兮不还。②怅吴宫幽径,埋深花草,晋时高冢,销尽衣冠。③横吹声沉,骑鲸人去,④月满空江雁影寒。登临处,且摩娑石刻,徙倚阑干。⑤　青天半落三山。更白鹭洲横二水间。⑥问谁能心比,秋来水净,渐教身似,岭上云闲。⑦扰扰人生,纷纷世事,就里何尝不强颜。⑧重回首,怕浮云蔽日,不见长安。⑨

[注释]

①词题中"凤凰台",在今南京凤凰山上,传南朝宋时有凤凰集台上,因以名山,并筑台其上。　②"独上"三句:李白《登金陵凤凰台》:"凤凰台上凤凰游,凤去台空江自流。"　③"怅吴宫"四句:李白《登金陵凤凰台》:"吴宫花草埋幽径,晋代衣冠成古丘。"　④"横吹"二句:横吹,本乐府歌曲名,用于军中,乐器有鼓、角。本西域传入,汉武帝时李延年更改新曲二十八解。魏晋以后传世者有《黄鹄》等十曲,后人又加上《关山月》等八曲,现存歌调都是魏晋以来文人的作品。南北朝又有《鼓角横吹曲》。此处应指南朝歌舞。王琦《李太白年

谱》引《二老堂杂志》:"世传李太白因醉溺江,故有捉月台。梅圣俞诗云:'采石月下逢谪仙,夜披锦袍坐钓船。醉中爱月江底悬,以手弄月身翻然。不应暴落饥蛟涎,便当骑鲸上青天。'盖信此而为之说也。"

⑤"且摩娑"二句:石刻,指凤凰台石刻王安石《赠僧》诗。白朴另一篇《沁园春》题下注(该注当系上录《沁园春》作者自注而误植于此篇):"保宁佛殿即凤凰台,太白留题在焉。宋高宗南渡,尝驻跸寺中,有石刻御书王荆公《赠僧》诗云云。意者当时南北扰攘,国家荡析,磨盾鞍马间,有经营之志,百未一遂,此诗若有深契于心者以自况。予暇日来游,因演太白、荆公诗意,亦犹稼轩《水龙吟》用李延年、淳于髡语也。"徙倚,犹徘徊。《楚辞·远游》:"步徙倚而遥思兮,怊惝恍而乖怀。"王逸《章句》:"彷徨东西,意愁愤也。"曹植《洛神赋》:"于是洛灵感焉,徙倚傍徨。神光离合,乍阴乍阳。"朱熹《石马斜川之集分韵赋诗得灯字》:"徙倚绿树荫,摩挲苍石棱。" ⑥"青天"二句:李白《登金陵凤凰台》:"三山半落青天外,二水中分白鹭洲。"三山,在金陵城西南长江边上,三峰并列,南北相连,故名。白鹭洲,金陵城西门外江中沙洲,洲分江为二水。后江流西移,遂与陆地相连。 ⑦"问谁"四句:王安石《赠僧》:"亦欲心如秋水净,应须身似岭云闲。"

⑧"扰扰"三句:王安石《赠僧》:"纷纷扰扰十年间,世事何尝不强颜。"就里,个中。《隋书·礼仪志》:"开皇中,就里欲生分别,故衣重宗彝,裳重黼黻。" ⑨"重回首"三句:李白《登金陵凤凰台》:"总为浮云能蔽日,长安不见使人愁。"不见长安,喻壮志难酬,报国无门。《世说新语·夙惠》:"晋明帝数岁,坐元帝膝上。有人从长安来,元帝问洛下消息,潸然流涕。明帝问:'何以致泣?'具以东渡意告之。因问明帝:'汝意谓长安何如日远?'答曰:'日远。不闻人从日边来,居然可知。'元帝异之。明日,集群臣宴会,告以此意,更重问之。乃答曰:

'日近。'元帝失色，曰：'尔何故异昨日之言邪？'答曰：'举目见日，不见长安。'"王勃《滕王阁序》："望长安于日下，目吴会于云间。"

[评析]

借他人之酒杯，浇一己块垒，本是诗人惯技。白朴此词的特色，在于把李白和王安石两首诗作信手拈来，化为一体，借以抒发自己对人生的感慨，而又不粘不滞，有浑然天成之妙。白朴还作有另外一首同题《沁园春》，可附读如次：

> 我望山形，虎踞龙盘，壮哉建康。忆黄旗紫盖，中兴东晋，雕阑玉砌，下逮南唐。步步金莲，朝朝琼树，宫殿吴时花草香。今何日，尚寺留萧姓，人做梅妆。　　长江不管兴亡。谩流尽英雄泪万行。问乌衣旧宅，谁家作主，白头老子，今日还乡。吊古愁浓，题诗人去，寂寞高楼无凤凰。斜阳外，正渔舟唱晚，一片鸣榔。

登临凭吊，寓情于景，寄托人生感慨与体悟，令人慨叹不已。

有意味的是，四库馆臣将白朴作为金代词人予以收录，是以政治态度划线，即《天籁集》提要中所谓"金亡后，被荐不出"。四库馆臣向来对此一丝不苟，如《四库全书总目》卷一六六杨公远《野趣有声画》提要云："集中有《至元乙酉生朝诗》，称'六十平头悭两岁'，则是年五十八。以长历推之，当生于理宗绍定元年（1228），宋亡时年四十九。入元未仕，当从周密之例，称南渡遗民。然集中《春雪诗》题下注'己卯正月初三作'，是时正张世杰、陆秀夫等蹈海捐生之岁，而其诗有'向晓披衣更拥衾，更无一事恼胸襟'，则是以宋之存亡付诸度外，与前朝故老惓惓旧国者迥殊。且入元以后，干谒当路、颂扬德政之诗，不一而足。其未出仕，当由梯进无媒，固不能与密之终身隐遁者同日语矣。今系之元人，从其志也。"又卷一七四元好问《遗山诗集》存目提要云："此诗集二十卷,乃毛晋从全集摘出,刊于《十元人集》中者。别行已久,姑附存其目。案,好问虽入元而未仕元,晋以为元人,殊误。顾嗣立《元百家诗选初集》以好问诗为冠,又沿晋之失。今仍题曰金人,从其实焉。"可见,四库馆臣系白朴于金,是希望既"从其志"又"从其实"。

秋色横空　赠虞美人草①

白　朴

儿女情多。甚千秋万古,不易消磨。拔山力尽英雄困,垓下尚拥兵戈。②含红泪,颦翠蛾,拚血污游魂逐太阿③。草也风流犹弄,舞态婆娑。④　　当时夜闻楚歌。叹乌骓不逝,恨满山河。匆匆玉帐人东去,耿耿素志无他。黄陵庙⑤,湘水波。记染竹成斑泣舜娥⑥。又岂止虞兮,无可奈何。

[注释]

①秋色横空:当始于元好问。《钦定词谱》卷二九谓"调见《天籁集》",误。《全金元词》白朴词题下注:"本名《玉珥坠金环》,'秋色横空'盖前人词首句,遗山用以为名。"然《玉珥坠金环》亦为《烛影摇红》别名,元好问借用"秋色横空"为调名,不等于《秋色横空》即《玉珥坠金环》。又,词题中"虞美人",为项羽宠姬,或谓姓虞,或曰名虞,故称虞姬。此处指草名,别称丽春花、锦被花。　②"拔山"二句:《史记·项羽本纪》:"项羽军壁垓下,兵少食尽,汉军及诸侯兵围之数重。夜闻汉军四面皆楚歌,项王乃大惊曰:'汉皆已得楚乎?是何楚

人之多也?'项王则夜起,饮帐中。有美人名虞,常幸从;骏马名骓,常骑之。于是项王乃悲歌慷慨,自为诗曰:'力拔山兮气盖世,时不利兮骓不逝。骓不逝兮可奈何,虞兮虞兮奈若何。'歌数阕,美人和之。项王泣数行下,左右皆泣,莫能仰视。"垓下,在今安徽灵璧东南。〔按:《楚汉春秋》载虞姬和歌云:"汉兵已略地,四方楚歌声。大王意气尽,贱妾何聊生。"乃后世伪作。〕　③太阿:一作泰阿,古代宝剑。《越绝书·越绝外传》:相传春秋时,楚王命欧冶子、干将铸龙渊、泰阿、工布三剑。楚王持泰阿率众击破敌军。后世泛指一般宝剑。　④"草也"二句:《梦溪笔谈》卷五云:"高邮桑景舒性知音。旧传有虞美人草,闻人作《虞美人曲》,则枝叶皆动,他曲不然。景舒试之,诚如所传。详其曲声,皆吴音也。"《贾氏谈录》:"褒斜山谷中有虞美人草,状如鸡冠,大而无花,叶相对。行路人见者,或唱《虞美人》,则两叶渐摇动,如人抚掌之状,颇应节也。或唱他辞,即寂然不动也。"　⑤黄陵庙:故址在今湖南湘阴北。《水经注·湘水》:"湖水西流径二妃庙南,世谓之黄陵庙也。言大舜之陟方也,二妃从征,溺于湘江。……故民为立祠于水侧焉。"　⑥"记染竹"句:《博物志·史补》:"尧之二女,舜之二妃曰湘夫人。舜崩,二妃啼,以涕挥竹,竹尽斑。"《述异记》卷上:"湘水去岸三十里许有相思宫、望帝台。昔舜南巡而葬于苍梧之野,尧之二女娥皇、女英追之不及,相与恸哭,泪下沾竹,竹文上为之斑斑然。"

[评析]

　　白朴此词借咏虞美人草而咏虞姬,歌颂虞姬对项羽忠贞不渝的深情。过片三句,看似写项羽,其实是倒叙,仍然是写虞姬。词末宕开一笔,写舜的妃子对舜的忠贞之爱,表达无可奈何之情:儿女情多,古往今来又何止虞姬一人!全篇清朗雅健,合苏、辛为一手,确从《遗山词》而来。所以,王博文说:"遗山之后,乐府名家者何人,残膏剩馥,化为神奇,亦于太素集中见之矣。"(《天籁集序》)朱彝尊也说:"兰谷词源出苏、辛,而绝无叫嚣之气,自是名家。元人擅此者少,当与张蜕庵称双美。"(《天籁集序》)都不失为准确的判断。

此前,辛弃疾也写过一首《浪淘沙·赋虞美人草》,可堪对读:

不肯过江东。玉帐匆匆。至今草木忆英雄。唱著虞兮当日曲,便舞春风。　儿女此情同。往事朦胧。湘娥竹上泪痕浓。舜盖重瞳堪痛恨,羽又重瞳。

上片用霸王别姬、乌江自刎的典故,加上虞美人草闻《虞美人曲》便在春风中起舞的传说,〔按:王灼《碧鸡漫志》卷四云:"《虞美人》,《脞说》称:起于项籍虞兮之歌。予谓后世以此命名可也,曲起于当时,非也。……《笔谈》云:'高邮桑景舒性知音……人亦莫知其如何为吴音。'《东斋记事》云:'虞美人草,唱他曲亦动,传者过矣。'予考六家说,各有异同。《方物图赞》最穿凿,无所稽据,旧曲固非虞姬作,若便谓下音俚调,嘻其甚矣。亦闻蜀中数处有此草,予皆未之见,恐种族异则所感歌亦异。然旧曲三,其一属中吕调,其一中吕宫——近世转入黄钟宫。此草应拍而舞,应旧曲乎?新曲乎?桑氏吴音,合旧曲乎?新曲乎?恨无可问者,又不知吴草与蜀产有无同类也?"据知,《虞美人曲》各家多有异同。〕融虞美人与虞美人草为一体,表达出对这一历史悲剧的深切叹息。过片三句由草木自然过渡到人事,表明人们至今依然深深地怀念着项羽。然而英雄不再,壮志未酬,实在让人泪痕难消。结末二句起波澜于平地,对作为"重瞳"苗裔的项羽不思德政,兵败身亡,深致惋惜。全词借古伤今,哀怨悲凉。

念奴娇 忆仲良①

刘 因

中原形势，壮东南、梦里谯城秋色②。万水千山收拾就，一片空梁落月。③烟雨松楸，风尘泪眼，④滴尽青青血。平生不信，人间更有离别。　　旧约把臂燕南⑤，乘槎天上，曾对河山说。前日后期今日近⑥，怅望转添愁绝。双阙红云，三江白浪，应负肝肠铁。⑦旧游新恨，一时都付长铗。

[注释]

①词题中"仲良"，或说即画家王庭钰，江西上饶人。唯王氏字作良仲，存疑。　②"壮东南"句：白朴《木兰花慢》："壮东南形胜，淮吐浪，海吞潮。"谯城，此处指今河南夏邑北。　③"万水"二句：收拾，犹领略。文天祥《孙容庵甲稿序》："求其领略江山，收拾风月。"杜甫《梦李白二首》其一："落月满屋梁，犹疑照颜色。"　④"烟雨"二句：许浑《金陵怀古》："松楸远近千官冢，禾黍高低六代宫。"杜甫《宿府》："风尘荏苒音书绝，关塞萧条行路难。"　⑤把臂燕南：《后汉书·吕布传》："临别，把臂言誓。"燕南，当指今保定，刘因家乡。　⑥后期：后会之期。方干《送沛县司马丞之任》："羁游故交少，远别后期难。"　⑦"双阙"三句：《翼圣记》："玉帝坐处，常有红云拥之，虽真仙亦不得见其面也。"三江，泛指江湖。肝肠铁，性情狷介刚毅。皮日休《桃花赋序》："余尝慕宋广平之为相，贞姿劲质，刚态毅状，疑其铁肠

与石心。"苏轼《钱安道席上令歌者道服》:"乌府先生铁作肝,霜风卷地不知寒。"

[评析]

刘因(1249~1293)此词怀念友人。词从往昔壮游写起,梦忆旧游,思念故园,欲将一腔郁闷向知己倾诉。过片写旧约难践,怅然愁绝。结句悲壮,勃动着一股抑郁不平之气。全篇倾吐肝胆,情真意切,令人回肠荡气。故况周颐《蕙风词话》卷三高评曰:"寓骚雅于冲夷,足秾郁于平淡,读之如饮醇醪,如鉴古锦。涵咏而玩索之,于性灵怀抱,胥有裨益。"

不过,刘因像这样朴厚深醇中有真趣洋溢的作品为数并不多,其词写得更多的是隐居闲适的心情,如《鹊桥仙》:

悠悠万古。茫茫天宇。自笑平生豪举。元龙尽意卧床高,浑占得、乾坤几许。 公家租赋。私家鸡黍。学种东皋烟雨。有时抱膝看青山,却不是、长吟梁甫。

表明跟元朝统治者的不合作态度,平淡之中有筋骨。

百字令 芜城晚望①

张 翥

碧天向晚②,远云开、疑是江南山色。渺渺孤鸿残照外,独上高城望极。③鸡散台空,萤沉苑废,龙去沟无迹。④英雄安在,千秋恨血凝碧。⑤ 我欲携酒重来⑥,佛狸祠下,字暗苍苔石。社鼓神鸦浑不见，一片青青荠麦⑦。夜月琼枝，春风水调，肯慰淹留客。⑧翩然归去，天风扶下双舄。⑨

[注释]

①词题中"芜城"，即广陵，故城在今江苏扬州市江都区。南朝宋文帝元嘉二十七年（450）冬，北魏太武帝南犯，兵至瓜步，广陵太守刘怀之逆烧城府船乘，尽率其民渡江。宋孝武帝大明三年（459）四月，竟陵王刘诞据广陵反，七月沈庆之讨平之，杀三千余口。是十年间广陵两遭兵祸，城因此残破。后鲍照为作《芜城赋》。　②"碧天"句：白居易《宿湖中》："水天向晚碧沉沉，树影霞光重叠深。"　③"渺渺"二句：苏轼《水调歌头》："长记平山堂上，欹枕江南烟雨，渺渺没孤鸿。"晏殊《蝶恋花》："独上高楼，望尽天涯路。"　④"鸡散"三句：《隋遗录》载，大业末，隋炀帝游江都，昏湎滋深，"尝游吴公宅鸡台，恍惚间与陈后主相遇"。鸡台，即斗鸡台。《隋书·炀帝纪》载，大业十二年（616）五月，炀帝向民间"征求萤火数斛，夜出游山放之，光遍岩谷"。炀帝放萤事在东都洛阳，杜牧《扬州三首》其二有"秋风放萤苑，春草斗鸡台"，因用作扬州典故，今江都区有放萤院遗迹。炀帝于大业元年（605）曾御龙舟经过江都，此河道谓之龙沟。　⑤"英雄"二句：《庄子·外物》："人主莫不欲其臣之忠，而忠未必信，故伍员流于江，苌弘死于蜀，藏其血，三年而化为碧。"　⑥"我欲"句：杜甫《王竟携酒高亦同过共用寒字》："故人能领客，携酒重相看。"　⑦"一片"句：姜夔《扬州慢》："过春风十里，尽荠麦青青。"　⑧"夜月"三句：徐凝《扬州》："天下三分明月夜，二分无赖是扬州。"屈原《离骚》："溘吾游此春宫兮，折琼枝以继佩。"据传隋炀帝游江都是为看琼花。杜牧《赠别》："春风十里扬州路，卷上珠帘总不如。"水调，传为隋炀帝下扬州

时所作的乐府曲辞，唐代颇为流行，宋代谱为《水调歌头》曲调。杜牧《扬州三首》其一："炀帝雷塘土，迷藏旧有楼。谁家听水调，明月满扬州。"淹留，久居他乡。屈原《离骚》："时缤纷其变易兮，又何可以淹留。"曹丕《燕歌行》："慊慊思归恋故乡，君何淹留寄他方。" ⑨"翩然"二句：翩然，飞貌。王安石《送丁廓秀才归汝阴二首》其一："好去翩然丁令威，昔人且在不应非。"舄（xì），古代的一种复底鞋。《后汉书·王乔传》："王乔者，河东人也。显宗世，为叶令。乔有神术，每月朔望，常自县诣台朝。帝怪其来数，而不见车骑，密令太史伺望之。言其临至，辄有双凫从东南飞来。于是候凫至，举罗张之，但得一只舄焉。乃诏尚方诊视，则四年中所赐尚书官属履也。"骆宾王《饯郑安阳入蜀》："唯有双凫舄，飞去复飞来。"

[评析]

　　张翥（1287~1368）此词既以"晚望"为题，入手便将望中之景一一推出。远天云色变化开合，连绵起伏，残阳余映外，有孤雁隐约飞过，与高城远眺的词人在意象上相互映衬，彼此依托，形成点示性极强的画面。接着将视野收回城中，所见只是"台空"、"苑废"、"沟无迹"的衰飒景象，而"鸡散"、"萤沉"和"龙去"又分明带有昔日繁华早已消歇的无限怅触。帝王化为朽骨，英雄无处可寻，传说凝聚千古之恨，大有俯仰苍茫、感极而悲的意态。下片补出"晚望"的来由及结果，意脉紧接上片的怀古余绪。与上片的直出隋炀帝故事以怀古不同，自然巧妙地化用辛、姜词意，借"佛狸祠"的荒寂，喻指金主的率部南侵，寄寓黍离之悲，形象和立意更为具体。以下三句，先极赞风景可人，是广陵足以留人处，而"肯慰"句对此一笔抹倒，谓尽管如此，也不足以令其动心。结拍二句以双舄自状，表明"翩然归去"之志，饱含浓烈的伤今成分。

巫山一段云　远浦归帆①

李齐贤

南浦寒潮急，西岑落日催②。云帆片片趁风开。远映碧山来。出没轻鸥舞，奔腾阵马回③。船头浪吐雪花堆。画鼓殷春雷④。

[注释]

①巫山一段云：唐教坊曲名。《乐章集》注双调。又，词题"远浦归帆"为潇湘八景之一。《梦溪笔谈》卷一七："度支员外郎宋迪工画，尤善为平远山水，其得意者有平沙落雁、远浦帆归、山市晴岚、江天暮雪、洞庭秋月、潇湘夜雨、烟寺晚钟、渔村落照，谓之八景，好事者多传之。"　②西岑：西山。山小而高谓岑。皇甫冉《早发中严寺别契上人》："苍苍松桂阴，残月半西岑。"　③阵马：喻疾进之物。梅尧臣《送滕监簿归宁岳阳》："溯流几千里，云梦苦炎蒸。风樯易阵马，犹使勇气增。"苏辙《放闸二首》其二："脱隘尚容与，投深益沸腾。玉山纷破碎，阵马急侵陵。"　④画鼓殷（yǐn）春雷：鼓声震如春雷。《诗·召南·殷其雷》："殷其雷，在南山之阳。"苏轼《惜花》："腰鼓百面如春雷，打彻凉州花自开。"

[评析]

李齐贤（1287~1367）题画（有学者认为既有题画成分，也有写实成分）而作此佳词，写活了归帆由远及近奔腾而来的生动景观。上片先用"寒潮"、"落日"展现远浦归帆的辽阔背景。"急"、"催"二字扣人心弦,且为下片铺垫。"云帆片片"引出远帆,颇有阵势。下片以鸥舞喻归帆出没于急流之中,马奔比拟南浦晚潮之波涛汹涌,极力描绘远帆劈波斩浪归来的壮观景象,写来健捷有力,撼人心魄。难怪况周颐称赞说:"笔姿灵活,得帆随湘转之妙。"(《蕙风词话》卷三)

李齐贤还有另外一首同调同题之作:

> 解缆离淮甸,扬舻指楚乡。风声飒飒水茫茫。帆席上危樯。
>
> 断送浮云影,惊回过雁行。江楼红袖倚斜阳。远引客心忙。

也写得自然流荡,清新可喜。可以附带提及的是,李齐贤本系高丽人,然前后在中国生活近三十年,且在元历官门下侍郎,封鸡林府院君。其词为唐圭璋先生收入所编《全金元词》,而夏承焘先生则录入所选校《域外词选》。

酹江月　过淮阴

萨都剌

短衣瘦马,望楚天空阔,碧云林杪①。野水孤城斜日里,犹忆那回曾到。古木鸦啼,纸灰风起,飞入淮阴庙。椎牛酾酒②,英雄千古谁吊。　　何处漂母荒坟,清明落日,肠断王孙草。③鸟尽弓藏成底事④,百事不如归好。半夜钟声,五更鸡唱,南北行人老⑤。道傍杨柳,青青春又来了。

[注释]

①林杪:树梢。柳宗元《与崔策登西山》:"连袂渡危桥,萦回出林

钞。" ②椎牛酾酒：椎牛，用刀椎宰牛割牛肉。《三国志·魏书·张辽传》："于是辽夜募敢从之士，得八百人，椎牛飨将士，明日大战。"《诗·小雅·伐木》："伐木许许，酾酒有藇。"毛传："以筐曰酾。"《后汉书·马援传》："援乃击牛酾酒，劳飨军士。"李贤注："酾，犹滤也。" ③"何处"三句：《史记·淮阴侯列传》："信钓于城下，诸母漂，有一母见信饥，饭信，竟漂数十日。信喜，谓漂母曰：'吾必有以重报母。'母怒曰：'大丈夫不能自食，吾哀王孙而进食，岂望报乎！'"刘长卿《经漂母墓》："昔贤怀一饭，兹事已千秋。古墓樵人识，前朝楚水流。"淮南小山《招隐士》："王孙游兮不归，春草生兮萋萋。"谢灵运《悲哉行》："萋萋春草生，王孙游有情。" ④鸟尽弓藏：《史记·淮阴侯列传》："上令武士缚信，载后车。信曰：'果若人言：狡兔死，良狗亨；高鸟尽，良弓藏；敌国破，谋臣亡。天下已定，我固当亨。'"又《越王勾践世家》："范蠡遂去，自齐遗大夫种书曰：'蜚鸟尽，良弓藏；狡兔死，走狗烹。越王为人长颈鸟喙，可与共患难，不可与共乐。子何不去？'种见书，称病不朝。人或谗种且作乱，越王乃赐种剑曰：'子教寡人伐吴七术，寡人用其三而败吴，其四在子，子为我从先王试之。'种遂自杀。" ⑤"南北"句：赵孟頫《虞美人》："潮生潮落何时了，断送行人老。"

[评析]

萨都剌（1272~1355）此词写过淮阴而祭奠韩信，斥责背信弃义者，那些玩弄权术的阴谋家是其锋芒所向。"英雄千古谁吊"是对韩信的定评，寻觅"漂母荒坟"，是对漂母的崇仰。"肠断王孙草"五字，既悲慨于淮阴侯屈死之冤，也写尽了这位昔日的落魄王孙义不忘当年一饭之德。"德"为一篇之眼，"鸟尽弓藏"正是掌国柄者不义不德的丑鄙行径。作者从古今人事中体验到，君王及大僚们是不能寄予奢望，也是不可合作的,所以"百事不如归好"。全篇情思哀伤悲惋而不衰飒萧瑟,境界凄清苍凉而不阴冷,议论老辣洗练而不颓退,结句旷朗又有余味。

木兰花慢　彭城怀古①

萨都剌

古徐州形胜,消磨尽、几英雄。想铁甲重瞳②,乌骓汗血,玉帐连空。楚歌八千兵散,料梦魂、应不到江东。空有黄河如带,乱山起伏如龙。　汉家陵阙动秋风。禾黍满关中③。更戏马台荒,画眉人远,燕子楼空。④人生百年如寄,且开怀、一饮尽千钟。⑤回首荒城斜日,倚阑目送飞鸿。

[注释]

①词题中"彭城",即今江苏徐州。传帝尧封彭祖于此,因号彭城。春秋为宋邑,秦置县。秦末项羽建西楚即都于此。汉末曹操迁徐州治所于彭城,自此彭城始称徐州。　②重瞳:《史记·项羽本纪》:"太史公曰:吾闻之周生曰,舜目盖重瞳子,又闻项羽亦重瞳子,羽岂其苗裔邪?何兴之暴也?"　③"禾黍"句:《史记·宋微子世家》:"箕子朝周,过故殷虚,感宫室毁坏,生禾黍,箕子伤之,欲哭则不可,欲泣为其近妇人,乃作《麦秀之诗》以歌咏之。其诗曰:'麦秀渐渐兮,禾黍油油。彼狡僮兮,不与我好兮!'所谓狡童者,纣也。殷民闻之,皆为流涕。"
④"画眉"二句:白居易《燕子楼》诗序:"徐州故张尚书有爱妓曰盼盼,善歌舞,雅多风态。予为校书郎时,游徐、泗间。张尚书宴予,酒

酣,出盼盼以佐欢,欢甚。予因赠诗云:'醉娇胜不得,风袅牡丹花。'一欢而去,迹后绝不相闻,迨兹仅一纪矣。昨日,司勋员外郎张仲素绩之访予,因吟新诗,有《燕子楼》三首,词甚婉丽。诘其由,为盼盼作也。绩之从事武宁军累年,颇知盼盼始末,云:'尚书既没,归葬东洛,而彭城有张氏旧第,第中有小楼名燕子。盼盼念旧爱而不嫁,居是楼十余年,幽独块然,于今尚在。'"苏轼《永遇乐》:"燕子楼空,佳人何在,空锁楼中燕。"　⑤"人生"二句:《古诗十九首·驱车上东门》:"人生忽如寄,寿无金石固。"曹丕《善哉行》:"人生如寄,多忧何为。今我不乐,岁月如驰。"《隋书·房陵王勇传》:"我新还京师,应开怀欢乐,不知何意,翻邑然愁苦?"千钟,千盅,千杯。《孔丛子·儒服》:"平原君与子高饮,强子高酒,曰:'昔有遗谚:尧舜千钟,孔子百觚,子路嗑嗑,尚饮十榼。古之贤圣,无不能饮也,吾子何辞焉?'"苏轼《满庭芳》:"江南好,千钟美酒,一曲满庭芳。"辛弃疾《婆罗门引》:"正要千钟角酒,五字裁诗。"

[评析]

　　萨都剌此词追步苏辛,凭吊生情。上片以项羽英姿、功业以及兵败垓下之事,回应"消磨尽、几英雄"。下片举徐州古迹中的戏马台、燕子楼,分别冠以"荒"、"空",让人顿生昨梦前尘、云散烟消之感。此词的特出之处,在情感顿挫跌宕。写盖代英雄项羽,大笔渲染,令人振奋,"空有黄河如带"二句,又转为悲凉;戏马台为项羽所筑,燕子楼是盼盼旧居,英雄美人合写,于慷慨悲壮中,又生出柔情千缕。各种情感交互作用,使这首怀古词读来荡气回肠,感人肺腑。

水龙吟

刘 基

鸡鸣风雨潇潇,侧身天地无刘表。①啼鹃迸泪,落花飘恨,断魂飞绕。月暗云霄,星沉烟水,角声清袅。②问登楼王粲,镜中白发,今宵又、添多少。③　　极目乡关何处,渺青山、髻螺低小④。几回好梦,随风归去,被渠遮了⑤。宝瑟弦僵,玉笙簧冷,冥鸿天杪。⑥但侵阶莎草⑦,满庭绿树,不知昏晓。

[注释]

①"鸡鸣"二句:《诗·郑风·风雨》:"风雨潇潇,鸡鸣胶胶。"杜甫《将赴成都草堂途中有作先寄严郑公五首》其五:"侧身天地更怀古,回首风尘甘息机。"　②"星沉"二句:李商隐《碧城三首》其一:"星沉海底当窗见,雨过河源隔座看。"苏轼《蝶恋花》:"破梦五更心欲折,角声吹落梅花月。"又《赤壁赋》:"客有吹洞箫者,倚歌而和之,其声呜呜然,如怨如慕,如泣如诉,余音袅袅,不绝如缕。"　③"镜中"二句:李白《秋浦歌》:"不知明镜里,何处得秋霜。"　④"渺青山"句:苏轼《蝶恋花》:"北固山前三面水,碧琼梳拥青螺髻。"释惠洪《秋晚同超然山行》:"高秋霜叶鱼鳃赤,落日远山螺髻青。"　⑤渠:他,它。《三国志·吴书·赵达传》:"女婿昨来,必是渠所窃。"《孔雀东南飞》:"虽与府吏要,渠会永无缘。"《史通》卷一七:"渠伊底个,江左彼此之辞。"朱熹《观书有感二首》其一:"问渠那得清如许,为有源头活水

来。" ⑥"宝瑟"三句：嵇康《赠兄秀才入军》十八首其十四："目送归鸿，手挥五弦。"扬雄《法言·问明》："鸿飞冥冥，弋人何篡焉。"张先《熙州慢》："潇湘故人未归，但目送游云孤鸟。际天杪，离情尽寄芳草。" ⑦"但侵阶"句：莎（suō）草，草名，又叫香附子。李白《忆旧游寄谯郡元参军》："浮舟弄水箫鼓鸣，微波龙鳞莎草绿。"卢纶《冬夜赠别友人》："侵阶暗草秋霜重，遍郭寒山夜月明。"

[评析]

  此词为刘基（1311~1375）未遇时作，出豪雄于婉约，所谓百炼钢化为绕指柔者。风雨潇潇，不知昏晓，时代昏浊之谓也。世无刘表，登楼王粲，乃是自伤于身世羁孤。词人壮志难酬，却也仍然摆脱不掉内心的愤懑而超脱尘世。词中所用意象多似无甚新意，但词人运用强化、叠进手法，激发出一种情感力度，慷慨不平之气通贯全篇。唯其心志神魂如此，才会与一般的牢骚失意区划开来，从而使词作散发出独特的艺术个性。如下片中使用带柔性的意象"宝瑟"、"玉笙"、"冥鸿"等，表达出带有硬度的英雄失路之悲，便与辛词用柔语抒壮情有异曲同工之妙。

  此词乃步苏轼《水龙吟·赠赵晦之吹笛侍儿》原韵：

> 楚山修竹如云，异材秀出千林表。龙须半剪，凤膺微涨，玉肌匀绕。木落淮南，雨晴云梦，月明风袅。自中郎不见，桓伊去后，知孤负、秋多少。　　闻道岭南太守，后堂深、绿珠娇小。绮窗学弄，梁州初遍，霓裳未了。嚼徵含宫，泛商流羽，一声云杪。为使君洗尽，蛮风瘴雨，作霜天晓。

苏词句句不离笛事，风格婉丽清刚，行文往复吞吐，确如张炎所评"清丽舒徐，高出人表"（《词源》卷下）。

沁园春　和郑德章《暮春感怀》呈石末元帅①

刘　基

万里封侯，八珍鼎食②，何如故乡。奈狐狸夜啸，腥风满地，蛟螭昼舞，平陆沉江。中泽号鸿，苞荆集鸨，③软尽平生铁石肠。凭阑看，但云霓明灭，烟草苍茫。　　不须踽踽凉凉④，盖世功名百战场。看扬雄寂寞，刘伶沉湎，嵇生纵诞，贺老清狂。⑤江左夷吾，关中宰相，济弱扶倾计甚长⑥。桑榆外⑦，有轻阴乍起，未是斜阳。

[注释]

①词题中"郑德章"，未详。石末元帅，名石抹宜孙。《四库全书》本《诚意伯文集》作舒穆噜公，纪昀《阅微草堂笔记》亦如是。至正十七年（1357）擢行枢密院判官，总制处州分院，以刘基为其院经历。②"八珍"句：喻指奢华的生活。八珍，此处泛指各种珍稀肴馔。《周礼·天官·膳夫》："珍用八物。"鼎食，古代王侯列鼎而食。刘向《说苑·建本》："累茵而坐，列鼎而食。"　③"中泽"二句：《诗·小雅·鸿雁》："鸿雁于飞，集于中泽。之子于垣，百堵皆作。虽则劬劳，其究安宅。鸿雁于飞，哀鸣嗷嗷。维此哲人，谓我劬劳。维彼愚人，谓我宣骄。"苞荆，丛生的荆棘。鸨，似雁而大，不善飞。《诗·唐风·鸨羽》："肃肃鸨翼，集于苞棘。"④踽踽凉凉：《孟子·尽心下》："古之人，行何为踽踽凉凉？"　⑤"看扬雄"四句：《汉书·扬雄传》称其"不汲汲于富贵，不戚戚于贫贱，不修廉

隅以徽名当世。家产不过十金,乏无儋石之储"。左思《咏史八首》其四：
"寂寂扬子宅,门无卿相舆。寂寂空宇中,所讲在玄虚。"嵇生、贺老,即嵇
康、贺知章。　⑥"济弱"句：周昙《晋门·王夷甫》："是知济弱扶倾术,
不属高谈虚论人。"刘基《杀气》："扶倾无郭李,何地尚耕桑。"《后汉书·
隗嚣传》："将军操执款款,扶倾救危,南距公孙之兵,北御羌胡之乱。"
⑦桑榆：晚景。《太平御览》卷三引《淮南子》："日西垂景在树端,谓之桑
榆。"《后汉书·冯异传》："始虽垂翅回豁,终能奋翼渑池。可谓失之东隅,
收之桑榆。"

[评析]

　　刘基入明以前、隐居青田时的词作,多揭露黑暗,忧时伤事,本篇即可为其代表。上片写元末社会黑暗,豺狼满地,政局动荡,表现忧世伤时之情。下片抒写力挽狂澜、志安天下的雄心壮怀,笔调由悲愤转为雄豪,有气吞一世之概。全篇矫首高歌,谈古论今,笔力遒劲,元气淋漓,活画出一位未来开国功臣形象,风格逼近宋代豪壮一派。

　　刘基另有一首《忆秦娥·次石末公韵》：

　　　　阳春月。蜂喧蝶竞芳菲节。芳菲节。风狂雨横,魂消心折。

　　　　凤凰台上箫声绝。长洲苑里光阴别。光阴别。有人愁叹,泪珠成血。

同样弥漫畏忧之情。刘基还有两首赠誉石末元帅之作：《满江红·次韵和石末元帅》（华表孤云）、《满庭芳·二月十一日寿石末公》（岳气钟嵩）。诗词合计,《诚意伯集》中与石抹宜孙的唱和之作达六十余首,惜乎石抹所作未能流传下来。

念奴娇 自述

高 启

策勋万里,笑书生骨相,①有谁曾许。壮志平生还自负,羞比纷纷儿女。酒发雄谈,剑增奇气,诗吐惊人语。风云无便,未容黄鹄轻举。　何事匹马尘埃,东西南北,十载犹羁旅②。只恐陈登容易笑,负却故园鸡黍③。笛里关山,樽前日月,回首空凝伫。吾今未老,不须清泪如雨。

[注释]

①"策勋"二句:策勋,记功勋于策书之上。《左传·桓公二年》:"凡公行,告于宗庙。反行,饮至、舍爵,策勋焉,礼也。"杜预注:"既饮置爵,则书勋劳于策,言速纪有功也。"《后汉书·光武帝纪》:"夏四月,大司马吴汉自蜀还京师,于是大飨将士,班劳策勋。"李贤注:"其有功者,以策书纪其勋也。"骨相,人的骨骼、体貌,古时相术以此测人之命运或品性。　②羁旅:客居异乡。《周礼·地官·遗人》:"野鄙之委积,以待羁旅。"郑玄注:"羁旅,过行寄止者。"《广韵》:"羁旅,旅寓也。"戴叔伦《江乡故人偶集客舍》:"羁旅长堪醉,相留畏晓钟。"③故园鸡黍:孟浩然《过故人庄》:"故人具鸡黍,邀我至田家。"

[评析]

高启(1336~1374)此词自述平生志向,真实形象地剖露出一种有代表性的乱世才人的矛盾胸怀。其早年以文学显于世,时值朝代更迭,也曾自负才智,欲有一番作为,但辗转多年,难寻安身立命之所。作为典型的文人,高启行事为人多犹豫踌躇,不能像刘基等人那样投身于元末明初的社会大变动中,辅佐新主以博盖世之功,又不甘心蛰伏乡里,默默无闻。欲效许汜,怕陈登耻笑;欲效陈登,又舍不得"故园鸡黍"。全篇胸臆直抒,一气贯注,疏旷中不无缠绵,风格刚柔相济,情意清婉绵长,确为其词中上乘。

高启另有一首《赠薛相士》:

我少喜功名,轻事勇且狂。顾影每自奇,磊落七尺长。要将二三策,为君致时康。公卿可俯拾,且数尚书郎。回头几何年,突兀渐老苍。始图竟无成,艰险嗟备尝。归来省昨非,我耕妇自桑。击木野田间,高歌诵虞唐。薛生远挐舟,访我南渚旁。自言解相人,视余难久藏。脑后骨已隆,眉间气初黄。我起前谢生,驰弓懒复张。请看近时人,跃马富贵场。非才冒权宠,须臾竟披猖。鼎食复鼎烹,主父世共伤。安居保常分,为计岂不良。愿生毋多言,妄言吾已忘。

真实披露诗人一生思想性格转变的轨迹,可以与这首《念奴娇》对读。

满江红　题宋思陵与岳武穆手敕墨本

文征明

拂拭残碑,敕飞字、依稀堪读。慨当初、倚飞何重,后来何酷。①果是功成身合死②,可怜事去言难赎。最无端、堪恨更堪悲,风波狱③。　　岂不念,封疆蹙④。岂不惜,徽钦辱。念徽钦既返,此身何属。千古休谈南渡错，当时自怕中原复。笑区区、一桧亦何能，逢其欲。

[注释]

①"慨当初"二句：如宋高宗绍兴四年（1134）十一月授淮西二诏："近来淮上探报紧急，朕甚忧之。已降指挥，督卿全军东下。卿夙有忧国爱君之心，可即日引道，兼程前来。朕非卿到，终不安心。卿宜悉之。""卿义勇之气，震怒无前，长驱济江，威声远畅。宜奋扬于我武，务深得于敌情。既见可乘之机，即为捣虚之计。眷兹忠略，岂俟训言，深念勤劳，往加抚问。"何，多么。　②"果是"句：《淮南子·说林训》："狡兔得而猎犬烹，高鸟尽而强弩藏。"　③风波狱：宋大理寺狱在风波亭，位于旧按察司狱署之右，土地庙前，即今浙江杭州小车桥附近。相传岳飞被害于此。　④蹙：减缩。《诗·大雅·召旻》："昔先王受命，有如召公。日辟国百里，今也日蹙国百里。"

[评析]

文征明（1470~1559）不以词闻，但这首《满江红》却在词史上享有盛名。词题，《类编笺释国朝诗余》作《题宋思陵与鄂王手敕墨本，石田先生同赋》。《兰皋明词汇选》作"前题和韵"，并注云："多一字。"乃是相对该书前录王世贞和词《和沈石田题宋高宗赐岳飞手敕》中"笑大江东去"句原脱一"笑"字而言。宋思陵，即宋高宗。武穆，岳飞被追谥之号。鄂王，嘉定四年（1211）岳飞被追封鄂王。石田先生，指沈周。卓人月辑《古今词统》卷一二："夏侯桥沈润卿掘地得宋高宗赐岳侯手敕石刻，装潢成卷，丐名公题咏，沈石田为之首倡。"清人彭邦鼎《闲处光阴》谓此词乃和岳飞《满江红》，非是。

词作对岳飞的悲剧发表见解,矛头直指当时的最高统治者,可谓诛心之论。岳飞冤死,赵构罪责难逃,《宋史·岳飞传论》已然载明:"高宗忍自弃其中原,故忍杀飞。"《壮陶阁书画录》卷五载有文征明嘉靖二十二年(1543)所作《题宋高宗敕岳忠武书》:

> 后仅署日月,而不纪年。按此当在忠武讨兀术获胜时所降下者,故文内犹寓嘉励之意。嗟乎!倘高宗始终不为桧贼所惑,三字之狱不成,将见妖氛荡扫,何难奏凯于旦夕哉!

与题跋文字的语气舒缓、责兼君臣而重在责桧不同,此词激昂慷慨,直击要害,正徐釚《词苑丛谈》卷八所谓"自具论古只眼"。尽管就词而言,太过直白,但继承苏辛之风,以史事入词,议论风发,也自有其特定的价值。

念奴娇 赤壁图用东坡韵

陈 霆

三分鼎峙[①],算江东虽小,尽多人物。一片江山千古恨,崩浪怒冲高壁[②]。湖海孤臣,经年放废[③],破帽撑风雪。浪游怀古,问君谁是豪杰[④]。　驾此一叶扁舟,举杯属客,清兴樽前发。[⑤]凌涉沧茫三万顷,洗荡凡尘消灭。[⑥]夜静江空,洞箫清润,露气侵华发。仰天一笑,醉中卧对明月。[⑦]

[注释]

①鼎峙:谓如鼎足并峙。《三国志·吴书·吴主传论》:"孙权屈身

忍辱，任才尚计，有勾践之奇，英人之杰矣。故能自擅江表，成鼎峙之业。"又《蜀书·郤正传》："今三方鼎跱，九有未乂，悠悠四海，婴丁祸败，嗟道义之沈塞，愍生民之颠沛，此诚圣贤拯救之秋，烈士树功之会也。"　②"崩浪"句：苏轼《念奴娇》："乱石穿空，惊涛拍岸，卷起千堆雪。"　③放废：放逐。《汉书·昌邑哀王刘髆传》："贺罴顽放废之人，不宜得奉宗庙朝聘之礼。"曾巩《太祖皇帝总叙》："三代盛矣，然禹之孙太康失国，汤之孙太甲放废。"　④"问君"句：苏轼《念奴娇》："江山如画，一时多少豪杰。"　⑤"驾此"三句：张孝祥《念奴娇》："玉鉴琼田三万顷，著我扁舟一叶。"苏轼《赤壁赋》："举杯属客，诵明月之诗，歌窈窕之章。"属（zhǔ）客，劝客进酒。元好问《念奴娇》："我梦黄鹤移书，洪崖招隐，逸兴尊中发。"　⑥"凌涉"二句：苏轼《赤壁赋》："纵一苇之所如，凌万顷之茫然。"　⑦"仰天"二句：苏轼《念奴娇》："人生如梦，一尊还酹江月。"

[评析]

陈霆（1479～1560？）此首题画词虽不如苏轼《念奴娇》那样笔重千钧，大有风云为之变色之概，但也写得满怀豪情，激越而苍凉。颇可与《水调歌头·丁卯中秋醉后大书》一类真实再现作者情绪的作品比观：

乾坤容我醉，风月放人闲。倚天长啸斗间，紫气剑光寒。谁管功名二字，自要烟波万顷，去把钓鱼竿。回首尘埃事，一笑与君看。　十年前，钻蠹简，戴儒冠。致君事业，平生抚掌道非难。为问羊裘高兴，比似銮坡簪笔，终古笑辛酸。拂袖理松菊，浩气压云端。

虽有痛苦愤恨和凛然浩气盘郁胸中，喷薄欲出，却故作旷达闲放语。

陈霆的题画词中也有清新婉丽之作，如《酹江月·吴二尹西湖图，以下凡十景》：

红尘道路,笑西湖虽好,未曾相识。匹马经行天借便,一散松厅羁迹。解帽簪花,携壶赁酒,相约寻芳客。满篙春水,画船荡破晴碧。　　好似山色空蒙,水光潋滟,花柳酣风日。一片笙歌云锦地,依约楼台高出。峰北峰南,湖烟湖水,分付花翁笔。锦江何处,归装聊载春色。

有声有色地描绘了图中西湖山水、人文景致,却也不免存在独创性不足的问题。

风入松[①]　海天一览

陈　霆

乾坤空断海天秋,远水际天浮[②]。望中一发青山小[③],雪涛涌、万里归舟。明月双凫渺渺,西风两鬓飕飕[④]。　　布袍长剑走神州,三醉岳阳楼。[⑤]水晶宫里骑鲸去,星河动,仙派回流。[⑥]铁笛叫开阊阖[⑦],佩环飞下瀛洲。

[注释]

①风入松:古琴曲有《风入松》,唐僧皎然有《风入松》歌,见《乐府诗集》,调名本此。《宋史·乐志》注林钟商。元高拭词注仙吕调。又,双调,《蒋氏十三调》注双调。亦名《风入松慢》。韩淲词有"小楼春映远山横"句,名《远山横》。　②"远水"句:形容水天相连。际,接近,连接。《武林旧事》卷三:"浙江之潮,天下之伟观也。自既望以至十八日为最盛。方其远出海门,仅如银线,既而渐近,则玉城雪岭,

际天而来,大声如雷霆,震撼激射,吞天沃日,势极雄豪。" ③"望中"句:苏轼《澄迈驿通潮阁二首》其二:"杳杳天低鹘没处,青山一发是中原。" ④飕飕:欧阳询等《艺文类聚》卷一引赵壹《迅风赋》:"啾啾飕飕,吟啸相求。"章丽贞《长相思》:"风飕飕。雨飕飕。万里归人空白头。南冠泣楚囚。" ⑤"布袍"二句:吕岩《绝句》:"朝游南海暮苍梧,袖里青蛇胆气粗。三上岳阳人不识,朗吟飞过洞庭湖。" ⑥"水晶宫"三句:骑鲸,传说李白死后骑鲸仙去。苏轼《念奴娇》:"便欲乘风,翻然归去,何用骑鹏翼。水晶宫里,一声吹断横笛。"杜甫《阁夜》:"五更鼓角声悲壮,三峡星河影动摇。" ⑦"铁笛"句:萨都剌《升龙观夜烧香印上有吕洞宾老树精》:"铁笛一声吹雪散,碧云飞过岳阳楼。"阊阖,传说中的天门,亦指皇宫正门。屈原《离骚》:"吾令帝阍开关兮,倚阊阖而望予。"《淮南子·原道训》高诱注:"阊阖,始升天之门也。"王维《和贾舍人早朝大明宫之作》:"九天阊阖开宫殿,万国衣冠朝至尊。"

[评析]

陈霆此词上片描写海天一色的壮观景象,境界辽阔,声势浩大。下片承"西风"句所传达的叹老、流落等意而来,追述往日经历,并因之产生升天游仙之想。就境界而言,下片所写天上之水,与上片之水各臻其妙,天上地下,两见茫茫,可谓思接天外,想象丰富,而境界雄浑,气势雄壮,正如《四库全书总目》卷一七六《水南稿》提要所评:"犹有苏、辛遗范。"

与此相对的是,陈霆作词力避软媚,着意追求格调的高远,如《点绛唇·渔舟吹笛》:

　　碧水澄秋,丝纶卷尽斜阳影。小舟维定。蓼岸西风冷。　　横管孤吹,有调无人听。长江静。眠鸥惊醒。冲入苍烟暝。
清峭浑成,有姜夔词风的影响在。

念奴娇　过小孤山①

张　绂

长江滚滚东流去,激浪飞珠溅雪。独见一峰青崒崔②,当住中流万折。应是天公,恐他澜倒,特向江心设。屹然今古③,舟郎指点争说。　　岸边无数青山,萦回紫翠④,掩映云千叠。都让洪涛恣汹涌,却把此峰孤绝。薄暮烟霏,高空日焕,谙历阴晴彻⑤。行人过此,为君几度击楫。

[注释]

①词题中"小孤山",在宿松县东南一百二十里。《小孤山志》:宿松县东有山在水中央,为小孤山。邻彭泽间,突兀巑岏,一柱直插天半,旧云髻山,相沿日久,遂指小孤谓小姑,非也。山以特立不倚,故得名。其云小者,则从彭泽之大孤别言之耳。　②崒崔(zú lǜ):高峻貌。陆游《大寒》:"为山傥勿休,会见高崒崔。"　③屹然:王延寿《鲁灵光殿赋》:"屹然特立,的尔殊形。"吕向注:"屹然,高貌。"方孝孺《见山堂记》:"堂成而四望诸山,翼然临乎前,屹然蔽乎后。"　④萦回:盘旋。杜甫《冬到金华山观因得故拾遗陈公学堂遗迹》:"系舟接绝壁,杖策穷萦回。"

⑤谙历:熟悉。范仲淹《奏乞拣沿边年高病患军员》:"臣等欲乞朝廷,于都知、押班及近上内臣内,选差谙历边事者三员。"陈亮《酌古论·崔

浩》:"天下有奇智者,运筹于掌握之间,制胜于千里之外,其始若甚茫然,而其终无一不如其言者,此其谙历者甚熟,而所见者甚远也。"

[评析]

作者江行过小孤山,一边欣赏江山胜景,一边听船家指点谈论关于"小姑"的种种传说,不觉诗兴勃发,写下此首纪游词。全篇通过丰富的想象,生动的语言,描绘出这座长江绝岛奇险壮伟的景象。

有学者已经考定,这首《念奴娇》的作者是张綖(1487~1543),而非秦观:经过比对,《少游诗余》中已被考定为张綖作和疑为张綖作的五十七首词以及《南湖诗余》中的三十三首词全部见于《南湖诗集》中,而《南湖诗集》中尚有十首词没有被这两部词集收录。因为《南湖诗集》四卷的刊刻者为作者张綖之子,刊刻时间距作者去世仅十年,且诗词作编年排列必有所据,则此集中诗词为张綖所作无可怀疑。而作为《少游诗余》和《南湖诗余》合集的《秦张两先生诗余合璧》为崇祯八年(1635)济南王象晋所编,刊刻当在该年或此后,比《南湖诗集》的刊刻至少迟了八十二年,且收入《少游诗余》的这五十七首词不见于宋本秦观词集中,可见只有张綖词误入《少游诗余》的可能,而秦观词误入张綖诗集的可能性极小。至此,作为秦观存目词的这五十七首词为张綖作品已可完全确定。(参周明初《明词人张綖生平创作中的几个问题》)

临江仙

杨 慎

滚滚长江东逝水,浪花淘尽英雄。①是非成败转头空②。青山依旧在③,几度夕阳红。　　白发渔樵江渚上,惯看秋月春风。④一壶浊酒喜相逢。古今多少事,都付笑谈中。⑤

[注释]

①"滚滚"二句:杜甫《登高》:"无边落木萧萧下,不尽长江滚滚来。"苏轼《念奴娇》:"大江东去,浪淘尽、千古风流人物。"　②转头:喻时间短暂。梅尧臣《王祁公北园》:"强骑瘦马往城北,二十三年如转头。"　③在:唐宋口语。啊,犹言"哉"。　④"白发"二句:高适《封丘县》:"我本渔樵孟诸野,一生自是悠悠者。"李绅《渡西陵十六韵》:"海门凝雾暗,江渚湿云横。"惯看,看惯。杜甫《南邻》:"惯看宾客儿童喜,得食阶除鸟雀驯。"白居易《琵琶行》:"今年欢笑复明年,秋月春风等闲度。"　⑤"一壶"三句:范仲淹《渔家傲》:"浊酒一杯家万里,燕然未勒归无计。"胡祗遹《沉醉东风》:"是两个不识字渔樵大夫,他俩个笑加加的谈今论古。"

[评析]

　　杨慎(1488~1559)此词为其《廿一史弹词》第三段《说秦汉》的一篇开场词,后因毛宗岗父子评改《三国志通俗演义》时将之置于卷首,遂广为流传。词作上片谓古来多少英雄成败,只如大浪淘沙,转眼成空。下片写江上渔樵闲话,快论清谈,淋漓通脱。全篇述史兴感,但并未提及秦汉以来任何具体英雄故事,从而给读者留下丰富的想象空间。此"以扫为生法"(夏承焘、张璋《金元明清词选》)也。

　　《廿一史弹词》凡十段,一段相当于一回,故又名《历代史略十段锦词话》。其中共穿插词作二十首,而《西江月》就有十四首,如第三段的一篇下场词:

落日西飞滚滚，大江东去滔滔。夜来今日又明朝。蓦地青春过了。　　千古风流人物，一时多少英豪。龙争虎斗漫劬劳。落得一场谈笑。

这二十首词，尽管意象、语汇每首略为变换，但主题大致相同，都是以淡宕之笔，裁剪史事，寄寓史观，可以并读。

临江仙

孙承宗

曾记锦川川北去，摇鞭驱策罴熊。① 毡城毳幕几元戎②。投签牙角，声振六花风。③　　百二河山曾入梦，玉镡还倚长空④。觉来山月海门东⑤。披襟向若，万里快雄风。⑥

[注释]

①"曾记"二句：锦川，即锦江。此处泛指美丽的河流。《华阳国志·蜀志》："锦江，织锦濯其中则鲜明，濯他江则不好，故命曰锦里。"驱策，驾御鞭策。《北齐书·王昕传》："悦乃令骑马在前，手为驱策。"《焦氏笔乘·王司马》："因登堡四望，无兵马可驱策。"　②毳（cuì）幕：毡帐。《说文》："毳，兽细毛也。"李陵《答苏武书》："韦韝毳幕，以御风雨。"李善注："毳幕，毡帐也。"王维《兵部起请露布文》："毡裘之长，思向风以无阶；毳幕之人，惟涂地而可获。"　③"投签"二句：《陈书·世祖纪》载，世祖勤于政务，"一夜内刺闺取外事分判者，前后相续。每鸡人伺漏，传更签于殿中，乃敕送者必投签于阶石之上，

令枪然有声，云：'吾虽眠，亦令惊觉也。'"张衡《东京赋》："戈矛若林，牙旗缤纷。"薛综注："兵书曰：'牙旗者，将军之旌。'谓古者天子出，建大牙旗，竿上以象牙饰之，故云牙旗。"陆游《将至金陵先寄献刘留守》："别都王气半空紫，大将牙旗三丈黄。"六花，雪花。贾岛《寄令狐绹相公》："自著衣偏暖，谁忧雪六花。"又古代兵阵有六花阵，则六花风指战场上的风。 ④玉镡（xín）：柄端镶玉的宝剑。《汉书·韩延寿传》："延寿又取官铜物，候月蚀铸作刀剑钩镡。"颜师古注："镡，似剑而小。" ⑤海门：海口。韦应物《赋得暮雨送李胄》："海门深不见，浦树远含滋。" ⑥"披襟"二句：若，海神名。《庄子·秋水》："于是焉河伯始旋其面目，望洋向若而叹。"宋玉《风赋》："清清泠泠，愈病析酲，发明耳目，宁体便人。此所谓大王之雄风也。"

[评析]

孙承宗（1563～1638）的词，清雄挺秀，落落有致。此词以军旅生活为题材，抚今追昔，大约是作者再次出镇山海关时所作。钱谦益《列朝诗集》丁集孙承宗小传中的描述颇可参读：

> 公铁面剑眉，须髯戟张，声如钟鼓，殷动墙壁。方严果毅，巉如断山，开诚坦中，谈笑风发，望而知其为伟人长德。年三十余为举子，仗剑游塞下，历亭障，穷厄塞，访问老将退卒，通知边事要害。……东事日亟，举朝请以东事累公，遂用是大拜。单车行边，破七里筑城之议，遂自请视师。天子御门临送，诏书郑重，以汉葛亮、唐裴度为比。出镇之初，关门三十里外，坏堞不设。经营四年，辟地四百里，徙幕逾七百里。楼船铁骑，东巡至医无闾。将兴师大举，祃牙有日矣。逆阉窃柄，畏公兴晋阳之甲，垂成而告罢。己巳再起，朝受诏而夕引道。东便门之役，以十八骑横穿万垒，抵危关，

收悍将，手复遵、永四城，以安畿辅。先帝深知公能办东事，公亦谢绝款议，以恢复为己任。

词作述眼前景，即景抒情，闲闲出之，若不经意，风格清雄劲健而不露圭角。从思想感情到化用典故的熔铸功夫，在在可见苏、辛词风的深刻影响。

水龙吟

孙承宗

平章三十年来，几人合是真豪杰。①甘泉烽火，临淮部曲②，骨惊心拆。一老龙钟，九扉鱼钥，单车狐挡③。念河山百二，玉镡罢手，都付与，中流楫。　　快得罴熊就列。更双龙、陆离光揭。④一朝推毂，万古快瞻，⑤百年殊绝。玄菟新阵，卢龙旧塞，贺兰雄堞。⑥看群公撑拄，乾坤大力，了心头血。

[注释]

①"平章"二句：平章，评议。刘禹锡《同乐天和微之深春二十首》其十五："追逐同游伴，平章贵价车。"辛弃疾《江神子》："却与平章珠玉价，看醉里，锦囊倾。"合是，应该是。白居易《与元九书》："文章合为时而著，歌诗合为事而作。"　②临淮部曲：临淮，西汉郡名，在今江苏盱眙西北一带。部曲，行伍部队。姜夔《凄凉犯》："似当时、将军部曲，迤逦度沙漠。"　③"九扉"二句：九扉，犹九重门。《云笈七签》卷二〇："手攀七纲，足践九扉。"丁用晦《芝田录》："门钥必以

鱼，取其不瞑目守夜之义。"《国语·吴语》："狐埋之而狐搰之，是以无成功。" ④"快得"二句：陆云《南征赋》："乃有熊罴之旅，虓阚之将。"就列，就位。《论语·季氏》："陈力就列，不能者止。"何晏《集解》引马融曰："言当陈其才力，度己所任以就其位，不能则当止。"屈原《离骚》："高余冠之岌岌兮，长余佩之陆离。" ⑤"一朝"二句：推毂，选拔重用。《史记·魏其武安侯列传》："魏其、武安俱好儒术，推毂赵绾为御史大夫，王臧为郎中令。"余日华《贺江西仓陈寺丞启》："披露而睹青天，将快瞻于躔象。"廖行之《点绛唇》："归时几。快瞻行李。还看如云喜。" ⑥"玄菟"三句：玄菟，古郡名。泛指边塞要地。耿沨《入塞曲》："暮烽玄菟急，秋草紫骝肥。"陴（pí），城上女墙。《左传·宣公十二年》："守陴者皆哭。"卢龙塞，在今河北卢龙一带，唐置卢龙节度使。《说文》："堞（dié），城上女垣也。"此处泛指城墙。司空曙《南原望汉宫》："荒原空有汉宫名，衰草茫茫雉堞平。"

[评析]

孙承宗此词一反《浣溪沙》的既有声情格调，发慷慨豪迈之辞。上片慨叹三十年来外敌入侵，内部不和，治国无人，武备松懈，但自己中流击楫之志不改。下片写渴望重新出山，组织雄兵，巩固边塞，与群公支撑起乾坤，以了却强兵富国的宏愿。全篇采用上、下片对比手法，一弱一强，但一是现实一是理想，作者的忧患意识与必胜信念在强烈的反差中得以显现，被认为是"尤似辛者"（赵尊岳《惜阴堂汇刻明词提要·孙文忠公词》）。

孙承宗还作有《小重山·观车》、《塞翁吟》二首：

细柳风旋细柳营。锦裙跕蹀下、六画册成。甲光耀日雨初晴。辚辚发，霹雳小车行。　鹅鹳压层城。蛟螭烟雾里、队分明。万行齐踏静无声。牙旗转,鼓角向人明。

云叶方生雨,楼外铁马嘶风。报急水,小河东。飞一箭青骢。倚天剑破长风浪,小结画影腾空。漫道是,长杨词赋,细柳豪雄。

匆匆。脱跳荡、惊帆辔满,走蹀躞、蹯花带松。有渝海、堪凭洗恨,看今日、蹀血玄菟,痛饮黄龙。鸭江醅发,鹿岛蓣开,谁是元功。

写出的是雄壮昂扬的军容,还有建功立业的豪情,都充满了报国的热情和必胜的信念,完全是这位"自任天下之重"(朱彝尊《静志居诗话》卷二〇)的前敌将领心声的流露。有明以来,像孙承宗这样所作每多激壮之音的词人,被当作研究对象的少之又少,"伤于粗率"(《四库全书总目》卷一七五《王襄敏集》提要)是最为重要的原因。但在今天看来,这种粗率当然也有其特定的认识价值。

满江红　大风泊黄巢矶下①

金　堡

激浪输风,偏绝分、乘风破浪。②滩声战、冰霜竞冷,雷霆失壮。鹿角狼头休地险,龙蟠虎踞无天相。③问何人、唤汝作黄巢,真还谤。④　雨欲退,云不放。海欲进,江不让。早堆垴一笑,万机俱丧。⑤老去已忘行止计,病来莫算安危账。是铁衣著尽著僧衣,堪相傍。

[注释]

①词题中"黄巢矶",在广东清远北江上,黄巢经行处。　②"激

浪"二句：形容矶势险峻，风浪激荡。分，区分。 ③"鹿角"二句：鹿角狼头，俱险滩名，在瞿塘峡附近。杜甫《大历三年春白帝城放船出瞿唐峡久居夔府将适江陵漂泊有诗凡四十韵》："鹿角真走险，狼头如跋胡。"《太平御览》卷一五六引《吴录》："刘备曾使诸葛亮至京，因睹秣陵山阜，叹曰：'钟山龙盘，石头虎踞，此帝王之宅。'" ④"问何人"二句：是真的因黄巢得名，还是有意如此以恶名诽谤。此亦足见此矶地势险恶。 ⑤"早堆塊（guǐ）"二句：堆塊，犹堆垛，独坐貌。欧阳修《清明前一日因书所见奉呈圣俞》："三日不出门，堆垛类寒鸦。"辛弃疾《水调歌头》："坐堆垛，行答飒，立龙钟。"机，事物变化之所由。《列子·天瑞》："万物皆出于机，皆入于机。"张湛注："机者，群有之始。"

[评析]

　　金堡（1614~1680）此词借咏黄巢矶以感叹身世，题目自身的本意与所寓之深层意蕴融合无痕。上片正面写大风泊矶时情景，气象雄伟。下片写自己因恢复不遂，人生壮志不得实现而出家为僧，勉强忘怀世事又年事已老。尾句即景借题发挥，但借"黄巢矶"为中介，收束到古今殊途同归，故作淡泊，较为罕见。全篇题新辞新，中有"大喟"〔夏承焘《瞿髯论词绝句》："丹霞山色是耶非，谁向西湖问澹归。叱起蛟龙听大喟，黄巢矶下涤僧衣。"〕，非徒风格悲壮雄浑，追踪辛词而已。

　　这首词涉及一个文献问题。据赵与旹《宾退录》卷四：

　　　　陶谷《五代乱离记》载，黄巢遁免后，祝发为浮屠，有诗云："三十年前草上飞，铁衣著尽著僧衣。天津桥上无人问，独倚危栏看落晖。"近世王仲言亦信之，笔于《挥麈录》。殊不知此乃以元微之《智度师》诗窜易磔裂，合二为一，元集可考也。

其中所提到的元稹《智度师二首》为："四十年前马上飞，功名藏尽拥禅衣。石榴园下擒生处，独自闲行独自归。""三陷思明三突围，铁衣抛尽纳禅衣。天津桥上无人识，闲凭栏干望落晖。"诗作在强烈的今夕对比中，写尽英雄迟暮之悲，极感慨苍凉之致。可见，"磔裂"之说可为定谳。而金堡此词末引用成句的"是铁衣著尽著僧衣"，表明他以为那首"三十年前草上飞"诗的作者就是黄巢。大体编成于同时的《全唐诗》，卷七三三也将其录作黄巢诗，题为《自题像》，题下有注："陶谷《五代乱离纪》云，巢败后为僧，依张全义于洛阳，曾绘像题诗，人见像，识其为巢云。"首尾二句分别作"记得当年草上飞"、"独倚栏干看落晖"。再后来，《全宋诗》据王明清《挥麈录》卷五，又将以上"三十年前草上飞"一首辑入陶谷诗卷，则显系未审文意而误录（此点，胡可先《〈全宋诗〉误收唐诗考》已为表出）。

第四编 清词

满江红　蒜山怀古①

吴伟业

沽酒南徐,听夜雨、江声千尺。②记当年、阿童东下,佛狸深入。③白面书生成底用,萧郎裙屐偏轻敌。④笑风流、北府好谈兵,参军客。⑤　　人事改,寒云白。旧垒废,神鸦集。尽沙沉浪洗,断戈残戟。⑥落日楼船鸣铁锁,西风吹尽王侯宅。⑦任黄芦苦竹打荒潮⑧,渔樵笛。

[注释]

①词题中"蒜山",也作算山。在今江苏镇江西。《大清一统志》:在丹徒县西九里。《隋书·地理志》:延陵县有蒜山。《元和志》:"山多泽蒜,因以为名。"《舆地纪胜》:自古皆作蒜山,惟陆龟蒙题曰算山。或以周瑜与武侯议拒曹操,谋算于此,故名。　②"沽酒"二句:沽酒,买酒。《论语·乡党》:"沽酒、市脯,不食。"韩愈《赠崔立之评事》:"墙根菊花好沽酒,钱帛纵空衣可准。"南徐,州名。东晋南渡,侨置徐州于京口(今江苏镇江)。南朝宋元嘉八年(431),以江南晋陵地为南徐州,仍治京口。苏轼《后赤壁赋》:"江流有声,断岸千尺。"③"记当年"二句:王濬,小字阿童。《晋书·王濬传》:"太康元年(280)正月,濬发自成都,率巴东监军、广武将军唐彬攻吴丹阳,克之。""濬上书自理曰:'……臣被诏之日,即便东下。'"佛狸,拓跋焘小字。《南史·宋文帝纪》:"(元嘉二十七年)十二月庚午,魏太武帝

率大众至瓜步,声欲渡江,都下震惧,咸荷担而立。壬午,内外戒严,缘江六七百里舳舻相接。……二十八年春正月丁亥,魏太武帝自瓜步退归,俘广陵居人万余家以北。" ④"白面"二句:《南史·沈庆之传》:"其年(元嘉二十七年),文帝将北侵……庆之固陈不可。时丹阳尹徐湛之、吏部尚书江湛并在坐,上使湛之等难庆之。庆之曰:'……陛下今欲伐国,而与白面书生辈谋之,事何由济?'上大笑。及军行,庆之副玄谟。玄谟进围滑台,庆之与萧斌留守碻磝,仍领斌辅国司马。玄谟攻滑台,积旬不拔,魏太武大军南向,斌遣庆之将五千人救玄谟。庆之曰:'少军轻往,必无益也。'……庆之谓腹心曰:'萧斌妇人不足数……'"《北史·邢峦传》:"萧深藻是裙屐少年,未洽政务。"《梁书·武帝纪》:"(王)俭一见,深相器异,谓庐江何宪曰:'此萧郎三十内当作侍中,出此则贵不可言。'" ⑤"笑风流"二句:《世说新语·排调》刘孝标注引《南徐州记》:"旧徐州都督以东为称。晋氏南迁,徐州刺史王舒加北中郎将。北府之号,自此始也。"《晋书·郗超传》:"时(郗)愔在北府,徐州人多劲悍,温恒云:'京口酒可饮,兵可用。'深不欲愔居之。""谢安与王坦之尝诣温论事,温令超帐中卧听之,风动帐开,安笑曰:'郗生可谓入幕之宾矣。'"又《刘牢之传》:"(谢)玄以牢之为参军,领精锐为前锋,百战百胜,号为北府兵。敌人畏之。" ⑥"尽沙沉"二句:杜牧《赤壁》:"折戟沉沙铁未销,自将磨洗认前朝。" ⑦"落日"二句:楼船,大战船。《史记·平淮书》:"是时越欲与汉用船战。逐(遂)乃大修昆明池,列观环之。治楼船,高十余丈,旗帜加其上,甚壮。"《晋书·王濬传》载,王濬攻吴,"吴人于江险碛要害之处,并以铁锁横截之。又作铁锥,长丈余,暗置江中,以逆距船。先是,羊祜获吴间谍,具知情状。濬乃作大筏数十,亦方百余步,缚草为人,被甲持杖,令善水者以筏先行,筏遇铁锥,锥辄著筏去。又作火炬,长十余丈,大数十围,灌以麻油,在船前,遇锁,然炬烧之。须臾,融液断绝,于是船无所碍。"刘禹锡《西塞山怀古》:"千寻铁锁沉江底,一片降幡出石头。"辛弃疾《永遇乐》:"舞榭歌台,风流总被雨打风吹去。" ⑧黄芦苦竹:白居易《琵琶行》:"住近湓江地低湿,黄芦苦竹绕宅生。"

[评析]

吴伟业(1609~1671)此词咏镇江史事,借指杨文骢抗清事。《明史·杨文骢传》云:

> 杨文骢,字龙友,贵阳人。浙江参政师孔子。万历末,举于乡。崇祯时,官江宁知县。……福王立于南京,文骢戚马士英当国,起兵部主事,历员外郎、郎中,皆监军京口。以金山踞大江中,控制南北,请筑城以资守御,从之。文骢善书,有文藻,好交游,干士英者多缘以进。其为人豪侠自喜,颇推奖名士,士亦以此附之。明年迁兵备副使,分巡常、镇二府,监大将郑鸿逵、郑彩军。及大清兵临江,文骢驻金山,扼大江而守。五月朔,擢右佥都御史,巡抚其地,兼督沿海诸军。文骢乃还驻京口,合鸿逵等兵南岸,与大清兵隔江相持。大清兵编大筏,置灯火,夜放之中流,南岸军发炮石,以为克敌也,日奏捷。初九日,大清兵乘雾潜济,迫岸,诸军始知,仓皇列阵甘露寺。铁骑冲之,悉溃。文骢走苏州。

其后殉难于浦城。据史以证,则词中"白面书生"、"裙屐"、"风流"、"轻敌"、"北府好谈兵"等语,皆可得落实。

词由南徐总冒发端,上片写抗击清兵,慷慨激越;下片写清兵占领后的荒芜景象,前后对照,哀感万端。全篇借怀古以写时事,可与辛弃疾《永遇乐·京口北固亭怀古》前后辉映,而运典稍涩,"涩于稼轩"(谭献《箧中词》卷一),意谓不若辛词之疏放。又,吴伟业此首,并

《意难忘·山家》（村坞云遮）、《满江红·贺孙本芝寿并得子》（老矣君谟）二首，均曾被误认作高凤翔词而收入六卷本《词觏》卷三中。《全清词·顺康卷》应该是基于不同的文献资料来源，而于吴伟业、高凤翔二人名下两收之。

满江红　钱塘观潮[①]

曹　溶

浪涌蓬莱，高飞撼、宋家宫阙[②]。谁荡激、灵胥一怒[③]，惹冠冲发。点点征帆都卸了，海门急鼓声初发[④]。似万群、风马骤银鞍[⑤]，争超越。　　江妃笑，堆成雪。鲛人舞[⑥]，圆如月。正危楼湍转，晚来愁绝。城上吴山遮不住，乱涛穿到严滩歇[⑦]。是英雄、未死报仇心[⑧]，秋时节。

[注释]

①词题"钱塘观潮"，《通志》：钱塘江在县东南，本名浙江，又名曲江。枚乘《七发》曰："观涛于广陵之曲江。"江郡人以八月十八日倾城观潮为乐。　②宋家宫阙：南宋建都临安府，在其东南凤凰山东麓筑皇城。《浙江通志》：宋行宫在杭州凤凰山下。　③灵胥：伍子胥。左思《吴都赋》："习御长风，狎玩灵胥。"刘逵注："灵胥，伍子胥神也。昔吴王杀子胥，沉其尸于江，后为神。江海之间莫不尊畏子胥，将济者皆敬祠其灵，以为性命。"　④海门：《咸淳临安志》：海门在仁和县东北六十五里，潮生出其间。　⑤"似万群"句：《汉书·礼乐志》载《郊

祀歌》:"灵之下,若风马。"颜师古注:"言速疾也。"李白《送窦司马贬宜春》:"天马白银鞍,亲承明主欢。" ⑥鲛人:张华《博物志》卷九:"南海外有鲛人,水居如鱼,不废织绩,其眼能泣珠。" ⑦"城上"二句:吴山,《名胜志》:"春秋时为吴南界,以别于越,故名吴。或曰以祠伍子胥,讹伍为吴,故郡志亦称胥山。凡城南隅诸山,蔓衍相属,总曰吴山。"《咸淳临安志》:"(吴山)在城中,吴人祠子胥山上,因名曰胥山。"严滩,即七里滩,严光垂钓处。《大清一统志》:七里滩在钓台之西,一名严陵滩。 ⑧"是英雄"句:《史记·伍子胥列传》载,楚平王囚伍奢,使人召二子。伍尚欲往。伍员曰:"往而令仇不得报耳。不如奔他国,借力以雪父之耻。"尚曰:"汝能报杀父之仇,我将归死。"伍子胥遂亡。王充《论衡·书虚篇》:"吴王夫差杀伍子胥,煮之于镬,乃以鸱夷橐投之于江。子胥恚恨,驱水为涛,以溺杀人。今时会稽丹徒大江、钱唐浙江,皆立子胥之庙,盖欲慰其恨心,止其猛涛也。"

[评析]

  曹溶(1613~1685)此词写钱塘潮,气势雄壮,形象鲜明。起首谓潮撼宋家宫殿,激起灵胥之怒,末尾以"英雄未死报仇心"回应,可知隐含清兵荡灭南明江山,抗清志士报国复仇雄心高涨之意。陈廷焯评此词曰:"沉雄悲壮,笔力千钧,允为此题绝唱。竹垞和作,已非敌手,何论余子。雄文骇俗,读之起舞。"(《词则·放歌集》卷三)可谓推崇备至。曹溶曾为明朝御史,对亡国之痛有更深的体会。又是清朝官员,对明朝的哀悼之情、匡扶之心,只能深埋心底,用寄托的手法在词中诉说。这种矛盾心情的郁积,形成情感的深沉与厚重,反映到词中,便形成了沉雄悲壮的审美风格,如徐珂《清代词学概论》所云:"开国之初,京朝士大夫虽依辇毂,犹慨沧桑,特假长短之句,藉抒抑郁之气,始而微有寄托，久则务为谐畅。"

同时的吴伟业也作过一首《沁园春·观潮》：

八月奔涛，千尺崔嵬，眘然欲惊。似灵妃顾笑，神鱼进舞，冯夷击鼓，白马来迎。伍相鸱夷，钱王羽箭，怒气强于十万兵。峥嵘甚，讶雪山中断，银汉西倾。　孤舟铁笛风清，待万里、乘槎问客星。叹鲸鲵未剪，戈船满岸，蟾蜍正吐，歌管倾城。狎浪儿童，横江士女，笑指渔翁一叶轻。谁知道，是观潮枚叟，论水庄生。

用平声韵，故虽然也以神话和历史传说渲染了八月奔涛的气势，但词情是平缓的，明显缺乏曹溶词中那种郁勃愤激之气。（参曹秀兰《曹溶词研究》）正如孙尔准《论词绝句》二十二首其十二所评："史笔梅村语太庄，雕华不解定山堂。要从遗老求佳制，一曲观潮最擅场。"（《泰云堂集·诗集》卷四）其中所谓"遗老佳制"，即指曹溶此词。

此前诸家观潮词中之著者，如以下五首：

长忆观潮，满郭人争江上望。来疑沧海尽成空。万面鼓声中。
弄涛儿向涛头立。手把红旗旗不湿。别来几向梦中看。梦觉尚心寒。（潘阆《酒泉子》）

碧山影里小红旗。侬是江南踏浪儿。拍手欲嘲山简醉，齐声争唱浪婆词。　西兴渡口帆初落，渔浦山头日未欹。侬欲送潮歌底曲，尊前还唱使君诗。（苏轼《瑞鹧鸪·观潮》）

双峰遥促，回波奔注，茫茫溅雨飞沙。霜凛剑戈，风生阵马，如闻万鼓齐挝。儿戏笑夫差。谩水犀强弩，一战鱼虾。依旧群龙，怒卷银汉下天涯。　雷驱电炽雄夸。似云垂鹏背，雪喷鲸牙。须臾变灭，天容水色，琼田万顷无瑕。俗眼但惊嗟。试望中仿佛，三岛烟霞。旧隐依然，几时归去泛灵槎。（赵鼎《望海潮·八月十五日钱塘观潮》）

一线海门来。雪喷云开。昆山移玉下瑶台。卷地西风吹不断，

直到蓬莱。　　羯鼓噪春雷。鼉舞蛟回。歌楼鼓吹夕阳催。今古清愁流不尽，都一樽罍。（曾觌《浪淘沙·观潮作》）

　　望飞来、半空鸥鹭。须臾动地鼙鼓。截江组练驱山去，鏖战未收貔虎。朝又暮。诮惯得、吴儿不怕蛟龙怒。风波平步。看红旆惊飞，跳鱼直上，蠖踏浪花舞。　　凭谁问，万里长鲸吞吐。人间儿戏千弩。滔天力倦知何事，白马素车东去。堪恨处。人道是、子胥冤愤终千古。功名自误。谩教得陶朱，五湖西子，一舸弄烟雨。（辛弃疾《摸鱼儿·观潮上叶丞相》）

亦各具特色，可以附读。

贺新郎　和曹实庵舍人赠柳叟敬亭①

龚鼎孳

　　鹤发开元叟②。也来看、荆高市上，卖浆屠狗。③万里风霜吹短褐，游戏侯门趋走。卿与我、周旋良久④。绿鬓旧颜今改尽，叹婆娑、人似桓公柳。⑤空击碎，唾壶口。　　江东折戟沉沙后。过青溪、笛床烟月⑥，泪珠盈斗。老矣耐烦如许事⑦，且坐旗亭呼酒。判残腊、消磨红友⑧。花压城南韦杜曲，问球场、马矟还能否。⑨斜日外，一回首。

[注释]

　　①词题中"曹实庵"，指曹贞吉。柳敬亭，黄宗羲《柳敬亭传》载，泰州人，本姓曹。年十五，犯法当死，变姓柳，于盱眙市中为人说书。

久之,过江,住松江、杭州、南京,名闻于缙绅间。客左良玉幕,人称为柳将军。左死,复上街头理故业。　②"鹤发"句:李洞《绣岭宫词》:"绣岭宫前鹤发翁,犹唱开元太平曲。"　③"也来看"二句:《史记·刺客列传》:"荆轲既至燕,爱燕之狗屠及善击筑者高渐离。荆轲嗜酒,日与狗屠及高渐离饮于燕市,酒酣以往,高渐离击筑,荆轲和而歌于市中,相乐也,已而相泣,旁若无人者。"又《信陵君列传》:"公子闻赵有处士毛公藏于博徒,薛公藏于卖浆家,公子欲见两人,两人自匿,不肯见公子。"　④"卿与我"句:《世说新语·品藻》:"桓公少与殷侯齐名,常有竞心。桓问殷:'卿何如我?'殷云:'我与我周旋久,宁作我。'"　⑤"绿鬓"二句:吴均《和萧洗马子显古意六首》其三:"绿鬓愁中改,红颜啼里灭。"《世说新语·黜免》:"桓玄败后,殷仲文还为大司马咨议,意似二三,非复往日。大司马府厅前有一老槐,甚扶疏。殷因月朔,与众在听,视槐良久,叹曰:'槐树婆娑,无复生意!'"　⑥"过青溪"句:《大清一统志》:青溪在上元县东北。杜甫《数陪李梓州泛江有女乐在诸舫戏为艳曲二首赠李》其二:"白日移歌袖,清宵近笛床。"　⑦耐烦:忍受烦闷。刘希夷《秋日题汝阳潭壁》:"幽人不耐烦,振衣步闲寂。"　⑧"判残腊"句:张相《诗词曲语词汇释》:"判,割舍之辞,亦甘愿之辞。自宋以后多用拚字或拼字,而唐人则多用判字。"杜甫《曲江对酒》:"纵饮久判人共弃,懒朝真与世相违。"红友,酒名。《鹤林玉露》乙编卷二:"苏轼南迁北归,至宜兴县黄土村,当地人携酒来饷曰:'此红友也。'"　⑨"花压"二句:《雍录》卷七:"《吕图》:韦曲在明德门外,韦后家在此,盖皇子陵之西也。所谓'城南韦杜,去天尺五'者也。杜曲在启夏门外,向西即少陵原也。"《宋史·礼志》:"打球本军中戏……除地竖木东西为球场。"弰(shāo),弓末曰弰。庾信《拟咏怀二十七首》其十五:"轻云飘马足,明月动弓弰。"

[评析]

龚鼎孳（1615~1673）作于康熙九年（1670）的这首《贺新郎》有本事："柳生敬亭以评话闻公卿，入都时邀致接踵。一日过石林许，曰：'薄技必得诸君子赠言以不朽。'实庵首赠以二阕。合肥尚书见之扇头，沉吟叹赏，即援笔和韵珂雪之词，一时盛传京邑。学士顾庵叔自江南来，亦连和二章，敬亭名由此增重。"（曹贞吉《珂雪词》卷首曹禾《词话》）词主要写柳敬亭。上片以荆轲、高渐离相比，显示敬亭乃一悲歌慷慨之士，游戏侯门，而非寻常的说唱艺人。用"卿与我、周旋良久"说入柳与自己的关系。"绿鬓"以下，回应开端"鹤发开元叟"，击碎唾壶，与荆、高市上的行径，同为豪侠人物的特征。下片写南明亡国后的沧桑之感。笛床烟月，旗亭呼酒，城南韦杜，球场驰射，包含无限的今昔对照，兴亡之泪，不堪回首。通篇顿挫跌宕，扣动读者心弦。

龚鼎孳所和"二章"之另一首为：

骠骑将军，异姓诸侯，功名壮哉。乍南楼传箭，大航风鹤，中流摇橹，溢浦蒿莱。片语回嗔，千金逃赏，遮客长刀玩弄来。堪怜处，有恩门一涕，青史难埋。　　偶然座上嘲诙。博黄绢新词七步才。似筹兵北府，碧油晨启，把棋东阁，展齿宵陪。春水方生，吾当速去，老子遨游颇见哀。相携手，尽山川六代，箫鼓千杯。

对年登大耄的多年老友仆仆燕市至为担心，故殷殷相劝，望其速归。汪懋麟所作七古歌行《柳敬亭说书行》：

田巴既没蒯通死，陆贾郦生呼不起。后人口吃舌复僵，雄辩谁能矜爪嘴。吴陵有老年八十，白发数茎而已矣。两眼未暗耳未聋，犹见摇唇列牙齿。小时抵掌公相前，谈奇说鬼皆虚尔。开端抵死要惊人，听者如疾杂悲喜。盛名一时走南北，敬亭其字柳其氏。英雄盗贼传最神,形模出处真奇诡。耳边恍闻金铁声,舞槊横戈疾如矢。击节据案时一呼,霹雳迸裂空山里。激昂慷慨更周致,文章仿佛龙门史。老去流落江湖间,后来谈者皆糠粃。朱门十过九为墟,开元清泪如铅水。长安如舍忽相见,龙钟一老胡来此。剪灯为我说齐谐,壮如击筑歌燕市。君不见原尝春陵不可作,当日纷纷夸养士。鸡鸣狗盗称上客,玳瑁如簪珠如履。此老若生战国时,游谈任侠差堪比。如今五侯亦豪侈,黄金如山罗锦绮。尔有此舌足致之,况复世人皆用耳。但得饱食归故乡,柳乎柳乎谭可止。

也在叹惜柳敬亭生不逢时,不能一展雄才的同时,包含有劝归之意。

念奴娇　送幼光还白门,同仲驭二调[①]

曹尔堪

孤舟初发,正严霜似雪[②],布帆如纸。一派残云萦别恨,愁向青山隐几[③]。晚圃黄花[④],小槽红酒,客路谁同醉。蒯缑黯淡,自将管乐为比。[⑤]　还念旅宿方寒,丹阳古道,老树酣青紫[⑥]。戍鼓沉沉天未晓[⑦],残月模糊映水。白帢谈兵[⑧],青灯读易,漫洒英雄泪。啼乌成阵,石头城外潮起。

[注释]

①词题中"幼光",指钱澄之。白门,南京别称。《淮南子·地形训》:"西南方曰编驹之山,曰白门。"高诱注:"西南月建在申,金气之始也。金气白,故曰白门。"仲驭,钱棅。　②严霜:霜杀百草,故称严

霜。宋玉《九辩》："秋既先戒以白露兮，冬又申之以严霜。" ③隐几：《孟子·公孙丑下》："有欲为王留行者，坐而言。不应，隐几而卧。"《庄子·齐物论》："南郭子綦隐机而坐，仰天而嘘。"成玄英疏："隐，凭也。子綦凭几坐忘，凝神遐想。"陆游《秋日焚香读书戏作》："世事无端自纠纷，放翁隐几对炉熏。" ④黄花：菊花秋开，秋令在金，故以黄色为正，因称黄花。李白《九日龙山饮》："九日龙山饮，黄花笑逐臣。" ⑤"蒯缑（kuǎi gōu）"二句：蒯缑，用草绳缠绕剑柄。《史记·孟尝君列传》："冯先生甚贫，犹有一剑耳，又蒯缑。"司马贞《索隐》："蒯，草名……缑谓把剑之物。言其剑无物可装，但以蒯绳缠之，故云蒯缑也。"管乐，管仲与乐毅。 ⑥酣：浓盛貌。王安石《题西太一宫壁二首》其一："柳叶鸣蜩绿暗，荷花落日红酣。" ⑦戍鼓：本指边防驻军的鼓声，后亦泛指报时的鼓声。刘孝绰《夕逗繁昌浦》："隔山闻戍鼓，傍浦喧桴讴。" ⑧白帢（qià）：古代未任者所戴白色便帽。《三国志·魏书·武帝纪》裴松之注引《傅子》："汉末王公，多委王服，以幅巾为雅，是以袁绍、崔钧之徒，虽为将帅，皆著缣巾。魏太祖以天下凶荒，资财乏匮，拟古皮弁，裁缣帛以为帢，合于简易随时之义，以色别其贵贱，于今施行，可谓军容，非国容也。"

[评析]

沈雄《古今词话·词评》下卷引邹祗谟语评曹尔堪（1617~1679）词曰："南溪诸词，能取眼前景物，随手位置，所制自成胜寄。如晏小山善写杯酒间一时意中事，当使莲、鸿、蘋、云别按红牙以歌之。"此词正是一篇善于择取眼前景物以营造抒情氛围的佳作。据词后钱继章评语："癸未冬，幼光还金陵，吾辈俱作词祖行。顾庵词特为杰出。"知作于崇祯十六年（1643）。起首三句，描绘送别时寒冷凄清的场景，一开始就情景相生，喻示了双方落寞悲伤的情怀。接下来，笔触由近而远，遥望迷茫的水面，设想着此去南京的漫长旅程，进一步为孤身远行的友人发愁。原来，钱澄之自比管乐，有济世之志，但处此国变之际，不愿献媚新朝，便落到穷愁潦倒的境地，只好效冯骥打算束剑归去。下片进一步抒写英雄失路的悲怀，哀友人亦以自哀。"还念"至"残月"五句，承上片"孤舟初发"和"客路谁同醉"而来，以想象之笔写友人归途的凄冷寂寞和心境之迷茫苍凉，诸多意象皆具双重寓意。"白帢谈兵"三句，更从前面的以景衬人转入直接描写失路英雄的形象。末二句呼应词题，以虚写的景物作结。想象中的石头城外的江潮，实即词人与友人此时起伏不平的心潮。全篇屏除纤艳，清雄健举，清旷脱俗。虽写离愁别恨，却不流于低回缠绵；虽牢骚满腹，却不至于粗犷叫嚣。笔力遒劲，潜气内转，笔势顿挫而饶清超峭拔之美，艺术境界雄浑高远。

曹尔堪所作"二调"中的另一首为：

> 南飞乌鹊，绕疏林三匝，无枝可寄。聊借远游抒肮脏，莫似相如憔悴。山峙金焦，江来楚蜀，帆系斜阳里。中流击楫，气吞湖海万里。　　双眼一望苍茫，寒涛如箭，个个牙樯起。旧日精灵都已尽，何况堂前燕子。晋宋衣冠，陈隋宫寝，社鼓神鸦耳。佛狸祠下，怒潮空打遗垒。

颇怀兴亡之感，可以并读。

念奴娇　柬冒辟疆、陈散木[①]

曹尔堪

风尘燕市，与渐离诸客，垆头击筑。放逐归来停锦缆[②]，烟景苍凉满目。晓埭趋鼯，荒畴冒葛，③赋语应难读。故人重见，自伤髀已生肉④。　　华发镜里萧森⑤，瘦筇短褐，羞对东篱菊。二十六年缘底事，偏记西湖僧屋。杨柳堤长，芙蓉溪冷，且饱芜菁粥⑥。红桥客散，日斜同倚修竹。⑦

[注释]

①词题中"冒辟疆"，指冒襄。陈散木，指陈世祥。　②锦缆：张正见《公无渡河》："金堤分锦缆，白马渡莲舟。"杜甫《城西陂泛舟》："春风自信牙樯动，迟日徐看锦缆牵。"　③"晓埭（dài）"二句：埭，土坝。杨亿《南朝》："繁星晓埭闻鸡度，细雨春场射雉归。"《尔雅·释鸟》："鼯鼠，夷由。"郭璞注："状如小狐，似蝙蝠，肉翅，翅尾项胁毛紫赤色，背上苍艾色，腹下黄，喙颔杂白，脚短爪长，尾三尺许，飞且乳，亦谓之飞生。声如人呼，食火烟，能从高赴下，不能从下上高。"杜甫《茅屋为秋风所破歌》："茅飞渡江洒江郊，高者挂胃长林梢。"　④"自伤"句：谓不能有所作为。《三国志·蜀书·先主传》裴松之注引《九州春秋》："备住荆州数年，尝于表坐起至厕，见髀里肉生，慨然流涕。还坐，表怪问备。备曰：'吾常身不离鞍，髀肉皆消。今不复骑，髀里肉生。日月若驰，老将至矣，而功业不建，是以悲耳。'"　⑤萧森：凋零。陆人龙《型世言》第十一回《忆父》："白发萧森入梦新，别时色笑俨然真。"　⑥芜菁：又名蔓菁，二年生草本植物，肉质根供食用，花供药用。韩愈《感春三首》其二："黄黄芜菁花，桃李事已退。"苏轼《望江南》："柘林深处鹁鸪鸣，春色属芜菁。"　⑦"红桥"二句：红桥宴集，据冒襄辑《同人集》卷七，曹尔堪还作有一首《念奴娇·丙午小春，红桥宴集，同巢民诸子限一屋韵。时有鱼校书在座》，参与者另有王士禄、邓汉仪、冯恺章、龚鼎孳。杜甫《佳人》："天寒翠袖薄，日暮倚修竹。"

[评析]

曹尔堪此词，《同人集》所载题作"柬巢民年兄"，是康熙五年（1666）"红桥宴集"中所作。时冒襄客游扬州，《广陵倡和词》所载有尾注："辛巳春与辟疆湖上相别，已二十六年，今冬过广陵再晤。"词从易水送别说起，至放逐归来，满目苍凉。俯仰今昔，写来悲凉动人。其中英雄末路之感，令人不堪卒读。其表现手法，则如沈泌所评："力大思深，直如班马作传，少陵作歌行体"（《广陵倡和词》），正是"以文为词"的稼轩之风。王士禄读后，次其韵作有一首《念奴娇·读曹顾庵学士五词奉柬，用顾庵"西樵、其年长调先成"韵》：

> 华披秀振，羡词成星子，琅玕十幅。还似楚骚传屈子，句里龙堂鳞屋。削迹艰虞，擅场风雅，未遣中书秃。何须哀怨，国香今在幽谷。　　黄九秦七虽能，那如坡老，豪气尤堪掬。侬向欢场歌苦调，终类季疵击木。画壁垆头，题巾酒次，此事推君独。穿云裂石，好将配入豪竹。

追步原作风格，写来亦是"豪气有挥斥千秋之概"（《广陵倡和词》王词邓汉仪评语）。

此词，万柳《清代词社研究》认为是"红桥宴集"中读《影梅庵忆语》，为冒襄悼董小宛的一组词中的一首，并以词中"二十六年缘底事，偏记西湖僧屋"为证。据上引尾注，可知恐并非如此。不过，《同人集》所载"红桥宴集"中也确有冒氏悼董小宛之作，如以下二首：

> 绣幕闲抛卷。怕苔枝、摇窗影瘦，柔情难遣。一阕销魂玉漏悄，人在画图悲泫。年睡去、关山重茧。碧落黄泉何处是，有开笼、鹦鹉呼声浅。问安否，翠鬟展。　　梦回仿佛裙拖显。侣当年、枕欹痕嫩，臂勾鬟扁。欲诉离愁千万叠，惊破花阴鸣犬。此长恨、倩谁

免。简点残箱遗尺素,羡题红、怨句生生典。看梅片,又如剪。(冯恺章《贺新凉·题巢民老年道兄〈影梅庵忆语〉,次芝麓宗伯韵,调寄〈贺新凉〉呈政》)

雁字横秋卷。乍凭栏、玉梅影到,同心遥遣。柬素亭亭人宛在,红雨一巾重泫。理不出、乱愁成茧。骑省十年双鬓改,叹薰香、遗挂痕今浅。断肠谱,对花展。　　帐中约略芳魂显。记当时、轻绡腕弱,睡鬟云扁。碧海青天何限事,难倩附书黄犬。藉棋日、酒年宽免。搔首瑶台风露下,羡烟宵、破镜犹堪典。合欢带,再生剪。(龚鼎孳《贺新郎·〈影梅庵忆语〉久置案头,不省谁何持去。今辟疆再寄,开卷悯然,怀人感旧,同病之情,略见乎词矣》)

都是尽量站在友人的立场上,抒发一种共同的感受,可录以附读。

贺新郎　登龙池绝顶凭虚阁

史鉴宗

苍翠飞千状,破松根、嶙峋石磴①,曲随烟上。一径蹒跚攀绝顶,纵眼豁然辽旷。②看足底、群峰铺浪。小阁恰当巃嵷处,俯悬崖、万仞临虚漭。③凭栏语,众山响。　　掀髯不觉尘襟荡④。眺东湖、一泓杯水⑤,空明微漾。老衲孤栖谁伴侣,虎啸猿啼酬唱。⑥问佛法、无言相向⑦。酌我半瓯中顶茗,傍龙湫、拍手生云杖⑧。登临兴,老尤壮。

[注释]

①嶙峋:山崖突兀高耸。李纲《登钟山谒宝公塔》:"我登钟山顶,

白塔高嶙峋。" ②"一径"二句：一径，一直。董解元《西厢记诸宫调》："冲军阵，鞭骏马，一径地西南上迍。"辽旷，辽阔广大。《水经注·河水》："昔燕齐辽旷，分置营州。" ③"小阁"二句：巃嵸（lóng zōng），高峻貌。欧阳修《秋怀二首寄圣俞》其二："群木落空原，南山高巃嵸。"万仞，极言其深。仞，古七尺或八尺为一仞。《列子·汤问》："太行、王屋二山，方七百里，高万仞。"临虚，凌虚，凌空。曹植《七启》："华阁缘云，飞陛凌虚，俯眺流星，仰观八隅。"漭（mǎng），广阔无际。宋玉《高唐赋》："涉漭漭，驰苹苹。" ④尘襟：世俗的胸襟。黄滔《寄友人山居》："茫茫名利内，何以拂尘襟。" ⑤一泓：一道或一片。李贺《梦天》："遥望齐州九点烟，一泓海水杯中泻。" ⑥"老衲"二句：老衲，老僧。衲，僧衣。此处代称僧人。戴叔伦《题横山寺》："老衲供茶碗，斜阳送客舟。"郑谷《酬右省补阙张茂枢》："积雪巷深酬唱夜，落花墙隔笑言时。" ⑦佛法：佛教的教义。《晋书·孝武帝纪》："（太元）六年春正月，帝初奉佛法，立精舍于殿内，引诸沙门以居之。" ⑧龙湫：即龙潭，深渊。杜荀鹤《送吴蜕下第入蜀》："鸟径盘春霭，龙湫发夜雷。"

[评析]

史鉴宗（1622~1674）此词是一首大气磅礴、充满豪情胜概的登山临水之作。词以浓墨重彩描绘山势的巍峨峭拔。首句总冒。"苍翠"状其色，"飞"状其高，且是万状千形。接写登临。石磴层叠高耸，"破松根"而出，"曲随烟上"，既增其险，益见其景象之多姿。路如此难行，却是"一径蹒跚攀绝顶"，写来气威势雄，仿佛使人看到一种一往无前的奋发精神。于是，"纵眼豁然辽旷"，故用舒缓的笔墨写纵眼之所见的辽旷景象：群峰似浪，便在脚下，正是"一览众山小"的同义语。而所临之小阁，恰在山的最高峻处，俯视悬崖壁立万仞，峡谷水流，奇景壮采，一一尽入眼帘。"凭栏语，众山响"，词人愉快的心情，隐然可见。换头"掀髯不觉尘襟荡"，承上接下。远望东湖，通明透彻，碧波微漾。"一泓杯水"，非言湖小，盖因山高远眺也。"微漾"，只是人的心理感受，却突出了天朗气清的"空明"意象。"老衲孤栖谁伴侣"，情绪似一沉，接以"虎啸猿啼酬唱"，沉而复振，气吞万里。"虎啸猿啼"本是悲音，但因词人襟怀浩荡，故堪"酬唱"，化悲景为欢情，备感慷慨激扬。而对所谓的"佛法"，却"无言相向"，无非因为词人所拍手称快的，是傍山临水，酌香茗而畅饮，看白云而腾升。"登临兴，老尤壮"，豹尾之结，气势奔涌，喷薄凌空。

此篇壮怀激扬，横空排奡，称得上《二十四诗品·豪放》所说的"天风浪浪，海山苍苍。真力弥满，万象在旁"。〔按：早前，陈尚君、汪涌豪曾合撰《司空图〈二十四诗品〉辨伪》一文，提出《二十四诗品》非司空图所作，其主要证据有如苏轼没有提及《二十四诗品》，许学夷《诗源辩体》卷三五中议论《二十四诗品》的一则评论等。〕阳羡派词人特别推尊苏、辛，陈廷焯称其领袖人物陈维崧"蹈扬湖海，一发无余，是其年短处，然其长处亦在此"（《白雨斋词话》卷三），正可移来总评史鉴宗此词。又，《全清词·顺康卷》一据《瑶华集》收作史鉴宗词，又据《荆溪词初集》收作蒋景祁词，误。失误之由，或在错认编者为作者。

贺新郎　塞上

丁　澎

苦塞霜威冽[①]。正穷秋、金风万里[②]，宝刀吹折。古戍黄沙迷断碛，醉卧海天空阔。况毳幕、又添明月。榆历历兮云槭槭③，只今宵、便老沙场客。搔首处，鬓如结④。　　羊裘坐冷千山雪。射雕儿、红翎欲坠，马蹄初热。斜鬌紫貂双纤手，挡罢银筝凄绝。⑤弹不尽、英雄泪血。莽莽晴天方过雁⑥，漫掀髯、又见冰花破。浑河水⑦，助悲咽。

[注释]

①威冽：犹凛冽。张玉娘《白雪曲》："帘白明窗雪，风急寒威冽。"

②穷秋：深秋。鲍照《代白纻曲二首》其一："穷秋九月荷叶黄，北风驱雁天雨霜。"秦观《浣溪沙》："漠漠轻寒上小楼，晓阴无赖似穷秋。"

③"榆历历"句：历历，分明貌。《古诗十九首·明月皎夜光》："玉衡指孟冬，众星何历历。"崔颢《黄鹤楼》："晴川历历汉阳树，芳草萋萋鹦鹉洲。"槭槭，风吹树叶声。杨炯《唐同州长史宇文公神道碑》："漠漠古墓，郭门之路；槭槭寒桐，平林之东。"　④如结：团结不散。《诗·曹风·鸤鸠》："其仪一兮，心如结兮。"　⑤"斜鬌（duǒ）"二句：鬌，下垂貌。岑参《送郭义杂言》："朝歌城边柳鬌地，邯郸道上花扑人。"宋子侯《董娇娆》："纤手折其枝，花落何飘扬。"挡（chōu），弹拨。　⑥莽莽：长远无际貌。杜甫《秦州杂诗》二十首其七："莽莽万重山，孤城山谷间。"　⑦浑河：即今辽宁的小辽河。源出辽宁清原县东龙岗山，西南流入辽河。

[评析]

据《清世祖实录》卷一一九载，"（顺治十五年）七月辛酉二十六日，刑部议（上年）河南主考黄鈊、丁澎违例更改举人原文作程文，且于中式举人朱卷内,用墨笔添改字句。黄鈜又于正额供应之外,恣取人参等物。黄鈜应照新例籍没家产,与丁澎俱责四十板,不准折赎,流徙尚阳堡。议上,命免鈜、澎责,如议流徙"。五载始放归。丁澎(1622~1685)此词即为流放期间所作。上片描写严霜、朔风、黄沙、明月,极写塞外苦寒之景、凄冷之境,衬托作者孤寂悲怆的心境和思乡之愁情。下片描写边地日常生活及风俗,进一步引发和强化词情的悲咽,衰老之叹,和泪而出。全篇慷慨悲歌,激昂凄壮。

丁澎的塞外诗,如《塞上曲》六首其一、其二、其五、其六:

榆关落日惨秋风,驼背油幢马挂弓。传道单于城外猎,胡笳一夜满云中。

紫塞黄沙扑面飞,红妆小队窄裘衣。月明毳帐弹筝坐,共待戎王夜打围。

居延雪劲草初肥,放兔呼鹰教打围。夺得健儿雕羽箭,翻身骑马疾如飞。

百战洮河西备羌,合黎山外月如霜。白头老将沙场卧,尚说弯弓从武皇。

也写得雄秀磊落,可以并读。

永遇乐　过虎牢关用辛稼轩韵[①]

董元恺

千古崤关,是英雄、战守纷争处[②]。废垒寒沙,荒原宿草,精灵自来去。[③]汜水滔滔[④],河流滚滚,日夜何曾少住。把当年、袁曹刘项,一样销沉龙虎。　　有恨兴亡,无端成败,赢得横鞭指顾⑤。西去荥阳,东来嵩渚,险设成皋路。⑥风响鸣环,霜飞断镞,隐隐犹闻金鼓⑦。惊心问、长陵坏土⑧,今犹在否。

[注释]

①词题中"虎牢关",古关名。又名武牢关、成皋关、古崤关、汜水关。在今河南荥阳汜水镇。相传周穆王射猎于郑,蒲苇中有虎,高奔戎生捕之,献于王,王命为柙,畜于东虞,是为虎牢。　②纷争:争执。《宋书·律历志》:"历数难明,前代通儒多共纷争。"苏轼《高邮陈直躬处士画雁二首》其二:"众禽事纷争,野雁独闲洁。"　③"荒原"二句:宿草,隔年的草。后喻墓地。《礼记·檀弓上》:"曾子曰:'朋友之墓,有宿草而不哭焉。'"孔颖达疏:"宿草,陈根也,草经一年则根陈也。朋友相为哭一期,草根陈乃不哭也。"王僧孺《从子永宁令诔》:"宿草行没,宰树方攒。"精灵,灵魂。颜延之《释达性论》:"若徒有精灵,尚无体状,未知在天,当何凭以立。"　④滔滔:《诗·齐风·载驱》:"汶水滔滔,行人儦儦。"毛传:"滔滔,流貌。"王粲《赠文叔良》:"瞻彼黑水,滔滔其流。"　⑤指顾:手指目视,指点顾盼。《汉书·律历志》:"指顾取象,然后阴阳万物靡不条鬯该成。"《旧唐书·郑畋传》:"臣始仕从戎,爰承指顾,禀三令五申之戒,预一匡九合之谋。"陈维崧《喜迁莺》:"凭高指顾,叹野水增波,故陵无树。"　⑥"东来"二句:《明一统志》:嵩渚山在开封府荥阳县东南二十五里,一名小陉山。《史记·项羽本纪》:"于是项王乃即汉王相与临广武闲而语。汉王数之,项王怒,欲一战。汉王不听,项王伏弩射中汉王。汉王伤,走入成皋。"　⑦金鼓:四金和六鼓,四金指錞、镯、铙、铎;六鼓指雷鼓、灵鼓、路鼓、鼖鼓、鼛鼓、晋鼓。《周礼·地官·鼓人》:"金鼓用以节声乐,

和军旅，正田役。"《左传·僖公二十二年》："三军以利用也，金鼓以声气也。"杨伯峻注："庄十年《传》云'夫战，勇气也'，此气即勇气；又云'一鼓作气'，足见金鼓所以励勇节气者。金鼓以声为用而制其气，故曰声气。" ⑧坯（pī）：坏。土丘、坟堆。《春渚纪闻·铜雀台瓦》："终令盗坏土，埏作三台瓦。"

[评析]

董元恺（？~1687）自因"奏销案"被黜之后，在词中倾注了全部激昂慷慨之情，可以说是阳羡词风一翼。尤侗序董氏《苍梧词》即云：

> 董子以兰陵佳公子，为名孝廉，忽遭诖误，侘傺不自得，于是西出秦关，东走粤峤，登大梁之城，泛小孤之渚；过咸阳吊祖龙之陵，入乌江哭重瞳之庙，陟夫椒问吴王之故宫，眺邺台寻魏武之遗迹，则有兴亡如梦，慷慨余哀者矣……故以抑塞磊落之才，使飞扬跋扈之气；以嶔崎窈窕之遇，抒缠绵凄怆之怀。其为词也，或取诸骚焉，或取诸子焉，或取诸史焉，或取诸赋与诗焉，或取诸书与画焉，无不有也，无不似也，岂非哀乐过人，一往有深情者乎？

这首《永遇乐》就是他经过虎牢关凭吊怀古，借以抒写兴亡之感的代表作，"兴亡如梦，慷慨余哀"正是此词的声情境界，与辛弃疾原唱"千古江山"的以古慨今不尽同。

词中关、山之险重，河流之滔滔，与昔日英雄战守纷争之悲壮，极具崇高、阳刚之美。废垒寒沙和战斗遗下的鸣环断镞，一派苍凉冷寞，使词篇笼上凄迷色彩。其中，"犹闻金鼓"自是联想之辞，"精灵自来去"，则纯属虚构，而结尾处的"长陵坯土"，更远在天边，这三者均以虚笔斡旋，不但使词平添风致，物外有物，声外有声，情外有情，词境得以扩大，且集中传达了词人凭吊英雄、感慨今古的情绪感受，使人悲凉顿生。

满江红　官渡①

陈维崧

野渡盘涡，中牟界、涛翻浪走。②勒马看、残山剩水，一番回首。斜日乱碑森怪猬③，危岗怒石蹲奇兽。笑中原、从古战场多，阴风吼。　　炎刘鼎④，嗟沦覆。袁曹辈，工争斗。看金戈塞马，喧豗驰骤⑤。浪打前朝黄叶尽，霜封断壁青苔厚。又几行、雁影落沙洲，多于豆。

[注释]

①官渡：也称中牟台。在今河南中牟东北，以临古官渡水得名。②"野渡"二句：郭璞《江赋》："盘涡谷转，凌涛山颓。"李善注："涡，水旋流也。"张铣注："盘涡，言水深风壮，流急相冲，盘旋作深涡，如毂之转。"　③森：阴沉幽暗貌。顾况《游子吟》："沉寥群动异，眇默诸境森。"　④炎刘：汉自称以火德王，姓刘氏，故名。赵岐《孟子题辞》："孟子亦自知遭苍姬之讫录，值炎刘之未奋，进不得佐兴唐虞雍熙之和，退不能信三代之余风，耻没世而无闻焉，是故垂宪言以诒后人。"方回《汉》："灯前闲覆孟坚书，瞬息炎刘四百余。"　⑤喧豗（huī）：轰响声。李白《蜀道难》："飞湍瀑流争喧豗，砯崖转石万壑雷。"

[评析]

陈维崧（1625~1682）此词是其《满江红·汴京怀古十首》中的第

五首。陈廷焯曾认为，诸作中"论笔势之森竦，自推'官渡'一篇"（《白雨斋词话》卷三）；又称"官渡"篇的下片"怨而壮，有古诗气味"（《词则·放歌集》卷四）。词借咏怀官渡之战以寄寓对明亡的哀悼。上片中，"残山剩水，一番回首"已透露"举目有江山之异"的隐痛。下片先以"炎刘鼎，嗟沦覆"二句慨叹汉室之衰亡，再以"袁曹辈，工争斗"两句写到发生在官渡的那场历史上有名的战役，而在语气上则对交战双方都致以轻蔑和不满。这说明，在凭吊这一古战场之际，牵动词人词心、触发其感慨的，主要不是袁、曹争斗的孰是孰非、谁胜谁负，而是这次战役的历史背景，即汉室之已名存实亡，而其嗟汉鼎之覆，正是叹明室之亡。后面的"浪打前朝黄叶尽，霜封断壁青苔厚"二句，以当前景物象喻国土之沦亡已久，更进一步表达其似是对汉、实则对明，似是吊古、实则伤今的深刻哀悼。此词约作于康熙七年（1668），清代的统治业已巩固，明朝的恢复早已无望，"黄叶尽"、"青苔厚"云云，正喻指这一无情的事实，词意极为沉痛。陈廷焯之所以称其"怨"者，正是有见于此。

陈维崧此组词的另外九首作品，依次吟咏夷门（首句"坏堞崩沙"）、博浪城（"铅筑无成"）、广武山（"氾水敖仓"）、吹台（"太息韶华"）、艮岳（"宋室宣和"）、金明池、樊楼（"北宋樊楼"）、玉津园和周邸（此题据《瑶华集》卷九，"汴水分藩"）。其中的第七、第九首分别为：

> 曲水金塘，流不尽、汴京遗事。记当日、昆明水战，都亭百戏。相国寺前灯似昼，南薰门外天如水。恰政和、天子赵官家，多才艺。　　火仗转，星球坠。水幄卷，云房蔽。正扇分雉羽，桥排雁齿。此夜只怜明月好，当时那晓金人至。记居民、拂晓拨菰蒲，寻珠翠。

古玉津园，斜阳照、满陂芦荻。浑不见、铜街铁市，层楼列戟。阴惨惨兮门自锁，冷清清地船谁摘。缭垣边、觅个不愁人，如何得。　　白玉沓，黄金橘。园芳乐，楼青漆。任凄风苦雨，笼窗动壁。春去鸟啼樊重里，月明花落王根宅。坏廊斜、石兽趁行人，行人吓。

相互参阅，确如陈廷焯所赞"措语极健，可作史传读"（《白雨斋词话》卷三）。

点绛唇　夜宿临洺驿①

陈维崧

晴髻离离②，太行山势如蝌蚪。稗花盈亩。一寸霜皮厚。③赵魏燕韩，历历堪回首。悲风吼。临洺驿口，黄叶中原走。

[注释]

①点绛唇：《朝野新声太平乐府》注仙吕宫。高拭词注黄钟宫。《太和正音谱》注仙吕调。王禹偁词名《点樱桃》。王十朋词名《十八香》。张辑词有"邀月过南浦"句，名《南浦月》；又有"遥隔沙头雨"句，名《沙头雨》。韩淲词有"更约寻瑶草"句，名《寻瑶草》。又，词题中"临洺（míng）驿"，在今河北邯郸市永年区。　②"晴髻"句：辛弃疾《水龙吟》："遥岑远目，献愁供恨，玉簪螺髻。"离离，排列状。《诗·王风·黍离》："彼黍离离，彼稷之苗。"白居易《赋得古原草送别》："离离原上草，一岁一枯荣。"　③"稗花"二句：此处稗花谓稗草密集

状,霜皮形容月光下稗草景象。《说文》:"稗,禾别也。"王符《潜夫论·述赦》:"养稊稗者伤禾稼,惠奸宄者贼良民。"杜甫《古柏行》:"霜皮溜雨四十围,黛色参天二千尺。"仇兆鳌注:"霜皮溜雨,色苍白而润泽也。"白居易《题流沟寺古松》:"烟叶葱茏苍麈尾,霜皮驳落紫龙鳞。"

[评析]

  陈维崧此词作于康熙七年(1668)十月间,时出京城取道去河南商丘途经临洺驿。夜色苍凉,俯仰今昔,感慨百端。此处原是古战场,而三十年前,更是烽火浴血,惊心动魄。陈维崧的堂姑父名将卢象升就是壮烈牺牲于冀中。也正是那场社稷大崩裂,导致他这位故明世家子弟"风打孤鸿浪打鸥"地成了落叶一片似的,飘游于中原腹地。秋风萧瑟,寒气凛冽,词人只觉不堪回首。上片写眼中景,静物见动势:山势跃动"如蝌蚪",线条腾越,与"晴髻"意象恰好动静、刚柔相济。又质感毕现:月色下荒凉芜野的景观在"一寸霜皮厚"中予人以沉重感,"霜皮"的寒意也就沦肌浃髓而入。"动势出灵警,质感透有力度"(严迪昌《元明清词》),陈维崧词笔雄劲处固于此毕见,更重要的是他心底激荡的情思借此漩起,满纸风霜。"蝌蚪"、"稗花"等江南水乡多见之物本就容易勾动飘泊羁旅者的乡思,何况身世际遇如同黄叶飘转天涯。"悲风吼",仿佛可以从中听到词人的郁勃心音。全篇以奇特的想象、夸张的比喻和大幅度跳跃的意象形成尺幅千里之势,寥寥数语便构成雄阔苍凉、激昂悲壮的意境,表现出词人的个性与情怀。所以,陈廷焯评曰:"其年诸短调,波澜壮阔,气象万千,是何神勇。"(《白雨斋词话》卷三)

夜游宫　秋怀四首（其四）

陈维崧

一派明云荐爽①。秋不住、碧空中响。如此江山徒莽苍②。伯符耶，寄奴耶，嗟已往。　　十载羞厮养。孤负煞、长头大颡。③思与骑奴游上党④。趁秋晴，跖莲花，西岳掌。⑤

[注释]

①荐爽：献爽。曹寅《金缕曲》："笑今年、西风荐爽，东篱开早。"
②莽苍：旷远无际貌。杜牧《上宰相求湖州第二启》："如登高四望，但见莽苍大野，荒墟废垒，怅望寂然，不能自解。"欧阳修《自岐江山行至平陆驿》："萧条断烟火，莽苍无人境。"　③"十载"二句：厮养，犹厮役。《战国策·齐策五》："士大夫之所匿，厮养士之所窃，十年之田而不偿也。"鲍彪注："厮，析薪养马者。"《史记·张耳陈余列传》："有厮养卒谢其舍中曰：'吾为公说燕，与赵王载归。'"裴骃《集解》引韦昭曰："析薪为厮，炊烹为养。"长头，博学者之通称。《后汉书·贾逵传》："逵悉传父业，弱冠能诵《左氏传》及《五经》本文"，"自为儿童，常在太学，不通人间事；身长八尺二寸。诸儒为之语曰：问事不休贾长头。"《梁书·范岫传》："南乡范云谓人曰：'诸君进止威仪，当问范长头。'以岫多识前代旧事也。"陆游《晚秋寓叹》六首其二："一端聊自慰，问事有长头。"颡（sǎng），前额。后以大颡喻指襟怀坦荡。李颀《送陈章甫》："陈侯立身何坦荡，虬须虎眉仍大颡。"　④骑奴：骑

马随从的奴仆。《史记·田叔列传》："卫将军从此两人过平阳主，主家令两人与骑奴同席而食，此二子拔刀列断席别坐。"王安石《两生》："好与骑奴同一处，此时俱事卫将军。" ⑤"跖（zhí）莲花"二句：跖，踏。屈原《九章·哀郢》："心婵媛而伤怀兮，眇不知其所跖。"《大清一统志》载，太华山，岳顶东峰曰仙人掌，峰侧石上有痕，自下望之，宛然一掌，五指俱备。张衡《西京赋》："缀以二华，巨灵赑屃，高掌远跖，以流河曲，厥迹犹存。"

[评析]

陈维崧此组秋日抒怀词作于中年以后客游北方时。此首寓情于景，并借追怀古人以抒发自己孤负长头大颡、事业无成的感慨。然而意气又毫不消沉，结尾高唱入云，有壁立千仞的雄伟气概，廉悍无匹。适如陈廷焯所评："四章无一语不精锐，正如干将出匣，寒光逼人。"（《词则·放歌集》卷四）

此组词中的另外三首依次是：

耿耿秋情欲动。早喷入、霜桥笛孔。快倚西风作三弄。短狐悲，瘦猿愁，啼破冢。 碧落银盘冻。照不了、秦关楚陇。无数蛮吟古砖缝。料今宵，靠屏风，无好梦。

秋气横排万马。尽屯在、长城墙下。每到三更素商泻。湿龙楼，晕鸳机，迷爵瓦。 谁复怜卿者。酒醒后、槌床悲诧。使气筵前舞甘蔗。我思兮，古之人，桓子野。

箭与饥鸱竞快。侧秋脑、角鹰愁态。骏马妖姬秫燕代。笑吴儿，困雕虫，矜细楷。 龌龊谁能耐。总一笑、浮云睚眦。独去为佣学无赖。圯桥边，有猿公，期我在。

都同样写得气势逼人，有气魂骨力，不同于寻常即景抒怀之作，是作者内在性灵外化的结果，也与其身世遭际密切相关："伯兄少时，值家门鼎盛，意气横逸。……迨中更颠沛，饥驱四方，或驴背清霜，孤篷夜雨；或河梁送别，千里怀人；或酒旅歌板，须髯奋张；或月榭风廊，肝肠掩抑；一切诙谐狂啸，细泣幽吟，无不寓之于词。甚至里语巷谈，一经点化，居然典雅，真有意到笔随，春风化物之妙。"（陈宗石《湖海楼词序》）

渡江云　送蒋京少下第游楚，次储广期原韵[①]

陈维崧

向长安市上，仰天长啸，悔杀彩为毫。[②]月明无赖极，又照征南，万将赤霜袍[③]。掉头仍向潇湘去，去采离骚[④]。算襄樊、几般往事[⑤]，一半属孙曹。　　舟摇[⑥]。天低滴黛，竹瘦凝斑，任崖倾峡倒。恨茫茫、一军铁甲，九派银涛[⑦]。浔阳夜火黄州雪[⑧]，应为我、徙倚无聊。吾衰矣、漫劳送上云霄。

[注释]

①渡江云：小石调曲。盖取名于杜牧《江楼》："谁惊一行雁，冲断过江云。"又名《三犯渡江云》，见《清真集》。此调后段第四句例用仄韵，亦是三声叶，乃一定之格，宋元人俱如此填。唯陈允平有全押平韵、全押仄韵二体。又，词题中"蒋京少"，蒋景祁。储广期，名方庆。　②"仰天"二句：岳飞《满江红》："抬望眼、仰天长啸，壮怀激烈。"彩为毫，即彩笔。　③赤霜袍：战袍名。李白《与元夫人》："裘披青毛锦，身着赤霜袍。"　④去采离骚：意谓到汨罗江去凭吊屈原。　⑤几般：几多，多

少。戎昱《早春雪中》："阴云万里昼漫漫，愁坐关心事几般。"　⑥舟摇：陶渊明《归去来兮辞》："舟摇摇以轻扬，风飘飘而吹衣。"　⑦九派：本指长江九江一带支流，后泛指长江。郭璞《江赋》："源二分于岷崃，流九派乎浔阳。"皇甫冉《送李录事赴饶州》："山从建业千峰出，江至浔阳九派分。"　⑧"浔阳"句：白居易《琵琶行》："浔阳江头夜送客，枫叶荻花秋瑟瑟。"王禹偁《黄冈竹楼记》："冬宜密雪，有碎玉声。"

[评析]

　　陈维崧此词当作于未举博学鸿词科以前。词作自我写照，下第书生呼天子立的形象呼之欲出。作者遭逢鼙鼓声催，生活动荡之时，孤愤蕴结的心情，同病相怜的悲怆，跃然纸上。故以凭吊汨罗、观孙曹战处为唯一慰人的去路。

　　储方庆原唱为《渡江云·都门送京少之楚省亲》：

　　　　君才真十倍，黄金待价，一字爽秋毫。丈夫同气尽，况复霜天，雁影理征袍。高歌且当骊驹曲，安用牢骚。看茫茫、古今失路，多半是吾曹。　　摇摇。浮云蔽日，急雪迎风，正长途颠倒。问江山、有何突兀，几许波涛。悲凉题遍芳洲草，绁兰佩、屈宋无聊。吟诗后、不知谁在云霄。(《瑶华集》卷一二)

词中宿命般的无奈夹杂着牢骚不平之气，笔力劲健，风格沉郁。丁绍仪《国朝词综补》卷四所载颇有异文（缪荃孙《国朝常州词录》据以录入），未审何据，姑录以备参："长安居不易，敝裘典尽，还理旧征袍。念万重烟树，一鞭萧瑟，此去路方遥。高歌且尽将离酒，莫漫牢骚。看茫茫、古今失路，多半是吾曹。　　飘摇。浮云蔽日，急雪迎风，正长途潦倒。问年来、滔滔江汉，几许波涛。挥毫题遍芳洲草，好将他、屈宋魂招。休更道、置身宜在云霄。"

水调歌头　送宋荔裳观察入都，并寄蓼天司业，同顾庵、西樵赋①

陈维崧

酒冷天寒日，人去客愁中②。数行钿蝉柱雁，祖饯出城东。③衣上青天明月，马上黄河飞雪，雁背染霜红④。如此作装急，磊砢相桓公。⑤　千斤椎，七宝鬘，百石弓。⑥从奴宾客所过，栈马啮残通⑦。定过淮阴祠下，更到望诸墓上⑧，怀古飒悲风。若见苏司业，言我鬓成翁⑨。

[注释]

①词题中"宋荔裳"，宋琬。蓼天，宋德宜。顾庵，曹尔堪。西樵，王士禄。　②客愁：孟浩然《宿建德江》："移舟泊烟渚，日暮客愁新。"李白《夜泊黄山闻殷十四吴吟》："半酣更发江海声，客愁顿向杯中失。"戴叔伦《暮春感怀》二首其一："杜宇声声唤客愁，故国何处此登楼。"③"数行"二句：钿蝉，筝饰。亦借指筝。温庭筠《赠弹筝人》："钿蝉金雁皆零落，一曲伊州泪万行。"筝之弦柱斜列如雁行，曰雁柱。李商隐《昨日》："二八月轮蟾影破，十三弦柱雁行斜。"古代出行时祭祀路神曰祖，后因称饯行的宴席曰祖席，亦称祖饯、祖筵。《汉书》颜师古注："祖者，送行之祭，因飨饮也。昔黄帝之子累祖好远游，而死于道，故后人以为行神也。"　④"雁背"句：周邦彦《玉楼春》："烟中列岫青无数。雁背夕阳红欲暮。"　⑤"如此"二句：作装，打点行装。磊砢（luǒ），树木多

节,喻人有奇才异能。《世说新语·赏誉》:"庾子嵩目和峤:森森如千丈松,虽磊砢有节目,施之大厦,有栋梁之用。"桓公,齐桓公,春秋五霸之一。此处泛指明君。 ⑥"千斤椎"三句:千斤椎,极言椎之重。《墨子·备城门》:"长椎,柄长六尺,头长尺。"七宝辔,用多种宝器制成的马缰绳。百石弓,极言弓的硬度大。《汉书·律历志》:"三十斤为钧,四钧为石。" ⑦"栈马"句:栈马,客栈之马。啮(niè)残通,吃残粪。《后汉书·戴就传》:"主者穷竭酷惨,无复余方,乃卧就覆船下,以马通薰之。"李贤注:"《本草经》曰:马通,马矢也。" ⑧"更到"句:《史记·乐毅列传》:"赵封乐毅于观津,号曰望诸君。"司马贞《索隐》:"望诸,泽名,在齐,盖赵有之,故号焉。"墓在今河北武邑东南。韩愈《送董邵南序》:"为我吊望诸君之墓,而观于其市,复有昔时屠狗者乎?" ⑨龚成翁:洪咨夔《次李参政晚春湖上口占十绝》其九:"燕子将雏鹿养茸,年华冉冉龚成翁。"葛绍体《卧病》:"病惊身是客,愁恐龚成翁。"

[评析]

　　陈维崧此词作于康熙五年(1666)秋,送友人都,抒发感慨。就像陈维崧在词中盛赞宋琬的才能一样,宋琬也对陈维崧的才气称赏备至,曾在其《长歌赠陈其年》中这样描述当日迦陵词赋之影响:

　　　　座中最爱阳羡生,一榻高悬待徐孺。考功潇洒善长调,屈指推
　　君夸绝巧。武塘学士亟称赏,共把君文问君貌。

更为重要的是,陈维崧与前朝遗民,尤其是与山左词人王士禄、王士禛、宋琬、曹贞吉等人的交游,包括此词在内,当是其稼轩风之形成的一个至为重要的机缘。从词史意义上讲,山左词人的大批南下,也是阳羡词派掀起"稼轩风"的一个不可忽略的重要构成因素。(参朱丽霞《清代辛稼轩接受史》)

满庭芳　过虎牢

陈维崧

汜水东来，荥阳西去，伤心斜日哀湍①。横鞭顾盼，又过虎牢关。叹息提兵血战，西风响、一片刀环。②英雄泪，乱山枫叶，不待晓霜丹。　　追攀。当日事，炎精末造，遗恨灵桓。又许昌迁驾，不肯回銮。③今古兴亡转换，谁相问、剩水残山。凭高望，汉陵魏殿，一样土花斑④。

[注释]

①哀湍：急流哀鸣。杜甫《玉华宫》："阴房鬼火青，坏道哀湍泻。"
②"叹息"二句：武元衡《兵行褒斜谷作》："注意奏凯赴都畿，速令提兵还石坂。"刀环，刀头上的环。《汉书·李陵传》："立政等见陵，未得私语，即目视陵，而数数自循其刀环，握其足，阴谕之，言可还归汉也。"后因以为还归之隐语。　③"追攀"六句：追攀，回想。有惜别之意。杜甫《遣兴三首》其三："昔在洛阳时，亲友相追攀。"末造，犹末世。《仪礼·士冠礼》："公侯之有冠礼也，夏之末造也。"叶适《宝谟阁待制中书舍人陈公墓志铭》："盖鲁有臧文仲，郑有子产，齐有晏婴，晋有叔向，四人者当周之末造，能新美旧学而和齐用之，尊奉前文而斟酌用之。"灵桓，指东汉庸主灵帝刘宏（168年~189年在位）、桓帝刘志（147年~167年在位）。诸葛亮《出师表》："亲贤臣，远小人，此先汉所以兴隆也。亲小人，远贤臣，此后汉所以倾颓也。先帝在时，每与臣论

此事，未尝不叹息痛恨于桓、灵也。"建安元年（196），曹操挟天子以令诸侯，迁汉献帝都于许，黄初二年（221）改许为许昌。故址在今河南许昌一带。　④土花：苔藓。李贺《金铜仙人辞汉歌》："画栏桂树悬秋香，三十六宫土花碧。"周邦彦《风流子》："羡金屋去来，旧时巢燕，土花缭绕，前度莓墙。"

[评析]

陈维崧此词吊古伤今，与其另一首《洞仙歌·过汜水县虎牢关作》同一机杼：

积铁苍然，关势临崖偻。崭绝东京好门户。挽藤萝月黑、谁恐行人，落叶卷，声似牢中哮虎。　无情惟洛水，日夜东流，不为愁人带愁去。寂寞北邙山，苦对西风，排一派、唐陵汉墓。任吊古、伤今已无人，只霜打棠梨，暗啼红雨。

皇祐元年（1049），司马光试馆阁校勘、同知太常礼院时作过一首《虎牢关》："天险限西东，难名造化功。路邀三晋会，势压两河雄。除雪沾枯草，惊飙卷断蓬。徒观争战处，今古索然空。"虽然也可以说是一般意义上的吊古伤今，但尤其是后一方面的具体内涵，却是大为不同的。

洞仙歌　咏慈仁寺古松，寿纪伯紫①

陈维崧

摩空翠鬣②，万古知难老。色作青铜雪霜饱。似杜甫惊人、马卿慢世，二子者，可以状君兀奡。③　托根燕市侧，游戏支离，一笑风尘此鸿爪。④任丝管喧阗，貂蝉赫奕，更七姓、鞭丝醉袅。⑤只西风、吼处作涛声，对凤阙龙墀，⑥吾存吾傲。

[注释]

　　①洞仙歌：唐教坊曲名。此调有令词，有慢词。令词，康与之词名《洞仙歌令》；潘牥词名《羽仙歌》；袁易词名《洞仙词》；《宋史·乐志》名《洞中仙》，注林钟商调，又歇指调；《金词》注大石调。慢词，柳永《乐章集》"嘉景"词注般涉调，"乘兴闲泛兰舟"词注仙吕调，"佳景留心惯"词注中吕调。《钦定词谱》卷二〇："按张綖《诗余图谱》，前段六句三韵，后段七句三韵，前后段第三句俱七字，第四句俱九字，前段结句六字，后段结句九字，此令词正体也，间有摊破、添字句、添韵者，皆从此出，谱中句读悉据之。"又，词题中"慈仁寺"，在今北京广安门内大街路北。纪伯紫，名映钟。　②翠鬣：青绿色松针。吴伟业《吾谷行》："雷劈烧痕翠鬣焦，雨垂漏滴苍皮缩。"　③"似杜甫"三句：《世说新语·品藻》刘孝标注引《高士传·司马相如赞》："长卿慢世，越礼自放。犊鼻居市，不耻其状。托疾避官，蔑此卿相。乃赋《大人》，超然莫尚。"兀奡，孤傲不羁。陶渊明《饮酒二十首》其十三："规规一何愚，兀傲差若颖。"白居易《效陶潜体诗十六首》其十三："兀傲瓮间卧，憔悴泽畔行。"　④"游戏"二句：何良俊《世说新语补·排调》："苏长公在惠州，天下传其已死。后七年北归……见南昌太守叶祖洽。叶问曰：'世传端明已归道山，今尚尔游戏人间邪？'"《庄子·人间世》："夫支离其形者，犹足以养其身，终其天年，又况支离其德者乎！"支离，不全貌。也是松的别名。《研北杂志》："鲜于伯机枢尝于废圃中得怪松一株，移植所居斋前，呼为支离叟，朝夕抚玩以为适。"苏轼《和子由渑池怀旧》："人生到处知何似，应似飞鸿踏雪泥。泥上偶然留指爪，鸿飞

豪放词 | 285

那复计东西。"鸿爪，也指松针。章孝标《小松》："爪叶鳞条龙不盘，梳风幕翠一庭寒。" ⑤"任丝管"三句：貂蝉，古代显官冠饰。《后汉书·舆服志》刘昭注引徐广曰："说者蝉取其清高饮露而不食，貂紫蔚柔润而毛采不彰灼。"赫奕，显赫貌。白居易《和望晓》："赫奕冠盖盛，荧煌朱紫烂。"七姓，此处泛指显贵。潘岳《西征赋》："窥七贵于汉庭，谲一姓之或在。"李善注："七姓，谓吕、霍、上官、赵、丁、傅、王也。庾亮《表》曰：向使西京七族，皆非姻党，从而悉全，决不尽败。"鞭丝，马鞭。陆游《乍晴出游》："本借微风欹帽影，却乘新暖弄鞭丝。"

⑥"只西风"二句：欧阳玄《漫题四绝》其二："翰长书闲来啜茗，下帘危坐听松涛。"蒋景祁《瑞鹤仙》："苍然如许，听涛声、鳞鬣夜怒。"陈维崧《南柯子》："挟瑟龙池上，鸣鞭凤阙前。"龙墀，犹丹墀。刘禹锡《杨柳枝》："凤阙轻遮翡翠帏，龙墀遥望曲尘丝。"

[评析]

陈维崧此词通过描写慈仁寺中矫健劲特的松姿，赞美纪映钟操守刚直，性格兀傲，用笔劲健挺拔，其实也是他自己的写照。上片平铺直写。下片通过领字"任"、"更"与"只"的对比和反衬，用"只西风"三句写尽高蹈傲世之情。

蒋景祁有《瑞鹤仙·慈仁寺松》和之：

何年冰雪贮。看烧节为烟，团枝作尘，沧桑几经度。对伊浑不记，金元风雨。苍然如许。听涛声、鳞鬣夜怒。未须愁、化石空坛，莫便吟龙飞去。　　无据。王孙草尽，贤士台荒，大夫封处。衣冠太古。青磷夜、赤虬语。叹支离相伴，一篝佛火，沸彻僧寮鱼鼓。做年年、送客长亭，销魂此树。（送客广宁门者，率置酒松下祖饯。）

借助古今时空的延续角度,来抒述慨然于怀的心歌,词境幽愤而不显凄厉,郁勃气浓却不衰飒。

水龙吟　谒张子房祠①

朱彝尊

当年博浪金椎②,惜乎不中秦皇帝。咸阳大索,下邳亡命,③全身非易。纵汉当兴,使韩成在,肯臣刘季。④算论功三杰⑤,封留万户,都未是、平生意。　　遗庙彭城旧里。有苍苔、断碑横地。千盘驿路,满山枫叶,一湾河水。沧海人归,圯桥石杳,古墙空闭。⑥怅萧萧白发,经过揽涕⑦,向斜阳里。

[注释]

①词题中"张子房",张良。张守节《史记正义》引《括地志》曰:"故留城在徐州沛县东南五十五里。今城内有张良庙也。"　②"当年"句:博浪,博浪沙,地名,在今河南原阳东南。金椎,铁椎。《庄子·外物》:"接其鬓,压其顪,儒以金椎控其颐,徐别其颊,无伤口中珠。"苏轼《次韵王廷老和张十七九日见寄》:"请看平日衔杯口,会有金椎为控颐。"　③"咸阳"二句:大索,大力搜索。《史记·秦始皇本纪》:"二十九年,始皇东游。至阳武博狼沙中,为盗所惊。求弗得,乃令天下大索十日。""三十一年十二月,更名腊曰嘉平。赐黔首里六石米、二羊。始皇为微行咸阳,与武士四人俱,夜出,逢盗兰池,见窘,武士击杀盗,关中大索二十日。"下邳,在今江苏睢宁西北。　④"使韩成"二句:韩

成,韩王成。《史记·项羽本纪》载,项羽入关,分封诸侯,韩王成因故都,都阳翟。"韩王成无军功,项王不使之国,与俱至彭城,废以为侯,已又杀之。"刘季,刘邦字季。 ⑤三杰:指张良、萧何、韩信。《汉书·高帝纪》:"夫运筹帷幄之中,决胜千里之外,吾不如子房;镇国家,抚百姓,给饷馈,不绝粮道,吾不如萧何;连百万之众,战必胜,攻必取,吾不如韩信。三者皆人杰,吾能用之,此吾所以取天下者也。" ⑥"沧海"三句:《史记·留侯世家》:"良尝学礼淮阳,东见仓海君,得力士,为铁椎重百二十斤。""五日,良夜未半往。有顷,父亦来,喜曰:'当如是。'出一编书,曰:'读此则为王者师矣。后十年兴,十三年孺子见我济北,谷城山下黄石即我矣。'遂去,无他言,不复见。旦日视其书,乃《太公兵法》也。" ⑦揽涕:屈原《九章·思美人》:"思美人兮,擥涕而伫眙。"王夫之《通释》:"擥涕,挥泪也。"曹植《三良诗》:"揽涕登君墓,临穴仰天叹。"

[评析]

朱彝尊(1629~1709)此词上片怀古,重在记事、议论。通过突出描写张良一生中的几个方面:狙击秦皇、请立韩成、减封留侯等,让人感到像他那样的"兴汉三杰"之一和开国功臣,竟因复韩之国、报韩之恩路绝,而有英雄失意的幽伤和隐痛,且是终生的憾事。这种评价迥出于一般史家对张良功业的赞颂,是因为作者在反清复明之路绝这方面,与张良颇有相似之处。下片慨今,重在写景、抒情。极写留侯庙的荒凉寂寞,以从历史的联想折入实景的"古墙"句总收,极尽迭折之妙,表现上似乎和上片不相衔接,其实也在于衬托"都未是、平生意"的哀伤。歇拍二句惆怅不尽的身世之感,别有凄然言外者。又是由于张良功高位崇,虽非平生之意,到底较作者这位萧萧白发、功业无成的布衣之士为优。全篇以雄深雅健之笔,写尽沧桑兴亡之感,寄意高远,词风"悲壮"而"与秦缶燕筑相摩荡"(曹尔堪《曝书亭词序》),颇有迦陵风调。

百字令　度居庸关

朱彝尊

崇墉积翠,望关门一线,似悬檐溜。①瘦马登登愁径滑②,何况新霜时候。画鼓无声,朱旗卷尽,惟剩萧萧柳。薄寒渐甚,征袍明日添又。　　谁放十万黄巾,丸泥不闭,直入车箱口。③十二园陵风雨暗,响遍哀鸿离兽。④旧事惊心,长途望眼,寂寞闲亭堠⑤。当年锁钥,董龙真是鸡狗。⑥

[注释]

①"崇墉"三句:崇墉,高峻的城墙。《诗·大雅·皇矣》:"以尔钩援,与尔临冲,以伐崇墉。"传:"墉,城也。"《水经注·湿余水》:"绝谷累石为关垣,崇墉峻壁,非轻功可举,山岫层深,侧道褊狭,林障邃险,路才容轨。"韩愈《南山诗》:"峻涂拖长冰,直上若悬溜。"②登登:马蹄声。卢纶(一作王建)《山店》:"登登山路行时尽,决决溪泉到处闻。"　③"谁放"三句:黄巾,此处代指李自成起义军。《后汉书·隗嚣传》:"元请以一丸泥为大王东封函谷关,此万世一时也。"陆游《书悲》:"何当受诏出,函谷封丸泥。"车箱口,疑指车箱渠,在今北京市通州区。　④"十二"二句:十二园陵,即今十三陵。时明思宗朱由检尚未亡故。离兽,此处指流离失所的遗民。阮籍《咏怀八十二

首》其十七:"孤鸟西北飞,离兽东南下。" ⑤亭堠(hòu):古代边境用以瞭望与监视敌情的岗楼。《后汉书·南匈奴传》:"朝廷患之,增缘边兵郡数千人,大筑亭候,修烽火。"李贤注:"亭候,侦候望敌之所。"司马光《塞上四首》其二:"旌旗遥背水,亭堠远依山。"曹寅《驯鹭亭放舟》:"隔岸无亭堠,依人只鹭鸶。" ⑥"当年"二句:王君玉《国老谈苑》卷二:"寇准镇大名,北使路由之,谓公曰:'相公望重,何以不在中书?'准曰:'主上以朝廷无事,北门锁钥,非准不可。'"董龙,南北朝时前秦尚书董荣之子。《晋书·前秦载记》:"龙专权,王堕疾之,同朝不与语。人劝之,堕曰:'董龙是何鸡狗,而令国士与之言乎?'"

[评析]

朱彝尊此词以吊古之笔写旅行之景,抒发亡明之痛的历史情怀,历史感怀雄峻深沉。作法与曹溶的《永遇乐·雁门关》相同:

眼底秋山,旧来风雨,横槊之处。壁冷沙鸡,巢空海燕,各是酸心具。老兵散后,关门自启,脉脉晚愁穿去。一书生、霜花踏遍,酒肠涩时谁诉。 阑珊鬓发,萧条衣帽,打入唱骊新句。回首神州,重重遮断,惟有翻空絮。岁华贪换,刀环落尽,草际夕阳如故。嗟同病、南冠易感,登楼莫赋。

都是在上片中首先写出其地理位置的重要性,然后用对比手法写出其当下的凄凉景象。这种今昔对比体现的是一种历史感怀的心境。而词人的思绪就在这种历史情怀中蔓延,在下片中正面抒发对历史兴亡的感叹,化实为虚,笔走侧锋,音调高亢而词意朦胧。

朱彝尊还有一首《消息·度雁门关》:

千里重关,凭谁踏遍,雁衔芦处。乱水滹沱,层霄冰雪,鸟道连句注。画角吹愁,黄沙拂面,犹有行人来去。问长途、斜阳瘦马,又穿入、离亭树。　　猿臂将军,鸦儿节度,说尽英雄难据。窃国真王,论功醉尉,世事都如许。有限春衣,无多山店,酹酒徒成虚语。垂杨老,东风不管,雨丝烟絮。

是作者与曹溶康熙四年(1665)春一起游览雁门关时所作。面对苍莽雄峻的关山,遥想兴亡之史事,二人都抒发了深沉的感叹。曹词用古今对比之法,腾宕思绪于历史与现在间,抒发历史兴衰不定的感慨,暗示对明朝灭亡的愁涩以及身世飘零之感。朱词与之稍有不同,更多地渗透了个人失意、落魄不遇的愤懑悲慨。这种感慨与朱彝尊入清后落拓江湖、寄人篱下的遭遇有关。有意思的是,作为易代之际胜利者的纳兰性德,其《采桑子·居庸关》下片中却也出现了对"前朝事"仿佛突如其来的感慨与幽怀:

嵩周声里严关峙,匹马登登。乱踏黄尘。听报邮签第几程。

行人莫话前朝事,风雨诸陵。寂寞鱼灯。天寿山头冷月横。

对历史的沉思,对兴亡盛衰的感叹,具有特定的深度,耐人寻味。

满庭芳　李晋王墓下作[①]

朱彝尊

独眼龙飞,鸦儿军至,百战真是英雄。沙陀去后,席卷定河东。[②]多少义儿子将[③],千人敌、一一论功。争夸道,生来亚子,信不愧而翁[④]。　　前驱囊矢日,三垂冈上,置酒临风。[⑤]叹绿衣天下[⑥],回首成空。冷落珠襦散尽,残碑断、不辨鱼虫。[⑦]西林外,哀湍斜照,法鼓影堂中[⑧]。

[注释]

①词题中"李晋王",即李克用,《新五代史·梁本纪》:"是岁(指乾宁二年),李克用封晋王。"又《唐本纪》:"子存勖立,葬克用于雁门。"王士禛有《朱锡鬯自代州至京奉柬》,其中"锦囊旧事悲唐垒"句即指朱彝尊凭吊李克用墓事。　②"独眼"五句:《新五代史·唐本纪》:"克用少骁勇,军中号曰'李鸦儿'。其一目眇,及其贵也,又号'独眼龙'。"李克用,沙陀族人,本姓朱耶氏,唐赐李姓。贾谊《过秦论》:"有席卷天下、包举宇内、囊括四海之意,并吞八荒之心。"《广阳杂记》卷二:"然清兵力竭,亦不能乘胜席卷而前。"　③子将:唐武官名。隶属于大将之下,掌布列行阵、金鼓及部署卒伍的副将、偏将。陈子昂《谢衣表》:"卒士被伤,子将多死。"《资治通鉴·唐纪·玄宗开元四年》:"时大武军子将郝灵荃奉使在突厥。"胡三省注:"子将,小将也。唐令,制每军大将一人,别奏八人……子将八人,资其分行阵,辨金鼓及部署。"《唐六典》卷五:"凡诸军镇每五百人置押官一人,一千人置子总管一人,五千人置总管一人。"并谓子将即子总管。　④而翁:用于称人父亲。吴嘉纪《哀羊裘为孙八赋》:"亭午号朔风,儿持衣而翁。"　⑤"前驱"三句:《新五代史·伶官传序》:"世言晋王之将终也,以三矢赐庄宗而告之曰:'梁,吾仇也。燕王,吾所立;契丹,与吾约为兄弟。而皆背晋以归梁。此三者,吾遗恨也。与尔三矢,尔其无忘乃父之志!'庄宗受而藏之于庙。其后用兵,则遣从事以一少牢告庙,请其矢,盛以锦囊,负而前驱,及凯旋而纳之。"三垂冈,又名三垂山、二冈山,在今山西长治市郊。《新五代史·唐本纪》:"初,克用破孟方立于邢州,还军上党,置酒三垂岗,伶人奏百年歌,至于衰老之际,声甚悲,坐上皆凄怆。时存勖在侧,方五岁,克用慨然捋须,指而笑曰:'吾

行老矣，此奇儿也，后二十年，其能代我战于此乎？'"　⑥绿衣：《诗·邶风·绿衣》，是文学史上传世最早的夫悼妇悼亡诗。　⑦"冷落"二句：珠襦，古代帝后及贵族的殓服。虞集《赋吴郡陆友仁得白玉方印》："珠襦已随黄土化，此物还同金雁翔。"辨鱼虫，烦琐的名物训诂。梅尧臣《和普公赋东园十题》其七《书斋》："还来读诗礼，不用辨鱼虫。"王安石《详定试卷二首》其二："细甚客卿因笔墨，卑于尔雅注鱼虫。"　⑧"法鼓"句：法鼓，佛教法器之一。影堂，佛寺、道观中供奉佛祖、尊师真影的场所。李端《同司空文明过坚上人故院》："无人知是旧，共到影堂中。"杜光庭《题本竹观》："帝子影堂香漠漠，真人丹涧水潺潺。"

[评析]

　　朱彝尊和曹溶二人游雁门时，很可能又凭吊了李克用墓。曹溶也有一首《满庭芳·李晋王墓下作》：

　　殿宿莓苔，冈平赑屃，虚寝遥控帘钩。义儿成队，左右列松楸。谁放沙陀雁影，盘仙李、飞入并州。收京阙、赤心家世，长拱紫宸楼。　英雄夸亚子，提刀百战，囊失前驺。渐司香遗庙，埋玉荒丘。事去棠梨漫落，滹沱化、泪点长流。金凫出、优伶天下，麦饭一时休。

面对历史古迹，二人感慨万端，表达了兴亡不定的历史情怀，词风沉痛悲凉。

　　朱彝尊这一类"直欲平视辛、刘"（郭麐《灵芬馆词话》卷二）之作，一般认为，应是来自于对辛词心追手模的曹溶的诱导。不过，吊古思今的内容和慷慨激昂的风格，其实在朱氏赴岭南前的作品中就已经出现了，如在金陵所作的《满江红·吴大帝庙》：

　　　　玉座苔衣，拜遗像，紫髯如乍。想当日、周郎陆弟，一时声价。乞食肯从张子布，举杯但属甘兴霸。看寻常、谈笑敌曹刘，分区夏。　　南北限，长江跨。楼橹动，降旗诈。叹六朝割据，后来谁亚。原庙尚存龙虎地，春秋未报鸡豚社。剩山围、衰草女墙空，寒潮打。

陈廷焯曾对比过此词与陈维崧作于顺治十八年（1661）的《满江红·何明端先生筵上作。辛巳岁，先生在阳羡令幕中拔予童子第一》：

　　　　阳羡书生，记年少、剧于健马。公一顾、风鬃雾鬣，尽居其下。两院黄骢佳子弟，三条红烛乔声价。恰思量、已是廿年前，凄凉话。　　铁笛叫，南徐夜。玉山倒，西窗下。且搏捕六博，弹筝行炙。被酒我思张子布，临江不见甘兴霸。只春潮、溅雪白人头，堪悲咤。

并认为："其年《满江红》诸阕，纵笔所之，无不雄健。如……'被酒我思张子布，临江不见甘兴霸。只春潮、溅雪白人头，堪悲咤。'（竹垞亦有'乞食肯从张子布，举杯但属甘兴霸'之句，气概稍逊，精警则一。）"（《白雨斋词话》卷三）郭麐甚至认为，朱氏此体乃效法陈维崧："激昂慷慨，迦陵为最，竹垞亦时用其体。"（《灵芬馆词话》卷二）无论朱彝尊是否学习了陈氏的风格，有一点可以确定，即他早年词作中有接近辛、刘一派风格的存在，这似乎不必等到与曹溶唱和时才出现。（参潘务正《论曹溶对朱彝尊词学创作的影响——兼论其在浙西词派中的地位》）

八声甘州　榆林镇吊诸忠烈①

屈大均

大黄河万里卷沙来，沙高与城平。教红城明月，白城积雪，②两不分明。恨绝当年搜套，大举事无成。③长把秦时塞④，付与笳声。　　最好榆林雄镇，似骆驼横卧，人马皆惊。更家家飞将⑤，生长有威名。为黄巾、全膏原野，与玉颜、三万血花腥。忠魂在，愿君为厉⑥，莫逐流萤。榆林镇，流寇号为骆驼城，马见而畏。

[注释]

①词题中"榆林镇"，在今陕西榆林。明成化年间置榆林卫，为长城线上军事重镇。　②"教红城"二句：红城，即红城子。《大清一统志》：在固原州北七十里，亦谓之黑城子。白城，《大清一统志》：在清苑县西南三十里。　③"恨绝"二句：搜套，搜索攻击长期占领河套地区的鞑靼部。明朝军队筹划大举搜套，在成化八年（1472）。　④秦时塞：此处指榆林镇。《汉书·韩安国传》："后蒙恬为秦侵胡，辟数千里，以河为竟。累石为城，树榆为塞，匈奴不敢饮马于河。"　⑤飞将：此指勇武之士。《史记·李将军列传》："广居右北平，匈奴闻之，号曰汉之飞将军，避之数岁，不敢入右北平。"　⑥厉：厉鬼。此处指不屈之鬼雄。《左传·成公十年》："晋侯梦大厉，被发及地，搏膺而踊，曰：'杀余孙，不义；余得请于帝矣！'坏大门及寝门而入。公惧，入于室，又坏户。公觉，召桑田巫。巫言如梦。"

[评析]

康熙五年（1666），屈大均（1630~1696）来到西北，与王华姜结为伉俪。王氏为榆林人王壮猷之女。其家世为边将，壮猷顺治二年（1645）秋建义旗于园林驿，战败不降，投城而死。此词当是有感于此事而作。将军战死，本易引发伤悼之情，但屈大均的这类吊古词却写得慷慨豪壮。正如张德瀛《词征》卷六所云："（屈翁山词）有《九歌》、《九辩》遗旨，故以'骚屑'名篇。观其'潼关感旧'、'榆林镇吊诸忠烈'诸阕，激昂慨慷，如蒯通读《乐毅传》而涕泣，其遇亦可悲矣。"

屈大均另外的一首《双声子·吊东皋别业故址》也是如此，录以并读：

汉台南面，越城东臂，胜地曾作蘅皋。湖通珠浦，溪连香谷，花木一一分曹。兰亭几度，觞咏罢、徒有蓬蒿。难陶写，把丝竹，留教山鸟啾嘈。　　幸狐狸，知谢公白血，珍同水碧金膏。微躯安惜，乾崩坤裂，平陵一死鸿毛。与龙鬐马角，和粪土、同委乾濠。炊残白骨，牛羊总成，一片腥臊。（谢公谓故督师大学士陈公子壮也。）

顺治初年，陈子壮建东皋别业之处沦为清兵牧马之地，词作因寓感慨无限。

长亭怨　与李天生冬夜宿雁门关作[①]

屈大均

记烧烛、雁门高处。积雪封城，冻云迷路[②]。添尽香煤[③]，紫貂相拥夜深语。哭寒如许,难和尔、凄凉句。一片望乡愁,饮不醉、垆头驼乳。　　无处。问长城旧主,但见武灵遗墓。④沙飞似箭,乱穿向、草中狐兔。那能使、口北关南,更重作、并州门户。且莫吊沙场,收拾秦弓归去⑤。

[注释]

①长亭怨:即《长亭怨慢》,姜夔自度中吕宫曲。又,词题中"李天生",即李因笃。屈大均《送天生》三首其一有云:"万里求知己,从君旅雁门。"　②冻云:严冬的阴云。方干《冬日》:"冻云愁暮色,寒日淡斜晖。"陆游《好事近》:"扶杖冻云深处,探溪梅消息。"纳兰性德《临江仙》:"带得些儿前夜雪,冻云一树垂垂。"　③香煤:古时女子画眉用品,此处借指煤炭。元好问《眉》二首其二:"石绿香煤浅淡间,多情常带楚梅酸。"　④"问长城"二句:战国时赵武灵王,名雍,胡服骑射以教百姓,扩地北至燕、代,西至云中、九原,在位二十七年。其墓当在沙丘,在今河北平乡东北。　⑤秦弓:屈原《九歌·国殇》:"带长剑兮挟秦弓,首身离兮心不惩。"洪兴祖补注:"秦有南山檀柘,可为弓干。"

[评析]

屈大均此词呼吁反清复明。上片写与李因笃宿雁门,灯前夜话,饮乳和词的情形。下片由雁门一带的史迹自然引出对国势的慨叹。"问长城旧主"数句,感叹长城一带已被清军占据。结末"收拾秦弓归去",则表明了继续斗争的决心。全篇"纵横排荡,神似稼轩"(叶恭绰《广箧中词》卷一)。

屈大均的词,婉约之作甚多。如《凤凰台上忆吹箫》:

至自榆林,迎归荔浦,人看秦地佳人。正宝筝调月,斑管吟春。忽尔风吹花坠,连娇女共化珠尘。曾无语,匆匆入月,渺渺行云。　　纷纷。泪飞似雪,挥不到黄泉,沾尔罗巾。恨留仙难得,空绉裙裾。欲托哀蝉落叶,为传此魂梦氤氲。光离合,非耶是耶,仿佛谁亲。

为悼念王华姜而作。词在反复渲染女性的姿容和自己的悲哀这一点上,运用的显然是婉约派的手法。"非耶是耶"句用典,是借助幻想场景来表现悲哀心情,与诗歌常用紧贴生活的具体描写不同。(参〔日〕清水茂《清水茂汉学论集》)

满江红　金台怀古[①]

曹贞吉

落照苍然,空掩映、荒台数尺。忆当日、君臣之际,悲哉昌国[②]。七十二臣如解箨[③],功成翻削英雄色。读先生、一纸报燕书,为沾臆。[④]　　碣石畔,风萧瑟。即墨下,牛腾掷。[⑤]笑安平奇计[⑥],儿童能识。骑劫庸才何足道[⑦],可怜战血凝深碧。问千金、马骨倩谁埋[⑧],邯郸陌。

[注释]

①词题中"金台",又称黄金台、燕台、贤士台、招贤台,在今河北易县东南。燕昭王筑,置千金于上,以延天下士。　②昌国:战国时燕国名将乐毅,自魏至燕,燕昭王拜为上将。后合五国之兵伐齐,取齐城

七十余，封为昌国君。　③解箨（tuò）：竹笋脱壳。鲍照《采桑》："早蒲时结阴，晚箨初解箨。"邵雍《高竹八首》其八："抽萌如止戈，解箨若脱甲。"　④"读先生"二句：报燕书，乐毅《报燕王书》。惠王即位后中反间计，派骑劫代替乐毅，乐毅怕出现祸患而出奔赵国。燕国战败，惠王遣使谴责，乐毅便作此书辩说。浦起龙《古文眉诠》卷一四曾有评："无一语遮盖，一字粉饰，浑厚平直，昌明磊落，战国第一流人，第一等文。"杨宽《战国史料编年辑证》认为："乐毅《报燕惠王书》盖战国末年游士为夸张乐毅计谋破齐而伪托，徒以文采华丽为世传诵，感人至深而人多信之。"沾臆，谓泪水浸湿胸前。沈约《梦见美人》："那知神伤者，潺湲泪沾臆。"刘基《关山月》："夜深羌笛吹一声，征人相看泪沾臆。"陈维崧《五福降中天》："任他仙释，算换了年光，也应沾臆。"　⑤"碣石畔"四句：碣石，山名，在今河北昌黎北。曹操《步出夏门行·观沧海》："东临碣石，以观沧海。"齐将田单用火牛阵破燕将骑劫于即墨（在今山东平度东南）城下。　⑥安平：齐国名将田单。田单用反间计使燕惠王疑乐毅，卒破燕兵，复国后封安平君。　⑦骑劫：燕惠王将领，代乐毅将兵，大败被杀。　⑧"问千金"句：《战国策·燕策一》：燕昭王收破燕后即位，卑身厚币，以招贤者，欲将报仇。……郭隗先生曰："臣闻古之人君，有以千金求千里马者，三年不能得。涓人言于君曰：'请求之。'君遣之。三月，得千里马，马已死，买其首五百金，反以报君。君大怒曰：'所求者生马，安事死马而捐五百金？'涓人对曰：'死马且买之五百金，况生马乎？天下必以王为能市马，马今至矣。'于是不能期年，千里之马至者三。今王诚欲致士，先从隗始。隗且见事，况贤于隗者乎？岂远千里哉？"于是昭王为隗筑宫而师之。乐毅自魏往，邹衍自齐往，剧辛自赵往，士争凑燕。

[评析]

经历过明清易代的曹贞吉（1634~1698），词中充满了强烈的历史感。如这首《满江红》，描写燕山大地上曾经发生的残酷战争，及其带来的残破景象，尤其是结末"问千金"二句的用典，谓曾经的金台高筑之地，而今却是骏骨遍野，无人收葬，既是对其友人陈维崧"词史"理论的呼应，也可以看作当时词坛深受诗坛上学杜之风浸染的一种表现。

曹贞吉为当时所谓"诗中十子"之一（也称"金台十子"等。朱则杰《清诗考证》一书对各种相关的名称作过相当详尽的考论）。这十人曾于北京唱和，为世注目，诗风各有特色，以曹贞吉的成就为较高。黄宗羲《曹实庵先生诗序》即云："今之为诗者，曰必为唐，必为宋，规规焉俯首蹑步，至不敢易一辞，出一语，纵使似之，亦不足贵。于是识者以为有所学即病，不若无所学之为得也。虽然，学之至而后可无所学，以无所学为学，将使魏、晋、三唐之为高山大川者，不几荡为丘陵粪壤乎？故程不识之治兵也，正部曲行伍，营陈击刁斗，军不得自便，敌不敢犯。李广行无部曲，行阵人人自便，不击刁斗自卫，敌卒犯之，无以禁。即学诗者之明验矣。先生之诗，以工夫胜，古今诸家，揣摩略尽，而后归之自然，故平易之中，法度历然，犹不识之治兵也。不求与古人合而不能不合，不求与古人异而不能不异，谓之有所学可也，谓之无所学亦可也。"又，王士禛编有《十子诗略》传世。《清史稿·尤侗传》云："曹禾……与田雯、宋荦、汪懋麟、颜光敏、王又旦、谢重辉、曹贞吉、丁澎、叶封齐名，称'诗中十子'。"其中，丁澎为"丁炜"之误。

贺新凉　再赠柳敬亭

曹贞吉

咄汝青衫叟。阅浮生、繁华萧瑟,白衣苍狗。①六代风流归抵掌,舌下涛飞山走。②似易水、歌声听久。试问于今真姓字,但回头、笑指芜城柳。③休暂住,谭天口④。　　当年处仲东来后。断江流、楼船铁锁,落星如斗。⑤七十九年尘土梦,才向青门沽酒。更谁是、嘉荣旧友。⑥天宝琵琶宫监在,诉江潭、憔悴人知否。⑦今昔恨,一搔首⑧。

[注释]

①"咄汝"三句:《后汉书·严光传》:"咄咄子陵,不可相助为理邪?"青衫,犹言青衣,卑贱者之服,或称青裳。不同于唐制文官八品九品之官服。欧阳修《圣俞会饮》:"嗟余身贱不敢荐,四十白发犹青衫。"《孟子·梁惠王上》:"叟,不远千里而来,亦将有以利吾国乎?"浮生,人生。《庄子·刻意》:"其生若浮,其死若休。"李白《春夜宴从弟桃李园序》:"夫天地者,万物之逆旅。光阴者,百代之过客也。而浮生若梦,为欢几何?"杜甫《可叹》:"天上浮云如白衣,斯须改变如苍狗。"张元干《瑞鹧鸪》:"白衣苍狗变浮云,千古功名一聚尘。"　②"六代"二句:《战国策·秦策一》:"(苏秦)见说赵王于华屋之下,抵掌而谈。"黄宗羲《柳敬亭传》:"每发一声,使人闻之,或如刀剑铁骑,飒然浮空,或如风号雨泣,鸟悲兽骇,亡国之恨顿生,檀板之声无色。"　③"试

问"二句：黄宗羲《柳敬亭传》："柳敬亭者，扬之泰州人。本姓曹。年十五，犷悍无赖，犯法当死，变姓柳，之盱眙市中为人说书。" ④谭天口：《史记·孟子荀卿列传》："邹衍之术迂大而闳辨；奭也文具难施；淳于髡久与处，时有善言，故齐人曰：'谈天衍，雕龙奭，炙毂过髡。'"裴骃《集解》引刘向《别录》曰："邹衍之所言五德始终，天地广大，尽言天事，故曰'谈天'。"《文心雕龙·时序》："邹子以谈天飞誉，驺奭以雕龙驰响。" ⑤"当年"三句：处仲，东晋王敦。此代指左良玉。《晋书·王敦传》载，西晋亡，王敦与从弟王导拥立司马睿，建立东晋。任大将军，驻武昌。晋明帝太宁二年（324）进兵建康，中途病死。《晋书·苻坚载记》："以吾之众旅，投鞭于江，足断其流。"《太平寰宇记》载，落星石在江州庐山东，周回一百五步，高丈许。《三国志·蜀书·诸葛亮传》裴松之注引《晋阳秋》曰："有星赤而芒角，自东北西南流，投于亮营，三投再还，往大还小，俄而亮卒。" ⑥"七十九年"三句：汉长安东南门本名"霸城"，因门色青，俗呼青门。后泛指京城城门。阮籍《咏怀八十二首》其六："昔闻东陵瓜，近在青门外。"刘禹锡《与歌者米嘉荣》："唱得凉州意外声，旧人唯数米嘉荣。" ⑦"天宝"二句：元稹《连昌宫词》："夜半月高弦索鸣，贺老琵琶定场屋。"辛弃疾《贺新郎》："贺老定场无消息，想沉香亭北繁华歇。"《楚辞·渔父》："屈原既放，游于江潭，行吟泽畔，颜色憔悴，形容枯槁。"庾信《枯树赋》："昔年移柳，依依汉南。今看摇落，凄怆江潭。" ⑧搔首：《诗·邶风·静女》："爱而不见，搔首踟蹰。"陆游《秋晚登城北门》："山河兴废供搔首，身世安危入倚楼。"

[评析]

曹贞吉此词为柳敬亭写照，从敬亭"繁华萧瑟"的一生，"今昔恨"

的对照着眼。上片写其昔时的得意,下片从左良玉之死,过渡到敬亭的沦落憔悴,歇拍总摄全首。全词扣紧柳敬亭心魂,写人见事,以事存史,疏宕开阖,与龚鼎孳和作的沉郁苍凉相比,各有特色。曹贞吉首赠之作为《沁园春·赠柳敬亭》:

  席帽单衫,击缶呜呜,岂不快哉。况玉树声销,低迷禾黍,梁园客散,清浅蓬莱。荡子辞家,羁人远戍,耐可逢场作戏来。掀髯笑,谓浮云富贵,曲蘖都埋。 纵横四座嘲诙。叹历落嵚崎是辩才。想黄鹤楼边,旌旗半卷,青油幕下,尊俎常陪。江水空流,师儿安在,六代兴亡无限哀。君休矣,且扶同今古,共此衔杯。

用明、暗两线写柳敬亭的经历、南明王朝的覆灭,以彰柳氏德才、显黍离之悲,相互映衬。

"赠柳"唱和中有另外的五首词:

  客也何为,八十之年,天涯放游。正高谈挂颊,淳于曼倩,新知抵掌,剧孟曹丘。楚汉纵横,陈隋游戏,舌在荒唐一笑收。谁真假,笑儒生诳世,定本春秋。 眼中几许王侯。记珠履三千宴画楼,叹伏波歌舞,凄凉东市,征南士马,恸哭西州。只有敬亭,依然此柳,雨打风吹絮满头。关心处,且追陪少壮,莫话闲愁。(吴伟业《沁园春·赠柳敬亭》)

  八十庞眉叟。见从来、衣冠优孟,功名刍狗。炯炯双眸惊拍案,似听涛飞石走。叹此老、知名已久。大将黄州开广宴,倒银瓶、击节频呼柳。排战舰,下樊口。 长江浪急风清后。束轻装、归舟一叶,帆移星斗。画角牙旗频入梦,犹在辕门使酒。诸巨帅、皆为吾友。白发瘦驴燕市月,少年人、能识苍颜否。歌未阕,起为寿。(曹尔堪《贺新郎·赠柳敬亭》)

  矍铄庞眉叟。问沧桑、几番阅历,白云苍狗。今古兴亡堪指掌,老向燕台浪走。寻筑客、沉埋已久。忽漫骑驴归去疾,莫攀条、长叹嗟衰柳。从此去,须钳口。　　如今寥落时人后。忆当时、纵横舌战,气吞牛斗。百万连营看握麈,月夜临江命酒。羞碌碌、古人为友。太息信陵门下士,且藏身、佣保君知否。年望八,不言寿。(周在浚《贺新郎·次汪蛟门舍人韵为柳敬亭作》)

何物吴陵叟。尽生平、诙谐游戏,英雄屠狗。寒夜萧条闻击筑,败叶满庭飞走。今四座,欷歔良久。说到后庭商女曲,恨白门、寂寂乌啼柳。天付与,悬河口。　　可怜飘泊宁南后。记强侯、接天樯橹,横江刁斗。亡国岂知逢叔宝,世事尽销醇酒。叹满目、烂羊僚友。心识怀光原未反,但恩仇、将相谁知否。少平勃,黄金寿。(汪懋麟《贺新郎·赠柳敬亭和曹升六韵》)

狡黠淳于,抵掌而前,似此奇哉。任毁三骂五,河山尘芥,谭玄论白,富贵蒿莱。临槛狂呼,仰天大笑,舌上青莲何处来。从他语,学伯伦作达,荷锸须埋。　　当筵谩道俳谐,看此老前身是辩才。记灵岩山畔,天花曾落,远公社里,锡杖常陪。慷慨逢场,悲凉说法,较腾雍门乐与哀。余生事,但楞严系肘,曲米盈杯。(汪懋麟《沁园春·再赠敬亭和升六韵》)

参与者皆一时名宿,可以成为京师词坛稼轩风兴起的重要标志,因录以附读。

念奴娇　读宋名家词

刘　榛

诗亡骚变,下梢到、荡子尖新词曲。①冶绿妖红争抹饰,那是男儿气骨。风月多情，柳郎第一，开卷羞人目。相思谱就，可怜痴恨千斛。　　儒雅本色风流，稼轩吾友，还后村吾族。太史文章工部诗，个里游行原足②。下令词坛，为刘左袒，为柳长戈逐。③管城先拜，义辞巾帼之辱。④

[注释]

①"诗亡"二句：范梈《诗法源流》："诗亡而《离骚》作，亦国风之变也。"下梢，以后。《朱子语类》卷一〇七："有客游二广多年，知其山川人物风俗，因言廉州山川极好。先生笑曰：'彼贤说得好，下梢不免去行一番。'"董解元《西厢记诸宫调》："香消玉瘦，天天都为他，眼底闲愁没处着。是即是下梢相见，咱大小身心，时下打叠不过。"《古诗十九首·青青河畔草》："荡子行不归，空床难独守。"李善注："《列子》曰：'有人去乡土游于四方而不归者，世谓之为狂荡之人也。'"杜甫《冬晚送长孙渐舍人归州》："参卿休坐幄，荡子不归乡。"敦煌曲子词《内家娇》："善别宫商，能调丝竹，歌令尖新。"晏殊《山亭柳》："家住西秦，赌博艺随身。花柳上，斗尖新。"　②个里：此中。李渔《闲情偶寄·居室》："谛观熟视，方知个里情形。"　③"为刘"二句：左袒，偏护一方。《汉书·高后纪》："勃入军门，行令军中曰：'为吕氏右袒，为刘氏左袒。'军皆左袒。"孔尚任《桃花扇·拜坛》："内阁高弘图、姜曰广，左袒逆党，俱已罢职了。"陆游《出塞曲》："长戈逐虎祁连北，马前曳来血丹臆。"　④"管城"二句：韩愈《毛颖传》："秦皇帝使恬赐之汤沐而封诸管城，号管城子。……上见其发秃，又所摹画不能称上意，上嘻笑曰：'中书君老而秃，不任吾用。'"《三国志·魏书·明帝纪》裴松之注引《魏氏春秋》："亮既屡遣使交书，又致巾帼妇人之饰，以怒宣王。"

[评析]

　　刘榛（1635~1690）此词通过臧否宋代词人柳永、辛弃疾、刘克庄等人，表达了对绮靡词风的批评和对豪放气概的肯定。力主"气骨"而斥去脂粉味，主张词要写得像"太史文章工部诗"，作为个人的爱好和追求，并没有什么不妥。问题是，文学作品的风格问题相当复杂，对前人作品风格的评价，需要多方综合考量。即以刘榛视为"吾友"的辛弃疾而言，他其实也有相当数量的婉约词，词作风格并不一定决定于数量的多少。并且，恰恰是刘榛所要左袒的"吾族"刘克庄，虽自言"不涉闺情春怨"（《贺新郎·席上闻歌有感》），然《清平乐·赠维扬陈师文参议家舞姬》（宫腰束素）一首，却独标媚妩；且还曾称赞稼轩词"秾纤绵密者，亦不在小晏、秦郎之下"（《辛稼轩集序》）。宋代刘姓词人中的刘过，更是作过《沁园春》咏"美人指甲"一类宫体咏物词（"宫体咏物词"的概念，由张师宏生在《情感体验与字面经营——纳兰词与王次回诗》一文中首次提出）："销薄春冰，碾轻寒玉，渐长渐弯。见凤鞋泥污，偎人强剔，龙涎香断，拨火轻翻。学抚瑶琴，时时欲剪，更掬水、鱼鳞波底寒。纤柔处，试摘花香满，镂枣成斑。　时将粉泪偷弹。记绾玉、曾教柳傅看。算恩情相着，搔便玉体，归期暗数，画遍阑干。每到相思，沉吟静处，斜倚朱唇皓齿间。风流甚，把仙郎暗掐，莫放春闲。"终嫌纤丽僄薄。

　　当然，问题也还有另外的一面。如果把刘榛论词词所论，放在清初词坛各派意欲振兴一代词学气象的大背景下进行考察，又确实具有一窥清初词学思潮的功用。如同属清初河南词人群的周在浚、傅世垚，便分别作有《贺新郎·钱塘卓方水年七十，走数百里来白下，觅予合选〈词汇〉，于其垂成，作此志喜再用瑶星韵》（二首其一）、《沁园春·读稼轩词不忍去手，戏成小词以送之》：

> 辛似天边鹤。听云中、一声长唳，翱翔高泊。且道涪翁能绝俗，却又怪他穿凿。苏又别、生成丘壑。柳七苦遭脂粉涴，但红牙低按供人乐。医俗眼，少灵药。　吾曹肯使源头涸。漫搜求、缥缃秘籍，互加斟酌。大雅独存真不易，陈腐何能生活。况又是、依人匍匐。堆垛饾饤尤可叹，叹昔今、传习非真钵。披毒雾，见寥廓。
>
> 爱读公词，乐此不疲，何其快乎。念清真匡鼎，说诗无倦，孤高张谓，积卷成车。我亦年来，嗜痂成癖，日入篇中学蠹鱼。哑然笑，觉一朝去此，病也堪虞。　小窗灯火清虚。似大白频倾读汉书。喜将军上阵，目眦裂破，归来捉笔，金玉霏如。自是奇人，卓然千古，岂类寻章摘句儒。吟哦处，看江天无际，月影徐徐。

在品评前代词人中所体现出的词学观，与刘榛是高度一致的。清初河南词人群推崇、追摹稼轩词，跟中州一地自晚明以来天灾人祸、战火频仍有着深刻的联系。更可注意的是，以侯方域老家为中心的商丘地区，乃是陈维崧几度栖居并唱酬不辍之处，又是他的四弟陈宗石十四岁起就入赘侯家的流寓之乡。康熙十年（1671）左右，陈维崧专力为词，正是他结束商丘滞留生涯之后不久。所以，考察河南词人尤其是豫东商丘、睢州、祥符一线的词风，有助于认识陈维崧词中"湖海豪气"所自来之一端。换句话说，豫东词人群可以视为阳羡词派之友翼。

夜行船　郁孤台[①]

顾贞观

为问郁然孤峙者[②]，有谁来、雪天月夜。五岭南横，七闽东距,终古江山如画。③　百感茫茫交集也,憺忘归、夕阳西挂。④尔许雄心,无端客泪,一十八滩流下。⑤

[**注释**]

①夜行船:《太平乐府》、《中原音韵》、元高拭词,俱注双调。黄公绍词名《明月棹孤舟》。《词律》以《夜行船》混入《雨中花》,今照《花草粹编》分列。又,词题"郁孤台",在今江西赣州西北贺兰山之巅田螺岭,隆阜郁然孤起,故名。始建于唐广德至大历年间(763~779)。唐郡守李勉登临北望,故名望阙。宋郡守曾慥增筑二台,南为郁孤,北为望阙。苏轼《虔州八境图八首》其七:"烟云缥缈郁孤台,积翠浮空雨半开。"　②郁然孤峙:郁然,高出貌。孤峙,孤立高耸。《水经注·谷水》:"偃师去洛四十五里,望朱雀阙,其上郁然与天连,是明峻极矣。"又《水经注·洛水》:"洛水又东径檀山南,其山四绝孤峙。"梁简文帝(萧纲)《筝赋》:"别有泗滨之梓,笋干孤峙。负阴拂日,停雪栖霜。"　③"五岭"三句:大庚、始安、临贺、桂阳、揭阳,是为五岭。《周礼·夏官·职方氏》疏:"叔熊避难于濮蛮,随其俗,后分为七种,故谓之七闽。"七闽包括今福建省及浙江省的温州、台州。苏轼《念奴娇》:"江山如画,一时多少豪杰。"　④"百感"二句:《世说新语·言语》:"卫洗马初欲渡江,形神惨悴,语左右云:'见此芒芒,不觉百端交集。苟未免有情,亦复谁能遣此!'"屈原《九歌·东君》:"羌声色兮娱人,观者憺(dàn)兮忘归。"憺,安也。　⑤"尔许"三句:尔许,如此。《三国志·吴书·吴主传》裴松之注引《魏略》:"此鼠子自知不能保尔许地也。"杨万里《自音声岩泛小舟下高溪》:"舟稳何妨小,波恬尔许平。"一十八滩,指赣江十八处险滩,即赣县的白涧、天柱、小湖、鳖滩、大湖、铜盆、落濑、青洲、梁口九滩;万安县的昆仑、晓滩、武朔、

昂邦、小蓼、大蓼、绵滩、漂神、惶恐九滩。亦专指第十八滩，即惶恐滩。苏轼《八月七日初入赣过惶恐滩》："七千里外二毛人，十八滩头一叶身。"

[评析]

  在淳熙二年、三年（1175~1176）间江西提刑任上，辛弃疾曾作过一首《菩萨蛮·书江西造口壁》：

    郁孤台下清江水。中间多少行人泪。西北望长安。可怜无数山。

    青山遮不住。毕竟江流去。江晚正愁予。山深闻鹧鸪。

以小令的狭窄篇幅写出内涵深广的大题材，"大声鞺鞳，未曾有也"（梁令娴《艺蘅馆词选》丙卷引梁启超评语）。后来，浙派后劲郭麐的一首《菩萨蛮·北固题壁》，则是在"留"、"流"这一对同音字上做文章，以词写理："青天欲放江流去。青山欲截江流住。侬也替江愁。山山不断头。 片帆如鸟落。江住侬船泊。毕竟笑山孤。能留侬住无。"

  与辛词相较，顾贞观（1637~1714）主要生活在文网方张的康熙朝，故词中的政治寄托表现得极为深隐。如果说辛词之比兴在借水怨山，以山阻东流喻北伐之阻力的话，那么，顾贞观此词之比兴可称为"以地写史"，"五岭"、"七闽"凝聚着对南明的吊念。结句熔铸辛词中"中间多少行人泪"，然彼时宋廷尚有江南，今日全国已归清廷，则其于"终古"、"百感"、"客泪"中所见兴亡之概，心中之痛，可以想见。

临江仙　归舟未发，蓼洲信宿月下[①]

蒋景祁

  谁挽银河天上水，倾成万里波涛。晴江一望可容刀[②]。烟含山势远,风定月轮高③。　　屈指归程应计日,蓼洲今夜前宵。章江不上广陵潮④。沙明扬子渡,螺现小金焦。⑤

[注释]

①词题中"蓼洲",在今江西南昌西南。信宿,连宿两夜。《左传·庄公三年》:"凡师一宿为舍,再宿为信,过信为次。"　②"晴江"句:江,此处指赣江。刀,通"舠",小船。《诗·卫风·河广》:"谁谓河广,曾不容刀。"　③月轮:指月亮。庾信《象戏赋》:"月轮新满,日晕重圆。"　④"章江"句:章江,又称章水。赣江的西源。源出江西崇义县聂都山。东北流经江西赣州大余县、南康区,入赣县区,与贡水合流为赣江。《古辞》:"妾家扬子住,便弄广陵潮。"　⑤"沙明"二句:扬子渡,古津渡名。今江苏扬州市江都区南有扬子渡,然距江已远,仅通运河。小金焦,在今江都区北门外。别于镇江金山、焦山,因以名之。

[评析]

阳羡词派的小令往往雄健劲爽,别具一格。除了前录陈维崧《点绛唇》外,蒋景祁(1646~1695)的这首《临江仙》也是如此。此词一反一般羁旅行役之作多杂以思乡愁绪的传统表现手法,景物高远明净,写来气势开阔,雄健明爽,胸次不凡。蒋景祁虽系阳羡派后起之秀,然声名早著:"自其十二三岁时,从尊公都谏先生宦于燕邸,即能口诵心识,触物成咏。比归里,同人唱酬,必得次京以为乐。"(任绳隗《蒋次京心声集序》)。董儒龙也作过一首《贺新郎·酬蒋开泰以尊人京少新刻画溪诗词见赠》:

　　公子才名重。忆童年、梦征红杏,人呼小宋。梧月竹山词一派,近与迦陵伯仲。此犹是、先生余勇。若论襟期与姿制,视群儿、如虱居裈缝。谁不拟,栋梁用。　　予生里社欣相共。奈萍踪、游而落拓,归而衰冗。耳熟画溪新句好,忽听打门来送。又喜见、凤毛有种。李广难封休介意,百千年、霹雳传飞鞚。须自慰,酌春瓮。

其中"近与迦陵伯仲"云云,更可以看出当时阳羡词人对他的高度评价。

金缕曲　赠梁汾

纳兰性德

德也狂生耳。偶然间、缁尘京国,乌衣门第。①有酒惟浇赵州土②,谁会成生此意。不信道、遂成知己③。青眼高歌俱未老,向樽前、拭尽英雄泪。④君不见,月如水。　　共君此夜须沉醉。且由他、蛾眉谣诼⑤,古今同忌。身世悠悠何足问⑥,冷笑置之而已。寻思起、从头翻悔⑦。一日心期千劫在,后身缘、恐结他生里。⑧然诺重⑨,君须记。

[注释]

①"偶然"二句:陆机《为顾彦先赠妇》:"京洛多风尘,素衣化为缁。"吕延济注:"言尘染衣黑也。"谢朓《酬王晋安》:"谁能久京洛,缁尘染素衣。"乌衣,今南京乌衣巷。刘禹锡《乌衣巷》:"朱雀桥边野草花,乌衣巷口夕阳斜。旧时王谢堂前燕,飞入寻常百姓家。"　②赵州土:李贺《浩歌》:"买丝绣作平原君,有酒惟浇赵州土。"王琦注:"古之平原君虚己下士,深可敬慕。今日既无其人,惟当买丝绣其形而奉之,取酒浇其墓而吊之已矣。深叹举世无有能得士者。"　③不信道:道,

竟。欧阳修《梁州令》:"谁教薄幸轻相误。不信道、相思苦。如今却恁空追悔,元来也会忆人去。" ④"青眼"二句:《晋书·阮籍传》:"籍又能为青白眼,见礼俗之士,以白眼对之。及嵇喜来吊,籍作白眼,喜不怿而退。喜弟康闻之,乃赍酒挟琴造焉,籍大悦,乃见青眼。"杜甫《短歌行赠王郎司直》:"青眼高歌望吾子,眼中之人吾老矣。"张榘《贺新凉》:"髀肉未消仪舌在,向樽前、莫洒英雄泪。" ⑤蛾眉谣诼(zhuó):谣言中伤。屈原《离骚》:"众女疾余之蛾眉兮,谣诼谓余以善淫。" ⑥身世悠悠:李商隐《夕阳楼》:"欲问孤鸿向何处,不知身世自悠悠。" ⑦翻悔:辛弃疾《临江仙》:"六十三年无限事,从头悔恨难追。" ⑧"一日"二句:心期,期许。晏几道《采桑子》:"征人去日殷勤嘱,莫负心期。"劫,佛教名词。古印度婆罗门教认为,世界经历若干万年毁灭一次,尔后又重新开始,此一灭一生称作一"劫"。一般认为,一"劫"包括"成"、"住"、"坏"、"空"四个时期。后人借以指厄运。高彦休《唐阙史》:"儒谓之世,释谓之劫。"后身缘,来世情。《本事诗·情感》:"开元中,颁赐边军纩衣,制于宫中。有兵士于短袍中得诗,曰:'沙场征戍客,寒苦若为眠。战袍经手作,知落阿谁边。蓄意多添线,含情更著绵。今生已过也,重结后身缘。'兵士以诗白于帅。帅进之。玄宗命以诗遍示六宫,曰:'有作者勿隐,吾不罪汝。'有一宫人自言万死。玄宗深悯之。遂以嫁得诗人,仍谓之曰:'我与汝结今生缘。'边人皆感泣。" ⑨然诺:承诺。《新唐书·哥舒翰传》:"家富于财,任侠重然诺。"

[评析]

这首词,顾贞观有和作《金缕曲·酬容若见赠次原韵》:"且住为佳耳。任相猜、驰笺紫阁,曳裾朱第。不是世人皆欲杀,争显怜才真意。容易得、一人知己。惭愧王孙图报薄,只千金、当洒平生泪。曾不直,一杯水。歌残击筑心逾醉。忆当年、侯生垂老,始逢无忌。亲在许身犹未得,侠烈今生已已。但结托、来生休悔。俄顷重投胶在漆,似旧曾、相识屠沽里。名预籍,石函记。"也表达了"但结托、来生休悔"之意。纳兰卒后,顾氏于此篇补缀过一段文字:"岁丙辰,容若年二十有二,乃一见即恨识余之晚,阅数日,填此曲为余题照。极感其意,而私讶'他生再结'语殊不祥,何意为乙丑五月之谶也,伤哉!"据知,纳兰性德(1655~1685)的这首《金缕曲》为康熙十五年(1676)初识顾氏后所题赠,时胤礽尚未立为储君,故词中"成生"云云不避讳。

纳兰乃"深于情者也",因而无论是享有盛誉的悼亡词,还是"非金石所能比坚"的友情之作,无须"刻画《花间》"(谢章铤《赌棋山庄词话》卷七),也都是一样的情辞兼备。这首《金缕曲》,直抒胸臆,不假雕饰,真切自然地表达出了与顾贞观诚挚深厚的友情,冰心一片,直中渐深。所以,傅庚生《中国文学欣赏举隅》中曾评曰:"其率真无饰,至令人惊绝。率真则疏快而不滞,不滞则见赋于天者,可以显现而无遗,生香天色,此其是已。"这首词也以其深情厚谊为纳兰赢得了极大的声誉,正如徐釚《词苑丛谈》卷五所云:"词旨欹崎磊落,不啻坡老、稼轩。都下竞相传写,于是教坊歌曲间,无不知有《侧帽词》者。"所谓"竞相传写"者,还包括另外的数首次韵之作:毛际可《金缕曲·题顾梁汾佩剑投壶小影次成容若韵》(惟我与君耳)、徐釚《贺新凉·题顾舍人侧帽投壶图次成容若韵》(作达何妨耳)、沈尔燝《贺新凉·题顾梁汾舍人小像和成容若韵》(凉吹初喧耳)、陆进《贺新郎·题顾梁汾舍人佩剑投壶图次成容若韵》(白面书生耳)、郑景会《贺新凉·题顾梁汾先生小影次成容若进士原韵》(仕路浮沉耳)。

在词史上,真正动人心魄的友情之作其实并不易得,而在纳兰笔下,却似乎总是能够信手拈来。如《大酺·寄梁汾》:

只一炉烟,一窗月,断送朱颜如许。韶光犹在眼,怪无端吹上,几分尘土。手捻残枝,沉吟往事,浑似前生无据。鳞鸿凭谁寄,想天涯只影,凄风苦雨。便砑损吴绫,啼沾蜀纸,有谁同赋。　　当时不是错,好花月、合受天公妒。准拟倩、春归燕子,说与从头,争教他、会人言语。万一离魂遇,偏梦被、冷香萦住。刚听得、城头鼓。相思何益,待把来生祝取。慧业相同一处。

与这首《金缕曲》情致相似,可以并读。

浪淘沙　望海

纳兰性德

蜃阙半模糊。踏浪惊呼。①任将蠡测笑江湖②。沐日光华还浴月,我欲乘桴③。　　钓得六鳌无④。竿拂珊瑚⑤。桑田清浅问麻姑⑥。水气浮天天接水,那是蓬壶⑦。

[注释]

①"蜃阙"二句:蜃阙,海市蜃楼。《史记·天官书》:"海旁蜃气象楼台,广野气成宫阙然。云气各象其山川人民所聚积。"许敬宗《奉和春日望海》:"惊涛含蜃阙,骇浪掩晨光。"萨都剌《黯淡滩歌》:"欢呼踏浪棹歌去,晴雪洒面风吹衣。"　②"任将"句:蠡,瓢或勺。《汉书·东方朔传》载东方朔《答客难》云:"语曰'以管窥天,以蠡测海,以莛撞钟',岂能通其条贯,考其文理,发其音声哉!"《庄子·秋水》:"秋水时至,百川灌河,泾流之大,两涘渚崖之间不辩牛马。于是焉河伯

欣然自喜，以天下之美为尽在己。顺流而东行，至于北海，东面而视，不见水端，于是焉河伯始旋其面目，望洋向若而叹曰：'野语有之曰：闻道百以为莫己若者。我之谓也。且夫我尝闻少仲尼之闻而轻伯夷之义者，始吾弗信，今我睹子之难穷也，吾非至于子之门，则殆矣，吾长见笑于大方之家。'"　③乘桴：《论语·公冶长》："子曰：道不行，乘桴浮于海。"严仁《水龙吟》："我欲乘桴，从兹浮海，约任公子。"桴，木筏。④六鳌：李中《送王道士游东海》："必若思三岛，应须钓六鳌。"⑤"竿拂"句：杜甫《送孔巢父谢病归游江东兼呈李白》："诗卷长流天地间，钓竿欲拂珊瑚树。"刘克庄《木兰花慢》："只怕先生渴睡，钓竿拂著珊瑚。"　⑥"桑田"句：麻姑，女仙。《神仙传》卷三："麻姑自说：接待以来，已见东海三为桑田。向到蓬莱，水又浅于往昔会时略半也，岂将复还为陵陆乎！方平笑曰：圣人皆言，海中行复扬尘也。"　⑦蓬壶：《拾遗记》卷一："三壶则海中三山也。一曰方壶，则方丈也；二曰蓬壶，则蓬莱也；三曰瀛壶，则瀛洲也。形如壶器。"李纲《减字木兰花》："茫茫云海。方丈蓬壶何处在。"

[评析]

　　纳兰边塞词笼罩着一层悲哀的情调，是人所共知的事实，但这并不是说他的边塞词都如此。比如这首作于康熙二十一年（1682）随扈东巡时的《浪淘沙》，是写在山海关眺望大海的情形，一种豪迈之情夹杂着浓重的惊喜，在纳兰词中堪称别调。当然，悲哀一直是纳兰的基调，只是这种悲哀往往蕴含着他"对社会历史的情感性思考"（张宏生《论清初边塞词》），于是，至少跟同时代的人相比，这一点便足以构成纳兰边塞词中较有特色的一个方面。即如此词，一切景语皆是情语，面对瑰伟雄奇之景，八面来风，浮想联翩，既隐含淑世难求所催生的出尘向往之意，也有身在"江湖"不由自主的无奈情思。个中昂扬之气,可与其《鹧鸪天》相参:"谁道阴山行路难。风毛雨血万人欢。松梢露点沾鹰绁,芦叶溪深没马鞍。　依树歇,映林看。黄羊高宴簇金盘。萧萧一夕霜风紧,却拥貂裘怨早寒。"

纳兰此首《浪淘沙》之于其边塞词整体而言,颇似李清照《渔家傲》(天接云涛连晓雾)之于其总体风格。这是另一层意义上的一与多的关系,这类作品的意义往往有超出文本本身的地方。纳兰此篇超出边塞题材一端的认知意义在于,一般地看,清初词坛长调学辛,小令则大多学花间。比较特出的例外是阳羡词派,他们的某些小令往往将这两种主流词法取向打成一片,写得雄健劲爽,明显与当时受云间派影响者的婉丽清幽有所不同。纳兰词在清初波澜壮阔的词学大潮中,也能表现出转益多师继而自我超越的一面,从而成为清初词极具特色的组成部分之一。

风流子[①]　秋郊即事

纳兰性德

平原草枯矣,重阳后,黄叶树骚骚[②]。记玉勒青丝,落花时节,曾逢拾翠,[③]忽忆吹箫。今来是,烧痕残碧尽[④],霜影乱红凋。秋水映空,寒烟如织,皂雕飞处,天惨云高[⑤]。　人生须行乐[⑥],君知否,容易两鬓萧萧[⑦]。自与东君作别,划地无聊。[⑧]算功名何许,此身博得,短衣射虎[⑨],沽酒西郊。便向夕阳影里,倚马挥毫[⑩]。

[注释]

①风流子：唐教坊曲名。单调者，唐词一体；双调者，宋词三体。有前后段两起句不用韵者，有前段起句用韵、后段起句不用韵者，有前后段起句俱用韵者，诸体中有句读异同，各依其体类列。　②骚骚：风吹草木声。徐凝《莫愁曲》："玳瑁床头刺战袍，碧纱窗外叶骚骚。"③"记玉勒"三句：玉勒青丝，马衔及缰绳。庾信《三月三日华林园马射赋》："控玉勒而摇星，跨金鞍而动月。"杜甫《高都护骢马行》："青丝络头为君老，何由却出横门道。"拾翠，拾取翠鸟羽毛为饰物，代指游春女子。曹植《洛神赋》："或采明珠，或拾翠羽。"纪少瑜《游建兴苑》："踟蹰怜拾翠，顾步惜遗簪。"郑谷《省试春草碧色诗偶赋》："想得寻花径，应迷拾翠人。"　④烧痕：苏轼《正月二十日往岐亭郡人潘古郭三人送余于女王城东禅庄院》："稍闻决决流冰谷，尽放青青没烧痕。"⑤"寒烟"三句：李白《菩萨蛮》："平林漠漠烟如织。寒山一带伤心碧。"皂雕，一种黑色大型猛禽。王昌龄《城傍曲》："邯郸饭来酒未消，城北原平掣皂雕。"天惨，日色昏暗。庾信《小园赋》："风骚骚而树急，天惨惨而云低。"　⑥"人生"句：杨恽《报孙会宗书》："人生行乐耳，须富贵何时。"　⑦萧萧：苏轼《次韵守狄大夫见赠》："华发萧萧老遂良，一身萍挂海中央。"　⑧"自与"二句：东君，司春之神。辛弃疾《满江红》："可恨东君，把春去春来无迹。"张相《诗词曲辞语汇释》："刬（chǎn）地，犹云只是也。引申之，则犹云依旧或照样也。"　⑨短衣射虎：杜甫《曲江》："短衣匹马随李广，看射猛虎终残年。"　⑩倚马挥毫：《世说新语·文学》："桓宣武北征，袁虎时从，被责免官。会须露布文，唤袁倚马前令作，手不辍笔，俄得七纸，殊可观。东亭在侧，极叹其才。"

［评析］

　　这首《风流子》收入《今词初集》，是纳兰早期的作品。因为是一首秋天行猎词，是对自有实际经历的艺术还原，所以起手就能够比较轻松地在今昔对比中抓住景物特点，如草枯叶骚，残碧红凋，寒烟秋水，皂雕飞唳，天惨云高，为下片痛快淋漓地直抒胸臆，如两鬓易萧萧、人生须行乐、功名在何许、沽酒射虎、倚马挥毫等烘托氛围。张秉戍《纳兰词笺注》认为此篇有稼轩词的味道，是比较敏锐的判断。而此前况周颐的评价要更为具体："意境虽不甚深，风骨渐能骞举，视短调为有进。更进，庶几沉著矣。歇拍'便向夕阳'云云，嫌平易无远致。"（《蕙风词话》卷五）当然，意不甚深，言不甚俗，本来就是纳兰词的共性之一。

　　田茂遇在与张渊懿合辑的《清平初选后集》卷九中曾评赏纳兰的这首词："豪情云举，相见秋岗盘马时。"跟后来况周颐的评论相比，田氏的肯定尽管未及其余，却在所评之一点上几乎是毫无保留的。不过，更有意思的不是评论本身，而是评论的体式对象。纳兰能够屹立于词史之林的主要依据，一般认为，乃是弥漫于其词作中的哀凄之风，就体式而言，其精品大多不在长调部分。云间派"不欲涉南宋一笔"（王士禛《花草蒙拾》），在这里评论的却是他们一向并不在意的长调作品，这便是值得玩味的地方。《清平初选后集》刊刻于康熙十七年（1678），是云间词派的一部十卷本总结性选本。其中张氏《凡例》与田氏《叙》，扬弃同派前辈观点，反思词学演变历程，与当时竞相推出的多种词籍所体现出的不同词学观点互相影响渗透，可以看出清初词学发展分化又融合的趋势。编者对纳兰这首问世时间不长的长调的肯定，正是这种趋势在一个方面的表现。它表明，云间派其实也一直在慢慢发生着变化，力图改变过去方幅过小、格局不大的弊病，更好地适应词史发展。也许正是因为如此，该派的生命力和影响力才得以尽可能长久地延续，至少波及了乾隆前期词坛。

蒋景祁《刻瑶华集述》有云：

> 昔人论长调染指较难，然今作者率多工长句。盖知难而趋，才可以展，学可以副，类能为之。而如温、韦诸公，短音促节，天真烂漫，遂拟于天仙化人，可望而不可即。顾舍人梁汾、成进士容若极持斯论，吾无以易之。

"今作者"、"成进士容若"云云，反映出清初词坛风会所发生的改变，即尚在《清平初选后集》刊刻或刊刻前两年，也是《瑶华集》于康熙二十五年（1686）刊刻之前八到十年，词坛便已出现从云间派的"专意小令"到"今作者率多工长句"的明显转变。而且，跟云间词派中人对待长调的态度性质相同，好为长调、选词亦多长调的阳羡派重要人物蒋景祁，同样也不废小令，指出并肯定了顾贞观、纳兰性德在小令方面的创作成就。可见，在清词中兴局面逐步形成的过程中，若干主要词学流派较为宏通的词学视域，是其间甚为重要的一个支撑点。

沁园春　恨

郑　燮

花亦无知，月亦无聊，酒亦无灵。把夭桃斫断，煞他风景，鹦哥煮熟，佐我杯羹。[①]焚砚烧书[②]，椎琴裂画，毁尽文章抹尽名。荥阳郑，有慕歌家世，乞食风情。[③]　　单寒骨相难更。笑席帽青衫太瘦生。[④]看蓬门秋草，年年破巷，[⑤]疏窗细雨，夜夜孤灯。难道天公,还钳恨口,不许长吁一两声。⑥颠狂甚,取乌丝百幅,⑦细写凄清。

[注释]

①"把夭桃"四句:《诗·周南·桃夭》:"桃之夭夭,灼灼其华。"《苕溪渔隐丛话》前集卷二二引《西清诗话》:"《义山杂纂》品目数十,盖以文滑稽者。其一曰杀风景,谓清泉濯足,花上晒裈,背山起楼,烧琴煮鹤,对花啜茶,松下喝道。"鹦哥,鹦鹉。《史记·项羽本纪》:"吾翁即若翁,必欲烹而翁,则幸分我一杯羹。" ②焚砚:《晋书·陆机传》:"机天才秀逸,辞藻宏丽……弟云尝与书曰:'君苗见兄文,辄欲烧其笔砚。'" ③"荥阳"三句:郑姓郡望为荥阳,为河南县邑。唐传奇《李娃传》载,富贵子弟荥阳生在科考时偶遇妓女李娃,遂坠入情网,资金散尽后被弃,愤懑中以为葬家唱挽歌自给。一日被老仆认出领回家。其父因其行为有辱门风,重鞭笞后逐出家门,靠乞食活命。后李娃悔悟,竭力助阳生考取科第,使阳生成为显官。郑燮《道情十首序》:"我先世元和公公(即荥阳生),流落人间,教歌度曲。"慕歌,颂先人德泽之歌,实即挽歌。 ④"单寒"二句:单寒,出身寒微。《后汉书·文苑传》:"家本单寒,至(高)彪为诸生,游太学,有雅才而讷于言。"黄滔《成名后呈同年》:"退愧单寒终预此,敢将恩岳怠斯须。"《资暇集》:"永贞之前,组藤为盖曰席帽,取其轻也。"《事物纪原》卷三:"《实录》曰:本羌人首服,以羊毛为之,谓之毡帽,即今毡笠也。秦汉竞服之,后故以席为骨而鞔之,谓之席帽。女人戴者四缘垂下网子以自蔽,今世俗或然。"《六一诗话》:"李白《戏杜甫》云:'借问别来太瘦生,总力从前作诗苦。'太瘦生,唐人语也,至今犹以'生'为语助,如'作么生'、'何似生'之类是也。" ⑤"看蓬门"二句:蓬门,喻贫寒

人家居住简陋。诗词中常用作谦辞。《太平御览》卷九九七引《三辅决录》:"张仲蔚,平陵人也。与同郡魏景卿俱隐身不仕,明天官博物,好属诗赋,所居蓬蒿没人。闭门养性,不治荣名。"杜甫《客至》:"花径不曾缘客扫,蓬门今始为君开。" ⑥"难道"三句:钳口,闭口。《庄子·胠箧》:"削曾史之行,钳杨墨之口。"《淮南子·精神训》:"清目而不以视,静耳而不以听,钳口而不以言,委心而不以虑。"荀悦《申鉴·杂言》:"下不钳口,上不塞耳,则可有闻矣。" ⑦"颠狂甚"二句:颠狂,激烈动荡貌。张鹭《游仙窟》:"当时腹里颠狂,心中沸乱。"《唐国史补》卷下:"又宋、亳间有织成界道绢素,谓之乌丝栏、朱丝栏。"《瓮牖闲评》卷六:"黄素细密,上下乌丝织成栏。其间用墨朱界行,此正所谓乌丝栏也。"此处泛指稿纸。

[评析]

郑燮(1693~1765)性情孤峭,所作寓庄于谐,语浅情深。如作于"未遇时"的这首《沁园春》,一气直下,万鼓齐鸣,颠覆性意象裹挟尖锐呼啸之声,郁勃愤懑之气流转喷薄欲出,最能体现其痛快淋漓中见激荡悲慨之情的风格。诚如查礼《铜鼓书堂词话》所评:"风神豪迈,气势空灵,直逼古人。"

郑燮词深受阳羡派外传人陆震的影响。陆震曾作有一组《满江红》,序曰:"丁酉夏获麦村中,感情即事,得词八首,不避俚俗,聊抒真率云尔。"其五云:

室有违言,彼新妇、逢夫醉怒。向灯下、声声饮泣,有时低诉。终岁辛勤靡不有,一朝诟谇何相负。却夜阑、相劝语喃喃,邻家妪。 彼醉矣,何须数。亟拭涕,无多絮。怨生来命薄,遇人艰窭。孰令有身教作妇,只应举世毋生女。纵生时、慎勿嫁农夫,田家苦。

堪称词中新乐府。后来，郑燮受陆震的影响，也写过一组《满江红·田家四时苦乐歌》，其三云：

> 云淡风高，送鸿雁、一声凄楚。最怕是、打场天气，秋阴秋雨。霜穗未储终岁食，县符已索逃租户。更爪牙、常例急于官，田家苦。　　紫蟹熟，红菱剥。枕桔响，村歌作。听喧填社鼓，漫山动郭。挟瑟灵巫传吉兆，扶藜老子持康爵。祝年年、多似此丰穰，田家乐。

只是在写法上改为"过桥新格"，即一篇中上下片换了韵脚，将八首压缩为四首。这样，就把词的题材进一步日常生活化了，对于深刻认识乾隆"盛世"也有一定的价值。道、咸之际，陆文键以同调和郑燮韵作词四首，其中第三首上片写田家之苦云：

> 玉露金风，征雁叫、数声凄楚。才盼到、西成时候，怕逢零雨。借种未偿前度债，划船已迫新租户。算丰收、更比歉收难，田家苦。

承继板桥词的精神，描写更为细致，意蕴也更加深刻，可以放在这一传统题材的发展脉络中进行考察。

贺新郎　送顾万峰之山东常使君幕[①]

郑　燮

掷帽悲歌起。叹当年、父母生我，悬弧射矢。[②]半世销沉儿女态，羁绊难逾乡里[③]。健羡尔、萧然揽辔[④]。首路春风冰冻释，泊马头浩淼黄河水。[⑤]望不尽，汹汹势。　　到看泰岱从天坠。矗空青、千岩万嶂,云揉月洗。封禅碑铭今在否,鸟迹虫鱼怪异。⑥为我吊、秦皇汉帝。夜半更须陵日观,紫金球涌出沧溟底。⑦尽海内,奇观矣。

[注释]

①词题中"顾万峰",名于观。常使君,名建极,满族正蓝旗人。 ②"叹当年"二句:古时生男孩悬弓于门左,以示尚武。《礼记·内则》云,国君世子生三日,射人"以桑弧蓬矢六,射天地四方"。 ③羁绊:束缚,牵制。《汉书·叙传》:"今吾子已贯仁谊之羁绊,系名声之缰锁。"罗邺《莺》:"却笑金笼是羁绊,岂知瑶草正芬芳。" ④健羡:非常羡慕。欧阳修《与王懿敏公仲仪》:"酒绝吃不得,闻仲仪日饮十数杯,既健羡,又不能奉信。" ⑤"首路"二句:首路,上路出发。《三国志·蜀书·后主传》裴松之注引《诸葛亮集》:"今旆麾首路,其所经至,亦不欲穷兵极武。"顾炎武《寄颜修来》:"去秋得接光尘,恨首路匆匆,未获信宿之留,以聆微言而商大业。"马头,码头。 ⑥"封禅"二句:《大戴礼·保傅》:"是以封泰山而禅梁甫,朝诸侯而一天下。"在泰山上筑坛祭天曰"封",于泰山脚下之梁甫小山上祭地曰"禅"。泰山顶上原有胡亥于二世元年(前209)所下诏而由李斯以篆体书写之碑,现尚存十字,已移置泰山脚下岱庙中。 ⑦"夜半"二句:陵日观,陵同"凌"。泰山之巅有日观峰,建有日观亭。沧溟,大海。元稹《侠客行》:"此客此心师海鲸,海鲸露背横沧溟。"贾岛《送蔡京》:"登封多泰岳,巡狩遍沧溟。"

[评析]

郑燮此词约作于雍正元年(1723),表达济世不得的激愤以及对友人前程的祝愿。词以直抒胸臆起首,其块垒不平之气,甚激甚哀。继而转入对友人的祝愿,其情诚挚炽热。祝愿之情又寄寓在浩渺黄河、巍峨泰山、蓬勃日出的景象描绘之中。景物描写不仅形象逼真,气势磅礴,而且纯系作者的想象。这种因情设景的方法,使情得到更好的发抒。

数年后,作者为"旭旦"作草书轴,墨迹现藏上海博物馆。此词为其中第一首,第二首录以并读:

独有难忘者。宁不见、慈亲黑发,于今雪洒。检点装囊针线密,老泪潺湲而泻。知多少、梦魂牵惹。不为深情酬国士,肯孤踪独骑天边跨。游子叹,关山夜。　　颇闻东道兼骚雅。最羡是、峰峦十万,青排脚下。(常有《登泰山绝顶》诗云:"二三星斗胸前落,十万峰峦脚底青。")此去唱酬官阁里,酒在冰壶共把。须勖以、仁风遍野。如此清时宜建白,况鲁邹旧俗非难化。休沉溺,篇章也。

尾署:"送顾万峰之山东常使君幕,应之作,调寄《贺新郎》。旭旦先生正之。雍正庚戌(1730)夏五,板桥郑燮书。"同样是以清疏之笔,明爽之语,不着藻采地写出浓重的情思。

太常引　听噶将军说边外风景(讳尔玺)[①]

郑　燮

满天星露压长城,夜黑月初生。万障马嘶鸣[②],还夹杂风声雁声。　　红霞乍起,朝光满地,飞鸟立辕门。边塞静无尘,须检点中原太平[③]。

[注释]

①太常引:《太和正音谱》注仙吕宫。一名《太清引》。韩淲词有

"小春时候腊前梅"句，名《腊前梅》。又，词题中"噶尔玺"，曾任天津都统、青州将军。边外，边远地区。《宋书·徐湛之江湛等传论》："世祖弱年轻躁，夙无朝宠，累任边外，未尝居中。"　②障：屏障。《汉书·张汤传》："遣狄山乘障。"颜师古注："障，谓塞上险要之处别筑为城，因置吏士而为障蔽以御寇也。"　③检点：整顿。

[评析]

郑燮的这首边塞词，用画笔、诗语复述边外风景，虽非亲历，却能苍茫放笔，写出长城外的夜色与草原上朝霞初升时的典型景观。全篇运笔有致。上片写夜景。深夜本来是万籁俱寂的，这里却以"万障马嘶鸣，还夹杂风声雁声"写夜，在静中突出了动，从而很好地表现出边地将士平叛、戍守的警觉。下片写晨景。清晨红日初升，霞光喷薄，富有动的情态，词中却以"飞鸟立辕门"这一静景与之相衬，使动景中有静，从而表现了边塞平安无事的境况。以动写静、以静写动的反差手法，使画面效果更加强烈。而这一切的景与情又都是层层铺垫，为"须检点中原太平"这一主题服务的。画家词人的这种层层渲染，有力地表现了主题。

十年之后，郑燮又写了一首《水龙吟·寄噶将军归化城》：

> 十年不见丰仪，髭须应向边庭老。李家部曲，程家刁斗，宽严两到。瘦日偏多，淡云无著，凉风易扫。想锦裘貂障，三更雪压，灯未灭，乡心照。　近世文章草草，把书生尽情谈笑。八股何益，六经犹在，如何推倒。柏举兴吴，鄢陵破楚，兵机最妙。寄东君满腹韬钤，盲左亦须寻讨。

由衷地感佩噶将军长年戍边，老经风寒，也表达了作为一介书生相比之下的惭愧之情。

满江红　送程十七判官入都

蒋士铨

马铎郎当①，南浦上、雁声凄绝。谁与唱、穷秋一路，晚风残月。画壁重寻钗脚字，黄河怒卷龙门雪。②忆官斋、吹彻玉笙寒，新婚别。③　　英雄概，刚肠热。儿女态，柔肠折。负绸缪小印，臂痕亲啮。④取瑟而歌公莫舞，以儒为戏吾真拙。⑤把离愁、抛掷与江山，都休说。

[注释]

①马铎郎当：马铎，系在马脖下的铃铛。郎当，象声词。黄景仁《东阿道中逢江剑潭》："门前郎当闻驮铃，有客停车卷车幔。"　②"画壁"二句：钗脚字，形容笔画圆活姿媚，遒劲有力。吕总《续书评》："（李阳冰篆书）若古钗倚物，力有万钧，李斯之后，一人而已。"龙门，也称禹门口。在山西河津西北和陕西韩城东北，黄河流至此，两岸峭壁对峙如门阙，故称。　③"忆官斋"二句：李璟《浣溪沙》："细雨梦回鸡塞远，小楼吹彻玉笙寒。"新婚别，句下原有注云："北涯方纳姬，故戏之。"　④"负绸缪"二句：绸缪，情意殷切。吴质《答东阿王书》："奉所惠贶，发函伸纸，是何文采之巨丽，而慰喻之绸缪乎！"吕延济注："绸缪，谓殷勤之意也。"古人分别，往往啮臂出血以示诚信。《史记·孙子吴起列传》："与其母诀，啮臂而盟曰：'起不为卿相，不复入卫。'"朱彝尊《风怀二百韵》："啮臂盟言覆，摇情漏刻长。"　⑤"取

瑟"二句：《宋书·乐志》："《公莫舞》，今之《巾舞》也。相传云项庄舞剑，项伯以袖隔之，使不得害汉高祖，且语庄云'公莫'。古人相呼曰'公'，云莫害汉王也。今之用巾，盖象项伯衣袖之遗式。按《琴操》有《公莫渡河曲》，然则其声所从来已久。俗云项伯，非也。"《礼记·儒行》："孔子至舍，哀公馆之，闻此言也，言加信，行加义：'终没吾世，不敢以儒为戏。'"

[评析]

蒋士铨（1725~1785）此词中"以儒为戏吾真拙"句，手稿本有注："予时谱供奉万寿杂剧。"此所谓杂剧，乃《西江祝嘏》四种，作时当在乾隆十六年（1751）秋或冬。此词亦是时作。送别友人，写来洒脱豪迈，而不似寻常之作的凄凉伤感。陈廷焯评末二句之语，亦可移评全词："笔力傲健。虽是极力支撑，亦能自成一队。"（《词则·放歌集》卷六）此调此题实有两首，其第一首词意亦大抵相若，可录以并读：

短后之衣，学新妇、车中闭置。闲管领、鱼龙角觝，莫非王事。灯市画廊围绮阁，天街仙乐飘檐翠。有迦陵、小部奏钧天，霓裳队。

豪侠客，谁能似。词赋手，难为继。况兼人才调，聪明绝世。天下英雄君与操，梦中蝴蝶官如戏。岁星耶、流落又人间，神仙吏。

词题中"程十七判官"，是程尚赟，生平详载于光绪《桐乡县志》卷一五"人物下·宦绩"："程公尚赟字北涯，号莱山。由例贡生授江西南昌府通判，常禄外一无所取。在郡九年，廉介如一日。迁饶州府同知，驻景德镇，裁省冗费、通商惠民；历署瑞州、吉安、九江、赣州府篆，皆有治声。经巡抚阿思哈保荐，擢知建昌府，三月，卒于官。"

蒋士铨《清容居士行年录》尝记曰："（乾隆六年）一夕兀坐绳床，皎月穿户牖，嗒然而思，若有所悟者。力疾起燃残烛，出箧中淫靡绮丽之书数十册，并所著艳诗四百余首，火于庭。向天泥首悔过，誓绝妄念。"其《金缕曲》（十幅澄江练）自注亦云："予年十七前有无题诗四百余首，辛酉秋一夕忽有所悟，取而尽焚之，今不为情语者十二年。"何以断然焚弃手稿（自然包括词），除了那场凶猛的大病以外，隔代私淑陈维崧也应是缘由之一，正如其《贺新凉·陈其年〈洗桐图〉，康熙庚申夏周履坦画》中所云："七十年来无此客，余韵流风犹在"、"及见古人图画里，动无端、生不同时慨"。所作如《水调歌头·舟次感成》：

> 偶为共命鸟，都是可怜虫。泪与秋河相似，点点注天东。十载楼中新妇，九载天涯夫婿，首已似飞蓬。年光愁病里，心绪别离中。　　咏春蚕，疑夏雁，泣秋蛩。几见珠围翠绕，含笑坐东风。闻道十分消瘦，为我两番磨折，辛苦念梁鸿。谁知千里夜，各对一灯红。

写羁旅天涯时怀念妻子，交错着双方的情感，平易如话而真情一片可按。这类词，的确是上述其《金缕曲》中所说的"丽句清词刊落尽"之作，也与陈维崧词多层次的身世之感颇为接近。

菩萨蛮

洪亮吉

玉皇宫殿高无极①。东西龙虎更番值②。天上事偏多。仙人鬓亦皤③。　　麻姑空一笑。偶自舒长爪。④掐破碧桃花。花光照万家。⑤

[注释]

①"玉皇"句：玉皇，称天帝曰玉皇大帝，简称玉皇。周玄贞《皇

经集注》卷四:"是穹苍主,浩劫之尊,妙见妙知,无等无伦,湛寂真净,杳亡杳存,上圣上灵,大神通,光明藏,大丈夫,开化人天,教导无穷,大慈大悲,流焕法轮,为度群生,是号玉皇。"又据《云笈七签》卷二四,以玉皇为称,不止一大帝。《宋史·真宗纪》:"祭玉皇于朝元殿。"又《礼志》:"上玉皇尊号曰太上开天执符御历含真体道昊天玉皇上帝。"李白《赠别舍人弟台卿之江南》:"入洞过天地,登真朝玉皇。"　②"东西"句:《礼记·曲礼》:"行,前朱鸟而后玄武,左青龙而右白虎。"孔颖达《正义》:"前南后北,左东右西,朱鸟、玄武、青龙、白虎,四方宿名也。"　③皤(pó):形容白色。完颜璹《临江仙》:"卢郎心未老,潘令鬓先皤。"　④"麻姑"二句:葛洪《神仙传》:"麻姑手爪似鸟,蔡经见之,心中念曰:背大痒时,得此爪以爬背,当佳也。"苏辙《赠吴子野道人》:"道成若见王方平,背痒莫念麻姑爪。"　⑤"掐破"二句:《广群芳谱》卷二五:"千叶桃,一名碧桃花,色淡红。"陈后主(陈叔宝)《梅花落二首》其一:"映日花光动,迎风香气来。"苏轼《雩上访道人不遇》:"花光红满栏,草色绿无岸。"

[评析]

洪亮吉(1746~1809)词中有一部分写得情韵奇崛。如这首《菩萨蛮》,类似史惟圆想象飞腾的游仙之作,貌似谐谑,实寄伤时忧国之慨。

阳羡词派的活跃期为四十年左右,即从顺治七年(1650)到康熙二十七年(1688)或康熙三十四年(1695)为止,由团聚在宗主陈维崧周围(主要是在今江苏宜兴)的百余词人组成。其中,史惟圆词风诙奇,堪称健将。如《浣溪沙·游仙》三十二首其一、其十:

水绕扶桑更向东。峰头一点日微红。云踪惯趁往来风。　昨夜海波惊不渡,却愁无路到瑶宫。紫皇教跨一条虹。

羽驾朝元去不回。千年玉蕊一枝开。琼楼深锁碧莓苔。　　试上蓬莱峰顶望，海波清浅鹤飞来。人间步步是风埃。

都写得惝恍离奇，缥缈变幻，虽未必与洪词有同样的寓托，却是心游九天的精心结撰之作，也可以看作是对先辈蒋捷词风的继承。

齐天乐　游岱宿碧霞宫下①

吴锡麒

丹梯直上凌阊阖②，冥冥欲通天语。白细如紫，青长不了，③铁索一条来路。奇松对舞。早透顶寒涛，暗生云雨。稳著芒鞋，采芝常愿伴樵侣④。　　仙灵今夕会好，听瑶环翠玦，飞响何处。壑引虬吟，林招鹤梦，拓出琼壶如许。⑤秦碑汉树⑥。要明月呼来，共论今古。海色晴边，一声鸡报曙。

[注释]

①齐天乐：《武林旧事·天基圣节排当乐次（正月五日）》："乐奏夹钟宫，觱篥起《万寿永无疆》引子，王恩。上寿：第一盏，觱篥起《圣寿齐天乐慢》，周润。"姜夔词注黄钟宫，俗名正宫。周邦彦词有"绿芜凋尽台城路"句，名《台城路》。沈端节词名《五福降中天》。张辑词有"如此江山"句，名《如此江山》。又，词题中"碧霞宫"，又称碧霞元君祠，在泰山极顶南面。祠殿正中供泰山女神碧霞元君铜像。
②"丹梯"句：丹梯，此处指登山石级，石色赭红，故云。李白《夜泛洞庭寻裴侍御清酌》："遇憩裴逸人，岩居陵丹梯。"王琦注引吕延济曰：

"丹梯,谓山高峰入云霞处。"宋玉《九辩》:"尧舜之抗行兮,瞭冥冥而薄天。"王安石《余寒》:"冥冥鸿雁飞,北望去成行。" ③"白细"二句:马第伯《封禅仪记》:"黄河去泰山二百余里,于祠所瞻黄河如带,若在山址。"杜甫《望岳》:"岱宗夫如何,齐鲁青未了。" ④樵侣:罗隐《初秋寄友人》:"樵侣兼同志,音书近亦稀。" ⑤"林招"二句:鹤梦,指超凡脱俗的向往。司空图《与李生论诗书》:"得于夏景,则有'地凉清鹤梦,林静肃僧仪。'"琼壶,玉壶。泰山有壶天阁,在柏洞以北,明嘉靖时称升仙阁。 ⑥汉树:即汉柏,在岱庙东南汉柏院内。相传汉武帝元封元年(前110)东封泰山时植,现存五株。

[评析]

吴锡麒(1746~1818)的这首纪游词,运用大胆的夸张、巧妙的比喻和独特的心理感受,通过对各个具体形象的生动描写,反映了泰山的壮美,凌云健笔,想象飞腾,设色清丽。谭献尝评其"词学樊榭,可云正宗,而笔脆才弱"(《箧中词》今集卷二),似未足以概是篇。

当是时,阳羡词风在流衍、更化,浙派也是如此。后期浙派的嬗变,简单地说,是以情趣调剂过分追求雅洁的空枵,变词风艰涩为流利,使之活泼自然,情味浓足。吴锡麒是这一变化的先声。他在《董琴南楚香山馆词钞序》中提出,不能"过涉冥搜",又积极谋求"约精心而密连,耸健骨以高骞"、"正变斯备"的构想,固然未必完全摆脱旧的束缚,但毕竟表明变易的征兆已经开始出现了。如《满江红·题唐六如画郑元和像》:

百结鹑衣,叹公子、豪华非昨。曾记得,平康旧里,黄金挥霍。阿母但知钱树子,才人惯唱莲花落。幸青娥、俊眼不曾迷,团圆剧。 绣襦记,梨园作。桃花坞,风流托。认先生小影,一般飘泊。

图画莫嫌蛇足误,世情都是鹅毛薄。算不如、冷炙与残杯,贫儿乐。题新意新,妙趣横生。与其《金缕曲·题蒋心余先生〈临川梦〉院本》、《满江红·调秘戏钱》等阕一样,都是词苑中的别开生面之作。

摸鱼子　归鸦,同蓉裳、少云作①

黄景仁

倚柴门、晚天无际,昏鸦归影如织②。分明小幅倪迂画,点上米家颠墨。③看不得。带一片斜阳,万古伤心色。幕寒萧淅④。似卷得风来,还兼雨过,催送小楼黑。　　曾相识⑤,谁傍朱门贵宅。上林谁更栖息⑥。郎君柘弹休抛洒,我是归飞倦翮。⑦飞暂歇。却好趁江船,小坐秋帆侧。啼还哑哑⑧。笑画角声中,暝烟堆里,多少未归客。

[注释]

①摸鱼子:一名《摸鱼儿》,唐教坊曲名。晁补之词有"买陂塘、旋栽杨柳"句,更名《买陂塘》,又名《陂塘柳》或《迈陂塘》。辛弃疾赋怪石词名《山鬼谣》。李治赋并蒂荷词有"请君试听双蕖怨"句,名《双蕖怨》。又,词题中"蓉裳",杨芳灿。少云,余鹏翀。陆继辂《山东曹州知府吴君墓志铭》:"君(指吴阶)少孤贫,年十八即独身走京师,谒诸父执。诸父执或延见或否,而王少司寇昶独奇之,为取妇,留馆邸最久。后又受知于朱学士筠、陆抚部耀,与怀宁余鹏翀少云、同县黄景仁仲则齐名京洛。三君者,才日益奇,遇亦日益困。仲则、少云不

胜其愤,先后客死。"　②昏鸦:杜甫《野望》:"独鹤归何晚,昏鸦已满林。"　③"分明"二句:倪瓒,号云林,无锡人。元代著名山水画家。赋性迂僻,故有"倪迂"之称。米芾,字元章,太原人,居襄阳。宋代杰出山水画家。行止违世脱俗,人目之为"米颠"。其子友仁,亦工山水画,人称其"解作无根树,能描懵懂云"。　④萧淅:寒冷貌。⑤曾相识:晏殊《浣溪沙》:"无可奈何花落处,似曾相识燕归来。"⑥上林:在陕西西安西。汉武帝扩展原秦旧苑为之,为汉帝游猎之所。《汉书·旧仪》:"苑中养百兽,天子春秋射猎苑中,取兽无数。其中离宫七十所,容千骑万乘。"司马相如有《上林赋》。　⑦"郎君"二句:柘弹,柘木做的弹弓。何逊《拟轻薄篇》:"柘弹随珠丸,白马黄金饰。"倦翮(hé),倦鸟。张耒《旦起》:"况我病倦翮,飘飘信风翔。"《说文》:"翮,羽茎也。"《尔雅·释器》:"羽本谓之翮。"亦泛指鸟的翅膀。

⑧哑哑:《易·震》:"震来虩虩,恐致福也;笑言哑哑,后有则也。"陆德明《释文》引马融曰:"笑声。"王维《宋进马哀辞》:"百官并入分,何语笑之哑哑。"

[评析]

　　黄景仁(1749~1783)是"盛世"时期心哀神苦的典型人物,所作凄怆悲凉,正如吴兰修《黄仲则小传》所云:"其词激楚如猿啼鹤唳,秋气抑何深也。"如这首《摸鱼子》,借归鸦以寓身世之感。上片展现了一幅寒鸦暝色的水墨画。下片以上林、贵宅栖息的得意和枯木惊霜的失意相对比,显示了云泥悬殊的感伤;又以已经归飞休歇的倦翮和许多未归客相对比,大有人不如鸦之意。全篇色调灰冷,情绪低沉,是那个时代人才沉沦的真实表现。

　　黄景仁还有一首《丑奴儿慢·春日》,格调酷似张惠言词,而与此首

似出二手:

> 日日登楼,一换一番春色。者似卷如流春日,谁道迟迟。一片野风吹草,草背白烟飞。颓墙左侧,小桃放了,没个人知。　徘徊花下,分明记得,三五年时。是何人挑将竹泪,粘上空枝。请试低头,影儿憔悴浸春池。此间深处,是伊归路,莫学相思。

词写惜春,情思百折。先写春去如流,春色日日似减,不可逆转。再写春花虽在,但颓墙、小桃无人理会,有周邦彦《六丑》"东园""叹息"之意。末写人、花转眼俱憔悴,春去既已注定,又何苦相思,空惹情怀?凄婉中并不消沉,柔美中仍有阳刚。这样的情怀与表达,正是常州派词人所追求的境界与效果。

水龙吟　雪中登大观亭①

邓廷桢

关河冻合梨云,冲寒犹试连钱骑。②思量旧梦,黄梅听雨,危阑倦倚。披氅重来③,不分明处,可怜烟水。算夔巫万里,金焦两点,谁说与、苍茫意。　却忆蛟台往事。耀弓刀、舳舻天际。④而今剩了,低迷鱼艇,模粘雁字⑤。我辈登临⑥,残山送暝,远江延醉。折梅花去也,城西炬火,照琼瑶醉。⑦

[注释]

①词题中"大观亭",在今安徽安庆长江边。吴汝纶《游大观亭故址记》:"四山回旋,长江接天,览其风景,慨然想见当时之盛。"

②"关河"二句：冻合，犹言冰封。《晋书·慕容皝载记》："皝将乘海讨仁，群下咸谏，以海道危阻，宜从陆路。皝曰：'旧海水无凌，自仁反已来，冻合者三矣。昔汉光武因滹沱河之冰以济大业，天其或者欲吾乘此而克之乎！'"李益《盐州过胡儿饮马泉》："从来冻合关山路，今日分流汉使前。"梨云，指雪。岑参《白雪歌送武判官归京》："忽如一夜春风来，千树万树梨花开。"陈樵《玉雪亭六首》其一："梨云柳絮共微茫，春入园林一色芳。"连钱，马名，指色有深浅、斑驳隐粼者。纪唐夫《骢马曲》："连钱出塞踏沙蓬，岂比当时御史骢。"一作马饰。《世说新语·术解》："王武子善解马性。尝乘一马，著连钱障泥。前有水，终日不肯渡。王云：'此必是惜障泥。'使人解去，便径渡。" ③披氅重来：《晋书·王恭传》："尝披鹤氅裘，涉雪而行。孟昶窥见之，叹曰：'此真神仙中人也。'" ④"却忆"二句：蛟台，射蛟台，在安徽枞阳县城内。《汉书·武帝纪》："自寻阳浮江，亲射蛟江中，获之。舳舻（zhú lú）千里，薄枞阳而出。"颜师古注引李斐曰："舳，船后持柂处也。舻，船前头刺棹处也。言其船多，前后相衔，千里不绝也。"郭璞《江赋》："舳舻相属，万里连樯。" ⑤模粘：模糊。 ⑥我辈登临：孟浩然《与诸子登岘山》："江山留胜迹，我辈复登临。" ⑦"城西"二句：陆游《嘉川铺得檄遂行中夜次小柏》："酒消顿觉衣裳薄，驿近先看炬火迎。"白居易《西楼喜雪命宴》："四郊铺缟素，万室甃琼瑶。"

[评析]

邓廷桢（1775~1846）此词作于安徽巡抚任上。词写雪后登临胜地，在横揽万里长江，怀古忧今之时，颇有"对此茫茫，不觉百端交集"之感。全词主题不在写雪景，故篇中只略作点染。又，据《清史稿》本传："（道光）六年（1826），擢安徽巡抚。自嘉庆时，安徽多大狱，凤、颍两郡俗尤悍,常以兵定,责缴兵械,私藏尚多。廷桢乃立限,责成保长,逾限及私造者置之法。任吏皆得人,刁悍之风稍戢。旧例,颍州属三人以上凶器伤人者,极边烟瘴充军,佥妻发配。廷桢疏言:'悍俗诚宜重惩,妇女顾名节,多自残求免,或自尽伤生,情在可矜,请停其例。'遇水灾,亲乘舟勘赈。修复安丰塘、芍陂水门,浚凤阳沫河,加筑堤闸。严缉捕,屡获剧盗。以获南河掘堤首犯陈端,诏嘉奖。治皖十载,政尚安静,境内大和。"皖境多大狱,且逢水灾,词中分明已经透露出一些国事日非的信息。

邓廷桢还有一首《好事近》,属于沉郁而深情的"韵胜"(谭献《箧中词》今集续卷一)之作:

　　云母小窗虚,窗滤金波疑湿。摇曳柳烟如梦,荡一丝寒碧。　　天涯犹有未归人,遥夜耿相忆。料得平沙孤艇,听征鸿嘹呖。

写思妇月夜思念征人,末二句从对面着笔,以思妇设想征人对自己的想念作结,更显情深一往,凄婉感人。

月华清①

邓廷桢

中秋月夜,偕少穆、滋圃登沙角炮台绝顶晾楼。西风泠然,玉轮涌上,海天一色,极其大观,辄成此解。②

岛列千螺,舟横万鹢,碧天朗照无际。③不到珠瀛,那识玉盘如此。④画秋涛,长剑催寒,倚峭壁,短箫吹醉。前事。似元规啸咏⑤，那时情思。　　却料通明殿里，怕下界云迷，⑥蜃楼成市。诉与瑶闉，今夕月华烟细。⑦泛深杯、待喝蟾停⑧，鸣画角、忍惊蛟睡。秋霁。记三人对影，不曾千里。⑨

[注释]

　　①月华清：调见《空同词》。洪瑹"花影摇春"此调只有一体，宋、元人俱照此填。有马庄父、朱淑真、蔡松年、《高丽史·乐志》词可校。
　　②词序中"少穆"，林则徐。滋圃，关天培。晾楼，望楼。泠然，轻和貌。《庄子·逍遥游》："夫列子御风而行，泠然善也。"郭象注："泠然，轻妙之貌。"陈师道《和和叟第课还自都下》："青云直上马如龙，来往泠然若御风。"解，章。乐曲一章称一解。　　③"舟横"二句：《淮南子·本经训》："龙舟鹢（yì）首，浮吹以娱。"高诱注："鹢，大鸟也，画其像著船头，故曰鹢首。"扬雄《方言》作"艗首"，注："鹢，鸟名，今江东贵人船首作青雀，是其像也。"司马相如《子虚赋》："浮文鹢，扬旌栧。"张衡《西京赋》："浮鹢首，翳云芝。"沈佺期《三日梨园侍宴》："画鹢中流动，青龙上苑来。"潘阆《岁暮自桐庐归钱塘晚泊渔浦》："新月无朗照，落日有余辉。"钮琇《觚剩续编·夜光》："时方二更，豁然天曙，红光浮岭，朗照林谷，行三四里许，仍复昏黑。"　　④"不到"二句：珠瀛，即珠海，珠江别称珠海，以江中有海珠石而得名。广州在珠江下游。《玉篇·水部》："瀛，海也。"玉盘，月。李白《古朗月行》："小时不识月，呼作白玉盘。"　　⑤元规：庾亮字。　　⑥"却料"二句：王钦若《翊圣保德真君传》："建隆之初，凤翔周至民张守真……朝礼玉皇大殿，观其额曰通明殿，不晓其旨。真君曰：上帝在无上天，为诸天之尊，常升金殿，殿之光明，照于帝身，身之光明，照于金殿，光明通彻，无所不照，故曰通明殿。"下界，指人间，相对天上而言。白居易《曲江醉后赠诸亲故》："中天或有长生药，下界应无不死人。"

赵翼《瓯北诗话》卷八:"独青邱如天半朱霞,映照下界,至今犹光景常新,则其天分不可及也。" ⑦"诉与"二句:瑶阗,天上玉京的城门。玉京,道家称天帝所居之处。《月令广义》:"月之有华,常出于中秋,或十三至十八夜。月华之状,如锦云捧珠,五色鲜荧,磊落匝月如刺锦。" ⑧"泛深杯"句:李贺《秦王饮酒》:"洞庭雨脚来吹笙,酒酣喝月使倒行。" ⑨"记三人"二句:李白《月下独酌》:"举杯邀明月,对影成三人。"邓廷桢《壬寅伊江中秋》:"今年绝域看冰轮,往事追思一怆神。天半悲风波万里,杯中明月影三人。"谢庄《月赋》张铣注:"千里,盖言君子远也。"

[评析]

据林则徐《己亥日记》,道光十九年(1839)八月十五日,"午后,制军(邓廷桢)来,即同舟赴沙角,在关提军(天培)舟中查点日来兵勇各船册籍,计前后排列兵船、火船共八十余只。并携酒肴邀关提军、黄镇军同赴沙角炮台上小饮,月出后同登山顶望楼上,玩赏片时,仍与制军乘潮而返"。邓廷桢此词便作于其时。先写经过一次激战后,海面更加澄清,但戒备森严,战斗气息仍未散去。次写自己忙里寄闲,兴复不浅。下片写到朝廷关心前线战事。最后化用李贺、李白、谢庄诗意,表现豪迈的气度和珍重战斗友谊的情怀。

林则徐十天后和作了一首《月华清·和邓嶰筠尚书沙角眺月原韵》:

穴底龙眠,沙头鸥静,镜奁开出云际。万里晴同,独喜素娥来此。认前身、金粟飘香,拼今夕、羽衣扶醉。无事。更凭栏想望,谁家秋思。 忆逐承明队里,正烛撤玉堂,月明珠市。鞚掌星驰,争比软尘风细。问烟楼、撞破何时,怪灯影、照他无睡。宵霁。念高寒玉宇,在长安里。

抒写对亲人的思念,更表现出对战局的深切关注。意犹未足之下,次日又写了一首七言长诗《中秋嶰筠尚书招余及关滋圃军门（天培）饮沙角炮台眺月有作》：

> 坡公渡海夸罗浮，凉天佳周皆中秋。（东坡诗序语。）铁桥石柱我未到，黄湾胥口先勾留。今夕何夕正三五，晴光如此胡不游。南阳尚书清兴发，约我载酒同扁舟。日午潮回棹东指，（是日退潮在午。）顺流一苇如轻鸥。鼓枻健儿好身手，二十四桨可少休。（快艇桨廿四不用。）转眸已失大小虎，（两山名。）须臾沙角风帆收。是时战舰多貔貅，相随大树驱蚍蜉。炮声裂山杂鼓角，樯影蘸水扬旌斿。楼船将军肃钤律，云台主帅精运筹。大宣皇威震四裔，彼服其罪吾乃柔。军中欢宴岂儿戏，此际正复参机谋。行酒东台对落日，犹如火伞张郁攸。莫疑秋暑酷于夏，晚凉会有风飕飕。少焉云敛金波流，夜潮汹涌抛珠球。涵空一白十万顷，净洗素练悬沧州。三山倒影入海底，玉宇隐现开琼楼。乘槎我欲凌女牛，举杯邀月与月酬。霓裳曲记大罗咏，广寒斧是前身修。试陟峰巅看霄汉，银河泻露洗我头。森森寒芒动星斗，光射龙穴龙为愁。蛮烟一扫海如镜，清风长此留炎州。三人不假影为伴，袁宏庾亮皆吾俦。（余与嶰筠、滋圃俱登峰巅。）醉归踏月凉似水，仍屏傔从祛鸣驺。褰帘拂枕月随人，残宵旅梦皆清幽。今年此夕消百忧，明年此夕相对不。留诗准备别后忆，事定吾欲归田畴。

借赏月交流彼此对战事时局的看法，为今后的抗英斗争预参机谋。诗中对中秋赏月感到满足，却对未来充满了忧虑。后来的事实证明，这种担忧不是没有道理。

东风第一枝　木棉①

张维屏

烈烈轰轰，堂堂正正，花中有此豪杰。②一声铜鼓催开，千树珊瑚齐列。③人游岭海④，见草木、先惊奇绝。尽众芳、献媚争妍，总是东皇臣妾。　　气熊熊，赤城楼堞。⑤光烂烂，祝融旌节。丹心要伏蛟龙⑥，正色不谐蜂蝶。天风卷去，怕烧得、春云都热。⑦似尉佗、英魄难消⑧，喷出此花如血。

[注释]

①东风第一枝：蒋氏《九宫谱》注大石调。又，词题"木棉"，花树名，又名"英雄树"。高四五丈甚至十余丈，花殷红，大如瓯。花开时如锦满天，谢后有绵，飞如柳絮。　②"烈烈"三句：文天祥《沁园春》："人生翕欻云亡，好烈烈轰轰做一场。"《孙子兵法·军争篇》："无邀正正之旗，勿击堂堂之阵，此治变者也。"　③"一声"二句：屈大均《广东新语》卷一六："南海庙有二铜鼓，大小各一，大者径五尺，小者杀五之一，高各称广。大者因唐时高州太守林霭，得之于蛮酋大冢，以献节度使郑纲，纲以献于庙中者。……盖千余年物也。……其小者或谓出浮州铜鼓滩。……岁二月十三祝融生日，粤人击之以乐神。其声閎鞈铿鍧，若行雷隐隐，闻于扶胥江岸二十余里。"又卷二五："南海祠前，有十余枝最古，岁二月，祝融生朝，是花盛发，睹者至数千人。……舟自牂牁江而上至端州，自南津、清岐二口上至四会，夹岸多是木棉，身长

十余丈,直穿古榕而出,千枝万条,如珊瑚瑯玕丛生,花垂至地。"屈大均《南海神祠古木棉花歌》:"十丈珊瑚是木棉,花开红比朝霞鲜。" ④岭海:两广地区北倚五岭,南临南海,故名。刘长卿《送独孤判官赴岭》:"岭海看飞鸟,天涯问远人。"韩愈《潮州刺史谢上表》:"虽在万里之外,岭海之陬,待之一如畿甸之间,辇毂之下。" ⑤"气熊熊"二句:熊熊,盛貌。《广东新语》卷二五:"光气熊熊,映颜面如赭。"孙绰《游天台山赋》:"赤城霞起而建标,瀑布飞流而界道。"赤城,在今浙江天台北。《读史方舆纪要》卷九二:"赤城山,土皆赤色,状似云霞,俨如雉堞。"《礼记·月令》:"其帝炎帝,其神祝融。"屈大均《南海神祠古木棉花歌》:"南海祠前十余树,祝融旌节花中驻。" ⑥"丹心"句:屈大均《南海神祠古木棉花歌》:"扶持赤帝南溟上,吐纳丹心大火中。" ⑦"天风"二句:李贺《蝴蝶舞》:"杨花扑帐春云热,龟甲屏风醉眼缬。" ⑧尉佗:赵佗,曾于秦汉间平定粤地,称南越王,后被汉灭。因其尝为南海尉,故称。

[评析]

张维屏(1780~1859)此词咏木棉。句句写木棉,逼真描摹其外形特征,又句句是歌颂木棉的品格和气势。开篇的"豪杰"之赞与煞尾的"英魄"之颂遥相呼应,突出表现了词人对具有木棉一样优美品质之英雄人物的敬佩之情。全篇词气热烈畅顺,情调激越高昂,气势雄壮奇伟,辅以叠词的巧妙运用,于优美的韵律中更见一番深情美意,是咏物词中不可多得的佳作。

张锦芳也有《满江红》二首咏木棉花,载于许玉彬、沈世良辑《粤东词钞》:

十丈晴红,高照彻、尉佗城郭。浓绿外、数株烘染,驿楼江阁。

一簇晨霞标乍起,九枝海日光齐跃。似炎官、火伞殿前张,飘丹壑。

龙衔烛,行寥廓。鹃啼血,巢跗萼。经百花飞尽,东风犹恶。歌舞冈铺云锦乱,扶胥潮动珊瑚落。纵吹残、尚得一回看,翻阶药。

卷尽残红,又看到、吐绵晴郭。风乍起、含苞初拆,半飞还落。高逐云英轻作片,暗随柳絮低穿幕。似少年、霜鬓换朱颜,青春昨。

茅花被,眠溪阁。芦花褥,堆渔舶。问团团收得,可胜衣着。莫遣狂飙吹历乱,江东贾客裘逾薄。待装成、袄子定奇温,黄棉若。

笔墨纵横,壮采奇情,可以并读。

金缕曲

吴 藻

闷欲呼天说①。问苍苍、生人在世②,忍偏磨灭。从古难消豪士气,也只书空咄咄。③正自检、断肠诗阅。看到伤心翻失笑,笑公然愁是吾家物。都并入,笔端结。④　英雄儿女原无别。叹千秋、收场一例⑤,泪皆成血。待把柔情轻放下,不唱柳边风月⑥。且整顿、铜琶铁拨。读罢离骚还酹酒,向大江东去歌残阕。声早遏,碧云裂。⑦

[注释]

①"闷欲"句:《史记·屈原贾生列传》:"人穷则反本,故劳苦倦极,未尝不呼天也;疾痛惨怛,未尝不呼父母也。"《后汉书·张奂传》:"凡人之情,冤则呼天,穷则叩心。"　②苍苍:指天。《诗·王风·黍

离》毛传："据远视之苍苍然，则称苍天。"李白《酬殷明佐见赠五云裘歌》："为君持此凌苍苍，上朝三十六玉皇。" ③"从古"二句：陆机有《豪士赋》。《世说新语·黜免》："殷中军被废，在信安，终日恒书空作字。扬州吏民寻义逐之，窃视，唯作'咄咄怪事'四字而已。" ④"正自检"五句：朱淑真诗集名《断肠诗》。又有《断肠词》，紫芝漫抄本存词二十六首，《全宋词》考定增删为二十五首。赵庆熺《花帘词序》："无岁而无落花也，无处而无芳草也，无日而无夕阳明月也。然而古今之能言落花芳草者几人，古今之能言夕阳明月者几人，则甚矣写物之难，写愁之难也。花帘主人工愁者也，词则善写愁者也。不处愁境，不能言愁；必处愁境，何暇言愁？栩栩然，荒荒然，幽然，悄然，无端而愁，即无端其词。落花也，芳草也，夕阳明月也，皆不必愁者也。不必愁而愁，斯视天下无非可愁之物，斯主人之所以能愁，主人之词所以能工。" ⑤一例：《公羊传·僖公元年》："臣子一例也。"《洛阳伽蓝记·法云寺》："至于盐粟贵贱，市价高下，所在一例。" ⑥柳边风月：柳永《雨霖铃》："今宵酒醒何处，杨柳岸、晓风残月。" ⑦"声早遏"二句：《列子·汤问》："薛谭学讴于秦青，未穷青之技，自谓尽之，遂辞归。秦青弗止，饯于郊衢，抚节悲歌，声振林木，响遏行云。薛谭乃谢求反，终身不敢言归。"

[评析]

　　这首《金缕曲》是吴藻（1799～1862）二十五岁前的作品。上片的要点是女性自省。世道不公，扼杀才性，其实对男女都一样。既然"豪士气"难消时，激烈的形态也只是"书空咄咄"，那么女性为什么一定要将"愁"视为"吾家物"，没完没了地形诸笔端？自省即自强，从愁中挣脱出来，挣脱的乃是女性的软弱情结。语辞看似平易，内里跳荡的却是一颗强毅的心。下片紧承自省而来，强化自振意识。"英雄儿女"既"无别"，"千秋收场"总是泪成血，那么女性就该放下"柔情"，和须眉男儿一起去唱"大江东去"。词篇表现出的女性自觉，对人生、社会以及男女地位的差别和命运际遇等一系列问题的朦胧思考，是难能可贵的。

吴藻的同乡兼闺中好友沈善宝也写过一首《满江红·重渡扬子江》，可与并读：

扑面江风，卷不尽、怒涛如雪。凭眺处、琉璃万顷，水天一色。酾酒又添豪杰泪，燃犀漫照蛟龙窟。一星星、蟹屿与渔汀，凝寒碧。

千载梦，风花灭。六代事，渔樵说。只江流长往，销磨今昔。锦缆牙樯空烂漫，暮蝉衰柳犹呜咽。笑侬家、几度学乘槎，悲歌发。

全篇笼罩在对历史的反思和对个人命运的思考之下，即使是舒张其抑郁不平之气，也能保持豪放贞刚的气质。

台城路　赋秣陵卧钟，在城北鸡笼山之麓，其重万钧，不知何代物也①

龚自珍

山陬法物千年在，牧儿叩之声死。②谁信当年，椎锤一发③，吼彻山河大地。幽光灵气。肯伺候梳妆，景阳宫里。④怕阅兴亡，何如移向草间置。　　漫漫评尽今古。便汉家长乐⑤，难寄身世。也称人间，帝王宫殿，也称斜阳萧寺⑥。鲸鱼逝矣⑦。竟一卧东南，万牛难起⑧。笑煞铜仙，泪痕辞灞水。

[注释]

①词题中"卧钟",今在南京鼓楼东北大钟亭内悬挂,铸于明初,实重二十三吨,其上镌有"洪武二十一年九月吉日铸"字样。鸡笼山,一名鸡鸣山,其地有鸡鸣寺。　②"山陬(zōu)"二句:陬,角落。法物,帝王仪仗所用器物。《后汉书·光武帝纪》李贤注:"法物,谓大驾卤簿仪式也。"亦指僧徒所用器物。声死,声音微弱。常建《吊王将军墓》:"战余落日黄,军败鼓声死。"　③犍锤:当作犍槌。《翻译名义集》:"犍椎,《声论》翻为磬,亦翻钟。《资持》云:'若诸律论,并作犍锤,或作犍椎,今须音槌为地。'"　④"肯伺候"二句:《南齐书·武穆裴皇后传》:"上数游幸诸苑囿,载宫人从后车。宫内深隐,不闻端门鼓漏声,置钟于景阳楼上。宫人闻钟声,早起装饰。"　⑤汉家长乐:汉初改建秦兴乐宫为长乐宫。钱起《酬阙下裴舍人》:"长乐钟声花外尽,龙池柳色雨中深。"　⑥萧寺:佛寺。《唐国史补》卷中:"梁武帝造寺,令萧子云飞白大书'萧'字,至今一'萧'字存焉。"　⑦鲸鱼:撞钟之杵,形似鲸鱼,故称。班固《两都赋》:"于是发鲸鱼,铿华钟。"李贤注:"鲸鱼谓刻杵作鲸鱼形也。……薛综注《西京赋》云:海中有大鱼名鲸,又有兽名蒲牢。蒲牢素畏鲸鱼,鲸鱼击蒲牢,蒲牢辄大鸣呼。凡钟欲令其声大者,故作蒲牢于其上,撞钟者名为鲸鱼。"　⑧万牛难起:杜甫《古柏行》:"大厦如倾要梁栋,万牛回首丘山重。"

[评析]

龚自珍(1792~1841)的这首《台城路》,是词人去世前一年的一篇力作,借卧钟寄寓感慨,写钟即是自写。类似的作品,近于常派而又与之立异。如《湘月·壬申夏泛舟西湖,述怀有赋,时予别杭州盖十年矣》:

天风吹我,堕湖山一角,果然清丽。曾是东华生小客,回首苍茫无际。屠狗功名,雕龙文卷,岂是平生意。乡亲苏小,定应笑我非计。　　才见一抹斜阳,半堤香草,顿惹清愁起。罗袜音尘何处觅,渺渺予怀孤寂。怨去吹箫,狂来说剑,两样销魂味。两般春梦,橹声荡入云水。

写西湖泛舟,实为咏怀之作,感慨仕途坎坷,理想受挫,唯稍逊于《台城路》的雄放杰出。后有自记:"是词出,歙洪子骏题词序曰:龚子瑟人近词有曰'怨去吹箫,狂来说剑'二语,是难兼得,未曾有也,爰填《金缕曲》赠之。其佳句云:'结客从军双绝技,不在古人之下,更生小会骑飞马。如此燕邯轻侠子,岂吴头楚尾行吟者。'其下半阕佳句云:'一棹兰舟回细雨,中有词腔姚冶,忽顿挫淋漓如话。侠骨幽情箫与剑,问箫心剑态谁能画。且付与,山灵诧。'余不录。越十年,吴山人文徽为作《箫心剑态图》。"洪子骏所云"箫心剑态",可谓知言。

中兴乐　初秋同人登龙树寺凌虚阁,依李德润《琼瑶集》体①

许宗衡

绕楼一带薜萝墙。西风瑟瑟横塘②。眼前春色,垂柳垂杨。芦花容易如霜。雁声长。几时飞到,高城远树,乱堞斜阳。　　十年冠剑独昂藏③。古来事事堪伤。狐狸谁问,何况豺狼。蓟门山影茫茫④。好秋光。无端辜负⑤,阑干倚遍,风物苍凉。

[注释]

①中兴乐：见《花间集》。牛希济词有"泪湿罗衣"句，名《湿罗衣》。又，词题中"同人"，《易·同人》彖曰：《同人》，柔得位得中而应乎乾，曰同人。《同人》曰'同人于野，亨，利涉大川'，乾行也。文明以健，中正而应，君子正也。唯君子为能通天下之志。"后因称志同道合的友人为同人。龙树寺，在今北京城西。　②横塘：在今江苏南京西南。《团扇郎》："御路薄不行，窈窕决横塘。"《景定建康志》卷一九引《宫苑记》云："吴大帝时，自江口沿淮筑堤，谓之横塘。"左思《吴都赋》刘渊林注："横塘在淮水南，近陶家渚，缘江筑长堤，谓之横塘。"温庭筠《池塘七夕》："万家砧杵三篙水，一夕横塘似旧游。"　③昂藏：形容人的气宇高朗。陆机《晋西平将军孝侯周处碑》："汪洋延阀之傍，昂藏寮采之上。"　④蓟门：即蓟丘，故址在今北京德胜门外。蒋一葵《长安客话·古蓟门》："京师古蓟地，以蓟草多得名……今都城德胜门外有土城关，相传是古蓟门遗址，亦曰蓟丘。"　⑤辜负：亏负。《三国志·蜀书·张嶷传》："魏狄道长李简密书请降，卫将军姜维率嶷等因简之资以出陇西。"裴松之注引《益部耆旧传》："臣当值圣明，受恩过量，加以疾病在身，常恐一朝陨没，辜负荣遇。"王禹偁《舍人院竹》："西垣不宿还堪恨，辜负夜窗风雨声。"

[评析]

许宗衡（1811~1869）此词是对丧权辱国、迫害爱国志士等的批判，切于时事，有感而发。上片写登临远眺，极目所见。一片衰飒零乱者，既是自然秋景，也是千疮百孔、蹒跚倾颓的清王朝的缩影。下片抒发悲怀，忧愤深广。在作者看来，正是由于统治阶级嫉贤妒能，打击爱国志士,重用昏庸之才,一味妥协退让,才使得列强在中国横行无忌。所以,即使面对"好秋光",也不能不深感"风物苍凉"。词人瀵洞无端的苍凉情怀,正是那一代士人的普遍心态。

词题中"李德润",即花间词人李珣,所著《琼瑶集》已佚,所作《中兴乐》为:

> 后庭寂寂日初长。翩翩蝶舞红芳。绣帘垂地,金鸭无香。谁知春思如狂。忆萧郎。等闲一去,程遥信断,五岭三湘。　休开鸾镜学宫妆。可能更理笙簧。倚屏凝睇,泪落成行。手寻裙带鸳鸯。暗思量。忍孤前约,教人花貌,虚老风光。

以长调缓拍展现思妇对萧郎的思恋之情,正是况周颐所谓五代词中之"以质胜者"(《餐樱庑词话》)。许词确乎与之貌合而神离。

念奴娇　十二夜陪月村先生登长洲廨东小阁看月。时江北诸郡县大水,即事寓感①

周星誉

月吾问汝,照几家欢宴,几家漂泊。②划尽吴山千万叠③,放眼大江南北。鸡犬荒凉,鱼龙跋扈,烟树长淮黑。戟门深处④,此时歌舞如织。　可笑王粲穷愁,贾生痛苦,何补匡时策。⑤但得升平温饱过,说甚杜陵契稷。⑥卧看诸公,龙骧虎步,只手回天劫。腐儒无用⑦,登楼且醉江月。

[注释]

①词题中"月村先生",疑即庞榕,字恭茂,号月村,江苏常熟人。

长洲，今属江苏苏州。　②"月吾"三句：《云麓漫钞》卷九载，当时吴中舟师中流传一首民歌："月子弯弯照九州，几家欢乐几家愁。"《西湖游览志余》卷二五："吴歌惟苏州为佳，杭人近有作者，往往得诗人之体。如云：'月子弯弯照几州，几人欢乐几人愁。几人高楼行好酒，几人飘蓬在外头。'此赋体也。而瞿宗吉往嘉兴，听故伎歌之，遂翻以为词云：'帘卷水西楼云云。'"　③划：削去，铲平。李白《陪侍郎叔游洞庭醉后三首》其三："划却君山好，平铺湘水流。"　④戟门：显贵之家。《周礼·天官·掌舍》："为坛壝宫，棘门。"郑玄注引郑司农（众）云："棘门，以戟为门。"据《唐会要》卷三二载，唐设戟之制始于景龙三年（709），"元和六年（811）十二月敕，立戟官阶勋悉至三品，然后申请，仍编于格令"。天宝六载（747）四月八日敕："庙社、宫殿门二十戟，东宫门十八戟，一品门十六戟……下都督、中下州之门十戟。"白居易《裴五》："莫怪相逢无笑语，感今思旧戟门前。"　⑤"可笑"三句：王粲《登楼赋》："心凄怆以感发兮，意忉怛而憯恻。"贾谊《吊屈原赋》："共承嘉惠兮，俟罪长沙，侧闻屈原兮，自沉汨罗。造托湘流兮，敬吊先生：遭世罔极兮，乃陨厥身。呜呼哀哉，逢时不祥！鸾凤伏窜兮，鸱枭翱翔。"　⑥"但得"二句：升平，太平。《汉书·梅福传》："使孝武帝听用其计，升平可致。"颜师古注引张晏曰："民有三年之储曰升平。"袁宏《后汉纪·灵帝纪》："今宜改葬蕃武，选其家属诸被禁锢，一宜蠲除，则灾变可消，升平可致也。"朱淑真《元夜》三首其一："一片笑声连鼓吹，六街灯火丽升平。"杜甫《自京赴奉先县咏怀五百字》："杜陵有布衣，老大意转拙。许身一何愚，自比稷与契（xiè）。"稷与契，古代传说中的后稷、契，舜之臣，后稷为农官，契为司徒，并为贤臣。王逸《九思·守志》："配稷契兮恢唐功，嗟英俊兮未为双。"《汉书·扬雄传》："家家自以为稷契，人人自以为咎繇。"〔按：周必大《二老堂诗话》："韩、杜自比

豪放词 | 349

稷契：子美诗：'自比稷与契。'退之诗云：'事业窥稷契。'子美未免儒者大言，退之实欲践之也。"葛立方《韵语阳秋》卷八："史称甫好论天下大事，高而不切，岂自比稷契而然邪？"〕　⑦腐儒：《荀子·非相》："故《易》曰：'括囊，无咎无誉。'腐儒之谓也。"杨倞注："腐儒，如朽腐之物，无所用也。引《易》以喻不谈说者。"杜甫《江汉》："江汉思归客，乾坤一腐儒。"

[评析]

　　周星誉（1826～1884）此词即事抒感，言辞凯切，创作时地未详。起拍的对月一问，在形式上与辛弃疾《沁园春》之"杯汝来前"相似。接着将形成鲜明对比的几组情景组合起来，用以表现月光普照之下的欢乐与哀愁，不平之气横生笔端。下片自比王粲、贾谊，发出一介儒生的忧患与于世无补的深沉感慨，尤其是结句"醉江月"云云，也是照应开篇"月吾问汝"的愤激之语，透露出对民生疾苦的深切关怀和无法济世的幽恨，民胞物与之怀跃然纸上。

　　周星誉的词大都墨饱情浓，秀婉与雄放并见。如写恋情的十首《洞仙歌》，艳而不佻，活色生香，论者以为与朱彝尊《静志居琴趣》相伯仲。又如《柳梢青·初秋泊嘉兴有怀》：

　　　　回首凄然。松陵城郭，一路寒蝉。藕叶围凉，蘋花摇暝，人在秋边。　　相思昨夜尊前。酒醒后、疏杨暮烟。对月心情，阻风滋味，已过今年。

淡宕洗练，与上录之作的铁琶铜琶迥然不同。

永遇乐　登丹凤楼望黄浦怀陈忠愍公同梦西、素生兄
（楼在沪城东北女墙上，宋淳熙间立）①

周星誉

放眼东南，苍茫万感，奔赴栏底②。斗大孤城③，当年曾此，笳鼓屯千骑。劫灰飞尽④，怒潮如雪，犹卷三军痛泪。满江头，阵云团黑⑤，蛟龙敢啮残垒。　　登临狂客，高歌散发，唤得英魂都起。天意倘教、欲平此虏⑥，肯令将军死。只今回首，笙歌依旧，一片残山剩水⑦。伤心处，青天无语，夕阳千里。

[注释]

①词题中"丹凤楼"，故址在今上海市人民路南、丹凤路东，在楼上可以俯瞰黄浦江。陈忠愍公，陈化成，福建同安（今属厦门）人。道光二十年（1840）任江南提督，二十二年（1842）率部抵抗英军进犯吴淞口，孤军奋战，壮烈殉国。谥忠愍。梦西，许械，字太眉，一字梦西，阳湖（今属江苏常州）人。素生，不详。　②栏底：丹凤楼栏杆跟前，实指眼底。　③斗大：对大的物体极言其小。《郎潜纪闻》卷八："斗大一城，尚如海上神山之可望不可即。"　④劫灰飞尽：此处谓战火已平息。李贺《秦王饮酒》："羲和敲日玻璃声，劫灰飞尽古今平。"苏轼《游净居寺》："愿从二圣往，一洗千劫非。"　⑤阵云团黑：阵云，战云。高适《燕歌行》："杀气三时作阵云，寒声一夜传刁斗。"李贺《雁门太守行》："黑云压城城欲摧，甲光向日金鳞开。"　⑥倘教：假如，如

果。　⑦残山剩水：杜甫《陪郑广文游何将军山林》："剩水沧江破，残山碣石开。"辛弃疾《贺新郎》："剩水残山无态度，被疏梅料理成风月。"王璲《题赵仲穆画》："南朝无限伤心事，都在残山剩水中。"

[评析]

　　周星誉的这首《永遇乐》，追怀其契交陈化成守卫上海抗敌捐躯事，杨伯岭《近代上海词学系年初编》系于道光二十七年（1847），郭则沄《清词玉屑》卷四云："忠愍，侯官人。与牛督部分守吴淞，牛先遁，忠愍力孤阵殁……祥符周叔云都转亦与忠愍契，尝登丹凤楼望黄浦赋追怀忠愍词云云。"上片充分表现了这位民族英雄英勇顽强、不屈不挠的精神，写来慷慨激壮。王拯《陈将军画像记》所载可与对读："明日，夷舶排江进。公督战，自明至日将中，击夷舶五，又二火轮，贼不得进。望见城南大府驻军旌纛，举炮对击之。徐州总兵王志元先走，教场兵西奔。城东北及东炮台亦全军遁。贼乃并力攻公急。周世荣欲奔，公拔剑将斩之，周逸。贼登岸，枪铳雨集，中公，颠复起，犹手自燃巨炮。伤重，喷血死。"下片在扼腕痛惜陈化成壮志未酬的同时，也讽刺和批判了那些贪生怕死的将领。一结饱含对国事不可收拾的迷惘与失望之情。

　　许棫同时所作为《永遇乐·登丹凤楼望黄浦江怀陈忠愍公化成》：

　　　　万里潮来，危楼飞出，吞尽千橹。黄浦东流，吴淞北走，欲撼孤城去。海风吹乱，纵横蛟鳄，天意终须一怒。看当年，木驴歼处，孤洲胡豆曾驻。　　劫灰回首，三年痛哭，想见将军如虎。残垒萧萧，盲风怪雨，都作忠魂语。但教列镇，尽如公者，眼底何忧此虏。斜阳外，苍茫归艇，槛前争赴。

　　直抒胸臆，满腔忠愤喷薄而出，亦堪与陈化成气盖山河的壮举相映成辉。

望海潮

张景祁

基隆为全台锁钥。春初海警猝至,上游拔重兵堵守。突有法兰兵轮一艘入口游奕,传是越南奔北之师,意存窥伺,越三日,始扬帆去,我军亦不之诘也。①

插天翠壁,排山雪浪,雄关险扼东溟②。沙屿布棋,飙轮测线,龙骧万斛难经。③笳鼓正连营。听回潮夜半,添助军声。尚有楼船,鲎帆影里矗危旌④。　追思燕颔勋名⑤。问谁投健笔,更请长缨。⑥警鹤唳空⑦,狂鱼舞月,边愁暗入春城。玉帐坐谈兵。有僮花压酒⑧,引剑风生。甚日炎洲洗甲⑨,沧海浊波倾。

[注释]

①词序中"基隆",在今台湾岛东北端,旧名鸡笼,倚山面海,为台北门户。　②东溟:东海。颜延之《车驾幸京口侍游蒜山作》:"元天高北列,日观临东溟。"吕向注:"东溟即东海。"李益《过马嵬二首》其二:"南内真人悲帐殿,东溟方士问蓬莱。"　③"沙屿"三句:沙屿,有暗沙的岛屿。张融《海赋》:"沙屿相接,洲岛相连。"飙轮,此指轮船。《真诰》卷一一:"东海青童君曾乘独飙飞轮之车,通按行有洞台之山,皆埋宝、金、白玉各八九千斤于市石左右四面,以镇阴宫之岭,诸有洞天皆尔,不但句曲而已。邑人呼天市盘石为仙人市坛,是其欲少有

仿佛而不了了也。青童飙轮之迹，今故分明。"龙骧，晋龙骧将军王濬奉命伐吴，为舟舰，大船连舫，一舟可载二千余人。后因以龙骧称大船。苏轼《大风留金山两日》："龙骧万斛不敢过，渔舟一叶从掀舞。"
④鲎（hòu）帆：《海录碎事》卷二二："鲎壳上有物如角，常偃，高七八寸，每遇风至即举，扇风而行，俗呼之以为鲎帆。"此处借以指船帆。
⑤燕颔：《后汉书·班超传》："其后行诣相者，曰：'祭酒，布衣诸生耳，而当封侯万里之外。'超问其状。相者指曰：'生燕颔虎颈，飞而食肉，此万里侯相也。'" ⑥"问谁"二句：《汉书·终军传》："军自请，愿受长缨，必羁南越王而致之阙下。" ⑦鹤唳：《晋书·谢玄传》："闻风声鹤唳，皆以为王师已至。" ⑧僮（zhuàng）花压酒：僮花，壮地之花。僮，南方少数民族，即"壮"。压酒，以米酿酒，待其将熟时，压榨以取酒。李白《金陵酒肆留别》："风吹柳花满店香，吴姬压酒劝客尝。"罗隐《江南曲》："水国多愁又有情，夜槽压酒银船满。" ⑨"甚日"句：甚日，那一天。《十洲记》："炎洲，在南海中，地方二千里，去北岸九万里。……亦多仙家。"后以泛指南方闽粤一带之地。《太平御览》卷一〇引《六韬》："文王问散宜生：'卜伐纣，吉乎？'曰：'不吉！钻龟龟不兆，数蓍交加而折，将行之日雨辎车至轸，行之日帜折为三。'散宜生曰：'此卜四不祥，不可举事。'太公进曰：'是非子之所知也。祖行之日，辎车至轸，是洗濯甲兵也。'"

[评析]

据《台湾通史》卷一四："当是时，法舰辄游弋沿海，以窥台湾。（光绪）十年（1884）春三月十八日，法舰一艘入基隆，三人上岸，登山瞭望，似绘地图，欲入炮台。台官止之。既归，以书诘基隆通判，谓台兵无礼，当谢罪。又以商人不肯售煤，为官所禁，限至翼早七点半钟运到舰中,否则炮击。税务局乃出面调停,以官煤千担交得忌利士洋行售之,始去。璈闻报,以法人无礼,禀明南、北洋大臣诘问。盖法人固将启衅矣。"知张景祁(1827~1898后)写这首《望海潮》时,法军虽尚未进攻基隆,但词人对未久之后的形势已经有所预感、预谋,洵为难得。上片着眼于实景描绘,突出描写基隆崖岸作为"雄关"的雄壮气势,并从听觉和视觉两方面渲染、衬托这种雄壮,给人以固若金汤之感。下片对守台大员武嬉文恬、阔论高谈所可能导致的危险局面,表达愤慨"愁"情。全篇以旧风格含纳全新的时代内容,沉雄妍丽。

同年秋,基隆失陷后,张景祁也作过一首《秋霁·基隆秋感》,可以附读:

> 盘岛浮螺,痛万里胡尘、海上吹落。锁甲烟销,大旗云掩,燕巢自惊危幕。乍闻唳鹤。健儿罢唱从军乐。念卫霍。谁是、汉家图画壮麟阁。 遥望故垒、毳帐凌霜,月华当天、空想横槊。卷西风、寒鸦阵黑,青林凋尽怎栖托。归计未成情味恶。最断魂处,惟见莽莽神州,暮山衔照,数声哀角。

抒写法军侵占基隆后归计无成的怅惘心情,通过一系列暗淡景色的涂染和凄凉音调的传摹,在鲜明的对比中强烈凸显出悲愤情绪。

曲江秋　马江秋感[①]

张景祁

寒潮怒激。看战垒萧萧[②],都成沙碛。挥扇渡江,围棋赌墅,诧纶巾标格。[③]烽火照水驿。问谁洗、鲸波赤[④]。指点鏖兵处,墟烟暗生，⑤更无渔笛。　　嗟惜，平台献策⑥。顿销尽、楼船画鹢。凄然猿鹤怨⑦，旌旗何在，血泪沾筹笔。回望一角天河，星辉高拥乘槎客。⑧算只有鸥边，疏荭断蓼⑨，向人红泣。

[注释]

①曲江秋：韩玉词注正宫。又，词题中"马江"，《八闽通志》卷四："马头江，南台、西峡二江皆汇于此，深广莫测，风雨骤作，波涛汹涌，舟人惮之。中有石如马头，潮退则见，潮平则没，故名。"　②"看战垒"句：刘禹锡《西塞山怀古》："今逢四海为家日，故垒萧萧芦荻秋。"　③"挥扇"三句：《北堂书钞》卷一三四引《晋中兴书》："顾荣与甘卓等攻陈敏，于是荣等并登岸上，以白羽扇麾之，敏众皆溃败。"《晋书·谢安传》："时符坚强盛，疆场多虞，诸将败退相继。安遣弟石及兄子玄等应机征讨，所在克捷。坚后率众号百万次于淮肥，京师震恐。加安征讨大都督。玄入问计，安夷然无惧色，答曰：'已别有旨。'既而寂然。玄不敢复言，乃令张玄重请。安遂命驾出山墅，亲朋毕集，方与玄围棋赌别墅。安常棋劣于玄，是日玄惧，便为敌手而又不胜。安顾谓其甥羊昙曰：'以墅乞汝。'安遂游步，至夜乃还。指授将帅，各当其任。玄等既破坚，有驿书至，安方对客围棋，看书既竟，便摄放床上，了无喜色，棋如故。客问之，徐答云：'小儿辈遂已破贼。'既罢，还内，过户限，心喜甚，不觉屐齿之折。其矫情镇物如此。"纶（guān）巾，古时头巾名，用丝带编成，一般为青色。《太平御览》卷四七五引《俗说》曰："谢万诣简文。万来无衣帻可前。简文曰：'但前，不须衣帻。'即呼使入。万著白纶巾、鹤氅裘，履板而前。既见，共谈移日。大器之。"苏轼《念奴娇》："羽扇纶巾，谈笑间、樯橹灰飞烟灭。"　④鲸波：杜甫《舟中出江陵南浦奉寄郑少尹》："溟涨鲸波动，衡阳雁影徂。"　⑤"指

点"二句：《汉书·霍去病传》："合短兵，鏖皋兰下。"颜师古注："鏖，谓苦击而多杀也。"王维《辋川闲居赠裴秀才迪》："渡头余落日，墟里上孤烟。" ⑥平台：在紫禁城内，明代为皇帝召见群臣之所。《清史稿·张佩纶传》："佩纶，成同治十年进士，以编修大考擢侍讲，充日讲起居注官。时外侮亟，累疏陈经国大政，请敕新疆、东三省、台湾严戒备，杜日、俄窥伺。……时琉球已亡，法图越南亟，佩纶曰：'亡琉球则朝鲜可危，弃越南则缅甸必失。'因请建置南北海防，设水师四大镇。……明年，法越构衅，佩纶章十数上。" ⑦猿鹤怨：《艺文类聚》卷九一六引《抱朴子》："周穆王南征，一军尽化，君子为猿为鹤，小人为虫为沙。" ⑧"回望"二句：《荆楚岁时记》："汉武帝令张骞使大夏，寻河源，乘槎经月而至一处，见城郭如官府，室内有一女织，又见一丈夫牵牛饮河。骞问曰：'此是何处？'答曰：'可问严君平。'织女取榰机石与骞而还。后至蜀，问君平，君平曰：'某年月日，客星犯牛女。'所得榰机石为东方朔所识。"杜甫《秋兴八首》其二："听猿实下三声泪，奉使虚随八月槎。" ⑨莛（hóng）：水莛，草名，似蓼而叶大，高丈余，叶色浅红成穗。

[评析]

张景祁此词作于光绪十一年（1885）秋，时在马江战败后一年。那次惨败，何璟、张佩纶、何如璋应承担主要责任。何璟是闽督，属围棋赌墅者流。张佩纶、何如璋负责船厂防务，首当其冲。对此，《清史稿·张佩纶传》有载："十年……令以三品卿衔会办福建海疆事。佩纶至船厂，环十一艘自卫，各管带白非计，斥之。法舰集，战书至，众闻警，谒佩纶亟请备，仍叱出。比见法舰升火，始大怖，遣学生魏瀚往乞缓，未至而炮声作，所部五营溃，其三营歼焉。佩纶遁鼓山麓，乡人拒之，曰：'我会办大臣也！'拒如初。翼日，逃至彭田乡，犹饰词入告，朝旨发帑犒之，命兼船政。嗣闻马尾败,止夺卿衔,下吏议。闽人愤甚,于是编修潘炳年、给事中万培因等先后上其罪状。时已坐荐唐炯、徐延旭褫职,至是再论戍。"又萧一山《清代通史》:"七月初三日,法舰派教士递战书于闽督何璟,言本日开战。何秘不以宣。闽绅林寿图知其事,请电知造船厂使前敌备战,何谓前敌应已知之,迁延始发。张佩纶驻船厂,主持防务,译何电未及半,而法舰已开炮轰击我军。"又《何如璋传》曰:"以侍读出使日本。归,授少詹事,出督船政。承鸿章旨,狃和议,敌至,犹严谕各舰毋妄动。及败,藉口押银出奔,所如勿纳,不得已,往就佩纶彭田乡。佩纶虑敌踪迹及之,绐如璋出。士论谓闽事之坏,佩纶为罪魁,如璋次之。如璋亦遣戍。"词从凭吊被损毁的战垒写入,然后揭露鞭挞对象外似镇定、内实虚怯的实质,并分别回顾和对照了张佩纶、何璟二人过去的政治生涯,以反衬马江失败之可耻,可谓婉而多讽。一结凄艳,余音不尽。

念奴娇　登旸台山绝顶望明陵①

王鹏运

登临纵目,对川原绣错,②如接襟袖。指点十三陵树影,天寿低迷如阜。一霎沧桑,四山风雨,王气销沉久。③涛生金粟④,老松疑作龙吼。　　惟有沙草微茫,白狼终古,滚滚边墙走。⑤野老也知人世换,尚说山灵呵守。平楚苍凉,乱云合沓,⑥欲酹无多酒。出山回望,夕阳犹恋高岫⑦。

[注释]

①词题中"旸(yáng)台山",在今北京西北郊,山麓有大觉寺,

山半有金仙寺。明陵，明十三陵。在今北京昌平区天寿山，葬明朝自永乐迁都后十三帝：长陵（成祖）、献陵（仁宗）、景陵（宣宗）、裕陵（英宗）、茂陵（宪宗）、泰陵（孝宗）、康陵（武宗）、永陵（世宗）、昭陵（穆宗）、定陵（神宗）、庆陵（光宗）、德陵（熹宗）、思陵（思宗）。　②"登临"二句：王安石《桂枝香》："登临送目，正故国晚秋，天气初肃。"黄濬《花随人圣庵摭忆》："国中花时讨春最胜之地，以余所知所见，以旧都旸台山之杏花为最。连塍漫谷，三四十万株，亘可二十余里。"　③"四山"二句：唐珏《梦中作四首》其一："亲拾寒琼出幽草，四山风雨鬼神惊。"庾信《哀江南赋序》："将非江表王气，终于三百年乎？"　④金粟：唐玄宗泰陵，在陕西蒲城东北的金粟山。此山因有碎石如金粟而得名，玄宗见其有龙盘虎踞之势，遂钦定为陵址。《大唐新语》卷一〇："玄宗尝谒桥陵，至金粟山，睹岗峦有龙盘凤翔之势，谓左右曰：'吾千秋后，宜葬此地。'"《读史方舆纪要》卷五四："金粟山，在县东北三十里。山有碎石，若金粟然。唐玄宗葬此，曰泰陵。"　⑤"惟有"三句：微茫，隐约模糊。韦庄《江城子》："角声呜咽，星斗渐微茫。"白狼，河名，在今辽宁境内。《清史稿·地理志》："（直隶朝阳府）建昌，东有布祜图山，汉白狼山，白狼水出焉，今曰大凌河。"边墙，长城。郑燮《逃荒行》："边墙渐以南，黄沙浩无宇。"黄景仁《赠杨荔裳即寄酬令兄蓉裳》："且倾燕市飘零酒，坐看边墙紫翠山。"　⑥"平楚"二句：谢朓《郡内登望》："寒城一以眺，平楚正苍然。"合沓，重叠。谢朓《敬亭山》："兹山亘百里，合沓与云齐。"贾谊《旱云赋》："遂积聚而合沓兮，相纷薄而慷慨。"司马光《海仙歌》："东方曈昽景气清，庆云合沓吐赤精。"　⑦高岫：峰峦。嵇康《忧愤诗》："采薇山阿，散发岩岫。"魏征《述怀》："郁纡陟高岫，出没望平原。"

豪放词

[评析]

朱祖谋序《半塘定稿》,尝谓王鹏运(1849~1904)"天性和易,而多忧戚","故郁伊无聊之慨,一于词陶写之"。作于光绪十九年(1893)的这首《念奴娇》,就是如此。词人因远眺而批点明陵,从一霎沧桑、王气销沉的前朝历史,引发风雨飘摇、国祚难远的深切忧虑。词中勾绘出的苍莽旷远、悲凉激越的图画,显然渗透着特殊的时代气息。果不其然,创作此词的次年,甲午战争爆发,清王朝末世光景显露无疑,而这首词正像是途穷日暮时分的一曲挽歌。全篇名为登临吊古,实则借古慨今,伤国难深重,无可挽回,立意高远,沉郁苍凉。凄壮如此,难怪被认为是可与辛弃疾《永遇乐·京口北固亭怀古》、吴文英《八声甘州·陪庾幕诸公秋登灵岩》、朱祖谋《夜飞鹊·香港秋眺怀公度》"抗手"(胡先骕《评朱古微彊村乐府》)的怀古词杰作。

八声甘州　送伯愚都护之任乌里雅苏台①

王鹏运

是男儿万里惯长征,临歧漫凄然。②只榆关东去③,沙虫猿鹤,莽莽烽烟。试问今谁健者,慷慨著先鞭。④且袖平戎策,乘传行边。⑤　老去惊心鼙鼓,叹无多忧乐,换了华颠。⑥尽雄虺琐琐,呵壁问苍天。⑦认参差、神京乔木,愿锋车、归及中兴年。⑧休回首,算中宵月,犹照居延。⑨

[注释]

①词题,《德宗景皇帝实录》载,光绪二十年(1894)十一月初七日,礼部右侍郎志锐(字伯愚)赏副都统衔出为乌里雅苏台参赞大臣。都护,古官名,汉置西域都护,唐置六大都护府,此处借作副都统之称。乌里雅苏台,义为多杨柳,雍正间筑,在外蒙古三音诺颜西境,为定边左副将军和乌里雅苏台参赞大臣驻所。今为蒙古扎布汗省会扎布哈朗特。

②"是男儿"二句:长征,远行。王昌龄《出塞》:"秦时明月汉时关,万里长征人未还。"临歧,相送至歧路而分别。高适《别韦参军》:"丈夫不作儿女别,临歧涕泪沾衣巾。" ③榆关:即山海关。隋开皇三年(583)筑成,设榆关总管。在今河北秦皇岛。 ④"试问"二句:健者,英雄人物。《后汉书·袁绍传》:"绍勃然曰:'天下健者,岂惟董公?'"《世说新语·赏誉》刘孝标注引《晋阳秋》:"刘琨与亲旧书曰:'吾枕戈待旦,志枭逆虏,常恐祖生先吾著鞭耳。'" ⑤"且袖"二句:平戎策,此指甲午战事起时志锐"上疏画战守策累万言"(《清史稿》本传)事。《新唐书·王忠嗣传》:"(王忠嗣)拜左金吾卫将军,领河东节度副使、大同军使,寻为节度使。二十九年,节度朔方,兼灵州都督。天宝元年,北讨奚怒皆,战桑干河,三遇三克,耀武漠北,高会而还。时突厥新有难,忠嗣进军碛口经略之。乌苏米施可汗请降,忠嗣以其方强,特文降耳,乃营木剌、兰山,谍虚实。因上平戎十八策,纵反间于拔悉密与葛逻禄、回纥三部,攻多罗斯城,涉昆水,斩米施可汗,筑大同、静边二城,徙清塞、横野军实之,并受降、振武为一域,自是虏不敢盗塞。徙河东节度使,进封县公。"乘传,古代四匹下等马所驾之车。《汉书·高帝纪》:"(田)横惧,乘传诣洛阳。"颜师古注引如淳曰:"律,四马高足为置传,四马中足为驰传,四马下足为乘传,一马二马为

轺传，急者乘一乘传。" ⑥"老去"三句：白居易《长恨歌》："渔阳鼙鼓动地来，惊破霓裳羽衣曲。"范仲淹《岳阳楼记》："先天下之忧而忧，后天下之乐而乐。"华颠，白头。崔骃《达旨》："唐且华颠以悟秦，甘罗童牙而报赵。" ⑦"尽雄虺（huǐ）"二句：虺，毒蛇。屈原《天问》："雄虺九首，倏忽焉在？"琐琐，细小貌。《易·旅卦》："旅琐琐，斯其所取灾。"王逸《天问章句序》："屈原放逐，忧心愁悴。彷徨山泽，经历陵陆。嗟号昊旻，仰天叹息。见楚有先王之庙及公卿祠堂，图画天地山川神灵，琦玮僪佹，及古贤圣怪物行事。……因书其壁，呵而问之，以渫愤懑，舒泻愁思。" ⑧"认参差"二句：《孟子·梁惠王下》："孟子见齐宣王曰：'所谓故国者，非谓有乔木之谓也，有世臣之谓也。'"《晋书·舆服志》："追锋车，去小平盖，加通幰，如轺车，驾二。追锋之名，盖取其迅速也。"杜甫《喜达行在所三首》其三："今朝汉社稷，新数中兴年。" ⑨"算中宵"二句：中宵，半夜。《晋书·祖逖传》："逖、琨并有英气，每语世事，或中宵起坐。"陶渊明《辛丑岁七月赴假还江陵夜行涂口》："怀役不遑寐，中宵尚孤征。"居延，古边塞名。汉初，居延为匈奴南下凉州的要道。太初三年（前102），使路博德于此筑塞，以防匈奴入侵，故又名遮卤障。遗址在今甘肃，南起合黎山麓，北抵居延故城（在今甘肃额济纳旗西北）。此处借指乌里雅苏台。

[评析]

志锐因胞妹瑾妃、珍妃开罪慈禧而受牵连被贬，王鹏运作此词送之。上片以男儿万里长征，袖平戎上策，乘传巡边相勉励，旨大声宏。下片述恨别、忧虑之情，可谓悃挚情深。末以锋车速归为祝，笔健而神完。全篇虽不发露情思，却事关朝政时局，堪称词史，远非寻常投赠之什所能同日而语。

一时清流之赋词相送者，多语含悲壮。如以下三首：

> 蓦横吹意外玉龙哀，乌里雅苏台。看黄沙毳幕，纵横万里，揽辔初来。莫但访碑荒碛，尔是勒铭才。直到乌梁海，蕃落重开。
> 六载碧山丹阙，几商量出处，拨我蒿莱。怆从今别后，万卷一身埋。约明春、自专一壑，我梦君、千骑雪皑皑。君梦我，一枝榔枥，扶上岩苔。（盛昱《八声甘州·送伯愚都护之任乌里雅苏台》）

> 送萧萧征马向边州，都护出安西。正啼鸦噪晚，惊沙击面，烟树凄迷。灞上回头南望，鹧鹕夕云低。谁识阳关意，兀坐渔师。
> 揽辔而今焉向，黯兰生荪苦，天上相思。傺回风北溯，乐莫乐相知。莽千里、龙沙雁碛，借天山、砥锷拂鲸鲵。归须早，今年金印，斗大提携。（沈曾植《八声甘州·送伯愚之乌里雅苏台》）

> 响惊飙越甲动边声，烽火彻甘泉。有六韬奇策，七擒将略，欲画凌烟。一枕蕐腾短梦，梦醒却欣然。万里安西道，坐啸清边。
> 策马冻云阴里，谱胡笳一阕，凄断哀弦。看居庸关外，依旧草连天。更回首、淡烟乔木，问神州、今日是何年。还堪慰，男儿四十，不算华颠。（文廷式《八声甘州·送志伯愚侍郎赴乌里雅苏台参赞大臣之任，同盛伯羲祭酒、王幼霞御史、沈子培刑部作》）

尤其是文词，上片中"一枕蕐腾"二句，写的是志锐被贬前不足一月，"虑陪部警，自请募勇设防，称旨。命赴热河练兵"（《清史稿》本传）事。而其下片，真可谓神色愈凄而愈豪宕。

翠楼吟　岁暮江湖，百忧如捣，感时抚己，写之以声①

文廷式

石马沉烟，银凫蔽海②，击残哀筑谁和。旗亭沽酒处，看大舮、风樯轲峨。③元龙高卧。便冷眼丹霄，难忘青琐。④真无那。冷灰寒柝，笑谈江左。⑤　　一笴。能下聊城，算不如呵手，试拈梅朵。⑥苕鸠栖未稳，更休说、山居清课。⑦沉吟今我。只拂剑星寒，欹屏花妥。⑧清辉堕。望穷烟浦，数星渔火⑨。

[注释]

①翠楼吟：姜夔自度夹钟商曲。又，词题中"百忧如捣"，忧思伤痛。《诗·小雅·小弁》："我心忧伤，惄焉如捣。"抚己，省察自己，自问。陶渊明《岁暮和张常侍》："抚己有深怀，履运增慨然。"　②"石马"二句：《唐会要》卷二〇："上欲阐扬先帝徽烈，乃令匠人琢石，写诸蕃君长贞观中擒伏归化者形状，而刻其官名……列于陵司马北门内，九嵕山之阴，以旌武功。乃又刻石为常所乘破敌马六匹于阙下也。"李贺《追和何谢铜雀妓》："石马卧新烟，忧来何所似。"银凫，此处指海军舰艇。刘向《论起昌陵疏》："秦始皇帝葬于骊山之阿，下锢三泉，上崇山坟，其高五十余丈，周回五里有余；石椁为游馆，人膏为灯烛，水银为江海，黄金为凫雁。"李白《襄阳歌》："谁能忧彼身后事，金凫银鸭葬死灰。"　③"旗亭"二句：沽酒，卖酒。桓宽《盐铁论·散不足》：

"古者不粥饪，不市食。及其后，则有屠沽、沽酒、市脯、鱼盐而已。"白居易《杭州春望》："红袖织绫夸柿蒂，青旗沽酒趁梨花。"张衡《西都赋》："旗亭五重，俯察百隧。"薛综注："旗亭，市楼也。立旗于上，故取名焉。"大艑（biàn），大船。轲峨，高耸貌。释宝月《估客乐四曲》其三："大艑轲峨头，何处发扬州。"刘禹锡《堤上行三首》其三："日晚上楼招估客，轲峨大艑落帆来。"风樯，帆船。刘禹锡《鱼复江中》："风樯好住贪程去，斜日青帘背酒家。"周邦彦《西河》："怒涛寂寞打孤城，风樯遥度天际。"　④"便冷眼"二句：丹霄，此处指朝廷。庾阐《游仙诗十首》其一："神岳竦丹霄，玉堂临雪岭。"《汉书·元后传》："曲阳侯根，骄奢僭上，赤墀青琐。"颜师古注："青琐者，刻为连环文而青涂之也。"《汉官仪》："给事黄门之职，日暮入对青琐门拜，谓之夕郎。"　⑤"真无那"三句：无那，犹无奈。王维《酬郭给事》："强欲从君无那老，将因卧病解朝衣。"柝（tuò），巡夜所击之木为柝。《易·系辞》："重门击柝，以待暴客。"鲁褒《钱神论》："令闻笑谈，非钱不发。"江左，江东。晋室南渡，都于建康，故称南朝统治区为江左，今长江下游江苏省、上海市一带。《晋书·温峤传》："于时江左草创，纲维未举，峤殊以为忧。及见王导共谈，欢然曰：'江左自有管夷吾，吾复何虑！'"　⑥"一笴（gǎn）"四句：释玄应《一切经音义》卷一〇引《字林》："笴，箭茎也。"陆游《万里桥江上习射》："丈夫未死谁能料，一笴他年下百城。"《战国策·齐策六》："燕攻齐，取七十余城，惟莒、即墨不下。齐田单以即墨破燕，杀骑劫。初，燕将攻下聊城，人或谗之。燕将惧诛，遂保守聊城，不敢归。田单攻之岁余，士卒多死，而聊城不下。鲁连乃书，约之矢以射城中，遗燕将曰……燕将曰：'敬闻命矣！'因罢兵到读而去。故解齐国之围，救百姓之死，仲连之说也。"黄庭坚《诉衷情》："珠帘绣幕卷轻霜，呵手试梅妆。"〔按：此首又作欧阳修词，见其《近体乐府》卷一。汲古阁刻《山谷词》于此调下注云："旧刻四首，考'珠帘绣幕卷轻霜'是六一词，删去。"］　⑦"蒙鸠"二句："蒙鸠"句，喻处境甚危。《荀子·劝学》："南方有鸟焉，名曰蒙鸠，以羽为巢，而编之以发，系之苇苕，风至苕折，卵破子死。巢非不完也，所系者然也。"黄庭坚《红蕉洞独宿》："永怀玉树埋尘土，何异蒙鸠挂苇苕。"清课，原指佛教日修之课。后用以指清雅的功课。汤祖武《暮春送小儿沐读书长干》："良辰清课能无负，碗茗瓶花未可删。"袁枚《随园诗话》卷六："毛谢以诗曰：'闺中清课剪冰纨，夫写篔筜妇写兰。'"　⑧"只拂剑"二句：曹丕《建安诸序》："建安二十四年二月壬午，魏太子丕造百辟宝剑，长四尺二寸。选兹良金，令彼国工，精而炼之。至于百辟，淬以清漳，砺以礛诸，光似流星，名曰飞景。"杜甫《重过何氏》五首其一："花妥莺捎蝶，溪喧獭趁鱼。"　⑨渔火：渔舟上的灯火。钱起《送元评事归山居》："水宿随渔火，山行到竹扉。"张继《枫桥夜泊》："月落乌啼霜满天，江枫渔火对愁眠。"孙枝蔚《夜入真州》："但见船头渔火明，忽闻黄帽报初更。"

[评析]

　　文廷式（1856~1904）的创作成就堪与清季四家媲美，所作笔势奋发凌厉，近于稼轩一体。如这首《翠楼吟》，是其罢官后寓居上海期间的光绪二十三年（1897）冬，因时事而抒愤之作。钱仲联《文廷式年谱》："(此词)见《云起轩词》手稿。叶遐庵（恭绰）云：'原稿注：丁酉作。此感德人占胶澳事。'"所谓"德人占胶澳事"，《清史稿·邦交志》有记载："（光绪）二十三年十月，山东曹州府巨野县有暴徒杀德教士二人，德以兵船入胶州湾，逼守将章高元退出炮台，占领之。德使海靖向总署要求六款……议渐就绪，忽曹州有驱逐教师、杀害洋人之说，德使复要求租借胶州湾。二十四年二月,总署与德使海靖另订专条三章。一章,胶州湾租界:一、湾内各岛屿及湾口与口外海面之群岛,又湾东北岸自阴岛东北角起划一线东南行至劳山湾止,湾西南岸自齐伯山岛对岸划一线西南行至笛罗山岛止,又湾内全水面以最高潮为标之地,皆为租借区域;二、租界区域,德国得行使主权、建筑炮台等事,但不得转租与他国,中国军舰商船来往,均照德国所定各国往来船舶章程一例待遇;三、租借期限以九十九年为期,如限内还中国,则德国在胶州湾所用款项由中国偿还,另以相当地域让与德国。"

文廷式作此词时,德军已侵占胶州湾,约款尚未订。全词除"一笴。能下聊城"六字正面点明德军强占胶州湾事件之外,主要还是结合自己的境遇,并切定上海这一特定环境来写。上片从慨叹清王朝的所谓"盛世"一去不复返写起,接写自己独唱无和,借酒浇愁,意冷心灰等无可奈何的心境,以及不能忘怀光绪帝的忠贞。下片则从自己的有才力而无所施展写到惆怅消沉,字里行间,呈现出关心国家命运的自我形象。整篇以声情委婉之调写进退维谷之怀,却又气象颖异,正"彊村所谓'兀傲固难双'也"(叶恭绰《广箧中词》卷一)。

浪淘沙　赤壁怀古

文廷式

高唱大江东,惊起鱼龙。何人横槊太匆匆①。未锁二乔铜雀上②,那算英雄。　杯酒酹长空,我尚飘蓬③。披襟聊快大王风④。长剑几时天外倚,直是崆峒。⑤

[注释]

①"何人"句：元稹《唐故检校工部员外郎杜公墓系铭》："曹氏父子鞍马间为文，往往横槊赋诗。"苏轼《赤壁赋》："方其破荆州，下江陵，顺流而东也，舳舻千里，旌旗蔽空，酾酒临江，横槊赋诗，固一世之雄也，而今安在哉！" ②"未锁"句：杜牧《赤壁》："东风不与周郎便，铜雀春深锁二乔。"《三国志·吴书·周瑜传》："顷之，策欲取荆州，以瑜为中护军，领江夏太守，从攻皖，拔之。时得乔公两女，皆国色也。策自纳大乔，瑜纳小乔。"铜雀，铜雀台，建安十五年（210）曹操建（赤壁之战发生在建安十三年），在今河北临漳西南古邺城西北隅。 ③飘蓬：杜甫《铁堂峡》："飘蓬逾三年，回首肝肺热。"又《遣兴五首》其四："蓬生非无根，漂荡随高风。天寒落万里，不复归本丛。" ④"披襟"句：宋玉《风赋》："楚襄王游于兰台之宫，宋玉、景差侍，有风飒然而至。王乃披襟而当之曰：'快哉此风！寡人所与庶人共者邪？'宋玉对曰：'此独大王之风耳，庶人安得而共之？'" ⑤"长剑"二句：屈原《九歌·东皇太一》："抚长剑兮玉珥，璆锵鸣兮琳琅。"宋玉《大言赋》："方地为车，圆天为盖，长剑耿介，倚天之外。"阮籍《咏怀八十二首》其三十八："弯弓挂扶桑，长剑倚天外。"崆峒（kōng tóng），此指代仙山。《庄子·在宥》："黄帝立为天子十九年，令行天下，闻广成子在空同之上，故往见之。"杜甫《投赠哥舒开府二十韵》："防身一长剑，将欲倚崆峒。"

[评析]

文廷式此词名为"怀古"，实则自伤怀抱。上片虽直承苏轼赤壁"两赋一词"而来，却又使出翻转腾挪手段，既不缅怀瑜、亮功业，也不张扬曹操败绩，而是别出新见，议论曹操未能降吴灭蜀、一统天下的遗憾，构思新颖，不落俗套。下片谓身世飘蓬，不知何时才能长剑倚天，扬眉出鞘，一试锋芒，关合前文，表达怀才不遇之慨与报国无门之憾，文字有风骨，吐属具奇气。

文廷式长于豪放又擅婉约，如《祝英台近·感春》：

> 剪鲛绡，传燕语。黯黯碧云暮。愁望春归，春到更无绪。园林红紫千千，放教狼藉，休但怨、连番风雨。　谢桥路。十载重约钿车，惊心旧游误。玉佩尘生，此恨奈何许。倚楼极目天涯，天涯尽处。算只有、蒙蒙飞絮。

将身世之感与对国家前途的忧怀并入艳情，借闺怨以抒其志，寄托遥深，内涵丰富，艺术手法与稼轩同调"宝钗分"如出一辙。

湘月　山塘秋集，分题得坏塔①

郑文焯

夜铃语断②，更斜阳瘦影，谁问今古。独立苍茫，镇占老、一角青山无主。③衰草丛生，枯枫倒出，时见归禽度。残烽零劫，仗他半壁支拄。④　长见峭倚荒天⑤，凄凉如笔，写愁边风雨。不许登临，怕倦客、题遍伤心秋句。卧影空丘，招魂破寺，⑥剩有孤云驻。梦痕飞上，故王台榭何处⑦。

[注释]

①词题中"山塘"，即山塘水，在今江苏苏州西北，又名石㳌、射

渎,白居易所凿,上承运河,北绕虎丘。后亦称濒临此水的街市曰山塘。坏塔,指虎丘塔,在虎丘山顶。《吴县志》载,塔基为晋王殉琴台故址。隋仁寿中建塔七层,后毁。五代周显德六年(959)重建,落成于北宋建隆二年(961)。明宣德中火毁木檐,现存砖塔。此处云坏塔,盖谓其已在咸丰间兵火以后。　②铃语:苏轼《大风留金山两日》:"塔上一铃独自语,明日颠风当断渡。"　③"独立"二句:杜甫《乐游园歌》:"此身饮罢无归处,独立苍茫自咏诗。"镇,长,久。褚亮《咏花烛》:"莫言春稍晚,自有镇开花。"青山,指虎丘山。无主,谓江山屡易其主。④"残烽"二句:零劫,劫后余灰。半壁,双关语。蒋士铨《冬青树·提纲》:"半壁江山,比五季朝廷尤小。"　⑤荒天:指大而远的天。荒,大。李贺《致酒行》:"吾闻马周昔作新丰客,天荒地老无人识。"⑥"卧影"二句:空丘,指虎丘山。原名海涌山,在苏州城西北郊。《吴地记》谓"阖闾葬此山中","葬经三日白虎踞其上",故名。破寺,指虎丘寺。原为晋司徒王珣、司空王珉别墅。东晋咸和二年(327)舍宅为寺,称东、西虎丘寺。唐初避李渊祖父讳,改称武丘报恩寺,会昌灭佛时毁,后人合二寺移建于山上。北宋至道中重建,改称云岩禅寺。清康熙时称虎阜禅寺,咸丰兵火后残破。　⑦故王台榭:吴王夫差所筑馆娃宫、响屧廊等宫殿游乐之所,在灵岩山。姜夔《一萼红》:"野老林泉,故王台榭,呼唤登临。"

[评析]

郑文焯(1856~1918)此词写荒凉残破的虎丘景色,通过对坏塔的全力描绘,一种萧瑟阴寒的气氛弥漫纸上,借以抒发兴亡之感。在"阅世寖深"(易顺鼎《瘦碧词序》)的词人眼中,坏塔未尝不是兵火过后,清朝后期残局的侧面反映或缩影。如此一来,篇中招魂、飞梦以及凭吊

"故王台榭",对于已然分崩离析却仍然沉迷于"同治中兴"表面现象的清王朝而言,分明就可以视为唱给她的一曲安魂挽歌,语势沉郁,悲悯万端。

后来,陈曾寿曾作有一首《念奴娇·坏塔次樵风韵》:

蒙茸尖合,带寒鸦数点,残照终古。梦想庄严愁独客,欲礼空王无主。珠网全飘,金轮半塌,不碍疏钟度。江山如此,孤标何苦支拄。 惟见七级檐颓,一铃舌在,报人间风雨。欲写荒凉题败壁,只称寒山诗句。香火缘空,苔藓磴滑,飞锡应难驻。修罗零劫,诸天花散何处。

题中"坏塔"指的是雷峰塔,词中所写坏塔环境甚是形象,词情更加低回哀婉。

夜飞鹊 香港秋眺,怀公度①

朱祖谋

沧波放愁地,游棹轻回,风叶乱点行杯②。惊秋客枕,酒醒后、登临倦眼重开。蛮烟荡无霁,飐天香花木③,海气楼台。冰夷漫舞,唤痴龙、直视蓬莱。④ 多少红桑如拱,筹笔问何年,真割珠崖。⑤不信秋江睡稳,掣鲸身手,终古徘徊。⑥大旗落日⑦,照千山、劫墨成灰。又西风鹤唳,惊笳夜引,百折涛来。⑧

[注释]

①夜飞鹊:调见《片玉词》,一名《夜飞鹊慢》。又,词题,潘飞声

《在山泉诗话》卷二作"甲辰九月，舟过香港，倚船晚眺，寄公度"。公度，黄遵宪字，号人境庐主人。嘉应州（今广东梅州）人。光绪二年（1876）举人，官湖南按察使。著有《人境庐诗草》等。　②行杯：指传杯饮酒。李白《与夏十二登岳阳楼》："云间连下榻，天上接行杯。"王琦注："传杯而饮曰行杯。"王世贞《同省中诸君过徐丈》："紫玉行杯弹出塞，红牙催拍按梁州。"　③"飐（zhǎn）天香"句：飐，摇动貌。刘禹锡《浪淘沙》九首其四："鹦鹉洲头浪飐沙，青楼春望日将斜。"宋之问《灵隐寺》："桂子月中落，天香云外飘。"　④"冰夷"二句：冰夷，即冯夷，水神名。《楚辞·远游》："使湘灵鼓瑟兮，令海若舞冯夷。"《法苑珠林》引《幽明录》：神话传说洛中有洞穴，有误坠穴中者，见大羊，羊髯有珠，其人取而食之。后出以问张华，华曰："此痴龙也。"　⑤"多少"三句：曹唐《小游仙诗九十八首》其三十四："秦皇汉武死何处，海畔红桑花自开。"《左传·僖公三十二年》："穆公访诸蹇叔。蹇叔曰：'劳师以袭远，非所闻也。师劳力竭，远主备之，无乃不可乎！师之所为，郑必知之。勤而无所，必有悖心。且行千里，其谁不知？'公辞焉。召孟明、西乞、白乙，使出师于东门之外。蹇叔哭之，曰：'孟子！吾见师之出而不见其入也！'公使谓之曰：'尔何知！中寿，尔墓之木拱矣！'"《方舆胜览》卷一八四："筹笔驿，在绵州绵谷县北九十里。蜀诸葛武侯出师，尝驻军，筹划于此。"《汉书·贾捐之传》："臣愚以为非冠带之国，《禹贡》所及，《春秋》所治，皆可且无以为。愿遂弃珠崖，专用恤关东为忧。……上乃从之。……珠崖由是罢。"　⑥"掣鲸"二句：杜甫《戏为六绝句》其四："或看翡翠兰苕上，未掣鲸鱼碧海中。"屈原《离骚》："怀朕情而不发兮，余焉能忍与此终古。"　⑦"大旗"句：杜甫《后出塞五首》其二："落日照大旗，马鸣风萧萧。"　⑧"又西风"三句：《晋书·谢玄传》："闻风声鹤唳，皆以为王师已至。"苏洵《上欧阳内翰第一书》:"执事之文,纡余委备,往复百折,而条达疏畅,无所间断。"元好问《宿张靖田家》:"湍流落空嵌,百折不容骋。"

[评析]

　　朱祖谋(1857~1931)此词作于光绪三十年(1904),哀悯国势,沉抑绵邈,堪称以稼轩骨力运梦窗藻采的大师之作。吴文英词以密丽和潜气内转见称,如悼念亡姬的情辞哀艳之作《三姝媚·过都城旧居有感》:

　　　　湖山经醉惯。渍春衫、啼痕酒痕无限。又客长安,叹断襟零袂,涴尘谁浣。紫曲门荒,沿败井、风摇青蔓。对语东邻,犹是曾巢,谢堂双燕。　春梦人间须断。但怪得当年,梦缘能短。绣屋秦筝,傍海棠偏爱,夜深开宴。舞歇歌沉,花未减、红颜先变。伫久河桥欲去,斜阳泪满。

以及著名的《八声甘州·陪庾幕诸公游灵岩》(渺空烟四远),可以说都已经是于密丽中见遒劲了。密丽,就是张炎评论中所谓的"七宝楼台"。与"密"存在相互关联的潜气内转,一个方面的体现是,在转折处除领字外很少用虚词。遒劲正与此有关。朱祖谋继承梦窗词而又有所发展。

　　朱祖谋与黄遵宪的词学交往不尽于此。如上年赴任广东学政途中所作《烛影摇红·晚春过黄公度人境庐话旧》:

　　　　春暝钩帘,柳条西北轻云蔽。博劳千啭不成晴,烟约游丝坠,狼藉繁樱划地。傍楼阴、东风又起。千红沉损,鹈鴂声中,残阳谁系。　容易消凝,楚兰多少伤心事。等闲寻到酒边来,滴滴沧洲泪,袖手危阑独倚。翠蓬翻、冥冥海气。鱼龙风恶,半折芳馨,愁心难寄。

表达出对黄遵宪因变法而罢官的无限感慨,以及对国运的深切忧虑。又,光绪三十一年(1905)冬,朱祖谋任满北归,经香港赴上海,又作有一首《清平乐·夜发香港》："舷灯渐灭。沙动荒荒月。极目天低无去鹘，何处中原一发。　　江湖息影初程。舵楼一笛风生。不信狂涛东驶，蛟龙偶语分明。"也是写得心潮起伏。

金缕曲　书感寄王病山、秦晦鸣①

朱祖谋

斗柄危楼揭。望中原、盘雕没处，青山一发。②连海西风掀尘黯，卷入关榆悴叶③。尚遮定、浮云明灭④。烽火十三屏前路，照巫闾、知是谁家月。⑤辽鹤语，正呜咽。　　微闻殿角春雷发⑥。总难醒、十洲浓梦⑦，桑田坐阅。衔石冤禽寒不起，满眼秋鲸鳞甲。莫道是、昆池初劫。⑧负壑藏舟寻常事，怕苍黄、柱触共工折。⑨天外倚，剑花裂。⑩

[注释]

①词题中"王病山"，名乃徵，一字聘三，四川中江人。光绪十六年（1890）进士，官至贵州布政使。秦晦鸣，名树声，一字右衡，河南固始人。光绪十二年（1886）进士，官广东提学使。　②"斗柄"三句：《国语·周语》："日在析木之津，辰在斗柄。"韦昭注："斗柄，斗前也。"《鹖冠子·环流》："斗柄北指，天下皆冬。"《诗·小雅·大东》："维北有斗，西柄之揭。"苏轼《澄迈驿通潮阁》："杳杳天低鹘没处，青山一发是中原。"　③关榆：李益《听晓角》："边霜昨夜堕关榆，吹角当城片月孤。"　④浮云：李白《登金陵凤凰台》："总为浮云能蔽日，

长安不见使人愁。" ⑤"烽火"二句：十三屏，可径作十三陵解。十三陵在北京西北昌平区，昌平区境内有居庸关，为长城重要关口，北方屏障，故云屏前路。巫闾，医巫闾山，在辽宁北镇西北五公里处。据《周礼·夏官·职方氏》记载，医巫闾山从古代起就是幽州的镇山。隋代封四大镇山，以此为北镇。唐代为五镇之一。山中有辽代帝王陵墓。 ⑥"微闻"句：《汉书·叙传》："上天下泽，春雷奋作。"《宋史·吴越钱俶传》："春雷发声，兀为聋俗。"此所谓"春雷发"者，当指甲午七月初一德宗下诏对日宣战。 ⑦十洲：《十洲记》载，八方大海中有祖洲、瀛洲、玄洲、炎洲、长洲、元洲、流洲、生洲、凤麟洲、聚窟洲十洲，仙人所居。 ⑧"衔石"三句：《述异记》："昔炎帝女溺死东海中，化为精卫……一名冤禽。"杜甫《秋兴八首》其七："昆明池水汉时功，武帝旌旗在眼中。织女机丝虚夜月，石鲸鳞甲动秋风。"《初学记》卷七引曹毗《志怪》："汉武凿昆明池极深，悉是灰墨，无复土，以问东方朔。朔曰：'臣愚不足以知之，可试问西域胡人。'帝以朔不知，难以复问。至后汉明帝时，外国道人来入洛阳，时有忆朔言者，乃试以武帝时灰墨问之。胡人曰：'经云天地大劫将尽则劫烧，此劫烧之余。'乃知朔言有旨。" ⑨"负壑"二句：《庄子·大宗师》："夫藏舟于壑，藏山于泽，谓之固矣。然而夜半有力者负之而走，昧者不知也。"《淮南子·天文训》："昔者共工与颛顼争为帝，怒而触不周之山，天柱折，地维绝。天倾西北，故日月星辰移焉；地不满东南，故水潦尘埃归焉。" ⑩"天外"二句：宋玉《大言赋》："方地为车，圆天为盖，长剑耿耿倚天外。"

[评析]

朱祖谋此词作于光绪二十九年（1903）十二月底。本年七月十五日，沙俄将东北撤军条件七项要求合并为五项，递交清政府，俄公使雷萨尔声称即便列国出面干涉,俄也不会无条件撤军,若因此与日本一战,俄在所不惜。七月十七日,日本公使内田康哉约见庆亲王奕劻,警告清廷不得接受俄方有关撤军条件的任何要求。九月九日,俄军近千人进入奉天城,占领清行宫和官衙,拘禁盛京将军增祺,并在当地升起沙俄旗帜。同时,日俄关系也因争夺辽东半岛而空前紧张,战事一触即发。当时远在广东学政任上的朱祖谋忧心如焚,感慨万端,借给友人写寄此词表达忧国之忧。上片从北望中原起笔,在对时局的深切关注中,尽显悲凉忧愤心绪。下片回溯中日甲午海战往事,前鉴犹在,触目惊心。结末二句"天外倚,剑花裂",表达希望有人出来挽狂澜于既倒的心愿。全篇沉郁悲慨,堪为作者庚子诸作后又一重要主题的词史。

金缕曲

黄 人

双鬓萧萧矣。问千年、古人满眼,疏狂谁似。①火色鸢肩空自负②,一个布衣而已。算造物、生才多事③。云气压头风雨恶,拥琴书、歌哭空山里。泪化作,一江水。　　少年旧梦无心理。再休提、龙标画壁,羊车过市。④李志曹蜍生气绝,若辈安能相士。⑤只当作、挥金荡子。哀乐伤人真不值,剩此身、要为苍生死。⑥愁万斛,且收起。

[注释]

① "双鬓"三句:李纲《摘鬓间白发有感》:"萧萧不胜梳,扰扰仅

盈搦。"白居易《代书诗一百韵寄微之》:"疏狂属年少,闲散为官卑。"《明史·沈炼传》:"炼为人刚直,嫉恶如仇,然颇疏狂。每饮酒,辄箕踞笑傲,旁若无人。" ②"火色"句:《旧唐书·马周传》:"中书侍郎岑文本谓所亲曰:'吾见马君论事多矣……然鸢肩火色,腾上必速,恐不能久耳。'"黄人《述怀叠东山韵》八首其七:"鸢肩千古担,马革一生心。" ③造物:《庄子·大宗师》:"伟哉夫造物者,将以予为此拘拘也。" ④"再休提"二句:《集异记》:"唐王昌龄、高适、王之涣同饮旗亭,有伶官并妓数辈续至。昌龄等私约,视诸伶所讴,若为己诗者,各画壁记之。俄而高适得一,昌龄得二,独遗之涣。之涣指诸妓中最佳者一人曰:'如所唱非我诗,即不敢与诸君争衡。'此妓果唱'黄河远上白云间',正之涣得意之作也,因大谐笑。"《世说新语·容止》刘峻注引《卫玠别传》:"龆龀时,乘白羊车于洛阳市上,咸曰:'谁家璧人?'" ⑤"李志"二句:《世说新语·品藻》:"庾道季曰:'廉颇、蔺相如虽千载上死人,懔懔恒如有生气;曹蜍、李志虽见在,厌厌如九泉下人。"《史记·高祖本纪》:"臣少好相人,相人多矣,无如季相,愿季自爱。" ⑥"哀乐"二句:《世说新语·言语》:"谢太傅语王右军曰:'中年伤于哀乐,与亲友别,辄作数日恶。'"又《排调》:"谢公在东山,朝命屡降而不动。后出为桓宣武司马,将发新亭,朝士咸出瞻送。高灵时为中丞,亦往相祖,先时多少饮酒,因倚如醉,戏曰:'卿屡违朝旨,高卧东山,诸人每相与言:安石不肯出,将如苍生何?今亦苍生将如卿何?'谢笑而不答。"

[评析]

黄人(1866~1913)此词抒写蹉跎半生、才不获骋的悲哀和愤慨,以及许身苍生、忧乐天下的抱负和雄心,以直抒胸臆的手法写来,情调由感伤凄婉跃而为壮阔苍劲。联系作者所处的时代，不难看出其投身民主革命的意旨所在。结二句"愁万斛，且收起"，更将个人愁怨一笔勾销，有开创新生活的豪迈和自信，用笔轻松而又厚重。

多在词中吐露个人幽约情怀的黄人，也还作过另一首意颇雄浑的《水调歌头·过燕子矶》：

> 剪断大江水，形势极嵯峨。山河几度换主，一垒镇风波。北去龙艘凤舸，西望琼花玉树，金粉杂鱼鳞。一部廿三史，阅历让君多。　乌衣巷，卢家妇，近如何。皇孙啄死鷇上，同室忍操戈。乐府红笺唱罢，结束南朝残局，日下感江河。艳迹妆台在，吾欲抱琴过。（矶相传有陈妙常梳妆台。）

词和龚自珍《水调歌头·竹屿病起，遂有都转江淮之命，重晤京师，属赋一词送别，仍书于〈黄河归棹图〉卷尾》："当局荐公起，清望益嵯峨。旌旗者番南下，百骑照涛波。帝念东南民瘐，一发牵之头动，亲问六州蹉。宾客故人喜，愁绪恐公多。　公此去，令公喜，法如何。金钱少府百万，挽入鲁阳戈。公是登场鲍老，莫遣登场郭老，辩口尚悬河。猿鹤北山下，一任檄文过。"由燕子矶的地理环境引发历史联想，咏史与怀古兼得。

凤栖梧　自题词集后

黄　人

寸心万古情魔宅。积泪如河，积恨如山叠。①愿遣美人都化月②。山河留影无生灭③。　月坠西头终费觅。后羿长穷，羞受纯狐意④。飞上青天无气力。彩毫一掷长虹直。

[注释]

①"积泪"二句：苏轼《和王斿二首》其一："白发故交空掩卷，泪河东注问苍旻。"杜甫《自京赴奉先县咏怀五百字》："忧端如山来，澒洞不可掇。"　②"愿遣"句：《释名·释天》："虹……又曰美人。"黄人《独坐和龚定庵韵》六首其六："惊人奇气终须吐，愿化云烟莫化虹。"　③"山河"句：《记纂渊海》卷二引《淮南子》："月中有物者，山河影也。"无生灭，佛家语，称佛法无生灭变迁，即"常住"。④"后羿"二句：屈原《天问》："浞娶纯狐，眩妻爰谋。"姜亮夫《屈原赋校注》："纯狐当即羿妻。……纯狐之名，甚为奇觚，他处亦不见，或亦为常仪之演化欤？按纯、常双声，仪古读如娥，故字亦作娥；狐从瓜声，古在麻韵；古歌麻合韵，故娥、狐为叠韵；娥在疑母，狐在匣母，今方音有读如喻者，则蛾、狐又为双声；故常娥、纯狐实一声之转也。按：常仪之名，起于汉之后，疑常仪实由纯狐之变，盖古说多以狐代表妇女，如禹妻之为九尾白狐，《诗经》亦以狐比女子是也。"

[评析]

黄人此词自道词心，亦可见其恢奇之风。《摩西词》初稿编定后，黄人对自己心血的凝结物有一种特殊的感情，不甘心任其自生自灭。但永存不朽，谈何容易，作者以为，即使己作不能传之千载，那么至少也应像长虹一现，闪耀出自身的光彩。从词中对"月"的肯定，对"虹"的否定，跃而为对"月"的否定，对"虹"的肯定，实际上体现了黄人对自己词作行将问世的复杂心理状态：希冀中有失望，犹豫中有自信。全篇沉挚的抒情性剖白和随意驱遣的神话传说纵横交织，内在的思绪和飘忽的表象若即若离，具有极强的主观感受性。

黄人以《凤栖梧》调自题词集者有两首，其第二首为：

羽琗精舍琴河宅。羽换官移，谩取官楣叠。君是天花侬是月。灵犀四照香难灭。　　月在当前花待觅。秋梦秋魂，花月应相忆。有漏情天无著力。月华当顶花阴直。

也表现出执着于"情至"的观点。又有《南歌子·自题词集》：

愁绪抽蚕茧，心香冷麝烟。蚁珠九孔总难穿。莫道舞工长袖、贾多钱。　　蓬历摹鬒黛，筝琶混雅弦。忏除绮语待何年。且喜才人精魄、梦中圆。

主张词作要细致描摹才人"愁绪"、"心香"和"精魄"，也要"忏除绮语"，可与互参。

值得注意的是，钱仲联《光宣词坛点将录》点黄人为"地默星混世魔王樊瑞"，又在《辛亥革命时进步文学家黄人》一文中指出："叶恭绰编《全清词钞》，只选了他的慢词《风流子·城西见杨柳》一首，那是以白石、梦窗词的标准选录者，并不代表其面目。《广箧中词》选录了前首外，多一首小令《南乡子·山塘即事》一首，并加评语曰：'妙不说尽。'但也不能体现黄人词荒幻奇丽的特色。如《凤栖梧·自题词集后》句云：'愿遣美人都化月，山河留影无生灭。'《浪淘沙·舟夜听雨》句云：'惨碧一灯挑不亮，疑有幽灵。'《金缕曲》句云：'哀乐伤人真不值，剩此身要为苍生死。'又句云：'骏马美人同一哭，莽乾坤无我飞扬路。'浪漫主义的壮美风格，才不是近代彊村词派所能牢笼。我写《近百年词坛点将录》，所以拟之于天煞星黑旋风李逵。"可见，对摩西词是相当欣赏的。

水调歌头

梁启超

拍碎双玉斗①,慷慨一何多。满腔都是血泪,无处著悲歌。三百年来王气,满目山河依旧,人事竟如何。百户尚牛酒②,四塞已干戈。　　千金剑,万言策,两蹉跎。③醉中呵壁自语,醒后一滂沱④。不恨年华去也,只恐少年心事,强半为销磨⑤。愿替众生病,稽首礼维摩。⑥

[注释]

①"拍碎"句:《史记·项羽本纪》:"沛公已去,间至军中。张良入谢,曰:'沛公不胜杯杓,不能辞。谨使臣良奉白璧一双,再拜献大王足下,玉斗一双,再拜奉大将军足下。'……项王则受璧,置之坐上。亚父受玉斗,置之地,拔剑撞而破之,曰:'唉!竖子不足与谋。夺项王天下者,必沛公也。吾属今为之虏矣。'"　②"百户"句:元、明兵制,皆设百户所,隶于千户所,百户为一所之长官。此借指清军将领。《后汉书·臧宫传》:"其渠帅乃奉牛酒以劳军营。"　③"千金剑"三句:古乐府《徐人歌》:"延陵季子不忘故,脱千金之剑兮带丘墓。"郭子章《剑记》:"汉昭帝时,茂陵人献一宝剑,铭曰:'直千金,寿万岁。'"辛弃疾《鹧鸪天》:"却将万字平戎策,换得东家种树书。"龚自珍《行香子》:"恐万言书,千金剑,一身难。"王褒《九怀·株昭》:"骥垂两耳兮,中坂蹉跎。"洪兴祖《楚辞补注》:"蹉跎,失足。"　④滂沱:

《诗·陈风·泽陂》:"寤寐无为,涕泗滂沱。"《南史·孔珪传》:"父灵产,泰始中罢晋安太守,有隐遁之怀。于禹井山立馆,事道精笃;吉日于静屋四向朝拜,涕泣滂沱。"杜甫《蚕谷行》:"不劳烈士泪滂沱,男谷女丝行复歌。" ⑤"强半"句:强半,大半。隋炀帝(杨广)《忆韩俊娥》二首其一:"须知潘岳鬓,强半为多情。"黄滔《祭陈先辈文》:"且彭祖之延永寿,亦至销磨。"刘过《沁园春》:"便平生豪气,销磨酒里。" ⑥"愿替"二句:《周礼·春官·太祝》郑玄注:"稽(qǐ)首,拜,头至地也。"《维摩诘经》:尔时,毗耶离大城中有长者名维摩诘,其以方便,现身有疾。以其疾故,国王、大臣、长者、居士、婆罗门等,及诸王子并余官属,无数千人,皆往问疾。其往者,维摩诘因以身疾,广为说法。文殊师利言:"居士是疾,何所因起?"维摩诘言:"以一切众生病,是故我病。"

[评析]

此词作于甲午战败之后,时梁启超(1873~1929)入都会试后已返粤。上片揭露批判清政府的昏庸无能,满腔悲愤,溢于言表。下片抒发自己理想受阻、光阴虚度的焦虑。尽管如此,词人仍然心忧天下,体现出深挚的爱国情怀。全篇直抒胸臆,悲慨淋漓,确属"虎步龙行之作"(钱仲联《近百年词坛点将录》)。张珍怀《日本的词学》即云:"(戊戌)政变之后,变法主要人物梁启超亡命日本,曾以悲愤感慨之旧作见示友人,日本词学家森川竹磎为之发表于所编《随鸥集》。其词云(词略)。……从梁启超的词看来,也可知晚清时,国事日非,仁人志士,爱国伤时的心情皆发之于词。因而词旨闳深,词境开拓。"

需要说明的是,钱仲联先生"虎步龙行"之论,如果结合原评上下文完整地看,其实是讥弹,意谓相较于梁氏词中"词评家谓得片玉神味"

的《六丑》等作而言〔梁启超《六丑》序云:"伤春,学清真体柬刚父。庭院碧桃,开三日落尽矣,借寓所伤。后之读者,可以哀其志也。"词曰:"听彻宵残雨,正帘外、晚寒衣薄。莫道春归,便浓春池阁,已自萧索。问岁华深浅,愔愔桃叶,在旧时栏角。繁红斗尽无人觉。待解寻芳,东风已恶。欢期未分零落。尚曲墙扶绕,频动春酌。　　情怀如昨。只休休莫莫。似水流年,底成飘泊。故枝犹缀残萼。又蜂衔燕蹴,乍欺怯弱。愁对汝、自扃深阁。却不奈、一阵轻飙无赖,送敲垂幕。感啼鸟、未抛前约。向花间、道不如归去,怕人瘦削。"〕,这类作品反而"失之目睫",非为上乘之作,也表明钱先生所秉持的是常州派的词学观。

浪淘沙　悼晚翠①

沈鹊应

报国志难酬。碧血谁收。箧中遗稿自千秋②。肠断招魂魂不到,云暗江头。　　绣佛旧妆楼③。我已君休。万千悔恨更何尤④。拚得眼前无尽泪,共水长流。

[注释]

①词题中"晚翠",指林旭(1875~1898),字暾谷,号晚翠。侯官(今福建福州)人。光绪十九年(1893)解元,官内阁中书。参与戊戌新政,授四品卿衔军机章京。　②"箧中"句:林旭诗学陈师道,为闽派著名诗人。著有《晚翠轩诗集》一卷,为张元济收入所辑《戊戌六君子遗集》。　③绣佛:杜甫《饮中八仙歌》:"苏晋长斋绣佛前,醉中往往爱逃禅。"仇兆鳌注:"《广弘明集》:'宋刘义隆时,灵鹫寺有群燕共衔绣像委之堂内。'据此则绣佛之制久矣。"《旧唐书·萧瑀传》:"太宗

以瑛好佛道，尝贵绣佛像一躯，并绣瑛形状于佛像侧，以为供养之容。"

④悔恨更何尤：《论语·为政》："言寡尤，行寡悔，禄在其中矣。"元稹《诲侄等书》："吾又以吾兄所职易涉悔尤，汝等出入游从，亦宜切慎。"王安石《送张拱微出都》："一来裹青衫，触事自悔尤。"

[评析]

这首词是沈鹊应（？～1899）的绝笔（据王蕴章《然脂余韵》卷五），为血泪所凝成。其中，"我已君休"句，极写夫君林旭的壮志未酬之恨和自己虽生犹死的绝望与痛苦，令人透骨生寒。

沈鹊应还有一首《菩萨蛮》：

旧时月色穿帘幕。那堪镜里颜非昨。掩镜检君诗。泪行沾素衣。

明灯空照影。幽恨无人省。辗转梦难成。漏残天又明。

也是为悼林旭而作，较之《浪淘沙》更形凄婉，所谓"寡鹄哀音，闻之惨沮"（陈声聪《闽词谈屑》）。

满江红

秋 瑾

肮脏尘寰，问几个、男儿英哲。①算只有、蛾眉队里，时闻杰出。良玉勋名襟上泪，云英事业心头血。②醉摩挲、长剑作龙吟③，声悲咽。　　自由香，常思爇。④家国恨，何时雪。劝吾侪今日⑤，各宜努力。振拔常思安种类，繁华莫但夸衣玦。⑥算弓鞋、三寸太无为，宜改革。⑦

[注释]

①"肮脏"二句：肮脏，高亢正直貌。文天祥《得儿女消息》："肮脏到头方是汉，娉婷更欲向何人。"郑珍《论诗示诸生时代者将至》："我衰复多病，肮脏不宜世。"权德舆《送李城门罢官归嵩阳》："归去尘寰外，春山桂树丛。"欧阳炯《花间集序》："庶使西园英哲，用资羽盖之欢。" ②"良玉"二句：良玉，秦良玉，明忠州人，四川石砫宣抚使马千乘妻。有胆略，善骑射，又能文词。崇祯时，入援京师，授都佥事，充总兵。千乘死，代其众。张献忠入四川，不能攻下石砫。云英，沈云英，明萧山人，道州守备沈至绪女。张献忠攻道州，至绪战死。云英年十六，率父众出战，取回父尸，保全道州。崇祯帝封其为游击将军，继父职守。秋瑾《题芝龛记》八首其一、其四："今古争传女状头，红颜谁说不封侯。马家妇共沈家女，曾有威名振九州。""百万军中救父回，千群胡马一时灰。而今浙水名犹在，想见将军昔日才。" ③龙吟：辛弃疾《永遇乐》："把吴钩看了，栏干拍遍，无人会、登临意。"《永遇乐》又名《龙吟曲》。 ④"自由香"二句：《左传·僖公二十八年》："魏犨、颠颉怒，曰：'劳之不图，报于何有！'爇僖负羁氏。"杜预注："爇，烧也。"冯桂芬《六烈祠记》："乃集五人法座前爇香顶礼。" ⑤吾侪：我辈。《左传·宣公十一年》："可哉！吾侪小人所谓取诸其怀而与之也。"杜甫《宴胡侍御书堂》："今夜文星动，吾侪醉不归。" ⑥"振拔"二句：振拔，振奋自拔。班固《答宾戏》："卒不能摅首尾，奋翼鳞，振拔污涂，跨腾风云。"《南史·刘敬宣孙处等传论》："或阶缘恩旧，一其心力，或攀附风云，奋其鳞羽，咸能振拔尘滓，自致封侯。"衣玦（jué），衣上的玉饰。 ⑦"算弓鞋"二句：弓鞋，古代缠足妇女所穿的鞋子。三寸，极言其小。黄庭坚《满庭芳》："直待朱幡去后，从伊便窄袜弓

鞋。"改革，变更，革新。《后汉书·黄琼传》："覆试之作，将以澄洗清浊，覆实虚滥，不宜改革。"《梁书·武帝纪》："百官俸禄，本有定数，前代以来，皆多评准，顷者因循，未遑改革。"

[评析]

秋瑾（1875~1907）此词约作于光绪三十年（1904）留日之后，表现革命救国的思想。上片看现实，忆历史，激励妇女们争取自身解放。下片期望妇女们能以国家民族为重，将自身的解放与民族解放结合起来，在拯救民族危亡的斗争中，贡献出自己的智慧和力量。全篇包蕴丰富，壮怀激烈，词风爽朗豪迈，迸发出令人血沸魂销的审美张力。

秋瑾另有一首《鹧鸪天》，作于赴日后不久：

祖国沉沦感不禁。闲来海外觅知音。金瓯已缺总须补，为国牺牲敢惜身。　　嗟险阻，叹飘零。关山万里作雄行。休言女子非英物，夜夜龙泉壁上鸣。

感情浓挚热烈，意境雄浑刚大，也能体现其雄豪之风。这类作品，与秋瑾前期闺阁词，如《踏莎行》的含蓄委婉迥然相异："将锦遮花，栏烟护柳。苍苔小步低徊久。自怜往事惜流年，已忘夜月上窗牖。　　杏脸褪红，桃腮中酒。多情月姊蛾眉皱。拍栏干欲问东风，明年池馆能来否。"

满江红　民国肇造，填此志感[①]

李叔同

皎皎昆仑，山顶月、有人长啸。[②]看囊底、宝刀如雪[③]，恩仇多少。双手裂开鼷鼠胆,寸金铸出民权脑。④算此生、不负是男儿,头颅好。⑤　　荆轲墓,咸阳道。聂政死,尸骸暴。⑥尽大江东去,余情还绕。魂魄化成精卫鸟,血花溅作红心草。⑦看从今、一担好山河,英雄造。⑧

[注释]

①词题中"肇造",谓始建。《书·康诰》:"惟乃丕显考文王,克明德慎罚,不敢侮鳏寡,庸庸,祗祗,威威,显民,用肇造我区夏,越我一二邦,以修我西土。"　②"皎皎"二句:《古诗十九首》:"迢迢牵牛星,皎皎河汉女。"张若虚《春江花月夜》:"江天一色无纤尘,皎皎空中孤月轮。"啸,与魏晋风度相关甚深的文化意象。《晋书·阮籍传》:"嗜酒能啸,善弹琴。当其得意,忽忘形骸。……尝于苏门山遇孙登,与商略终古及栖神导气之术,登皆不应,籍因长啸而退。至半岭,闻有声若鸾凤之音,响乎岩谷,乃登之啸也。"《世说新语·栖逸》所记"阮步兵啸闻数百步"云云与之略同。　③宝刀:清末革命党人诗词中常见意象。秋瑾《对酒》:"不惜千金买宝刀,貂裘换酒也堪豪。一腔热血勤珍重,洒去犹能化碧涛。"　④"双手"二句:鼷(xī)鼠胆,代指清廷统治者。鼷鼠是最小的一种鼠类。《春秋·成公七年》:"七年春,王正月,鼷鼠食郊牛角,改卜牛。鼷鼠又食其角,乃免牛。"《庄子·达生》:"吾告以至人之德,譬之若载鼷以车马,乐鷃以钟鼓也,彼又奚能无惊乎哉?"因以鼷鼠为胆小者的代名词。民权,光绪三十一年(1905),孙中山在《民报发刊词》中阐明"三民主义",其一为"民权"。　⑤"算此生"二句:秋瑾《黄海舟中日人索句并见日俄战争地图》:"拼将十万头颅血,须把乾坤力挽回。"　⑥"荆轲墓"四句:据《史记·刺客列传》,荆轲,卫国人,受燕太子丹之命刺杀秦王嬴政,失败被杀。《大清

一统志》引《长安志》谓荆轲墓在长安西北三十里,而蓝田、山东等地据说都有荆轲墓。相传荆轲死后尸体被车裂于咸阳道上。又,聂政,轵深井里人,感于严仲子知遇之恩,以一人之力刺死韩相侠累,完成任务后自屠,并自毁面目,尸骸暴于大市井之上。数日后,聂政之姊冒死认尸,并自杀于其旁。 ⑦"魂魄"二句:《山海经·北山经》:"又北二百里,曰发鸠之山,其上多柘木。有鸟焉,其状如乌,文首、白喙、赤足,名曰精卫,其鸣自詨。是炎帝之少女,名曰女娃。女娃游于东海,溺而不返,故为精卫。常衔西山之木石,以堙于东海。"陶渊明《读山海经》十三首其十:"精卫衔微木,将以填沧海。刑天舞干戚,猛志固常在。"《异梦录》:"吴兴姚合曰:吾友王炎者,元和初,夕梦游吴,侍吴王。久之,闻宫中出辇鸣笳,吹箫击鼓,言葬西施。王悲悼不止,立诏词客作挽歌。炎遂应教。诗曰:'西望吴王国,云书凤字牌。连江起珠帐,择土葬金钗。满地红心草,三层碧玉阶。春风无处所,凄恨不胜怀。'词进,王甚嘉之。及寤,能记其事。"纳兰性德《虞美人》:"凄凉满地红心草,此恨谁知道。" ⑧"看从今"二句:李玉《千钟禄》结局唱词:"收拾起大地山河一担装,四大皆空相。历尽了渺渺程途,漠漠平林,叠叠高山,滚滚长江。但见那寒云惨雾和愁织,受不尽苦雨凄风带怨长。雄城壮,看江山无恙,谁识我一瓢一笠到襄阳。"

[评析]

李叔同(1880~1942)此词最初发表于《南社丛刻》第五集(1912年6月1日),创作时间当在本年一月——郭长海等编《李叔同集》置于《集外诗词》之第三十二首,并说:"作于1912年1月。"是月一日,中华民国临时政府在南京成立。前一年学成归国的李叔同,目睹辛亥革命开花结果,欣喜若狂,在词中唱出铜琵铁板之音,鼓吹革命,气势豪迈,尽显拳拳爱国之诚。结末二句，似亦隐见弘一法师后来之因缘（民国七年于杭州虎跑寺出家为僧）。

光绪三十一年（1905），二十六岁的李叔同东渡日本，留学东京上野美术专门学校。去国之际，写过一首《金缕曲·将之日本，留别祖国，并呈同学诸子》：

> 披发佯狂走。莽中原、暮鸦啼彻，几枝衰柳。破碎河山谁收拾，零落西风依旧。便惹得、离人消瘦。行矣临流重太息，说相思、刻骨双红豆。愁黯黯，浓于酒。　漾情不断淞波溜。恨年来、絮飘萍泊，遮难回首。二十文章惊海内，毕竟空谈何有。听匣底、苍龙狂吼。长夜凄风眠不得，度群生、那惜心肝剖。是祖国，忍辜负。

已经能够让人感知这位青年志士忧国忧民的心路历程。结二句"是祖国，忍辜负"，不啻一种战斗的誓言。戊戌政变时即被当道视为康、梁同党的李叔同，于东渡次年即加入同盟会，并与在日同学组织春柳社，归国后又成为南社社员，正是这一誓言的体现。而这首《满江红》中"算此生、不负是男儿，头颅好"、"看从今、一担好山河，英雄造"，更可以成为其最好的注脚。

金缕曲　六月六日秋侠忌辰，寄寄尘、小淑、巢南索和[①]

柳亚子

六月飞霜雪[②]。记当年、轩亭道上，英姿流血。荡房雄心谁得似，如汝须眉巾帼[③]。只短命、令人凄绝。大好西湖无福分，甚一抔、难葬伊人骨④。还被那，虎狼㧽⑤。　素车白马成陈迹⑥。遗恨事，椒浆展拜，我侬还缺。⑦一种交情生死感，二妙玉台曾识⑧。问何处、萍踪此日⑨。剩有元龙湖海士，困病魔、豪气应消歇。谁和我，山阳笛⑩。

[注释]

①诗题中"秋侠"，秋瑾，于光绪三十三年六月六日（1907年7月15日）被清政府杀害于绍兴轩亭口。寄尘，徐自华字，号忏慧，南社著名女诗人。小淑，徐自华胞妹蕴华字，秋瑾弟子。巢南，陈去病号，原名庆林，因敬慕霍去病而改名。　②"六月"句：王充《论衡·感虚篇》："邹衍无罪，见拘于燕。当夏五月，仰天而叹，天为陨霜。"张说《狱箴》："匹夫结愤，六月飞霜。"　③"如汝"句：秋瑾《满江红》："身不得，男儿列。心却比，男儿烈。"　④一抔（póu）：《史记·张释之列传》："假令愚民取长陵一抔土，陛下何以加其法乎？"　⑤㧽（hú）：挖，掘出。秋瑾遗骸，陈去病和徐自华曾葬之于西湖岳王坟旁，后竟遭清廷平毁。　⑥素车白马：《后汉书·范式传》载，范式字巨卿，与汝南张劭为友。劭字元伯。式仕为郡功曹。后元伯寝疾笃，寻而卒。"式便服朋友之服，投其葬日，驰往赴之。式未及到，而丧已发引，既至圹，将窆，而柩不肯进。其母抚之曰：'元伯，岂有望邪？'遂停柩移时，乃见有素车白马，号哭而来。其母望之曰：'是必范巨卿也。'巨卿既至，叩丧言曰：'行矣元伯！死生路异，永从此辞。'会葬者千人，咸为挥涕。式因执绋而引，柩于是乃前。"　⑦"椒浆"二句：屈原《九歌·东皇太一》："蕙肴蒸兮兰藉，奠桂酒兮椒浆。"我侬，我。司空图《力疾山下吴村看杏花十九首》其七："王老小儿吹笛看，我侬试舞尔侬看。"《湘山野录》卷中："武肃觉其欢意不甚浃洽，再酌酒，高揭吴喉唱山歌

以见意。词曰：'你辈见侬底欢喜，别是一般滋味子，永在我侬心子里。'" ⑧"二妙"句：《晋书·索靖传》载，靖"与尚书令卫瓘俱以善草书知名"，时人评为"一台二妙"。此指徐自华姐妹。玉台，本为天神居处，此代指文苑。曹植《冬至献袜履颂表》："茅茨之陋，不足以入金门登玉台也。" ⑨萍踪：赵善括《水调歌头》："堪笑萍踪无定，拟泊叶舟何许，无计可依刘。" ⑩山阳笛：向秀《思旧赋序》："余与嵇康、吕安，居止接近，其人并有不羁之才。然嵇志远而疏，吕心旷而放，其后各以事见法。嵇博综技艺，于丝竹特妙。临当就命，顾视日影，索琴而弹之。余逝将西迈，经其旧庐；于时日薄虞渊，寒冰凄然。邻人有吹笛者，发声寥亮；追思曩昔游宴之好，感音而叹。"

[评析]

柳亚子（1887~1958）此词作于宣统元年（1909）。词中对秋瑾的伟丈夫气概深表敬仰，对其英年早逝深感悲痛，展现出青年柳亚子的豪迈才气。沉郁悲壮处，可与其所赋《吊鉴湖秋女士》四首其四并读："漫说天飞六月霜，珠沉玉碎不须伤。已拚侠骨成孤注，赢得英名震万方。碧血摧残酬祖国，怒潮呜咽怨钱塘。于祠岳庙中间路，留取荒坟葬女郎。"

柳亚子以"真性情"作为衡量作品高下的重要标准和创作上的显要追求："窃谓词家者流别，以南唐、北宋诸家为正宗，否亦宁学苏、辛，勿学姜、张。盖学苏、辛而不似，犹有真性情；学姜、张而不似，徒以艰深自文其浅陋，欺人而已。"（《与高天梅书》）认为辛弃疾词最能体现这一品格：

霸才青兕兵家子。读破书千纸。河山半壁误英雄。赢得雕虫余技擅江东。 唐宫汉阙荆榛遍。苦恨铜驼贱。华夷倒置总堪忧。

未请长缨辜负汝吴钩。(《虞美人·题稼轩词》)

他不满当时常州派词人的"裁红量碧",主张追攀稼轩的"慷慨悲歌":"慷慨悲歌又此时,词场青兕是吾师。裁红量碧都无取,要铸屠鲸剚虎辞。"(《为人题词集》)因为特别仰慕辛弃疾的人品和才华,在十八岁时还为此而改名柳弃疾。

柳亚子早期的词中,除了这首《金缕曲》以外,祝贺《民呼日报》创刊的《满江红》(禹甸尧封)以及怀念宁调元的《虞美人》(大鹏未展摩天翼)等,也都是豪放派的词。当然,他同时也写过不少婉约清丽之作。如作于光绪三十三年(1907)的一首《行香子·感旧和慧云韵》:

风也无边。雨也无边。更春愁、浩荡无边。绕离魂一缕,水角山颠。是意中人,眼中泪,镜中天。　藕丝还连。月缺还圆。怅无端、此恨绵绵。算萍踪絮迹,梦也难牵。愿身成骨,骨成灰,灰成烟。

尽管末三句因为借用谭嗣同《感旧》诗句"徐甲傥容心忏悔,愿身成骨骨成灰",加上顶针以及和作免不了多一层拘束的缘故,致最末一句三平,在格律上甚为不谐,但真挚缠绵,写出了那个时代婚姻不能自主的痛苦,也能反映出词人思想感情和艺术风格的另一个侧面。

参考引用文献举要

万树《词律》,上海古籍出版社 1984 年版。

王奕清等编《钦定词谱》,中国书店出版社 2010 年版。

曾昭岷、曹济平、王兆鹏、刘尊明编《全唐五代词》,中华书局 1999 年版。

唐圭璋、王仲闻、孔凡礼编《全宋词》,中华书局 2005 年版。

唐圭璋编《全金元词》,中华书局 1979 年版。

饶宗颐初纂,张璋总纂《全明词》,中华书局 2004 年版。

周明初、叶晔编《全明词补编》,浙江大学出版社 2007 年版。

南京大学中文系全清词编纂研究室编《全清词·顺康卷》,中华书局 2002 年版。

张宏生主编《全清词·顺康卷补编》,南京大学出版社 2008 年版。

张宏生主编《全清词·雍乾卷》,南京大学出版社 2012 年版。

唐圭璋编《词话丛编》,中华书局 1986 年版。

刘尊明《唐五代词史论稿》,文化艺术出版社 2000 年版。

陈模撰,郑必俊校注《怀古录校注》,中华书局 1993 年版。

陆侃如、冯沅君《中国诗史》,百花文艺出版社 1999 年版。

杨海明《唐宋词史》，江苏古籍出版社1987年版。

王兆鹏《唐宋词史论》，人民文学出版社2000年版。

胡应麟《少室山房笔丛》，中华书局1958年版。

孟棨《本事诗》，上海古籍出版社1991年版。

刘熙载《艺概》，上海古籍出版社1978年版。

尹志腾校点《清人选评词集三种》，齐鲁书社1988年版。

吴世昌《吴世昌全集》，河北教育出版社2003年版。

邓乔彬《豪放词萃》，华东师范大学出版社2000年版。

刘乃昌、朱德才选注《宋词选》，人民文学出版社2003年版。

邓乔彬《唐宋词艺术发展史》，河北人民出版社2010年版。

俞平伯《唐宋词选释》，人民文学出版社2005年版。

钱仲联《当代学者自选文库：钱仲联卷》，安徽教育出版社1999年版。

陶然《金元词通论》，上海古籍出版社2001年版。

徐乃昌编《小檀栾室汇刻闺秀词》，光绪二十四年至宣统三年南陵徐氏刊本。

朱祖谋校，蒋哲伦增校《尊前集》，江西人民出版社1984年版。

舒梦兰辑，谢朝征笺《白香词谱》，广东人民出版社1981年版。

任二北《教坊记笺订》，中华书局上海编辑所1962年版。

任二北《敦煌歌辞总编》，上海古籍出版社1987年版。

任二北《敦煌曲校录》，上海文艺联合出版社1955年版。

罗大经《鹤林玉露》，中华书局1983年版。

郎瑛《七修类稿》，中华书局1959年版。

王重民辑《敦煌曲子词集》，商务印书馆1950年版。

段成式《酉阳杂俎》，中华书局1981年版。

林玫仪《敦煌曲子词斠证初编》，台北东大图书公司 1986 年版。

任二北《敦煌曲初探》，上海文艺联合出版社 1954 年版。

陆国斌、钟振振主编《历代小令词精华》，岳麓书社 1993 年版。

释文莹《湘山野录》，中华书局 1997 年版。

阮阅《诗话总龟》，人民文学出版社 1987 年版。

黄昇《花庵词选》，中华书局上海编辑所 1958 年版。

魏庆之辑，王仲闻点校《诗人玉屑》，中华书局 2007 年版。

高承《事物纪原》，中华书局 1989 年版。

胡震亨《唐音癸签》，上海古籍出版社 1981 年版。

陈祖美主编《万里归心对明月：唐代合集》，河南文艺出版社 2005 年版。

邵博《邵氏闻见录》《邵氏闻见后录》，中华书局 1983 年版。

黄天骥《黄天骥诗词曲十讲》，花城出版社 2015 年版。

王国维《人间词话》，上海古籍出版社 1998 年版。

俞陛云《诗境浅说》，中华书局 2010 年版。

龙榆生《龙榆生全集》，上海古籍出版社 2015 年版。

俞陛云《唐五代两宋词选释》，上海古籍出版社 1985 年版。

张宗橚编，杨宝霖补正《〈词林纪事〉〈词林纪事补正〉合编》，上海古籍出版社 1998 年版。

张宏生《论清初边塞词》，载《清代文学研究集刊》第二辑，人民文学出版社 2009 年版。

陈廷焯《词则》，上海古籍出版社 1984 年版。

高锋《花间词研究》，江苏古籍出版社 2001 年版。

魏泰《东轩笔录》，中华书局 1997 年版。

孔凡礼《全宋词补辑》，中华书局 1981 年版。

陈振孙《直斋书录解题》，上海古籍出版社 1987 年版。

罗大经《鹤林玉露》，中华书局 1983 年版。

吴熊和《唐宋词通论》，商务印书馆 2003 年版。

徐梦莘《三朝北盟会编》，上海古籍出版社 2008 年版。

洪迈《夷坚志》，中华书局 1981 年版。

王巩《闻见近录》，北京图书馆出版社 2004 年版。

刘熙载撰，袁津琥校注《艺概注稿》，中华书局 2009 年版。

胡仔《苕溪渔隐丛话》，人民文学出版社 1962 年版。

李焘《续资治通鉴长编》，中华书局 2004 年版。

张舜民《画墁集》，台湾商务印书馆 1986 年影印文渊阁《四库全书》本。

钟振振《唐宋词举要》，安徽师范大学出版社 2015 年版。

王兆鹏《是"樯橹"而非"强虏"——苏轼〈念奴娇·赤壁怀古〉异文考释》，《中国曲学研究》第三辑，河北大学出版社 2014 年版。

俞文豹撰，张宗祥校订《吹剑录全编》，古典文学出版社 1958 年版。

沙先一、张晖《清词的传承与开拓》，上海古籍出版社 2008 年版。

[日] 保苅佳昭《新兴与传统：苏轼词论述》，上海古籍出版社 2005 年版。

刘崇德《苏轼〈江城子·猎词〉编年考辨》，《河北大学学报》1986 年第 2 期。

江枰《〈碧鸡漫志〉疏证》，江西教育出版社 2015 年版。

叶梦得《避暑录话》，上海古籍出版社 2012 年排印《历代笔记小说大观》本。

陆游《老学庵笔记》，中华书局 1979 年版。

彭玉平《唐宋词举要》，商务印书馆 2014 年版。

王兆鹏《两宋词人年谱》，台湾文津出版社1994年版。

葛渭君编《词话丛编补编》，中华书局2013年版。

朱庸斋《分春馆词话》，广东人民出版社1989年版。

赵彦卫《云麓漫钞》，中华书局1996年版。

石声淮、唐玲玲《东坡乐府编年笺注》，华东师范大学出版社1990年版。

邹同庆、王宗堂《苏轼词编年校注》，中华书局2002年版。

唐圭璋《词学论丛》，上海古籍出版社1986年版。

梁令娴编《艺蘅馆词选》，广东人民出版社1981年版。

周笃文选注《宋百家词选》，广东人民出版社1983年版。

刘华民《宋词诗化现象探讨》，江苏凤凰教育出版社2014年版。

永瑢等《四库全书总目》，中华书局1965年版。

李心传《建炎以来系年要录》，中华书局1988年版。

王明清《挥麈录》，中华书局1961年版。

丁传靖辑《宋人轶事汇编》，上海古籍出版社2014年版。

黎靖德编《朱子语类》，中华书局1986年版。

饶宗颐《贺兰山与满江红》，载其《饶宗颐二十世纪学术文集》，中国人民大学出版社2009年版。

林玫仪《岳飞满江红词真伪问题辨疑》，《古典文学》1985年第7期。

张仲谋《明词史》（修订本），人民文学出版社2015年版。

赵翼《瓯北诗话》，人民文学出版社2013年版。

朱东润《陆游选集》，上海古籍出版社1962年版。

刘永济《唐五代两宋词简析》，中华书局2007年版。

钟振振《宋张孝祥〈六州歌头〉词系年考辨》，《文史》2001年第三辑。

辛弃疾撰,邓广铭笺注《稼轩词编年笺注》,上海古籍出版社 2007 年版。

张宏生《读者之心——词的解读》,中华书局 2013 年版。

岳珂《桯史》,中华书局 1981 年版。

夏承焘《夏承焘集》,浙江古籍出版社、浙江教育出版社 1997 年版。

钱仲联《后村词笺注》,上海古籍出版社 2012 年版。

周密《癸辛杂识》,中华书局 1997 年版。

沈祖棻《宋词赏析》,中华书局 2008 年版。

金武祥《粟香随笔》,上海古籍出版社 2002 年影印《续修四库全书》本。

陶宗仪《南村辍耕录》,中华书局 2004 年版。

王晓骊《创伤性记忆的自我隔离和审美表达——唐宋词战争灾难叙事的特殊模式》,《南京师大学报》2017 年第 1 期。

胡传志《宋金文学的交融与演进》,北京大学出版社 2013 年版。

刘扬忠《元好问对辛弃疾其人其词的接受和学习》,载中国李清照辛弃疾学会编《词学新视野——李清照辛弃疾暨词学国际学术研讨会论文集》,上海古籍出版社 2012 年版。

吴梅《词学通论》,上海古籍出版社 2006 年版。

张石川《白朴与元初词曲之嬗变》,中华书局 2011 年版。

夏承焘《域外词选》,书目文献出版社 1981 年版。

周明初《明词人张綖生平创作中的几个问题》,载罗宗强、陈洪主编《明代文学研究国际学术研讨会论文集》,南开大学出版社 2006 年版。

夏承焘、张璋《金元明清词选》,人民文学出版社 1983 年版。

钱谦益《列朝诗集小传》,上海古籍出版社 2008 年版。

赵尊岳《惜阴堂明词提要》，载《词学季刊》第一卷第三号、第二卷第一号（1933~1934）。

朱彝尊《静志居诗话》，人民文学出版社1990年版。

赵与旹《宾退录》，上海古籍出版社2012年版。

胡可先《〈全宋诗〉误收唐诗考》，《中国典籍与文化》2005年第3期。

谭献编《箧中词》，浙江古籍出版社1998年影印本（沈辰垣等编《御选历代诗余》附）。

徐珂《清代词学概论》，山西人民出版社2014年版。

曹秀兰《曹溶词研究》，安徽大学出版社2010年版。

张相《诗词曲语词汇释》，上海古籍出版社2009年版。

冒襄辑《同人集》，《续修四库全书》本。

王士禄等《广陵倡和词》，康熙留松阁刻本。

万柳《清代词社研究》，中州古籍出版社2011年版。

蒋景祁编《瑶华集》，中华书局1982年版。

张宏生《清代词学的建构》，江苏古籍出版社1999年版。

张宏生《清词探微》，上海古籍出版社2008年版。

严迪昌《清词史》，江苏古籍出版社2001年版。

陈廷焯编《词则》，上海古籍出版社1984年版。

李丹《顺康之际广陵词坛研究》，上海古籍出版社2009年版。

陈邦炎《临浦楼论诗词存稿》，上海古籍出版社2008年版。

邱世友《词论史论稿》，人民文学出版社2002年版。

丁绍仪《国朝词综补》，中华书局1986年版。

缪荃孙《国朝常州词录》，南京大学出版社2011年版。

朱丽霞《清代辛稼轩接受史》，齐鲁书社2005年版。

潘务正《论曹溶对朱彝尊词学创作的影响——兼论其在浙西词派中的地位》，载胡传志主编《九华集——安徽师范大学中国古代文学学科论文集》，上海古籍出版社2008年版。

叶恭绰辑，傅宇斌点校《广箧中词》，人民文学出版社2011年版。

［日］清水茂《清水茂汉学论集》，中华书局2003年版。

朱则杰《清诗考证》，人民文学出版社2012年版。

傅庚生《中国文学欣赏举隅》，北京出版社2003年版。

纳兰性德著，张秉戌笺注《纳兰词笺注》，上海古籍出版社2003年版。

蒋士铨《清容居士行年录》，载《忠雅堂集校笺·附录一》，上海古籍出版社1993年版。

周密《武林旧事》，中华书局1990年影印鲍廷博辑《知不足斋丛书》本。

屈大均《广东新话》，中华书局1997年版。

谭献《复堂日记》，河北教育出版社2001年版。

周必大《二老堂诗话》，载何文焕辑《历代诗话》，中华书局1981年版。

朱崇才编《词话丛编续编》，人民文学出版社2010年版。

连横《台湾通史》，商务印书馆2010年版。

萧一山《清代通史》，华东师范大学出版社2006年版。

胡先骕《评朱古微疆村乐府》，《学衡》第十期（1922）。

钱仲联《清词三百首》，岳麓书社1992年版。

钱仲联《光宣词坛点将录》，载《词学》第三辑，华东师范大学出版社1985年版。

钱仲联《梦苕庵清代文学论集》，齐鲁书社1983年版。

张珍怀《日本的词学》，载施蛰存主编《词学》第二辑，华东师范大学出版社1983年版。

王蕴章《然脂余韵》，北京图书馆出版社2004年影印《中国诗话珍本丛书》本。

陈声聪《闽词谈屑》，载施蛰存主编《词学》第三辑。

陈去病等《南社丛刻》，江苏广陵古籍刻印社1996年版。

郭长海等编《李叔同集》，天津人民出版社2006年版。

汪梦川《南社词人研究》，上海古籍出版社2015年版。